Hades

Hades

Alexandra Adornetto

Traducción de Carol Isern

Rocaeditorial

Título original: *Hades*
© 2011, Alexandra Adornetto
First published by Feiwel and Friends,
an imprint of Macmillan Children's Publishing Group.
Translation rights arranged by Jill Grinberg Literary
Management LLC and Sandra Bruna Agencia Literaria S.L.

Primera edición: agosto de 2011

© de la traducción: Carol Isern
© de esta edición: Roca Editorial de Libros, S. L.
Av. Marquès de l'Argentera, 17, pral.
08003 Barcelona
info@rocaeditorial.com
www.rocaeditorial.com

Impreso por Rodesa
Villatuerta (Navarra)

ISBN: 978-84-9918-290-2
Depósito legal: B. 2.097-2011

«¡Cómo has caído de los Cielos,
Oh Lucero, hijo de la aurora!»

Isaías, *14:12-15*

«El Diablo bajó a Georgia
en busca de un alma que secuestrar.
Pero pasó un mal rato al ver
que había llegado con retraso;
así que esperaba tener algo con que pactar.»

Charlie Daniels, *Devil went to Georgia*

1

Los chicos están bien

En cuanto sonó el timbre de Bryce Hamilton, Xavier y yo recogimos todas nuestras cosas y nos dirigimos hacia el patio que daba al lado sur. La predicción del tiempo había anunciado una tarde despejada, pero el sol tenía que librar una ardua batalla para dejarse ver y el cielo desplegaba un gris plomizo y triste. Solo de vez en cuando unos difuminados rayos conseguían perforar las nubes y cruzaban el paisaje. Sentir su calor en la nuca me alegraba.

—¿Vendrás a cenar esta noche? —le pregunté a Xavier, entrelazando mi brazo con el suyo—. Gabriel quiere probar a preparar unos burritos.

Xavier me miró y se rio.

—¿Qué tiene de gracioso?

—Estaba pensando que en las pinturas clásicas se muestra a los ángeles como guardianes de algún trono en el Cielo, o expulsando a los demonios... Me pregunto por qué nunca se los muestra en la cocina preparando burritos.

—Porque tenemos que cuidar nuestra reputación —repuse, dándole un suave empujón con el codo—. Bueno, ¿vendrás?

Xavier suspiró.

—No puedo. Le prometí a mi hermana pequeña que me quedaría en casa y la ayudaría a vaciar calabazas.

—Vaya. Todo el rato me olvido de que es Halloween.

—Deberías intentar dejarte llevar por el ambiente —me aconsejó Xavier—. Aquí todo el mundo se lo toma muy en serio.

No exageraba: los porches de todas las casas de la ciudad

estaban adornados con linternas de calabaza recortadas con forma de calavera y lápidas de yeso para la ocasión.

—Ya lo sé —asentí—. Pero solo de pensarlo se me ponen los pelos de punta. ¿Qué gracia puede tener disfrazarse de fantasma o de zombi? Es como si la peor de las pesadillas cobrara vida.

—Beth —Xavier se detuvo un instante y me sujetó por los hombros—, ¡es fiesta, anímate!

Sabía que tenía razón: debía dejar de recelar tanto. Ya habían pasado seis meses desde la terrible experiencia con Jake Thorn, y las cosas no podían ir mejor. La paz se había instalado de nuevo en Venus Cove y yo me sentía más unida que nunca a ese lugar. La soñolienta y pequeña ciudad de Sherbrooke County, arrebujada en la pintoresca costa de Georgia, se había convertido en mi hogar. La calle Mayor, con sus bonitas terrazas y cuidadas fachadas, tenía el encanto de una postal antigua, y el resto, desde el cine al viejo tribunal, desplegaba el encanto y la amabilidad de una época olvidada.

La presencia de mi familia durante el último año había ejercido una amplia influencia y Venus Cove se había convertido en una ciudad modélica: los feligreses de la iglesia se habían triplicado, las iniciativas de caridad habían recibido más voluntarios que los que nunca hubieran imaginado y las noticias sobre incidentes delictivos eran tan escasas y dispersas que el sheriff se había tenido que buscar otras actividades para ocupar el tiempo. Ahora solamente se daban pequeños conflictos, como alguna discusión entre conductores por un aparcamiento, pero eso formaba parte de la naturaleza humana: no era posible cambiarlo y nuestro trabajo no consistía en hacerlo.

Pero lo mejor de todo era que Xavier y yo nos sentíamos más unidos que nunca. Lo miré: seguía siendo tan guapo que quitaba el aliento. Llevaba la corbata aflojada y la chaqueta le colgaba del hombro. Sentía la firmeza de su cuerpo contra el mío mientras caminábamos el uno al lado del otro, al mismo paso. A veces me resultaba sencillo pensar en ambos como si fuéramos un único ser.

Desde el violento encuentro con Jake del año anterior, Xavier había decidido esforzarse más en el gimnasio y practicar deporte con mayor vigor. Yo sabía que lo hacía para estar mejor preparado en caso de que tuviera que protegerme, pero no por ello el resultado era menos atractivo: ahora tenía el pecho más desarrollado y sus abdominales parecían una tableta de chocolate. Además, sin dejar de ser delgado y bien proporcionado, los músculos de los brazos se le marcaban por debajo de la camiseta. Observé sus elegantes facciones: la nariz recta, el cabello castaño con reflejos dorados, los ojos almendrados que eran como un líquido topacio azul. En el dedo anular de la mano derecha llevaba un anillo que yo le había regalado después de que me ayudara a recuperarme del ataque de Jake. Era un grueso aro de plata tallado con los tres símbolos de la fe: la estrella de cinco puntas que simboliza la estrella de Belén, un trébol en honor de las tres personas de la Santa Trinidad y las iniciales IES, la abreviatura de Iesus, que era como se pronunciaba el nombre de Jesús en la Edad Media. Yo me había encargado uno idéntico, y me gustaba pensar que era nuestra propia y especial versión de un anillo de compromiso. Cualquier persona que hubiera sido testigo de todo lo que había visto Xavier habría perdido toda fe en Nuestro Padre, pero él tenía fortaleza de mente y de espíritu. Xavier se había comprometido con nosotros y yo sabía que nada podría convencerlo de romper ese compromiso.

11

Mis pensamientos se vieron interrumpidos cuando nos encontramos con un grupo de compañeros de waterpolo de Xavier en el aparcamiento. Conocía los nombres de algunos de ellos y pude oír las últimas frases de la conversación que mantenían.

—No puedo creer que Wilson se haya enrollado con Kay Bentley —se burlaba un chico que se llamaba Lawson. Todavía se le veían los ojos vidriosos a causa de las desventuras del fin de semana. Sabía por experiencia que era muy probable que en ello se hubieran visto implicados un barril de cerveza y un deliberado daño contra la propiedad ajena.

—Está acabado —repuso alguien—. Todo el mundo sabe que ella tiene más kilómetros que el viejo Chrysler de mi padre.

—A mí me da igual mientras no se metieran en mi cama. Tendría que quemarlo todo.

—No te preocupes, tío, lo más seguro es que estuvieran en el patio trasero.

—Iba tan pasado que no me acuerdo de nada —declaró Lawson.

—Recuerdo que intentaste enrollarte conmigo —replicó un chico llamado Wesley que pronunciaba las frases con marcada cadencia. Sonrió con una mueca que le desfiguró toda la cara.

—Bueno... estaba oscuro. Te habría podido ir peor.

—Qué gracioso —gruñó Wesley—. Alguien ha colgado la foto en Facebook. ¿Qué le voy a decir a Jess?

—Dile que no te pudiste resistir al musculoso cuerpo de Lawson. —Xavier le dio unos toquecitos en el hombro con un dedo y pasó por su lado con actitud despreocupada—. La verdad es que tantas horas con la PlayStation lo han puesto cachas.

Me reí y Xavier abrió la puerta de su descapotable azul Chevy Bel Air. Entré, me desperecé e inhalé el familiar olor de la piel de los asientos. Ahora el coche ya me gustaba tanto como a Xavier: nos había acompañado desde el principio de todo, desde nuestra primera cita en el café Sweethearts hasta el enfrentamiento con Jake Thorn en el cementerio. A pesar de que sería incapaz de admitirlo, la verdad era que ya pensaba en ese Chevy como si tuviera personalidad propia. Xavier giró la llave del contacto y el coche se puso en marcha. Parecían sincronizados: era como si él y el coche estuvieran totalmente compenetrados.

—Bueno, ¿ya has decidido el disfraz?

—¿Qué disfraz? —pregunté sin comprender.

Xavier meneó la cabeza.

—El de Halloween. ¡No te duermas!

—Todavía no —admití—. Estoy en ello. ¿Y tú?

—¿Qué te parece el de Batman? —preguntó guiñándome un ojo—. Siempre he querido ser un superhéroe.

—Lo que quieres es conducir el Batmóvil.

Xavier sonrió con expresión de culpabilidad.

—¡Me has pillado! Me conoces demasiado.

Cuando llegamos al número 15 de Byron Street, Xavier se inclinó hacia mí y me dio un suave y dulce beso en los labios que me hizo derretir y que consiguió que el mundo exterior se desvaneciera. Lo acaricié, disfrutando de la suavidad de su piel bajo mis dedos, y me dejé envolver por su olor, fresco y limpio como la brisa del océano y mezclado con un toque más penetrante, como una mezcla de vainilla y de sándalo. Guardaba una de sus camisetas impregnada de su colonia debajo de mi almohada, y cada noche imaginaba que se encontraba a mi lado. Es curioso que el comportamiento más bobo pueda resultar completamente normal cuando se está enamorado. Sabía que algunas personas nos veían un tanto ridículos a Xavier y a mí, pero nosotros estábamos demasiado absorbidos el uno con el otro para darnos cuenta.

Cuando Xavier detuvo el coche al final de la curva regresé de golpe a la realidad, como si me despertara de un profundo sueño.

—Vendré a buscarte mañana por la mañana —dijo dirigiéndome una sonrisa de ensueño—. A la hora de siempre.

Me quedé de pie en nuestro desordenado patio hasta que el Chevy finalmente giró al final de la calle.

Byron continuaba siendo mi refugio y me encantaba retirarme en él. Allí todo me resultaba tranquilizador y familiar: desde el crujido de los escalones del porche delantero hasta las aireadas y amplias habitaciones interiores. Era como recogerse en un protector capullo alejado de todas las turbulencias del mundo. Era verdad que, a pesar de que me encantaba la vida de los humanos, a veces también me asustaba. La Tierra tenía problemas: problemas que eran demasiado grandes y complejos para comprenderlos de verdad. Cada vez que pensaba en ello la cabeza me daba vueltas. También me sentía inútil. Pero Ivy y Gabriel me decían que dejara de malgastar mis energías y que me concentrara en nuestra misión. Habíamos planeado visitar otras ciudades y pueblos de los alrededores de Venus Cove para echar a todas las fuerzas oscuras que pudieran encontrarse allí. Poco podíamos imaginar que ellas nos encontrarían a nosotros antes de que pudiéramos ir a buscarlas.

Cuando llegué a casa la cena ya estaba en marcha. Mis hermanos estaban fuera, en la terraza, cada uno dedicado en una actividad solitaria: Ivy tenía la nariz metida en un libro y Gabriel estaba profundamente concentrado en componer con su

13

guitarra. Sus dedos expertos tocaban las cuerdas con suavidad, obedeciendo sus silenciosas órdenes. Fui hasta ellos y me arrodillé al lado de mi perro, *Phantom*, que dormía profundamente con la cabeza apoyada sobre las patas delanteras. Al sentir el contacto de mi mano sobre su pelaje plateado y lustroso, se despertó y me miró con unos ojos tristes y brillantes como la luna, como diciéndome: «¿Dónde has estado todo el día?».

Ivy estaba medio recostada en la hamaca. La melena dorada le caía hasta la cintura y le brillaba a la luz del sol de poniente. Mi hermana no sabía bien cómo relajarse en una hamaca: se la veía demasiado bien puesta. Parecía una criatura mítica que se hubiera encontrado plantada sin ningún miramiento en un mundo que para ella no tenía ningún sentido. Llevaba puesto un vestido de muselina de color azul pastel y, para protegerse del sol, había colocado una sombrilla con volantes que, sin duda, debía de haber encontrado en alguna tienda de antigüedades y ante la cual no se había podido resistir.

—¿De dónde has sacado eso? —le pregunté riéndome—. Creo que hace mucho tiempo que están pasadas de moda.

—Bueno, a mí me parece encantadora —repuso Ivy mientras dejaba a un lado la novela que estaba leyendo. Eché un vistazo a la portada.

—¿*Jane Eyre*? —pregunté sin poder creerlo—. Ya sabes que es una historia de amor, ¿no?

—Lo sé —contestó Ivy con malhumor.

—¡Te estás pareciendo a mí! —bromeé.

—Dudo mucho que nunca pueda ser tan pánfila y tan boba como tú —contestó con el tono de quien constata un hecho, aunque su mirada era juguetona.

Gabriel dejó de tocar la guitarra y levantó la vista hacia nosotras.

—No creo que nadie sea capaz de superar a Bethany en ese tema —dijo sonriendo.

Dejó con cuidado la guitarra en el suelo y fue a apoyarse en la barandilla para mirar el mar. Su postura era, como siempre, erguida y tiesa como una flecha y llevaba el cabello rubio recogido en una cola de caballo. Sus ojos grises como el acero y sus facciones bien dibujadas eran las propias de un guerrero celes-

14

tial como él, aunque en ese momento iba vestido, como cualquier ser humano, con unos tejanos descoloridos y una camiseta ancha. La expresión de su rostro era abierta y amistosa. Me alegraba ver que Gabriel estaba más relajado últimamente. Me parecía que ahora mis hermanos eran menos críticos conmigo y que aceptaban mejor las decisiones que había tomado.

—¿Cómo es posible que siempre llegues a casa antes que yo? —me quejé—. ¡Yo voy en coche y tú vas a pie!

—Tengo mis trucos —contestó mi hermano con una sonrisa misteriosa—. Además, yo no tengo que pararme cada dos minutos para expresar mi afecto.

—¡Nosotros no paramos para expresar afecto! —protesté.

Gabriel arqueó una ceja.

—¿Entonces no era el coche de Xavier el que he visto estacionado a dos manzanas de la escuela?

—A lo mejor sí. —Levanté la cabeza con aire tranquilo, aunque odiaba que siempre tuviera razón—. ¡Pero cada dos minutos es un poco exagerado!

Ivy se puso a reír a carcajadas y su rostro en forma de corazón se iluminó.

—Oh, Bethany, relájate. Ya nos hemos acostumbrado a las DPA.

—¿Dónde has aprendido eso? —pregunté con curiosidad. Nunca había oído a mi hermana hablar de forma tan coloquial, usando las siglas que emplean los jóvenes para «Demostración Pública de Afecto». Su manera de hablar siempre sonaba fuera de lugar en el mundo real.

—Bueno, paso algún tiempo con la gente joven, ¿sabes? —repuso—. Intento ser moderna.

Gabriel y yo nos echamos a reír.

—En ese caso y para empezar, no digas «moderna» —le aconsejé.

Ivy bajó la mano y me revolvió el pelo con afecto, cambiando de tema:

—Bueno, espero que no tengas ningún plan para este fin de semana.

—¿Puede venir Xavier? —pregunté sin darle la oportunidad a que explicara qué era lo que ella y Gabriel tenían en mente. Hacía tiempo ya que Xavier se había convertido en parte integrante de mi vida. Ni siquiera cuando estábamos separados parecía haber alguna actividad o distracción que impidiera que mis pensamientos giraran en torno a él.

Gabriel puso los ojos en blanco:

—Si es imprescindible...

—Por supuesto que es imprescindible —contesté, sonriendo—. Bueno, ¿cuál es el plan?

—Hay una pequeña ciudad llamada Black Ridge a 32 kilómetros de aquí —explicó mi hermano—. Me han dicho que están sufriendo algunos... incidentes.

—¿Te refieres a incidentes malignos?

—Bueno, este último mes han desaparecido tres chicas y un puente que se encontraba en perfecto estado se ha derrumbado encima del tráfico que circulaba por debajo de él.

Hice una mueca de dolor.

—Parece un problema para nosotros. ¿Cuándo nos ponemos en marcha?

—El sábado —dijo Ivy—. Así que será mejor que descanses.

2

Codependencia

Al día siguiente Molly y yo nos encontrábamos con las demás chicas en el patio que daba al oeste, que se había convertido en nuestro sitio favorito. Molly había cambiado desde que había perdido a su mejor amiga el año anterior. La muerte de Taylah a manos de Jake Thorn había significado una alarma para mi familia. No habíamos previsto el alcance de los poderes de Jake hasta el día en que acuchilló a Taylah en la garganta para hacernos llegar el mensaje.

A partir de ese momento Molly, llevada por su sentimiento de lealtad, se distanció de su viejo círculo de amistades, y yo la seguí. No me importaba cambiar. Sabía que el instituto Bryce Hamilton debía de traerle muchos recuerdos dolorosos y yo quería ofrecerle mi apoyo de todas las maneras en que me fuera posible. Además, nuestro nuevo grupo era más o menos igual que el antiguo. Estaba formado por chicas con las que nos habíamos relacionado de vez en cuando pero con quienes nunca habíamos intimado mucho, pero como conocían a las mismas personas y cotilleaban sobre las mismas cosas, integrarse en su grupo fue pan comido.

En el antiguo grupo de Taylah había mucha crispación y yo sabía que Molly no se relajaba con ellas. De vez en cuando, y sin que viniera a cuento, las conversaciones se interrumpían de forma incómoda, se producían ese tipo de silencios en los que todo el mundo pensaba lo mismo: «¿Qué diría Taylah en estos momentos?». Pero nadie osaba decirlo en voz alta. Yo tenía la sensación de que las cosas nunca volverían a ser iguales para esas chicas. Habían intentado que todo volviera a ser normal, pero casi siempre parecía que lo hacían con demasiada intensidad. Se reían demasiado fuerte, y sus chistes siempre parecían ensayados. Era como si, dijeran lo que dijesen o hicieran lo que hiciesen, siempre hubiera algo que les recordara la ausencia de Taylah. Esta y Molly habían sido el alma del grupo, habían ejercido la autoridad en muchas cosas. Ahora que Taylah no estaba y que Molly se había apartado de ellas por completo, las chicas habían perdido a sus mentoras y se encontraban totalmente perdidas.

Era doloroso ver cómo se esforzaban por manejar la pena, un sentimiento que no podían mostrar por miedo a desatar emociones que fueran demasiado difíciles de controlar. Yo deseaba fervientemente decirles que no debían contemplar la muerte como el final sino como un nuevo comienzo, y explicarles que Taylah, simplemente, había pasado a un nuevo plano de la existencia, un plano que no era esclavo del mundo físico. Deseaba decirles que Taylah todavía estaba allí, solo que ahora era libre. Pero, por supuesto, no podía comunicarles lo que sabía: no solo significaría infringir el código más sagrado y descubrir nuestra presencia en la Tierra, sino que además me echarían del grupo por lunática.

Nuestras nuevas amigas se habían reunido alrededor de unos cuantos bancos de madera tallada que se encontraban debajo de un arco de piedra que ya habían hecho suyo. Una de las cosas que no había cambiado era su carácter territorial: si cualquier extraño pasaba por nuestra zona por casualidad, no se quedaba mucho rato, las miradas fulminantes que recibía bastaban para alejarlo. Unas nubes oscuras y amenazadoras empezaban a cubrir el cielo, pero las chicas nunca iban dentro a no ser que no quedara otra alternativa. Así que se encontraban sentadas, como siempre, con el pelo perfectamente arreglado y las faldas subidas por encima de las rodillas para aprovechar los débiles rayos de sol que se filtraban entre las nubes y que moteaban el patio con su luz suave.

La fiesta de Halloween prevista para el viernes había servido para subir el ánimo de todo el mundo y suscitaba mucha excitación. Se iba a celebrar en una casa abandonada que se encontraba a las afueras de la ciudad y que pertenecía a la familia de uno de los mayores, Austin Knox. Su bisabuelo, Thomas Knox, la había construido en 1868, unos cuantos años después de que terminara la Guerra de Secesión. Fue uno de los primeros fundadores de la ciudad y su casa, a pesar de que hacía años que la familia Knox no entraba en ella, estaba protegida por las leyes del patrimonio histórico y no se podía derruir, por lo que se encontraba vacía y deshabitada. Era una ruina, un vieja casa de campo con unos enormes porches a cada lado y rodeada solamente de campos y una carretera desierta. La gente del lugar la llamaba la casa de Boo Radley —por el inquietante y huraño personaje de la película *Matar a un ruiseñor*; nadie entraba ni salía nunca de ella— y Austin afirmaba haber visto el fantasma de su bisabuelo detrás de una de las ventanas de arriba. Según Molly era perfecta para una fiesta: por allí nunca pasaba nadie excepto algún que otro camionero o alguien que saliera por error de la carretera. Además, quedaba muy apartada de la ciudad, así que nadie podría quejarse del ruido. Al principio se trataba de una pequeña reunión, pero por algún motivo la noticia había corrido y en esos momentos toda la escuela hablaba de ello. Incluso algunos de los estudiantes de segundo curso habían conseguido invitaciones.

19

Me encontraba sentada al lado de Molly, que llevaba sus rizos anaranjados recogidos sobre la cabeza en un moño flojo. Sin maquillaje, con esos ojos grandes y azules y con sus labios rojos y bien dibujados parecía una muñeca de porcelana. No se había podido contener y se había puesto un poco de brillo de labios, pero aparte de eso había renunciado a todo lo demás: seguía con su intento de ganarse la admiración de Gabriel. Yo creía que para entonces ya debería haber superado el inútil enamoramiento que tenía por mi hermano, pero la verdad era que sus sentimientos solo parecían haberse hecho más intensos.

Yo prefería a Molly sin maquillaje; me gustaba su aspecto cuando aparentaba la edad que tenía en lugar de parecer diez años mayor.

—Voy a disfrazarme de colegiala mala —anunció Abigail.

—O sea, ¿que te vas a disfrazar de ti misma? —dijo Molly con sorna.

—A ver cuál es tu idea genial, pues.

—Voy a ir de Campanilla.

—¿De qué?

—La pequeña hada de Peter Pan.

—No es justo —se quejó Madison—. ¡Hicimos el pacto de que todas iríamos de conejitas de Playboy!

—Las conejitas están pasadas —dijo Molly echándose el pelo hacia atrás con un movimiento de cabeza—. Por no decir que son horteras.

—Perdón —interrumpí—, pero ¿no se supone que los disfraces tienen que dar miedo?

—Oh, Bethie —exclamó Savannah con un suspiro—. ¿Es que no te hemos enseñado nada?

Sonreí con resignación.

—Refréscame la memoria.

—Básicamente, todo esto no es más que una magnífica... —empezó Hally.

—Digamos que es una oportunidad para alternar con el sexo opuesto —intervino Molly fulminando a Hally con la mirada—. El disfraz tiene que dar miedo y ser sexy a la vez.

—¿Sabíais que, antes, Halloween trataba del Samhain? —dije—. La gente le tenía miedo de verdad.

—¿Quién es Sam Hen? —Hallie parecía desconcertada.

—No es «quién» sino «qué» —repuse—. En cada cultura es distinto. Pero, en esencia, la gente cree que es la noche del año en que el mundo de los muertos se encuentra con el de los vivos; es cuando los muertos pueden caminar entre nosotros y poseer nuestros cuerpos. La gente se disfrazaba para engañarlos y mantenerlos alejados.

Todas me miraron con un nuevo respeto.

—Oh, Dios mío, Bethie —exclamo Savannah estremeciéndose—. Qué manera de meternos miedo.

—¿Recordáis cuando hicimos esa sesión de espiritismo en el séptimo curso? —preguntó Abigail.

Todas asintieron con entusiasmo.

—¿Que hicisteis qué? —farfullé, incapaz de disimular mi asombro.

—Una sesión de espiritismo es...

—Ya sé lo que es —repuse—. Pero no deberíais jugar con esas cosas.

—¡Ya te lo dije, Abby! —exclamó Hallie—. Ya te dije que era peligroso. ¿Recuerdas que la puerta se cerró de golpe?

—Sí, fue tu madre quien la cerró —replicó Madison.

—Pero no pudo ser ella. Estuvo todo el rato en la cama durmiendo.

—Da igual. Creo que deberíamos intentarlo otra vez el viernes. —Abigail frunció el ceño con expresión traviesa—. ¿Qué decís, chicas?

—Yo no —contesté, decidida—. No voy a meterme en esto.

Las demás se miraron y me di cuenta de que mi negativa no las había convencido.

—Son muy infantiles —le dije a Xavier en tono de queja mientras nos dirigíamos juntos a la clase de francés. A nuestro alrededor los portazos, las llamadas de megafonía y las conversaciones se sucedían, pero Xavier y yo habitábamos nuestro propio mundo—. Quieren hacer una sesión de espiritismo y disfrazarse de conejitas.

—¿Qué tipo de conejitas? —preguntó con expresión suspicaz.

—Creo que dijeron de Playboy. Sea lo que sea.

—Creo que es posible —asintió Xavier riéndose—. Pero no dejes que te arrastren a hacer nada que te resulte incómodo.

—Son mis amigas.

—¿Y qué? —Se encogió de hombros—. Si tus amigas se tiraran de un acantilado, ¿tú también lo harías?

—¿Por qué tendrían que tirarse de un acantilado? —pregunté, alarmada—. ¿Es que alguna de ellas tiene problemas en casa?

Xavier se rio.

—Es solo una manera de hablar.

—Pues es absurda —repuse—. ¿Crees que debería disfrazarme de ángel? ¿Como en la versión cinematográfica de *Romeo y Julieta*?

—Bueno, no dejaría de tener cierta ironía —dijo Xavier,

sonriendo—. Un ángel que se hace pasar por un humano que se hace pasar por un ángel. Me gusta.

Cuando entramos en clase y nos sentamos el señor Collins nos miró mal. Me pareció que no le gustaba tanta cercanía entre Xavier y yo, y no pude evitar preguntarme si sus tres matrimonios fracasados no lo habrían dejado un poco harto del amor.

—Espero que vosotros dos podáis bajar de vuestra burbuja de amor y quedaros con nosotros el tiempo suficiente para aprender algo durante el día de hoy —comentó, cortante.

Los compañeros de clase rieron por lo bajo. Me sentí incómoda y bajé la cabeza para evitar sus miradas.

—Todo en orden, señor —contestó Xavier—. La burbuja está diseñada para permitirnos aprender desde dentro de ella.

—Es usted muy ingenioso, Woods —repuso el señor Collins—. Pero una clase no es lugar para romances. Cuando acaben con el corazón roto, sus notas se resentirán. *L'amour est comme un sablier, avec le coeur remplir le vide du cerveau.*

Conocía esa cita, de un escritor francés llamado Jules Renard. Traducida decía: «El amor es como un reloj de arena, en que el corazón se llena y el cerebro se vacía». Me desagradó su aire engreído y seguro, dando por hecho que nuestra relación estaba condenada al fracaso. Quise protestar, pero Xavier se dio cuenta y me tomó la mano por debajo de la mesa, se inclinó un poco hacia mí y me murmuró al oído:

—Seguramente no es muy buena idea ponerse chula con uno de los profesores que puntuarán los exámenes finales.

Miró al profesor y, con el tono responsable propio de un delegado, dijo:

—Comprendido, señor, gracias por su interés.

El señor Collins pareció satisfecho y volvió a concentrarse en escribir los subjuntivos en la pizarra. No pude resistirme y le saqué la lengua a sus espaldas.

Al terminar Hallie y Savannah, que también estaban en nuestra clase de francés, se acercaron hasta mí en las taquillas y me cogieron de ambos brazos con gesto amistoso.

—¿Qué tienes ahora? —preguntó Hallie.

—Mates —contesté con suspicacia—. ¿Por qué?

—Perfecto —repuso Savannah—. Ven con nosotras.

—¿Sucede algo?

—Solo queremos hablar contigo. Ya sabes, una charla entre amigas.

—Vale —asentí despacio, devanándome los sesos para adivinar qué debía de haber hecho para merecer esa extraña intervención por su parte—. ¿De qué?

—De ti y de Xavier —soltó Hallie—. Mira, no te va a gustar lo que vamos a decirte, pero somos tus amigas y estamos preocupadas por ti.

—¿Por qué estáis preocupadas?

—No es muy sano que paséis tanto tiempo juntos —explicó Hally en tono experto.

—Sí —se entremetió Savannah—. Parece que estéis pegados el uno al otro o algo. Nunca os veo separados. Tú vas donde va Xavier, Xavier va donde vas tú... todo el puñetero rato.

—¿Y eso es malo? —pregunté—. Es mi novio. Quiero pasar mi tiempo con él.

—Claro que sí, pero es que esto es demasiado. Necesitas poner cierta distancia. —Hallie hizo hincapié en la palabra «distancia», como si fuera un término médico.

—¿Por qué?

Las miré insegura. Me preguntaba si Molly les habría puesto esa idea en la cabeza o si de verdad era su opinión. Habíamos sido amigas durante todo el verano, pero me parecía un poco pronto para que me ofrecieran sus consejos sobre mis relaciones. Por otro lado, hacía menos de un año que yo era una adolescente, es decir, me sentía a merced de su experiencia. Era cierto que Xavier y yo estábamos muy unidos, cualquier tonto se daba cuenta de ello. La pregunta era: ¿nuestra proximidad era antinatural? A mí no me parecía tan poco saludable, dado todo lo que habíamos pasado juntos. Por supuesto, esas chicas no sabían nada de nuestras vicisitudes.

—Es un hecho que está estudiado —aseguró Savannah, interrumpiendo el hilo de mis pensamientos—. Mira, te lo puedo demostrar. —Metió la mano en su mochila y sacó un manoseado ejemplar de la revista *Seventeen*—. Hemos encontrado este test.

Abrió la brillante portada de la revista y pasó las páginas

23

hasta que encontró una sección ilustrada con unas orejas de perro. Una foto mostraba a una pareja joven, sentados el uno contra la espalda del otro y unidos por unas cadenas que los sujetaban por la cintura y los tobillos. Ambos tenían una expresión confusa y consternada. El test se titulaba: «¿Tienes una relación codependiente?».

—Nosotros no estamos tan mal —protesté—. La cuestión es cómo nos sentimos, no cuánto tiempo pasamos juntos. Además, no creo que el test de una revista pueda valorar los sentimientos.

—*Seventeen* da consejos muy fiables... —empezó a decir Savannah con apasionamiento.

—Está bien, no hagas el test —la interrumpió Hallie—. Pero contesta unas preguntas, ¿vale?

—Venga —accedí.

—¿De qué equipo de fútbol eres?

—Del Dallas Cowboys —dije sin dudar.

—¿Y eso por qué? —preguntó Hallie.

—Porque es el equipo de Xavier.

—Comprendo —asintió Hallie en tono de complicidad—. ¿Y cuándo fue la última vez que hiciste algo sin Xavier?

No me gustaba el tono que estaba adoptando, parecía una fiscal en un juicio.

—Hago muchas cosas sin Xavier —afirmé con displicencia.

—¿De verdad? ¿Dónde está ahora?

—Tiene una sesión práctica de primeros auxilios en el gimnasio —informé, satisfecha—. Van a repasar reanimación cardiopulmonar, aunque él ya lo aprendió en noveno durante un curso de seguridad en el agua.

—Vale —dijo Savannah—. ¿Y qué va a hacer a la hora del almuerzo?

—Tiene una reunión con el equipo de waterpolo —contesté—. Hay un chico nuevo y Xavier quiere que se entrene como defensa.

—¿Y a la hora de la cena?

—Va a venir a casa para asar unas chuletas en la barbacoa.

—¿Desde cuándo te gustan las chuletas? —Las dos arquearon las cejas.

—A Xavier le gustan.

—Caso cerrado. —Hallie se cubrió el rostro con las manos.

—De acuerdo, es verdad que pasamos mucho tiempo juntos —asentí con mal humor—. Pero ¿qué tiene eso de malo?

—Que no es normal, eso es lo que tiene de malo —anunció Savannah pronunciando cuidadosamente cada una de las palabras—. Tus amigas son igual de importantes, pero parece que ya no te interesamos. Todas las chicas sienten lo mismo, incluso Molly.

Me quedé sin saber qué decir. Por fin pareció que una niebla se disipaba y comprendí el motivo de esa discusión: las chicas se sentían abandonadas. Era cierto que siempre parecía que rechazaba sus invitaciones porque quería pasar ese tiempo con Xavier. Yo pensaba que solo se trataba de que prefería pasar mis ratos libres con la familia, pero quizás había sido poco sensible sin darme cuenta. Valoraba su amistad y en ese mismo momento me prometí ser más atenta con ellas.

—Lo siento —les dije—. Gracias por ser sinceras conmigo. Prometo hacerlo mejor.

—Genial. —Hallie sonrió de oreja a oreja—. Bueno, pues puedes empezar viniendo con nosotras al último evento que tenemos planeado para la fiesta de Halloween.

—Por supuesto —asentí, deseando compensarlas de algún modo—. Me encantará. ¿Qué es? —No había terminado la pregunta que ya intuí que estaba a punto de caer en una trampa.

—Vamos a contactar con los muertos, ¿recuerdas? —dijo Savannah—. No se permiten chicos.

—Una sesión de espiritismo —anunció Hallie con alegría—. ¿No te parece genial?

—Genial —asentí con contundencia.

Se me ocurrían un montón de palabras para describir lo que tenían pensado hacer, pero «genial» no era una de ellas.

3

Una noche nefasta

*E*l viernes llegó antes de lo que esperaba. No me atraía la idea de la fiesta de Halloween y hubiera preferido pasar la noche en casa con Xavier, pero no me pareció justo imponerle mi deseo de aislamiento.

Al ver mi disfraz, Gabriel agitó la cabeza con un gesto de sorpresa. Consistía en un fino vestido de satén blanco, unas sandalias de tiras que tomé prestadas de Molly y un par de alas pequeñas y completamente sintéticas que había alquilado en la tienda de disfraces de la ciudad. Era una parodia de mí misma y Gabriel, tal como había pensado, no se mostró nada convencido.

—Es un poco obvio, ¿no te parece? —preguntó con ironía.

—En absoluto —repliqué—. Si alguien sospecha de que somos sobrehumanos, esto lo despistará.

—Bethany, eres una mensajera del Señor, no una detective de una película de espías de serie B. Tenlo presente.

—¿Quieres que cambie de disfraz? —pregunté con un suspiro.

—No, no quiere —intervino Ivy, tomándome de la mano y dándome unas palmaditas en el dorso—. El disfraz es encantador. Al fin y al cabo, solo es una fiesta del colegio.

Miró a Gabriel de tal forma que terminó con la discusión. Gabriel se encogió de hombros. Aunque se hacía pasar por profesor de música de Bryce Hamilton, parecía que las intrigas del mundo de la adolescencia estaban fuera de su alcance.

Xavier llegó a casa disfrazado de vaquero: con tejanos descoloridos, botas de cuero marrón y una camisa a cuadros. Incluso se había puesto un sombrero de *cowboy* de piel.

—¿Truco o trato? —dijo, sonriendo.

—Sin ánimo de ofender, pero no te pareces a Batman en nada.

—No es necesario ponerse antipática, señorita —repuso Xavier adoptando un marcado acento texano—. ¿Estás lista para salir? Los caballos esperan.

Me reí.

—Piensas estar así toda la noche, ¿verdad?

—Probablemente. Te vuelvo loca, ¿a que sí?

Mi hermano tosió con fuerza para recordarnos su presencia. Siempre se sentía incómodo ante las muestras de afecto.

—No lleguéis muy tarde —dijo Ivy—. Saldremos a primera hora de la mañana hacia Black Ridge.

—No te preocupes —le prometió Xavier—. La traeré a casa en cuanto el reloj dé la medianoche.

Gabriel meneó la cabeza.

—¿Es que no podéis dejar de ser la viva expresión de todos los tópicos del mundo?

Xavier y yo nos miramos con una sonrisa.

—No —respondimos al unísono.

La vieja casa abandonada se encontraba a media hora en coche. Los faros de los vehículos de los asistentes a la fiesta moteaban la oscura carretera, y a nuestro alrededor no había más que campo abierto. Esa noche nos sentíamos extrañamente eufóricos. Era una sensación rara, como si los estudiantes de Bryce Hamilton fuéramos los amos del mundo entero. Para nosotros, esa fiesta señalaba el final de una época y eso nos despertaba sentimientos contradictorios: estábamos a punto de graduarnos y de empezar a dar forma a nuestro futuro. Era el comienzo de una nueva vida y, aunque teníamos la esperanza de que estuviera llena de promesas, no podíamos dejar de sentir cierta nostalgia por todo lo que dejábamos atrás. La vida universitaria, y toda la independencia que ella implicaba, se encontraba a la vuelta de la esquina; muy pronto las amistades serían puestas a prueba y algunas relaciones no soportarían el examen.

El cielo nocturno parecía más amplio que nunca y una gran luna creciente iba a la deriva entre retazos de nubes. Mientras conducía, miré a Xavier de reojo. Se le veía totalmente relaja-

27

do al volante del Chevy, su rostro no mostraba la menor inquietud. Íbamos a una velocidad constante y sujetaba el volante con una mano. La luz de la luna se filtraba por la ventanilla y le iluminaba la cara. Giró la cabeza, me miró y unas sombras bailaron sobre sus armoniosas facciones.

—¿En qué estás pensando, cielo? —preguntó.

—En que podría conseguir algo mucho mejor que un *cowboy* —bromeé.

—Estás tentando mucho a la suerte esta noche —repuso Xavier con seriedad fingida—. ¡Soy un vaquero al límite!

Reí aunque no acababa de comprender la alusión. Le hubiera podido preguntar a qué se refería, pero lo único que me importaba era que estábamos juntos. ¿Qué más daba si me perdía algún que otro chiste? Eso hacía que lo nuestro fuera todavía más interesante.

Circulábamos por una sinuosa carretera invadida por la maleza, siguiendo a una destartalada camioneta ocupada por chicos del último curso que se habían bautizado a sí mismos como «manada de lobos». No sabía muy bien qué significaba, pero todos ellos llevaban pañuelos de color caqui, y se habían pintado unas rayas negras sobre la cara y el pecho, como las marcas de guerra.

—Una excusa cualquiera para quitarse la camiseta —se mofó Xavier.

Los chicos se habían repantigado en la caja trasera de la camioneta y se dedicaban a fumar un cigarrillo tras otro mientras daban buena cuenta de un barril de cerveza. En cuanto la camioneta aparcó soltaron un aullido lobuno, saltaron al suelo y se dirigieron hacia la casa. Uno de ellos se detuvo para vomitar en un arbusto. Cuando hubo vaciado todo el contenido de su estómago, se incorporó y continuó corriendo.

La casa recreaba la típica temática de Halloween: era vieja y laberíntica, con un porche desvencijado que ocupaba toda la fachada. Necesitaba urgentemente una mano de pintura; la blanca original estaba completamente cuarteada y desconchada, y por debajo de ella asomaba el color agrisado de las planchas de madera, lo que otorgaba al lugar un marcado aspecto de abandono.

Austin debía de haber reclutado a todas sus amigas para que lo ayudaran en la decoración, porque el porche brillaba de calaveras iluminadas y barritas luminosas, pero las ventanas del piso de arriba estaban oscuras. En los alrededores no se percibía la menor señal de civilización: si había algún vecino, debía de encontrarse demasiado lejos para ser visible. Comprendí por qué habían elegido esa casa para la fiesta: allí podríamos hacer todo el ruido que quisiéramos y nadie podría oírnos. La idea me hizo sentir un tanto incómoda. Lo único que separaba la carretera de la casa era una destartalada cerca que había conocido días mejores. En medio del prado adyacente, a unos cien metros de donde nos encontrábamos, había un espantapájaros sujeto a un palo: tenía el cuerpo inerte y la cabeza le colgaba a un lado de forma inquietante.

—Eso es espeluznante —murmuré acercándome a Xavier—. Parece completamente real.

Xavier me pasó un brazo por los hombros.

—No te preocupes. Solo persigue a las chicas que no saben apreciar a sus novios como merecen.

Le propiné un codazo, juguetona.

—¡No tiene ninguna gracia! Además, mis amigas creen que sería saludable que tú y yo pasáramos algún tiempo separados.

—Bueno, yo discrepo.

—¡Eso es porque quieres toda mi atención!

—Ten cuidado, que te van a oír...

La casa ya se había llenado de gente. El interior estaba iluminado con farolillos y velas, pues el lugar llevaba tanto tiempo deshabitado que habían cortado la luz. A nuestra izquierda se levantaba una sinuosa escalera, pero los escalones estaban gastados y podridos: era evidente que los padres de Austin habían dejado que todo se deteriorara. Habían colocado velas sobre cada uno de los escalones y la cera goteaba sobre la madera formando charcos que parecían hielo. En el amplio pasillo se abrían varias habitaciones vacías que, supuse, en esos momentos estarían ocupadas por parejas ebrias. De todas formas, la oscuridad resultaba inquietante. Recorrimos todo el pasillo entre chicos y chicas con variados disfraces; algunos se habían esforzado mucho en su elaboración. Se veían colmillos de vampiro, cuernos de demonio y mucha sangre de mentira. Un chico altísimo, disfrazado de la Muerte y con el rostro completamente oculto bajo una capucha pasó por nuestro lado. Vi a Alicia del país de las maravillas (en versión zombi), a una siniestra muñeca de trapo, a Eduardo Manostijeras y a alguien con una careta inspirada en Hannibal Lecter. Apreté con fuerza la mano de Xavier. No quería fastidiarle la noche, pero todo eso me resultaba ligeramente escalofriante. Era como si todos los personajes de todas las historias de terror hubieran cobrado vida a nuestro alrededor. Lo único que aligeraba ese aire fantasmagórico era el continuo bullicio de las conversaciones y las risas. Entonces alguien conectó un iPod al equipo de música y, de repente, la casa se llenó de música a un volumen tan alto que las vibraciones sacudieron todo el polvo de la araña de luces que teníamos sobre la cabeza.

Nos abrimos paso por entre la gente y en el salón nos encontramos con Molly y las chicas, que se habían acomodado en un tresillo de tapizado deslucido. La mesilla de café que tenían delante ya estaba repleta de vasos y botellas de whisky medio vacías. Molly había seguido con su idea y se había presentado disfrazada de Campanilla, con un vestido verde de bordes desiguales, zapatillas de bailarina y dos alas de hada. Pero había elegido con atención todos los detalles para que hicieran juego con el espíritu de Halloween: llevaba unas cadenas de plata alrededor de las muñecas y los tobillos, y se había embadurnado el rostro y el cuerpo con sangre de mentira y barro. Del pecho le sobresalía la empuñadura de una daga. Incluso Xavier se mostró impresionado y alzó las cejas con cara de aprobación.

—Una Campanilla gótica. Buen trabajo, Molly —reconoció.

Nos sentamos en un diván, al lado de Madison, que había mantenido su palabra y se había convertido en una conejita de Playboy: un corsé negro, una colita peluda y un par de orejitas blancas. Llevaba el maquillaje de los ojos corrido de tal forma que parecía que tuviera dos ojos negros. Bebió todo el contenido de un vaso y lo dejó en la mesa con un golpe seco y un gesto de victoria.

—Vosotros dos sois unos muermos —balbució cuando nos apretujamos a su lado—. ¡Estos disfraces son lo peor!

—¿Qué tienen de malo? —preguntó Xavier en un tono que indicaba claramente que no le podía importar menos su opinión y que solo lo preguntaba por educación.

—Pareces Woody de *Toy Story* —repuso Madison, de repente incapaz de reprimir un ataque de risa—. Y tú, Beth, ¡venga! Por lo menos te habrías podido disfrazar de Ángel de Charlie. Ninguno de los dos dais nada de miedo.

—Pues tu vestido tampoco es especialmente terrorífico —intervino Molly para defendernos.

—No estoy tan seguro —dijo Xavier.

Ahogué una carcajada poniéndome la mano sobre la boca. A Xavier nunca le había caído muy bien Alison. Bebía y fumaba demasiado, y siempre daba su opinión sin que nadie se la pidiera.

—Cállate, Woody —farfulló Madison.

—Me parece que aquí hay alguien que debería dejar el vaso tranquilo un rato —le aconsejó Xavier.

—¿No tienes que ir a un rodeo o algo?

Xavier se puso en pie sin contestarle al ver que justo en ese momento su equipo de waterpolo entraba en la sala y anunciaba su llegada con un prolongado grito de guerra colectivo. Al ver que Xavier se les acercaba, lo saludaron.

—¡Eh, tío!

—Colega, ¿que haces con este traje?

—¿Te ha convencido Beth de esto?

—¡Tío, estás muy pillado! —Uno de los chicos le saltó a la espalda como un chimpancé y lo tumbó al suelo.

—¡Sal de encima!

—¡Yuuuujuuuuu!

Estallaron en carcajadas, enredándose en una divertida escaramuza. Cuando Xavier consiguió librarse de ellos le habían quitado toda la ropa excepto los tejanos; el pelo, que estaba perfectamente peinado cuando llegamos, lo tenía totalmente revuelto. Me miró y se encogió de hombros, como diciéndome que él no era responsable del comportamiento de sus amigos, y se puso una camiseta negra que uno de los chicos le lanzó.

—¿Estás bien, Osito? —pregunté un poco preocupada mientras le arreglaba el pelo: no me gustaba que sus amigos jugaran tan a lo bruto. Mis atenciones provocaron que sus amigos arquearan las cejas, asombrados.

—Beth —Xavier me puso una mano sobre el hombro—, tienes que dejar de llamarme así delante de la gente.

—Lo siento —repuse avergonzada.

Xavier se rio.

—Venga, vamos a tomar algo.

Nos hicimos con una cerveza para Xavier y un refresco para mí, y fuimos a sentarnos en un mullido sofá que alguien había arrastrado hasta el porche trasero de la casa. Del alero del tejado colgaban unos farolillos de papel rosas y verdes que iluminaban el deteriorado patio con una luz tenue. Más allá de este, los campos se alejaban hasta lindar con un bosque denso y oscuro.

Aparte del salvaje comportamiento de los invitados de dentro, fuera la noche era quieta y tranquila. Un tractor oxidado descansaba abandonado entre la crecida hierba. Justo pensaba en lo pintoresco de ese entorno, que parecía una pintura de tiempos remotos, cuando una pieza de ropa interior de encaje cayó a nuestros pies desde una de las ventanas laterales de la casa. Me sonrojé al darme cuenta de que detrás de la ventana había una pareja y que no se encontraban precisamente enzarzados en una conversación profunda y significativa. Aparté rápidamente la mirada e intenté imaginar el aspecto que debía de haber tenido esa casa antes de que la familia Knox la dejara caer en la ruina. Seguro que había sido imponente y hermosa durante los días en que las chicas todavía llevaban carabina y los bailes consistían en elegantes valses al son de un magnífico piano; nada parecido al torbellino y a los embates que tenían lugar dentro en ese momento. Antiguamente los encuentros sociales eran elegantes y comedidos, muy distintos del caos que se había desatado en la vieja casa esa noche. Imaginé que, en ese mismo porche —aunque nuevo, pulido y adornado con una madreselva enredada en sus columnas—, un hombre con una chaqueta con faldón se inclinaba en una reverencia ante una mujer que llevaba un vaporoso vestido. En mi imaginación, el cielo estaba estrellado y la doble puerta de entrada a la casa se encontraba abierta para que la música de dentro inundara la noche.

—Halloween es una mierda.

Las palabras de Ben Carter, de mi clase de literatura, interrumpieron mi ensueño. El chico se acercó a nosotros. Le hubiera contestado, pero sentí el fuerte brazo de Xavier que me rodeaba y me resultó difícil concentrarme en otra cosa. Con el rabillo del ojo vi que su mano colgaba relajadamente de mi hombro. Me gustaba ver que llevaba el anillo de plata: era un símbolo de que él pertenecía a alguien, que no estaba disponible para nadie más que para mí. Aunque eso parecía extraño en un chico de dieciocho años tan guapo y tan popular: cualquier extraño que se encontrara con él, que viera su cuerpo perfecto, su tranquila mirada de color turquesa, su encantadora sonrisa y el mechón de cabello castaño que ondeaba sobre su frente, se hubiera dado cuenta de que podría tener a todas las chicas que quisiera.

Cualquiera hubiera dado por supuesto que, al igual que todo adolescente normal, él estaría disfrutando de las ventajas de ser joven y atractivo. Solo quienes lo conocían sabían que Xavier estaba totalmente comprometido conmigo. Xavier no solo era guapo hasta quitar el hipo, sino que era un líder admirado y respetado por todo el mundo. Yo lo amaba y lo admiraba, pero todavía no acababa de creerme que era mío. No podía comprender por qué había tenido tanta suerte. A veces me preocupaba pensar que quizá fuera un sueño y que, si me desconcentraba, todo aquello se desvanecería ante mis ojos. Pero él continuaba sentado a mi lado, firme y sólido. Cuando se hizo evidente que yo me había perdido en mis pensamientos, le contestó a Ben.

—Relájate, Carter, solo es una fiesta —rio.

—¿Y tu disfraz? —le pregunté, obligándome a volver a la realidad.

—Yo no me disfrazo —contestó, cínico.

Ben era la clase de chico que lo encontraba todo pueril y por debajo de su nivel. Conseguía mantener su sentido de superioridad a base de no participar en nada pero, al mismo tiempo, siempre aparecía en el último momento por si acaso se perdía algo.

—Por dios, es asqueroso —dijo con una mueca al ver la ropa interior de encaje en el suelo del porche—. Espero no pillarme nunca tanto de alguien como para consentir en hacerlo en un tractor.

—Lo del tractor no lo sé —bromeé—, pero me apuesto lo que sea a que un día te enamorarás y no podrás hacer nada al respecto.

—Imposible. —Ben levantó los brazos y los cruzó sobre su cabeza, desperezándose y cerrando los ojos—. Estoy demasiado amargado y hastiado.

—Podría intentar montarte una cita con una de mis amigas —ofrecí. Me gustaba la idea de hacer emparejamientos y tenía mucha confianza en mis artes—. ¿Qué te parece, Abby? No tiene novio, es guapa y no es demasiado exigente.

—Dios Santo, no, por favor —repuso Ben—. Seríamos la peor pareja de la historia.

—¿Perdón? —La falta de confianza de Ben en mis habilidades me disgustó.

—Te perdono lo que quieras —se burló Ben—. Mi decisión es firme. No me voy a dejar emparejar con una Barbie que bebe tinto de verano y lleva tacones de aguja. No tendríamos nada que decirnos excepto «adiós».

—Me alegra saber que tienes tan buena opinión de mis amigas —le dije, contrariada—. ¿Es eso lo que piensas de mí?

—No, tú eres distinta.

—¿Por qué?

—Eres rara.

—¡No lo soy! —exclamé—. ¿Qué tengo de raro? Xavier, ¿crees que soy rara?

—Tranquilízate, cielo —dijo Xavier con los ojos brillantes de humor—. Estoy seguro de que Carter lo dice en el mejor de los sentidos.

—Bueno, pues tú también eres raro —le devolví, consciente de lo irascible que me estaba mostrando.

Él rio y terminó la cerveza que estaba tomando.

—Solo un raro puede reconocer a otro raro.

En ese momento, unas voces estridentes nos llamaron la atención. La puerta se abrió y unos chicos del equipo de waterpolo salieron al porche. Pensé que era increíble hasta qué punto me recordaban a los cachorros de león, saltando los unos sobre los otros y rodando por el suelo. Se acercaron desordenadamente hasta donde estábamos nosotros y Xavier meneó la cabeza con una ligera expresión de amonestación. Entre ellos reconocí a Wesley y a Lawson. Era fácil distinguirlos: Wesley tenía el pelo liso y oscuro y las cejas juntas y bajas; Lawson tenía rizos rubios y claros y unos caídos ojos de un azul apagado que no brillaba como el color de ojos de Xavier. Al verme, me saludaron con un gesto de la cabeza y volví a pensar en la época en que los hombres daban un golpe de tacón y se inclinaban ante una dama. Les devolví el saludo con una sonrisa. No conseguí animarme a hacer lo que mis amigas llamaban «asentimiento de superioridad»: me hacía sentir como si me encontrara en uno de esos vídeos que Molly veía en MTV, donde unos hombres encapuchados con cadenas de oro rapeaban sobre otros «tíos».

—Venga, Woods —lo animaron los chicos—. Nos vamos al río.

Xavier soltó un gemido.

—Vamos allá.

—Ya conoces las reglas —gritó Wesley—. El último que llegue se baña desnudo.

—Dios Santo, realmente han descubierto la cima de la estimulación intelectual —refunfuñó Ben.

Xavier se puso en pie con gesto renuente y lo miré, sorprendida.

—No vas a ir, ¿no? —pregunté.

—Esta carrera es una tradición en Bryce —repuso riendo—. Lo hacemos cada año, estemos donde estemos. Pero no te preocupes, nunca llego el último.

—No estés tan seguro —alardeó Lawson saltando del porche y corriendo a toda velocidad hacia el bosque que se encontraba en la parte trasera del terreno—. ¡Llevo ventaja!

Los demás chicos siguieron su ejemplo, empujándose los unos a los otros sin contemplaciones mientras corrían. Avanzaron chocando entre sí por los matorrales en dirección a campo abierto, como en una estampida.

35

Cuando hubieron desaparecido de la vista, dejé a Ben con sus reflexiones filosóficas y fui adentro en busca de Molly. Ella y las chicas habían cambiado de sitio y las encontré apiñadas con actitud misteriosa al pie de las escaleras. Abigail llevaba una gran bolsa de papel debajo del brazo. Todas estaban muy serias.

—¡Beth! —Molly me agarró del brazo en cuanto llegué a su lado—. Me alegro de que estés aquí: estamos a punto de empezar.

—¿Empezar el qué? —pregunté con curiosidad.

—La sesión de espiritismo.

Ahogué un gemido: así que no se habían olvidado. Tenía la esperanza de que abandonaran el plan en cuanto empezaran a divertirse en la fiesta.

—No podéis hablar en serio, chicas —dije, pero me di cuenta de que me miraban con absoluta sinceridad. Intenté una estrategia distinta—: Eh, Abby, Hank Hunt está fuera. Parece que le iría bien un poco de compañía.

Abigail estaba loca por Hank Hunt desde el primer curso y no había dejado de desbarrar sobre él desde entonces. Pero esa noche ni siquiera él podía despistarla del plan que se traían entre manos.

—A quién le importa Hank Hunt —repuso Abigail en tono de mofa—. Esto es súper más importante. Vamos a buscar una habitación vacía.

—No —dije, negando firmemente con la cabeza—. Venga, chicas, ¿es que no podemos encontrar otra cosa que hacer?

—Pero es Halloween —protestó Hallie con un mohín infantil—. Queremos hablar con los fantasmas.

—Los muertos deben quedarse donde están —contesté—. ¿Es que no podéis jugar a pescar manzanas con la boca o algo?

—No seas tan aguafiestas —dijo Savannah. Se puso en pie y empezó a tirar de mí escaleras arriba. Las demás nos siguieron con gran excitación—. ¿Qué puede pasar?

—¿Es una pregunta retórica? —respondí, apartándome—. ¿Qué puede no pasar?

—No creerás de verdad en fantasmas, ¿no, Bethie? —preguntó Madison—. Solo queremos divertirnos un poco.

—Creo que no deberíamos jugar con esto —dije con un suspiro.

—Vale, pues no vengas —me cortó Hallie con aspereza—. Quédate aquí abajo sola a esperar a Xavier, como haces siempre. Sabíamos que te rajarías de todas maneras. Nos divertiremos sin ti.

Me miró con una expresión dolida y las demás asintieron con la cabeza, apoyándola. Yo no conseguía hacerles entender el peligro que su plan conllevaba. ¿Cómo explicar a unas niñas que es peligroso jugar con fuego si nunca se han quemado? Deseé que Gabriel estuviera allí. Él emanaba autoridad y hubiera sabido exactamente qué decir para hacerlas cambiar de opinión: siempre ejercía ese efecto en las personas. En cambio, allí estaba yo, como una ceniza aguafiestas. Vaya ángel guardián estaba hecha. Sabía que no tenía el poder de impedirles nada, pero no podía permitir que continuaran sin mí. Si pasaba algo, por lo menos estaría con ellas para enfrentarme con lo que se encontraran. Las chicas ya estaban subiendo escaleras arriba cogidas del brazo y susurraban con gran excitación.

—Chicas —llamé—. Esperad... voy con vosotras.

37

4

Cruzar la raya

$\mathcal{A}$rriba, la casa olía a rancio y a moho. En el rellano, el papel de pared de color marfil se desprendía a tiras a causa de la humedad. Aunque todavía llegaba a nuestro oídos el fragor de la fiesta de abajo, el ambiente en la segunda planta era de un silencio sobrenatural, como si en cualquier momento fuera a suceder algo paranormal. Las chicas se entusiasmaron:

—Es el sitio perfecto —dijo Hallie.

—Seguro que este lugar ya está encantado —añadió Savannah con el rostro ruborizado por la emoción.

De repente, mi preocupación parecía desproporcionada con respecto a la situación real. ¿Era posible que estuviera exagerando? ¿Por qué siempre daba por sentado lo peor y permitía que mi carácter precavido aguara el buen ánimo de todos los que me rodeaban? Me reprendí mentalmente por mi costumbre de sacar conclusiones demasiado deprisa: ¿qué posibilidades tenían de contactar con el otro lado unas chicas que solo querían divertirse? Era sabido que ese tipo de comunicaciones se establecían, pero se necesitaba la presencia de un médium experto. A los espíritus errantes no les gustaba ser motivo de diversión de unos adolescentes. Lo más probable era que las chicas acabaran aburriéndose al ver que no conseguían los resultados que habían esperado.

Seguí a Molly y a las chicas hasta la habitación que había sido el cuarto de invitados. Una gruesa capa de polvo y suciedad oscurecía los cristales de sus altas ventanas. La estancia estaba completamente vacía excepto por un desvencijado somier de hierro que se encontraba apoyado contra una de las mugrientas ventanas. El somier había sido blanco, pero el paso del tiempo lo había cubierto con una pátina de color mantecoso. Encima del mismo se extendía un desteñido cubrecama que mostraba un estampado de rosas. Pensé que la familia Knox no venía a esa vieja casa de campo ni siquiera para visitarla, por no hablar ya de invitar a nadie a pasar el verano. Los marcos de las ventanas se veían resecos por el sol y no había ninguna cortina que velara la luz de la luna. La habitación daba al oeste y desde allí vi el bosque que se encontraba detrás de la propiedad y el espantapájaros que montaba guardia en el prado: la brisa nocturna le agitaba el sombrero de paja que llevaba sobre la cabeza.

Sin necesidad de instrucciones, las chicas se sentaron con las piernas cruzadas formando un círculo encima de una raída alfombra. Abby metió la mano con mucho cuidado dentro de la bolsa de papel que llevaba, como si fuera a extraer un objeto de valor inestimable, y sacó una güija envuelta en un trapo de felpa de color verde tan gastado que hubiera podido pasar por una pieza de anticuario.

—¿De dónde has sacado eso?

—Mi abuela me lo ha dado —aclaró Abby—. Fui a visitarla a Savannah el mes pasado.

Con exagerada ceremonia, Abby depositó el tablero en el centro del círculo que habíamos formado. Yo solamente había visto una güija en los libros, pero esta me pareció más decorada de lo que hubiera esperado. A ambos lados del tablero, formando dos líneas rectas, había las letras del abecedario, números y otros símbolos que no reconocí. En los otros dos extremos había las palabras «Sí» y «No», en mayúsculas y rodeadas por unas florituras. Incluso alguien que nunca en su vida hubiera visto una güija se habría dado cuenta de la conexión que tenía con las artes oscuras. Luego Abby quitó el papel de seda con que había envuelto una frágil copa de jerez, lo dejó a un lado y colocó la copa del revés encima de la tabla.

—¿Cómo funciona esto? —quiso saber Madison.

Aparte de mí, ella era la única que no se mostraba muy excitada, pero sospeché que eso más bien se debía a que en ese cuarto no había ni chicos ni alcohol y no a que estuviera preocupada por lo que pudiera suceder.

39

—Hace falta un objeto conductor, como un trozo de madera o un vaso del revés, para comunicarse con el mundo de los espíritus —explicó Abby, disfrutando del papel de experta que había adoptado—. Todos los de nuestra familia tenemos fuertes poderes psíquicos, así que sé de qué hablo. Necesitamos unir todas nuestras energías para que funcione. Tenemos que concentrarnos y poner el dedo índice en el pie de la copa. No hagáis demasiada presión porque la energía se puede atascar y entonces no funciona. Cuando hayamos contactado con el espíritu, este deletreará el mensaje que quiera comunicarnos. Vale, empecemos. Pongamos todas el dedo en la copa. Con suavidad.

Dejé hacer a Abby: se mostraba muy convincente, teniendo en cuenta que debía de estar inventándoselo todo en ese mismo momento. Las chicas llevaron a cabo sus instrucciones de buen grado.

—¿Y ahora qué? —preguntó Madison.

—Esperaremos a que se mueva.

—¿De verdad? —Molly puso los ojos en blanco—. ¿Eso es todo? ¿Y si cualquiera de nosotras, simplemente, empuja la copa y dice lo que quiere?

Abby la fulminó con la mirada.

—Es muy fácil ver la diferencia entre un mensaje falso y uno de un espíritu, Mad. Además, los espíritus saben cosas que nadie más sabe. —Se echó el pelo hacia atrás con un gesto de la cabeza—. Tú no puedes comprenderlo. Yo lo sé porque tengo mucha práctica. Bueno, ¿preparadas para empezar? —preguntó con voz solemne.

Clavé las uñas con fuerza en la alfombra deseando poder encontrar alguna manera de salir de la habitación sin que me vieran. El chasquido de una cerilla me sobresaltó y vi que Molly iba a encender unas velas que alguien había colocado en el suelo: acercó la cerilla a la mecha de las velas que, inmediatamente, se iluminaron con un siseo.

—Intentad no moveros bruscamente durante la sesión —dijo Abby mirándome fijamente—. No hay que asustar al espíritu. Tiene que sentirse cómodo con nosotras.

—¿Lo sabes por experiencia o porque lo has visto en *Cuar-*

to milenio? —preguntó Madison con sarcasmo, incapaz de reprimirse.

—Todas las mujeres de mi familia han estado siempre conectadas con «el otro lado» —dijo Abby.

No me gustó el tono con que remarcó las palabras «el otro lado», como si estuviera contando una historia de fantasmas durante un campamento escolar.

—¿Has visto un fantasma alguna vez? —preguntó Hallie en voz baja.

—Sí, lo he visto —declaró Abby con una seriedad mortal—. Y por eso voy a hacer de médium esta noche.

Yo no sabía si Abby decía la verdad o no. A veces la gente tiene breves visiones de los muertos cuando estos pasan de un mundo al otro, pero lo más común es que se trate del producto de una imaginación desenfrenada. Es fácil que una pequeña sombra o un efecto de luz se confundan con un suceso sobrenatural. A mí no me sucedía eso, yo era capaz de notar la presencia de los espíritus constantemente: estaban por todas partes. Si me concentraba, podía saber cuáles vagaban perdidos, cuáles acababan de pasar al otro lado y cuáles buscaban a sus seres queridos. Gabriel me había aconsejado que me desconectara de ellos, pues no eran responsabilidad nuestra. Recordé la vez en que mi antigua amiga Alice vino a decirme adiós cuando falleció, el año anterior. La vi brevemente, al otro lado de la ventana de mi habitación, porque enseguida desapareció. Pero no todos los espíritus eran tan amables como Alice: aquellos que no podían desprenderse de sus apegos terrenales vagaban durante años y, con el tiempo, se iban volviendo retorcidos hasta que, al final, acababan enloqueciendo de tanto ver a su alrededor una vida de la que nunca más podrían formar parte. Perdían el contacto con los seres humanos y acababan sintiendo resentimiento contra ellos. Incluso muchas veces actuaban de forma violenta. Me pregunté si Abby se mostraría tan interesada en el tema si supiera la verdad de lo que pasaba en el otro lado. Pero no podía decírselo, no sin delatarme por completo.

Las chicas asintieron con la cabeza, felices de delegar el papel de médium en ella. Noté que Molly, que estaba a mi lado, se estremecía.

41

—Y ahora daos las manos —dijo Abby—. Y pase lo que pase, no os soltéis. Tenemos que formar un círculo de protección: si el círculo se rompe, el espíritu queda libre.

—¿Quién te ha dicho eso? —susurró Savannah—. ¿Si nos soltamos, no se termina la sesión simplemente?

—Sí, y si se trata de un espíritu benigno, al soltarnos se irá a descansar; pero si es un espíritu maligno, tendremos que ir con mucho cuidado. No sabemos quién puede venir.

—¿Y qué tal si invocamos a un espíritu benigno? —sugirió Madison.

Abby le dirigió una mirada desdeñosa.

—¿Por ejemplo Casper?

A Madison no le hizo gracia que se burlara de ella, pero todas sabíamos que Abby tenía razón.

—Supongo que no —asintió.

—Entonces saldrá lo que salga.

Me mordí la lengua para no hacer ningún comentario sobre el plan «infalible» de Abby. Realizar una sesión de espiritismo la única noche del año en que era posible que funcionara era extremadamente estúpido. Meneé la cabeza e intenté alejar esos pensamientos. Me dije a mí misma que no se trataba más que de un juego infantil, de algo típico que hacían casi todos los adolescentes para divertirse. Cuanto antes termináramos, antes podríamos regresar abajo y disfrutar del resto de la noche.

Molly y Savannah, sentadas cada una a mi lado, me tomaron de la mano con fuerza. Noté el sudor en sus palmas y percibí en ellas una mezcla de miedo y excitación. Abby bajó la cabeza y cerró los ojos. El cabello rubio le cayó delante de la cara y tuvo que interrumpir la invocación para recogérselo en una cola de caballo con una goma que llevaba en la muñeca. Luego se aclaró la garganta con gran dramatismo, nos miró con expresión amenazante y empezó a hablar en voz baja y entonando, como si cantara.

—¡Espíritus que erráis por esta Tierra, os invoco a que os presentéis ante nosotras! No os haremos ningún daño. Solamente queremos contactar con vosotros. No tengáis miedo. Si tenéis algo que contar, estamos aquí para escucharlo. Repito, no os haremos ningún daño; a cambio, os pedimos que tampoco nos hagáis daño alguno.

La habitación se sumió en un silencio mortal. Las chicas se miraban con incomodidad. Me di cuenta de que más de una se arrepentía ahora de haber mostrado tanto entusiasmo por la idea de Abby y hubiera preferido encontrarse en el piso de abajo bebiendo con sus amigas y flirteando con los chicos. Apreté la mandíbula y me esforcé por alejar mis pensamientos de la desagradable ceremonia que se estaba desarrollando ante mí. El sentido común me decía que molestar a los muertos no solamente era poco inteligente, sino también desconsiderado. Además, iba contra todo lo que me habían enseñado acerca de la vida y de la muerte. ¿Es que esas chicas no habían oído nunca la expresión «descanse en paz»? Quise soltarles las manos y salir de la habitación, pero sabía que Abby se pondría furiosa y que yo tendría que llevar la etiqueta de aguafiestas durante todo el año. Suspiré profundamente con la esperanza de que pronto se aburrieran al ver que no obtenían ninguna respuesta y de que abandonaran el juego. Molly giró la cabeza hacia mí e intercambiamos una mirada de escepticismo.

Pasaron cinco largos minutos durante los cuales solamente oíamos nuestra propia respiración y la repetida invocación de Abby. Justo cuando las chicas empezaban a mostrar signos de impaciencia y alguna de ellas se quejaba de un calambre en la pierna, la copa de cristal empezó a vibrar. Todas nos sobresaltamos y nos enderezamos con una atención renovada. La copa continuó vibrando durante unos instantes y luego empezó a desplazarse sobre el tablero deletreando una frase. Abby, en su papel de médium, anunciaba cada una de las letras elegidas por la copa hasta que formaron un mensaje completo.

«Parad. Parad ahora. Salid de aquí. Estáis todas en peligro.»

—Uau, esto parece emocionante —dijo Madison en tono de burla.

Las demás se miraron con expresión de incertidumbre, intentando decidir quién era la responsable de esa broma. Pero puesto que todas teníamos el dedo sobre la copa, era imposible saber quién la había movido. Noté que Molly me apretaba la mano con más fuerza y vi que la copa volvía a moverse para escribir un mensaje.

«Parad. Escuchad. El Diablo está aquí.»

—¿Por qué tenemos que creerte? —preguntó Abby sin contemplaciones—. ¿Te conocemos?

La copa se movía ahora trazando amplias curvas, completamente sola. Cruzó todo el tablero y se fue directamente hacia la palabra «Sí».

—Vale, esto es una broma —dijo Madison—. Venga, confesad. ¿Quién ha sido?

Abby ignoró la protesta.

—Cállate, Mad. Nadie lo está haciendo —replicó Hallie en tono tajante—. Estás cortando el rollo.

—No esperaréis que me crea...

—Si te conocemos, dinos tu nombre —insistió Abby.

La copa se quedó paralizada durante unos largos segundos.

—Ya os he dicho que todo esto no es más que una imbecilidad —empezó a decir Madison.

Justo en ese momento, la copa volvió a moverse sobre el tablero. Al principio parecía dudar, se quedaba unos instantes ante unas letras y, de repente, se apartaba de ellas, como si quisiera tomarnos el pelo. Me pareció que su comportamiento era inseguro, como el de un niño que no sabe del todo lo que está haciendo. Pero al final recorrió el tablero y formó la sílaba «Tay». Entonces volvió a detenerse, como sin saber qué hacer.

—Puedes confiar en nosotras —animó Abby.

La copa volvió a colocarse en el centro del tablero y, desde allí, volvió a realizar un recorrido hasta que hubo deletreado las últimas tres letras: «lah».

Fue Molly quien rompió el incómodo silencio:

—¿Taylah? —murmuró en un hilo estrangulado de voz. Se secó con furia las lágrimas y nos miró a todas, rabiosa—. Vale, esto no tiene ninguna gracia —dijo entre dientes—. ¿Quién ha sido? ¿Qué puñetas os pasa, chicas?

Su acusación provocó que todas negaran con la cabeza y protestaran.

—Yo no he sido —dijeron—. No he hecho nada.

Sentí un escalofrío por toda la espalda. En lo más hondo de mí sabía que ninguna de las chicas era capaz de caer tan bajo y hacer aparecer a su amiga muerta en ese juego. La muerte de Taylah todavía estaba muy presente y nadie se hubiera atrevido a bromear al respecto. Y eso solo podía significar una cosa: que Abby había contactado, había traspasado la barrera. Nos encontrábamos en terreno peligroso.

—¿Y si no es una broma? —sugirió Savannah, insegura—. Ninguna de nosotras está tan mal de la cabeza para hacer algo así. ¿Y si de verdad es ella?

—Solamente hay una manera de saberlo —repuso Abby—. Tenemos que pedirle que nos dé alguna señal.

—Pero acaba de decirnos que paremos —protestó Molly—. ¿Y si no quiere que la volvamos a invocar?

—Sí. ¿Y si intentaba advertirnos? —dijo Hallie estremecida.

—Sois muy crédulas. —Madison puso los ojos en blanco—. Adelante, Abby, invócala, no va a pasar nada malo.

Abby se inclinó hacia delante curvando la espalda sobre la güija.

—Te lo ordenamos —dijo con voz profunda—. Preséntate aquí y muéstrate.

Al otro lado de la ventana, una nube oscura cruzó el cielo tapando la luna y cerrando el paso a la plateada luz que hasta ese momento había iluminado la habitación. Por un momento noté a Taylah, que emitía un calor tan fuerte como el de mis manos. Pero con la misma rapidez con que había aparecido, su presencia se desvaneció dejando un espacio frío en el aire.

—Te lo ordenamos —repitió Abby con mayor énfasis—. Preséntate.

El viento hizo vibrar los cristales de las ventanas. De repente, la habitación pareció muy fría y Molly me apretó los dedos de la mano con tanta fuerza que casi me cortó la circulación.

—¡Adelante! —ordenó Abby—. ¡Muéstrate!

En ese instante la ventana se abrió y un fuerte viento se arremolinó en la habitación, apagando las velas. Algunas de las

45

chicas soltaron un chillido y se apretaron las manos con más fuerza todavía. Sentí el viento en la nuca, como el contacto de unos dedos fríos y muertos. Me estremecí y me encogí, intentando protegerme de él. Oí que Savannah lloriqueaba y me di cuenta de que sentía lo mismo que yo. Seguramente esas chicas no se daban cuenta de muchas cosas, pero en ese momento cualquiera habría sido capaz de percibir una presencia en el cuarto, una presencia en absoluto amistosa.

Entonces supe que tenía que decir algo antes de que fuera demasiado tarde.

—¡Tenemos que detener esto! —grité—. Ha dejado de ser un juego.

—No puedes irte ahora, Beth. Lo echarás todo a perder. —Abby recorrió el cuarto con la mirada—. ¿Hay alguien aquí? —preguntó—. Haz una señal si puedes oírme.

Oí que Hallie ahogaba una exclamación y vi que la copa, bajo nuestros dedos, se deslizaba silenciosamente sobre el tablero de la güija. Se detuvo encima de la palabra «Sí». Noté que ahora Savannah tenía la palma de la mano completamente sudorosa.

—¿Quién está haciendo esto? —susurró Molly.

—¿Por qué has venido? —preguntó Abby—. ¿Tienes algún mensaje para alguna de nosotras?

La copa volvió a desplazarse por el tablero y respondió lo mismo: «Sí».

—¿Para quién es? —preguntó Abby—. Dinos a quién has venido a ver.

La copa se dirigió hasta la letra «A». Luego dibujó un elegante círculo y continuó de letra en letra formando unas palabras. Abby pareció confundida mientras formaba mentalmente el nombre.

—¿Annabel Lee? —dijo, extrañada—. Aquí no hay nadie con ese nombre.

Sentí como si una garra de hielo me aferrara el corazón. Ese nombre no debía de significar nada para ninguna de ellas, pero significaba mucho para mí. Todavía lo recordaba de pie, fuera de la clase, leyendo el poema con voz aterciopelada: «Hace largos, largos años / En un reino frente al mar / Vivía una hermosa doncella. / Llamadla así: Annabel Lee». También recordé la manera en que sus oscuros ojos se clavaron en los míos y la insoportable quemazón que sentí en lo más hondo. Esa misma sensación me inundaba ahora: noté que se me secaba la garganta y que me resultaba difícil respirar. ¿Era posible que fuera él? ¿Era posible que un juego tan inocente hubiera provocado algo tan monstruoso? No quería creerlo, pero al ver las expresiones de confusión a mi alrededor supe que no me equivocaba. Ese mensaje iba dirigido a mí, solamente a mí. Jake Thorn había regresado y se encontraba en esa misma habitación, con nosotras.

Mi reacción instintiva fue alejarme de inmediato, pero me resistí. La voluntad de proteger a las demás fue lo único que me lo impidió. Recé para que todavía tuviéramos tiempo de dar por terminada la sesión de la forma adecuada y devolver a ese demonio que habíamos invocado al lugar de donde había venido.

—Dinos qué es lo que quieres —dijo Abby tragando saliva y en un tono de voz mucho más grave que antes.

¿Qué hacía esa chica? ¿No se daba cuenta de hasta qué punto estábamos en peligro? Ya estaba casi preparada para encargarme de la situación y decirle a Abby que parara cuando el pomo de la puerta empezó a girar con fuerza. Vibraba y daba vueltas de un lado a otro, como si una fuerza invisible intentara salir por la puerta. Pero eso, por pura lógica, era imposible: la puerta no estaba cerrada con llave. Ese suceso fue demasiado para algunas de las chicas.

—Intentad mantener la calma —les aconsejé en un tono tan tranquilo como me fue posible.

Pero ya era demasiado tarde. Molly soltó las manos de sus dos compañeras y se apartó del círculo a cuatro patas. Al hacerlo dio un puntapié al tablero y este salió disparado por el suelo de madera; la copa de jerez voló por el aire y cayó a mi lado haciéndose añicos. En ese momento sentí que una corriente de aire fuerte y helado me golpeaba el pecho, y me quedé casi sin respiración. La puerta de la habitación se abrió de par en par chirriando sobre los goznes.

—¡Molly! —chilló Hallie al ver lo que acababa de suceder—. ¿Qué has hecho?

47

—No quiero seguir jugando —dijo Molly con voz entre-cortada y llorando. Se abrazó el cuerpo con fuerza como si de esa manera pudiera mantener el calor—. Beth tenía razón, ha sido una idea estúpida y no deberíamos haberlo hecho.

Me puse en pie y busqué a tientas el interruptor de la luz, pero al recordar que la casa tenía la electricidad cortada se me hizo un nudo en el estómago.

—No pasa nada, Molly.

Le pasé un brazo por encima de los hombros y la abracé, in-tentando ocultar el pánico que me inundaba; alguien tenía que mantener la calma. Molly temblaba sin poder controlarse. Quise decirle que no era nada más que un juego tonto y que al cabo de un rato todas nos estaríamos riendo de lo que había pa-sado, pero en el fondo sabía que no se trataba de un pasatiem-po inofensivo. Le froté los brazos y le dije lo más tranquiliza-dor que se me ocurrió en esos momentos:

—Ahora bajaremos y haremos como si no hubiera pasado nada.

—No creo que sea tan fácil.

Abby habló con tono siniestro y en voz baja. Todavía esta-ba arrodillada en el suelo recogiendo los trozos de cristal de la copa y tenía la vista fija en el suelo.

—Para ya, Abby —dije, enojada—. Ya la has asustado bas-tante. Déjalo estar, ¿vale?

—No, Beth, no lo entiendes. —Abby levantó la mirada hasta mí y vi que su actitud condescendiente había desapareci-do del todo. Sus ojos azules tenían ahora una expresión tan alarmada como los de Molly—. Acaba de romper el círculo.

—¿Y qué? —pregunté.

—Sea lo que sea lo que hemos invocado, estaba atrapado dentro del círculo —susurró Abby—. Hubiéramos podido ha-cerlo regresar. Pero ahora —continuó con voz temblorosa mientras miraba a su alrededor con intranquilidad—, Molly lo ha dejado libre.

5

Carretera al infierno

*D*esde el rellano observé a mis amigas que, histéricas, bajaban atropelladamente las escaleras saltando los escalones de dos en dos. Muy pronto correría la noticia de que se había aparecido un fantasma en la noche de Halloween. Aunque realmente nadie había visto nada, no me cabía ninguna duda de que la historia sería recreada de forma muy imaginativa varias veces antes de que la noche acabara.

De repente me sentí mareada y tuve que sujetarme a la barandilla para no caerme. Hasta el momento, lo que se suponía que tenía que ser una noche de diversión se había convertido en todo lo contrario. Yo ya había tenido bastante de esa fiesta: era hora de irse. Lo único que tenía que hacer era encontrar a Xavier y pedirle que me llevara a casa. Cuando se me pasó el mareo me dirigí a la cocina, donde se estaba llevando a cabo una actividad mucho más inocente. Un grupo de chicas y chicos jugaban a pescar con la boca las manzanas de un barreño de estaño lleno de agua que habían encontrado en el granero y depositado en el centro de la habitación. En ese momento, una de las chicas estaba a cuatro patas jugando: inspiraba profundamente, aguantaba la respiración y sumergía el rostro en el agua. Los demás la alentaban con gritos de ánimo. Al fin, con el cabello mojado pegado al cuello y a los hombros, se sentó sobre los talones y miró triunfalmente a todos mientras sujetaba una rosada manzana entre los dientes. Entonces alguien me empujó hacia delante y me di cuenta de que me había unido inadvertidamente a la fila de espera.

—¡Es tu turno!

Me sentí rodeada por un hervidero de cuerpos calientes. Planté los pies en el suelo con fuerza, resistiéndome:

—No quiero jugar. Solo miraba.

—¡Venga! —insistieron—. Inténtalo.

Pensé que sería más fácil probar a pescar una manzana que resistirme a su entusiasmo. A pesar de que mi voz interior me incitaba a salir corriendo, a abandonar esa casa, me arrodillé delante del barreño, que me devolvió mi imagen distorsionada por las ondulaciones del agua. Apreté los ojos con fuerza e intenté sacarme de encima la sensación de peligro. Cuando los volví a abrir, lo que vi en el agua hizo que se me parara el corazón. Justo detrás del reflejo de mi cara vi un rostro demacrado y de esqueléticas facciones que se medio ocultaba bajo una capucha. Mostraba una mano retorcida, como una garra, con la que sujetaba algo. ¿Era una hoz? Alargó la otra mano hacia mí y pareció que sus dedos, sobrenaturalmente largos, se enrollaban alrededor de mi cuello como tentáculos. Aunque sabía que era imposible, esa figura me resultaba sobrecogedoramente familiar. Ya había visto antes ese ropaje negro en libros y pinturas, lo conocía de lo que había aprendido en casa e, incluso, de lo que había visto esa noche de Halloween: era una representación de la muerte... la figura de la Muerte. Pero ¿qué quería de mí? Yo no era mortal, así que debía de encontrarse allí por otro motivo. Debía de tratarse de un mal presagio. Pero ¿un presagio de qué? Me invadió el pánico y me abrí paso entre el círculo de chicos y chicas en dirección a la puerta trasera.

Cuando salí fuera todavía se oían las ahogadas protestas porque no había querido participar en el juego. Me apreté el pecho con fuerza sin hacerles caso, intentando tranquilizar mi corazón. El aire fresco me ayudaba un poco, pero no conseguía quitarme de encima la sensación de que esa fantasmagórica figura de la Muerte me había seguido y me acechaba, a la espera de encontrarme a solas y ahogarme con sus finísimos dedos.

—Beth, ¿qué haces aquí fuera? ¿Te encuentras bien?

Oí un sonido extraño y me di cuenta de que era yo misma quien lo emitía: mi respiración era entrecortada. Conocía esa voz, pero no era la de Xavier, tal como hubiera deseado. Ben Carter bajó del porche, vino a mi lado, me sujetó por los hombros y me dio un par de sacudidas, como si me quisiera sacar de un trance. Ese contacto humano me hizo sentir un poco mejor.

—Beth, ¿qué ha pasado? Me ha parecido que te ahogabas...

El pelo, despeinado, le caía sobre los ojos marrones, que me observaban con una expresión de alarma. Yo me esforzaba por recuperar la respiración, sin éxito, y empecé a caer hacia delante. Si él no hubiera estado allí para sujetarme me habría desplomado al suelo. Ben creyó que yo misma me había provocado ese estado de sofoco.

—¿Qué diablos estás haciendo? —preguntó después de comprobar que no me estaba muriendo. Me miró con atención. Tras su expresión preocupada vi que otro pensamiento emergía—: ¿Has bebido?

Estaba a punto de negarlo con vehemencia, pero pensé que esa era, seguramente, la explicación más creíble que podía ofrecer de mi imprevisible comportamiento.

—Quizá —repuse, soltándome de él para ponerme en pie. Me aparté un poco y tuve que hacer un esfuerzo por reprimir las lágrimas—. Gracias por ayudarme —le dije precipitadamente—. Estoy bien, de verdad.

Mientras me alejaba de él, una única pregunta me atormentaba: ¿dónde estaba Xavier? Algo iba mal, lo notaba. Todos mis instintos celestiales me decían que teníamos que irnos de allí. Inmediatamente.

En el patio delantero encontré un sauce llorón y fui a apoyarme en su tronco robusto. Todavía veía a Ben, que se había quedado de pie en el porche y me miraba con expresión confundida y preocupada. Pero en esos momentos no me podía permitir preocuparme por haberlo ofendido: tenía cosas más importantes en que pensar. ¿Era posible que pudiera estar ocurriendo de nuevo? ¿Era posible que los demonios hubieran regresado a Venus Cove? Sabía con seguridad que en ese lugar ya no quedaba nada maligno, porque Gabriel e Ivy se habían encargado de que así fuera. Jake había sido expulsado: yo misma lo había visto consumirse en medio de las llamas. No era posible que hubiera vuelto. Pero ¿por qué tenía todo el vello del cuerpo erizado? ¿Por qué me recorrían esos escalofríos de la cabeza a los pies, como si unos rayos eléctricos me atravesaran las venas?

51

Me sentía como si me estuvieran persiguiendo. Desde donde me encontraba, en el camino de grava, se veían perfectamente los campos de detrás de la casa y el denso bosque que había más allá de ellos. Se veía el espantapájaros del prado, con la cabeza caída sobre el pecho. Deseé que Xavier estuviera, en esos momentos, regresando del lago. Sabía que tan pronto como lo viera todo mi miedo desaparecería, como el reflujo de la marea. Cuando estábamos juntos éramos fuertes, podíamos protegernos el uno al otro. Necesitaba encontrarlo.

Justo en ese momento una ráfaga de viento agitó la hierba seca a mi alrededor. Los ropajes del espantapájaros empezaron a aletear con fuerza y la cabeza se le levantó: sus ojos negros me miraron fijamente. El corazón me dio un vuelco y solté un chillido agudo. Di media vuelta y corrí de regreso a la casa.

No había recorrido un gran trecho cuando me tropecé con alguien.

—Uau, cálmate —dijo un chico saltando a un lado para esquivarme—. ¿Qué sucede? Pareces un poco alterada.

Arrastraba demasiado las palabras al hablar para ser un demonio. Al levantar la cabeza comprobé que tampoco tenía el aspecto de serlo: además de que no llevaba disfraz, me pareció que lo conocía de algo. Por fin me di cuenta de que se trataba de Ryan Robertson, el antiguo novio de Molly del colegio; eso hizo que me bajara un poco el pánico. Se encontraba con un grupo de gente que acababa de salir al porche y entre los dedos sujetaba un cigarrillo a medio consumir. Los demás me miraron con un desinterés indolente. Un aroma penetrante y amargo, extrañamente acre, que no conseguía identificar, llenaba el aire.

Me llevé una mano a la mejilla, que me hervía, agradeciendo el aire frío de la noche en la piel.

—Estoy bien —dije, esforzándome por que mi tono resultara convincente. Lo último que deseaba era provocar una alarma innecesaria solo por mi recelo.

—Me alegro. —Ryan entrecerró los ojos con expresión soñadora—. No quisiera que no estuvieras bien, no sé si me entiendes.

Fruncí el ceño con desconfianza, no me parecía que sus palabras fueran coherentes. ¿O era cosa mía? ¿Me estaba volviendo completamente loca, o la culpa la tenía esa estrafalaria fiesta?

En ese momento la puerta del porche se cerró con un golpe seco y di un respingo. Molly apareció en el porche.

—¡Beth, estás ahí! —Pareció aliviada al verme y bajó los escalones de un salto—. ¡Qué manera de asustarme! No sabía dónde estabas. —Miró a Ryan y a los demás con aire desdeñoso—. ¿Qué estás haciendo con estos?

—Ryan me estaba ayudando —farfullé.

—Soy una persona muy servicial —declaró Ryan, indignado.

Molly vio el cigarrillo liado a mano que sujetaba entre los dedos.

—¿Estás colocado? —le preguntó dándole un golpe en el hombro.

—Colocado, no —aclaró Ryan—. Creo que la palabra es «intoxicado».

—¡Qué pringado eres! —espetó Molly—. Se supone que me tienes que acompañar a casa con el coche. No pienso pasar la noche en este lugar de mala muerte.

—Para de lloriquear. Conduzco mejor si estoy colocado —dijo Ryan—. Se me agudizan los sentidos. Por cierto, creo que necesito un cubo...

—Si vas a vomitar, no lo hagas a mi lado —repuso Molly, cortante.

—Creo que tendríamos que dar la fiesta por acabada —le dije a mi amiga—. ¿Me ayudas a buscar a Xavier?

Mi sugerencia suscitó una ola de protestas por parte de Ryan y sus amigos.

—Claro —respondió Molly poniendo los ojos en blanco—. No creo que esta noche pueda ser más extraña ya.

Justo empezábamos a dirigirnos hacia el interior de la casa en busca de Xavier cuando el chirrido de una motocicleta al derrapar sobre la hierba nos hizo girar la cabeza: todos percibimos cierta urgencia en el frenazo con que se detuvo, despidiendo la grava del suelo por los aires. Molly se cubrió los ojos para protegerse de la potente luz del faro delantero. El motorista saltó al suelo con agilidad y sin apagar el motor. Iba vestido de manera informal, con una chaqueta de aviador de cue-

53

ro y una gorra de béisbol puesta del revés. Inmediatamente reconocí el cuerpo alto y musculoso de Wesley Cowan. Xavier y yo pasábamos cada viernes por la tarde por delante de su casa cuando regresábamos de la escuela, y siempre lo encontrábamos en el patio limpiando el viejo Merc de su padre para tenerlo a punto para el fin de semana de fiesta que le esperaba. Jugaba a waterpolo con Xavier, y yo sabía que era uno de sus mejores amigos. Al igual que mi novio, Wes era uno de los chicos que menos se dejaban impresionar. Había pocas cosas que consiguieran alterar su actitud confiada. Resultaba sorprendente verlo en esos momentos, con la camisa sucia y una expresión preocupada en el rostro.

Molly lo sujetó del brazo con un gesto automático.

—Wes, ¿qué sucede?

Le costaba respirar y tuvo que esforzarse por pronunciar las palabras.

—Ha habido un accidente en el lago —jadeó—. ¡Que alguien llame al 061!

54

Ryan y sus amigos recuperaron la sobriedad al instante y todos sacaron los teléfonos móviles de sus bolsillos.

—No tengo línea —anunció Ryan después de unos minutos de intentar llamar. Agitó el teléfono, frustrado, y maldijo en voz baja—. No debe de haber cobertura.

—¿Qué ha pasado? —preguntó Molly.

Antes de hablar, Wesley me dirigió una extraña mirada: era casi como si implorara, como si me pidiera perdón.

—Le provocamos para que se tirara en picado desde uno de los árboles, pero había unas rocas bajo el agua. Se ha dado un golpe en la cabeza y no recupera el sentido.

Mientras hablaba no apartaba los ojos de mí ni un momento. ¿Por qué me miraba solamente a mí? Yo permanecí en silencio, pero un terror frío empezó a atenazarme como una garra de dedos largos y helados. No hablaba de Xavier. No podía tratarse de Xavier. Xavier era el chico responsable que había venido a la fiesta para vigilar a los demás. Lo más seguro era que mi novio, en esos momentos, estuviera empleando sus conocimientos de primeros auxilios en espera de que llegara una ambulancia. Pero sabía que mi corazón no dejaría de martillear con fuerza hasta que pudiera comprobarlo con mis propios ojos. Por fin, alguien hizo la pregunta que yo no me atrevía a formular:

—¿Quién se ha hecho daño?

Wesley se mostraba destrozado por el sentimiento de culpa y dudó una fracción de segundo más de la cuenta, así que supe la respuesta antes de que pronunciara una palabra.

—Woods.

Lo dijo en un tono vacío, desprovisto de cualquier emoción, pero de eso no me di cuenta hasta mucho después cuando repasé la escena mentalmente. En ese momento lo único que noté fue que las piernas me fallaban. Mi peor miedo —mucho peor que cualquier cosa que pudiera sucederme a mí— era que Xavier sufriera algún daño. Y ahora acababa de ocurrir. Por un momento ese hecho me desbordó y tuve que apoyarme en Ryan, que intentó sujetarme a pesar de que le había hecho perder el equilibrio. Así que esa era la consecuencia de que Xavier y yo decidiéramos pasar un tiempo separados. No podía creerme que el destino fuera tan cruel. Esa había sido la única noche en que nuestros caminos se habían distanciado, y él estaba inconsciente. Wes se llevó las manos a la cabeza y gimió.

—Tíos, estamos totalmente jodidos.

—¿Iba pasado? —preguntó Ryan.

—Claro que sí —dijo Wes—. Todos lo íbamos.

Durante todo el tiempo que hacía que Xavier y yo llevábamos juntos, él nunca había bebido más de dos cervezas. Tampoco lo había visto tocar ningún destilado ni una sola vez: pensaba que hacerlo era un acto de irresponsabilidad. Por lo tanto, no era capaz de imaginármelo borracho ni mostrando una actitud imprudente, no me cuadraba.

—No —protesté, paralizada—. Xavier no bebe.

—¿Que no? Bueno, siempre hay una primera vez.

—¡Cierra la boca y llama a una ambulancia! —gritó Molly. Noté que me pasaba el brazo por encima de los hombros y sentí el roce de sus rizos caoba sobre mi mejilla mientras murmuraba a mi oído—: No pasa nada, Bethie, seguro que se pondrá bien.

Wesley nos observaba. Su pánico parecía haber dado paso a un perverso deleite ante mi angustia. Los demás se habían juntado y todo el mundo quería dar su opinión sobre lo que debía

55

hacerse en ese momento. Sus conversaciones me llegaban como un vocerío sin sentido.

—¿Ha sido un golpe muy fuerte? ¿Deberíamos llevarlo a un médico?

—Como llamemos al 061 estamos jodidos.

—Ah, claro, excelente idea —repuso alguien con sarcasmo—. Entonces esperemos a ver si recupera el sentido por sí mismo.

—¿Ha sido muy grave, Wes?

—No estoy seguro. —Wesley se mostraba derrotado—. Se ha hecho un corte en la cabeza. Le ha salido bastante sangre...

—Mierda. Tenemos que pedir ayuda.

Pensar en Xavier tumbado en el suelo y rodeado de sangre me hizo poner en acción.

—¡Llevadme con él! —Me precipité atropelladamente hacia donde se encontraba Wesley—. ¡Que alguien me guíe hasta el lago!

Molly se puso a mi lado de inmediato y me sujetó por los hombros con una actitud tranquilizadora y, a la vez, autoritaria.

—Cálmate, Beth —dijo—. ¿Alguien la puede llevar en coche?

—No seas estúpida, Molly. El lago está en el bosque —dijo Ben—. No se puede ir en coche. Que alguien vaya a la ciudad y llame a una maldita ambulancia.

No podía continuar perdiendo el tiempo con esas deliberaciones simplistas mientras Xavier estaba herido y sabiendo que mis poderes de curación podían ayudarlo.

—Voy para allá —anuncié al tiempo que arrancaba a correr.

—¡Espera! Yo puedo llevarte. —Wes, de repente, volvía a mostrar preocupación—. Iremos más deprisa que si corres a oscuras —añadió abatido, como si supiera que llevarme hasta Xavier no lo ayudaría a sentirse menos culpable del accidente.

—No —intervino Molly, protectora—. Deberías quedarte aquí mientras vamos a buscar a un médico.

—¿Y si llamamos a su padre? —sugirió alguien—. Es cirujano, ¿no?

—Buena idea. Busquemos su número de teléfono.

—El señor Woods es un tío guay, no nos delatará.

—Pero ¿cómo vais a hablar con él si no hay cobertura?
—Ben parecía exasperado—. ¿Por telepatía?

Yo me esforzaba por impedir que las alas se me desplegaran y volar hasta Xavier. Se trataba de una reacción natural de mi cuerpo y no estaba segura de poder reprimirla durante mucho rato más. Miré a Wesley con impaciencia.

—¿A qué estamos esperando?

Por toda respuesta, montó en la moto y me ofreció el brazo para que pudiera sujetarme al subir. La motocicleta brillaba a la luz de la luna como si fuera un insecto extraterrestre.

—Eh, ¿y el casco? —preguntó Ben con aspereza mientras Wes ponía el motor en marcha.

Yo sabía que le molestaba la despreocupada temeridad de los deportistas del colegio, pero su rostro también mostraba preocupación por mí, dado el cuestionable sentido de la responsabilidad que tenía Wesley. Entendía que Ben solo se estaba mostrando protector conmigo pero en ese momento yo tenía un único objetivo, y era llegar hasta donde se encontraba Xavier.

—No hay tiempo. —Wes fue cortante. Me agarró los dos brazos y me los colocó alrededor de su cintura—. Sujétate fuerte —ordenó—. Y no te sueltes en ningún momento.

Dimos unas cuantas vueltas sobre el mismo eje antes de lanzarnos por el camino en dirección a la oscuridad de la carretera.

—¿El lago no está en la otra dirección? —grité con fuerza para hacerme oír por encima del rugido del motor.

—Un atajo —gritó Wes.

Intenté concentrarme en Xavier para ver si podía detectar el estado de sus heridas, pero me quedé en blanco. Me sorprendió, pues normalmente era capaz de percibir su estado de ánimo antes incluso que él mismo. Gabriel me había dicho que, en caso de que él tuviera algún problema, yo lo percibiría de inmediato. Pero esta vez no lo conseguía. ¿Era debido a que me había puesto demasiado tensa por nuestra ridícula sesión de espiritismo?

57

Wes acababa de enfilar la carretera y empezaba a aumentar la velocidad cuando oí una voz detrás de nosotros que me llamaba por mi nombre. A pesar del estruendo del motor supe que se trataba de la voz más querida para mí, la que había esperado oír durante toda la noche, y me sentí revivir. Wes frenó en seco y la moto dio media vuelta derrapando hasta detenerse. Xavier estaba de pie, iluminado por la luz de la luna, a un lado de la carretera. Sentí un instantáneo alivio en el corazón: parecía completamente sano.

—¿Beth?

Pronunció mi nombre con cautela. Se encontraba a unos metros de nosotros y yo estaba tan emocionada de verlo sin ninguna herida que ni siquiera se me ocurrió pensar que algo fallaba. No me paré a pensar por qué Xavier parecía tan sorprendido al vernos.

—¿Adónde vais, chicos? —preguntó—. Wes, ¿de dónde diablos has sacado esa moto?

—¡Xavier! —grité, aliviada—. ¡Gracias a Dios que has recuperado la conciencia! ¿Cómo tienes la cabeza? Todo el mundo está muy preocupado. Tenemos que regresar para decirles que estás bien.

—¿La cabeza? —se extrañó, la consternación de su rostro más marcada ahora—. ¿De qué estás hablando?

—¡Del accidente! Quizá tengas una conmoción cerebral. Wes, déjame bajar de aquí.

—Beth, estoy bien. —Xavier se rascó la cabeza—. No me ha pasado nada.

—Pero yo creía que... —empecé a decir, pero me callé de repente.

Xavier no solo parecía estar bien, sino que en su cuerpo no había ninguna señal de que hubiera sufrido un accidente. Tenía exactamente el mismo aspecto que cuando nos habíamos separado: llevaba puestos los tejanos y una camiseta negra ajustada. Noté que adoptaba una actitud defensiva. Sus ojos azules como el océano se oscurecieron, como si acabara de comprender algo.

—Beth —dijo, despacio—. Quiero que bajes de esa moto.

—¿Wes? —Le di unos golpecitos en el hombro.

En ese momento me di cuenta de que él no había pronunciado ni una palabra durante mi conversación con Xavier. La moto todavía vibraba, pero la persona que se encontraba delante de mí permanecía inmóvil con la mirada fija hacia delante.

Xavier quiso avanzar un paso, pero algo se lo impedía.

—Beth, ¿me oyes? Baja ahora mismo. —Xavier se esforzaba por hablar con calma, pero no me pasó desapercibido que su voz tenía un sordo tono de urgencia.

Planté con determinación los dos pies en el suelo para apaciguar a Xavier, pero cuando quise apartar los brazos de la cintura de Wes, este dio un acelerón y la moto salió disparada hacia atrás. Tuve que sujetarme a él incluso con mayor fuerza para no caerme al suelo.

Hasta ese momento creía que todo eso no estaba siendo más que una complicada broma de Wes que para Xavier no resultaba en absoluto divertida. Entonces este se pasó las manos por la cabeza con gesto de impotencia y arrugó la frente, angustiado. En sus ojos percibí una expresión que no había vuelto a ver desde esa funesta noche en el cementerio, cuando presenció, indefenso, mi captura. Ahora me miraba de la misma forma, como quien busca desesperadamente una salida a pesar de saber que se encuentra acorralado. Era como si se enfrentara a una serpiente venenosa que pudiera atacar en cualquier momento, como si cualquier movimiento en falso pudiera ser fatal. Wes dio varias vueltas con la moto sin motivo aparente, disfrutando de la angustia que provocaba. Xavier soltó un grito e intentó correr hacia delante, pero una barrera invisible se lo impedía; apretó la mandíbula y se lanzó contra esa barrera, pero no sirvió de nada. La moto continuaba dando vueltas en todas direcciones.

—¿Qué está pasando? —grité cuando la moto por fin se detuvo en medio de una nube de polvo—. Xavier, ¿qué pasa?

Ahora estábamos más cerca de Xavier y vi que sus ojos expresaban un dolor profundo, además de rabia y una intensa frustración por no poder ayudarme. En ese momento supe que me encontraba ante un verdadero peligro. Quizá los dos estábamos en peligro.

—Beth... ese no es Wes.

Esas palabras me provocaron un escalofrío en lo más profundo del cuerpo y un sentimiento de derrota me invadió. Intenté soltarme de Wes para saltar de la moto, pero no podía mover los brazos. Parecían sujetos por una fuerza invisible.

—¡Para! ¡Déjame bajar! —supliqué.

—Demasiado tarde —contestó Wes, pero ya no era Wes. Ahora su voz era suave y fina, y hablaba con un acento pulido, perfecto. Hubiera reconocido esa voz en cualquier parte: hacía mucho tiempo que me perseguía en mis pesadillas. Noté que el cuerpo que abrazaba se transformaba bajo mi tacto. El pecho ancho y bien definido, los brazos musculosos, se estilizaron y perdieron su calor. Las anchas manos de Wesley se adelgazaron y adoptaron un color blanquecino. La gorra de béisbol salió volando y descubrió unos mechones de pelo negro y brillante que revolotearon al viento. Por primera vez giró la cabeza para mirarme de frente. Verlo tan de cerca hizo que se me revolviera el estómago. El rostro de Jake no había cambiado en absoluto. El cabello oscuro que le caía hasta los hombros contrastaba con la palidez de su rostro. Reconocí esa nariz grande y ligeramente curvada en la punta, y esos marcados pómulos, como tallados en piedra, que Molly una vez comparó con los de un modelo de Calvin Klein. Sus pálidos labios dibujaron una sonrisa que dejó al descubierto unos dientes pequeños y blancos. Solo los ojos eran distintos: parecían vibrar con una energía oscura y ya no eran verdes ni negros, sino que habían adoptado una apagada tonalidad rojiza. Igual que el color de la sangre seca.

—¡No! —gritó Xavier con una mueca de desesperación. Pero su voz se perdió en la carretera, ahogada por el viento—. ¡APÁRTATE DE ELLA!

Lo que sucedió después fue confuso. Sabía que Xavier había sido liberado de alguna forma porque lo vi correr a toda velocidad hacia mí. Noté mis brazos libres y quise saltar de la motocicleta, pero un fuerte dolor en la cabeza hizo que me diera cuenta de que Jake me sujetaba por el pelo. Conducía con una sola mano. Hice caso omiso del dolor y me debatí contra él para soltarme, pero mis esfuerzos no sirvieron de nada.

—Te tengo —susurró. Era el susurro de un depredador satisfecho.

Jake dio gas y oí que el motor cobraba vida, como una fiera enrabiada. La motocicleta dio una sacudida y arrancó hacia delante.

—¡Xavier! —grité justo cuando llegaba hasta nosotros.

Ambos alargamos el brazo al mismo tiempo y nuestros dedos estuvieron a punto de tocarse, pero Jake hizo virar la moto violentamente y el vehículo golpeó a Xavier en un costado. El golpe seco del impacto fue perfectamente audible. Chillé al ver que Xavier salía despedido hacia atrás y rodaba a un lado de la carretera, inerte. A partir de ese momento no conseguí verlo otra vez. La moto lo dejó atrás a toda velocidad y él quedó envuelto en una nube de polvo. Con el rabillo del ojo entreví que un grupo de gente empezaba a subir por la carretera, alertados por el escándalo. Yo sentía un peso tan grande en el pecho que me resultaba difícil respirar. Recé para que encontraran a Xavier a tiempo y pudieran ayudarlo.

La motocicleta avanzó vertiginosamente por la carretera desierta que se retorcía delante de nosotros como una serpiente. Jake conducía a tal velocidad que cada vez que tomábamos una curva nuestros cuerpos quedaban casi paralelos al suelo. Todas las células de mi cuerpo se desesperaban por regresar al lado de Xavier, mi único amor, la luz de mi vida. La imagen de su cuerpo inerte al lado de la carretera me constreñía el pecho con tanta fuerza que no conseguía respirar. El dolor que sentía era tan intenso que no me importaba dónde pudiera llevarme Jake, ni qué horrores pudieran estarme esperando. Solamente necesitaba saber que Xavier estaba bien, que no continuaba tumbado sin vida en el suelo. Procuré no pensar en lo peor, aunque la palabra «muerto» me resonaba en la cabeza, clara como el tañido de una campana. Tardé unos momentos en darme cuenta de que estaba llorando: unos profundos sollozos sacudían mi cuerpo y unas lágrimas hirvientes me cruzaban el rostro.

No podía hacer nada más que apelar al Creador, rezarle, suplicarle, pactar con él: lo que fuera con tal de que protegiera a Xavier. No podía soportar que lo arrancaran de mi lado de esa manera. Yo era capaz de soportar la confusión emocional, de aguantar la tortura física más intensa. Podía resistir el Armagedón y el fuego santo arrasando la tierra, pero no podía ha-

61

cerlo sin él. Entonces se me ocurrió una idea extraña: si Jake había matado a Xavier, tendría que pagar por ello. No me importaba que las leyes divinas lo prohibieran: yo buscaría vengarme de mi pérdida. Estaba dispuesta a perdonar cualquier delito excepto ese crimen y, que Dios me ayudara, Jake recibiría su merecido. Deseé magullar y destrozar ese cuerpo que tenía delante, castigarlo por volver a contaminar mi vida con su oscura presencia. Me sentía infectada solo por estar cerca de él. Pensé en inclinarme a un lado para hacer volcar la motocicleta. Sabía que a la velocidad que íbamos probablemente acabaríamos ambos heridos sobre el asfalto, pero estaba desesperada.

Antes de que mis pensamientos continuaran por esa descontrolada senda, sucedió algo que no hubiera podido imaginar ni siquiera en la más retorcida de las pesadillas. Debería haberme sentido aterrorizada, la mera idea de ello debería haberme hecho perder la conciencia. Era algo tan difícil de imaginar que no sentí nada excepto una sensación de asco que nacía en el núcleo de mi ser y se extendía por todo mi cuerpo como un veneno. La carretera desafiaba la gravedad y, de repente, se elevaba por delante de nosotros. Una grieta profunda se abrió en el centro. La carretera se abría y la grieta se ensanchaba como una cavernosa boca hambrienta que fuera a tragarnos. El viento que me azotaba la cara se hizo más caliente y una nube de vaho se levantó desde el asfalto roto. El vacío profundo que emanaba del suelo me hizo saber inmediatamente de qué se trataba: nos dirigíamos directamente a una entrada al Infierno.

Entonces caímos en ella.

Solté un grito al notar que la moto se quedaba suspendida en el aire un instante. Jake apagó el motor y nos sumergimos silenciosamente en el vacío. Miré hacia arriba y vi que la abertura se cerraba sobre nuestras cabezas ocultando la luna, los árboles, las cigarras y la tierra que yo tanto amaba.

No tenía ni idea de cuánto tiempo pasaría hasta que volviera a verla otra vez. La última cosa que supe fue que caíamos y que el eco de mis gritos nos envolvió hasta que la oscuridad nos consumió.

6

Bienvenida a mi mundo

Miré a mi alrededor, aterrorizada y temblando bajo mi delgado vestido de satén. No recordaba en absoluto cómo había llegado hasta allí. Tenía el cabello empapado de sudor y las mullidas alitas del disfraz habían desaparecido. Supuse que se me habrían caído durante la turbulenta carrera en la moto.

Nada en ese lugar me resultaba remotamente familiar. Me encontraba sola en un oscuro callejón de adoquines. Unos hilos de niebla se arremolinaban a mis pies y el ambiente estaba imbuido de un olor penetrante y extraño. Olía a algo podrido, como si el mismo aire estuviera muerto. Me pareció que me encontraba en una parte abandonada de alguna ciudad, porque se veía el turbio perfil de unos rascacielos y chapiteles a lo lejos. Pero no parecían reales, eran como los edificios de alguna fotografía desvaída y antigua, borrosos y sin ningún detalle. A mi alrededor solamente había unas paredes de ladrillo llenas de groseros grafitis. El cemento se había desprendido en algunos puntos y muchos de los agujeros habían sido tapados con papeles de periódico. Oí (o me pareció oír) el correteo de ratas detrás de ellas. Había contenedores repletos desperdigados por todas partes y los muros a ambos lados del callejón no tenían ninguna abertura excepto en dos casos: dos ventanas que habían sido tapiadas con tablones de madera. Levanté la cabeza y no vi el cielo, solamente una inquietante extensión de oscuridad, pálida en algunas partes y densa como el alquitrán en otras. Era una oscuridad que parecía respirar como un ser vivo, mucho más que la simple ausencia de luz.

Una farola antigua que emitía un resplandor lechoso me

permitió distinguir una motocicleta negra que se encontraba solamente a unos metros de mí. No se veía al motorista por ninguna parte. Al verla, todo a mi alrededor empezó a darme vueltas y tuve que hacer un esfuerzo por concentrarme en la situación en que me encontraba. Quería comprender qué había sucedido, pero la memoria me fallaba. Recordaba retazos de imágenes que no formaban ninguna secuencia coherente: una casa desvencijada al lado de una carretera, una sonriente calavera de calabaza iluminada por dentro, las risas y las bromas de unos adolescentes, el áspero rugido de un motor y alguien que me llamaba por mi nombre. Pero eran como las imágenes de un rompecabezas que se empieza a recomponer. Era como si mi propia mente me prohibiera tener acceso a unos recuerdos que me resultarían imposibles de soportar. Solamente podía darles caza en unos fragmentos que no significaban nada. De repente, una vívida imagen pareció cruzar la barrera de la memoria y no pude reprimir un grito ahogado: me encontraba de nuevo arriba, paralizada por el miedo, mientras una moto conducida por un chico de cabello negro se precipitaba temerariamente a través de una grieta abierta del suelo. ¿Cómo era eso posible?

Me pareció que llevaba mucho tiempo en ese callejón desierto, aunque no hubiera podido decir cuánto. Mis pensamientos eran lentos y espesos, me resultaba arduo navegar entre ellos. Me apreté las sienes y se me escapó un gemido. Fuera lo que fuese lo que hubiera pasado, notaba las consecuencias incluso físicamente: las piernas me temblaban como si acabara de correr una maratón.

—Hacen falta un par de días para acostumbrarse —oí que decía una voz dulzona.

Jake Thorn apareció por entre las sombras y vino a mi lado. Me hablaba con familiaridad, como si él y yo nos conociéramos tanto que toda formalidad fuera superflua. Su repentina presencia me puso alerta.

—Mientras tanto, es posible que notes cierta desorientación y la garganta seca —añadió.

Su actitud despreocupada resultaba asombrosa. A pesar de mi confusión, deseé gritarle; lo habría hecho si no hubiera sentido la garganta tan reseca.

—¿Qué has hecho? —conseguí decir con voz ronca—. ¿Dónde estoy?

—No tienes por qué alarmarte —contestó.

Pensé que intentaba mostrarse tranquilizador sin conseguirlo y que por eso su tono resultaba condescendiente. Lo miré sin hacer ningún esfuerzo por ocultar mi escepticismo.

—Relájate, Beth, no corres ningún peligro.

—¿Qué hago aquí, Jake? —fue más una orden que una pregunta.

—¿Es que no es evidente? Eres mi invitada, Beth, y voy a encargarme de todo para que tu estancia aquí sea placentera.

Su mirada tenía una expresión inesperadamente ansiosa, y por un momento no supe qué contestar. Lo miré con los ojos muy abiertos.

—No te preocupes, Beth. Este lugar puede ser muy divertido si estás con las personas adecuadas.

Casi como confirmando esa afirmación, la tierra empezó a vibrar bajo nuestros pies y una canción que recordaba del verano anterior resonó en las paredes. Parecía venir de detrás de unas sólidas puertas de acero que había al final del callejón. Tenían el aspecto de ser la entrada a una prisión de máxima seguridad. Pero no se trataba de una cárcel: un cartel de neón que parpadeaba sobre las puertas indicaba que era una especie de local llamado ORGULLO. La palabra se desplazaba a lo largo de la fachada por encima de unas plumas de pavo real.

—Orgullo es uno de nuestros clubs más populares —explicó Jake—. Y es la única manera de entrar. ¿Vamos?

Con un ademán cortés me indicó que caminara delante de él, pero mis piernas parecían haber echado raíces en el suelo y se negaban a cooperar. Jake tuvo que tomarme del brazo y llevarme hasta allí.

La niebla se despejó y un hombre y una mujer aparecieron, de pie, delante de las puertas. La mujer era pálida y delgada como un insecto, vestía solamente unos pantalones cortos negros con lentejuelas y un sujetador de piel, y calzaba unos zapatos que tenían la plataforma más grande que yo había visto nunca. Unas finas cadenitas plateadas y colgadas de unos ganchitos plateados en el sujetador le llegaban hasta el ombligo

65

formando una cortina que le cubría el torso. Llevaba el pelo rubio platino, muy corto. Entre los labios sujetaba un cigarrillo. Me sorprendió ver que el aspecto del hombre era incluso más elaborado que el de su compañera: en los ojos se había dibujado una raya que los destacaba con fuerza, llevaba las uñas pintadas de color negro, se cubría el pecho desnudo con un chaleco de cuero y los pantalones, de cuadros, se le estrechaban en los tobillos. Llevaba *piercings* en todas las partes del cuerpo que quedaban a la vista. La mujer se pasó la lengua, que lucía una bolita plateada, por los labios con expresión lasciva. Sus ojos recorrieron mi cuerpo con una mirada hambrienta.

—Vaya, vaya —susurró cuando nos acercamos a la entrada—. Mira lo que ha cazado el gatito. Si es una muñequita reluciente.

—Buenas noches, Larissa... Elliott.

El saludo de Jake fue recibido con una inclinación de cabeza de ambos. El hombre sonrió y miró a Jake con aprobación.

—Parece que alguien se ha llevado algo que no le pertenece.

Jake esbozó una sonrisa satisfecha.

—Ah, sí que me pertenece.

—Bueno, está claro que ahora sí.

La chica soltó una carcajada grave y gutural. Se había pintado los ojos con una línea que se curvaba hacia arriba y le confería una expresión felina en la mirada.

Esa manera de hablar de mí como si yo no estuviera presente me resultó inquietante. Me hacía sentir como si fuera una especie de trofeo. Si no me hubiera sentido tan desorientada, me habría quejado. Pero solamente fui capaz de preguntar una cosa, y lo hice con una voz que me sonó infantil y desamparada:

—¿Quiénes sois?

El chico chasqueó la lengua con desaprobación.

—Es evidente que no sale mucho.

—¡Eso no es asunto tuyo! —repliqué.

Los dos estallaron en carcajadas.

—Además es divertida —comentó la mujer. Ambos bajaron la cabeza hacia mí y me estudiaron con una concentración enervante—. ¿Qué más sabe hacer?

—Oh, lo típico —contesté, cortante y enojada—: volteretas hacia atrás, lanzamiento de cuchillo, ese tipo de cosas.

Jake suspiró, repentinamente aburrido.

—¿Podemos pasar a otra cosa, por favor?

La mujer asintió con un encogimiento de hombros y se agachó un poco para mirarme directamente a los ojos:

—¿Quieres saber quiénes somos, muñequita? —preguntó—. Somos los perros de la puerta.

—¿Disculpa? —Me había quedado perpleja.

—Vigilamos las puertas. Nadie puede entrar ni salir sin nuestro visto bueno.

—Pero como sois unos VIP —el hombre hizo un ademán hacia ambos lados de su cuerpo—, podéis entrar directamente, ¿o debería decir «bajar»?

—¿Y si no quiero hacerlo? —repuse, desafiante.

El hombre arqueó una ceja con expresión burlona e hizo un gesto con la mano indicando el callejón.

—Cariño, ¿es que ves algún otro sitio adónde ir?

Tuve que admitir que tenía razón. En el callejón no había nada más que una negrura opresiva y mareante capaz de devorar a cualquiera. Solamente había una puerta, una dirección que tomar. Aunque la sola idea de atravesarla me intranquilizaba, sabía que no podía ser tan peligroso como caminar por esa oscuridad a solas. No sabía quién o qué podía encontrar por allí. Todavía no sabía dónde me encontraba. Sentí el aliento caliente de Jake en la oreja.

—No pasa nada —murmuró—. Yo te protejo.

Me resultaba extraña la manera en que todos ellos esperaban que tomase una decisión. Como si de verdad tuviera alternativa.

Hinché el pecho y di un paso hacia delante con fingido atrevimiento.

La mujer sonrió ampliamente mostrando todos sus dientes. Me tomó la muñeca y me hizo girar el brazo hacia arriba. Su contacto era frío, como el de una garra, pero mantuve la calma. Me sujetó la muñeca hacia arriba mientras Elliott apretaba algo en la parte interna de mi brazo. Creí que me iba a doler, pero me di cuenta de que solamente me había hecho una marca con tinta en la piel. Era el sello de admisión al local, un dibujo de un rostro sonriente.

La chica apretó un botón y las pesadas puertas se abrieron. Jake me cedió el paso hacia un enorme vestíbulo enmoquetado del cual partían un sinfín de retorcidos tramos de escaleras que se perdían en todas direcciones, como en un laberinto. No tuve tiempo de inspeccionarlo más a fondo, pues Jake me empujó rápidamente hacia la escalera central. A medida que descendíamos bajo el suelo, el volumen de la música se iba haciendo más fuerte. Al final era tan sobrecogedor que eché un vistazo hacia atrás, en dirección a las puertas abiertas. La chica pareció leerme la mente.

—Demasiado tarde para cambiar de opinión, cariño —dijo—. Bienvenida a nuestro mundo.

Y cerró las puertas a nuestras espaldas.

Continué bajando las estrechas escaleras detrás de Jake hasta que llegamos a una gran pista de baile en la cual se apiñaban multitud de cuerpos. Los puños se elevaban en el aire y las cabezas se agitaban siguiendo el ritmo de la música. El suelo de la pista era un ajedrez de luces que se encendían y se apagaban. Me sorprendió ver que había personas de todas las edades: los miembros delgados y cubiertos con vestimentas de cuero de los mayores suponían un potente contraste al lado de la descubierta piel de los jóvenes. Y mi asombro aumentó al ver que allí también había niños: les habían asignado la tarea de limpiar las mesas y servir las bebidas. Lo único que tenían todos en común —tanto los jóvenes como los viejos— era la expresión vacía del rostro. Parecía que su presencia fuera solo física y que una parte vital de ellos hubiera sido borrada. Semejaban sonámbulos sometidos a ese baile mecánico que solo interrumpían para tomar otro trago de alcohol. Ocasionalmente, bajo esas caras como máscaras, advertí unos ojos inquietos o un tic nervioso, como si algo nefasto estuviera a punto de suceder. La música que sonaba era una pieza hecha con ordenador que únicamente decía una frase: «Estoy en Miami, zorra». El suelo de cemento pulido se iluminaba bajo el parpadeo de las luces y formaba sombras sobre los cuerpos que no dejaban de moverse siguiendo el tiempo de la música. La mezcla del olor a tabaco, alcohol y perfume era abrumadora.

Yo nunca había entrado en un club, así que no podía compararlo con nada, pero este me parecía surrealista. El techo se encendía en una miríada de pequeñas luces y las paredes estaban tapizadas de terciopelo rojo: parecían sofás puestos en vertical. Por todo el perímetro de la sala había unos cubos blancos que servían como mesas, además de unos asientos bajos de terciopelo que se veían ajados por el uso. Unas lámparas de forma cónica resplandecían encima de las mesas, y la barra, que se curvaba a lo largo de uno de los laterales del club, reproducía la forma de la lava derramada. Allí, sentados en unos altos taburetes, unos impávidos guardas de seguridad vestidos con trajes negros sujetaban sus bebidas. Tras la barra, una mujer muy atractiva manejaba vasos y lanzaba botellas con una habilidad propia de una artista de circo. Una melena de rizados mechones que despedían destellos dorados le enmarcaba el rostro. Llevaba un vestido de color rojo muy ceñido y confeccionado como si un vendaje de ropa le rodeara el cuerpo, y unas tiras de tela dorada se le enroscaban en los brazos. Nos miró con gesto distraído y ni siquiera cuando alguien le pidió una copa cambió de actitud.

Jake y yo avanzamos lentamente por entre la masa de cuerpos en dirección a la barra. La gente se apartaba poco a poco para dejarnos paso. Sin dejar de bailar, sus ojos seguían todos nuestros movimientos. Incluso alguien alargó la mano para tocarme. Jake emitió un siseo amenazador y le lanzó una mirada asesina, y la curiosidad del mirón se desvaneció al instante. Al llegar a la barra, Jake saludó a la camarera con un formal gesto de cabeza y ella se lo devolvió con expresión de inseguridad.

—¿Qué querrás tomar? —me preguntó Jake. El volumen de la música le obligó a gritar para hacerse oír.

—No quiero beber nada. Solo quiero saber dónde estoy.

—Ya no estás en Kansas —dijo, como Dorothy en *El mago de Oz*. Jake se rio de su propio chiste.

De repente sentí la urgencia de hacer que me escuchara, de hacerle saber lo asustada que me sentía.

69

—Jake —insistí, agarrándolo del brazo—. No me gusta esto. Quiero marcharme. Por favor, llévame a casa.

Jake se quedó tan perplejo por el contacto de mi mano que pareció que le costaba contestar.

—Debes de estar muy cansada —dijo finalmente—. He sido poco considerado al no darme cuenta. Por supuesto, te llevaré a casa.

Hizo una señal a dos hombres de traje negro y gafas de sol que parecían unos armarios y que estaban de pie ante la barra. Era absurdo que llevaran gafas, puesto que estábamos casi a oscuras en un local subterráneo.

—Esta señorita es mi invitada. Llevadla al hotel Ambrosía —ordenó Jake—. Aseguraos de que llega sana y salva al piso ejecutivo, arriba de todo. La están esperando.

—Espera, y tú, ¿dónde vas? —pregunté.

Jake dirigió sus ardientes ojos hacia mí y sonrió, como disfrutando al ver que dependía de él.

—Tengo unos asuntos que atender. Pero no te preocupes, ellos se encargarán de todo. —Miró a los guardaespaldas—. Sus vidas dependen de ello.

Sin modificar la expresión impasible de su rostro los guardaespaldas asintieron brevemente con la cabeza. Al momento me encontré en medio de dos muros de músculos que me acompañaron fuera del club apartando sin miramientos a cualquiera que se acercara demasiado.

Al llegar al vestíbulo de la entrada miré por detrás de mis guardaespaldas y vi que el Orgullo solamente era uno de los varios clubes que, como catacumbas, reposaban bajo tierra. De las tenebrosas profundidades de una de las escaleras nos llegaron unos gemidos ahogados y por ella aparecieron casi de inmediato dos hombres con traje que arrastraban a una chica de aspecto desaliñado con el rostro surcado por las marcas de las lágrimas sobre el maquillaje. Llevaba un corsé con blondas y una falda de algodón que ni siquiera le cubría la parte alta de los muslos. Se debatía por soltarse de los dos hombres sin conseguirlo. Sus ojos tropezaron con los míos y me di cuenta del terror que sentía. De forma instintiva di un paso hacia delante para ayudarla, pero uno de mis guardaespaldas me lo impidió.

Me sacudí sus manos de encima y, en un intento por mostrar desenfado, imité la forma de hablar de las chicas de la escuela:

—Qué mal rollo, ¿no? —Pensé que cuanto más alarmada me mostrara, menos información me darían.

—Por su aspecto, diría que la suerte la ha abandonado —contestó uno de los guardaespaldas.

El otro acababa de marcar un número en el móvil y estaba comunicando nuestra localización a una persona al otro extremo de la línea.

—¿Suerte? —pregunté, repitiendo la palabra.

—En la sala de juego —contestó él, como si fuera algo evidente.

—¿Adónde se la llevan?

Esta vez el guardaespaldas se limitó a menear la cabeza, como si no pudiera creer mi ignorancia, y me acompañó hasta un coche grande de ventanillas ahumadas que acababa de aparcar ante la puerta del club. Era extraño ver un coche allí dentro, pero me di cuenta de que los túneles subterráneos eran lo bastante anchos para que dos coches pudieran pasar a la vez, así que se utilizaban como calles. Me abrieron la puerta trasera y los guardaespaldas se sentaron cada uno a mi lado, de tal forma que quedé hundida entre sus dos voluminosos cuerpos. Sus ropas desprendían un fuerte olor a tabaco.

El coche avanzó un buen rato por el sinuoso túnel que parecía abrirse en espiral hacia ninguna parte. De vez en cuando algunos juerguistas se apartaban al vernos llegar. Cuando nos hubimos alejado de la zona de los clubes, la gente con que nos cruzábamos no parecía estar de fiesta: vagaban sin rumbo, con los ojos vacíos y los rostros inexpresivos, como muertos vivientes. Al fijarme en ellos, me di cuenta de que su piel tenía un tono grisáceo.

Finalmente, al otro extremo de un túnel que bajaba en marcada pendiente nos encontramos con un altísimo edificio que había sido, quizá, blanco, pero que ahora mostraba un tono apergaminado. Debía de tener, por lo menos, veinte pisos de altura. Su estilo era clásico, con unas molduras que adornaban la parte superior de las ventanas.

71

Entramos por una puerta giratoria a un amplio y opulento vestíbulo. El hotel estaba construido de tal forma que los distintos pisos y las habitaciones daban al hall desde todos los ángulos, así que la impresión era la de encontrarse en un laberinto. El vestíbulo estaba presidido por una cortina de luces doradas que colgaban desde el techo hasta el suelo, pasando por detrás de una fuente de mármol que se encontraba en el centro y que estaba decorada con ninfas y cupidos retozando en el agua. Al lado de la mesa de recepción estaba el ascensor, una gigante caja transparente con forma de cápsula. El personal del hotel vestía pulcros uniformes y se movía con aire muy ocupado en comparación con el abandono que imperaba en los clubes.

Cuando entré, todos se quedaron inmóviles y me miraron como buitres durante un instante; luego regresaron a sus quehaceres. A pesar de que su aspecto era en apariencia normal, percibí que sus miradas tenían algo salvaje, algo que me hacía sentir incómoda. Me alegraba de estar escoltada por esos dos fornidos guardaespaldas: no me hubiera gustado encontrarme allí en medio sola.

—Bienvenida al Ambrosía —me dijo una mujer desde detrás de la mesa de recepción en un tono alegre y despreocupado. Con su traje chaqueta y el moño con que se recogía el cabello rubio hubiera sido la viva imagen de la eficiencia de no ser por su fija mirada de tiburón—. La estábamos esperando. Sus habitaciones están listas. —Una mirada penetrante desmentía el tono de desenfado con que hablaba mientras sus dedos, de manicura impecable, bailaban sobre un teclado con un sonido suave y metálico—. Le hemos reservado el ático.

—Gracias —dije—. Es un bonito hotel. ¿Le importaría decirme dónde estoy?

—¿Jake no se lo ha dicho? —preguntó la mujer olvidándose por un momento de su actitud de profesionalidad.

Miró a mis guardaespaldas con incredulidad, y estos se miraron con asombro, como diciendo que su trabajo consistía solamente en cumplir las órdenes. Empezaba a costarme contener el miedo que me atenazaba el estómago: parecía estar extendiéndose por todo mi cuerpo como una colonia de hongos.

—Bueno, querida —los ojos de la recepcionista brillaron, oscuros—, se encuentra usted en Hades. Siéntase como en su casa.

Deslizó una tarjeta de plástico por encima de la pulida mesa en dirección a mí.

—¿Perdón? —repuse—. ¿No querrá decir... no puede ser que...? —Se me cortó la voz.

Por supuesto, al instante supe lo que había querido decir. Gracias a mis clases sabía incluso que la traducción literal era «lo no visto». Pero mi cabeza se negaba a aceptar que fuera verdad. Hasta que no me lo dijeran en voz alta, no tendría que creerlo.

—También conocido como Infierno —añadió la recepcionista—. Pero que Jake no oiga que lo llama así. Él prefiere el nombre más clásico de Hades. Y ya sabe usted lo pedante que puede ser un príncipe demoníaco.

Solo pude comprender una parte de lo que decía, porque había dejado de escucharla. Las rodillas me temblaban. Lo último que vi fue a mis guardaespaldas precipitándose hacia mí y el suelo de mármol que se acercaba velozmente a mi cara.

7

Bajo tierra

*M*e desperté en medio de un silencio ensordecedor. Una luz lechosa se filtraba en la habitación. Me froté los ojos y miré a mi alrededor: lo primero que vi fueron unos sillones delante de una chimenea desde la que las últimas ascuas encendidas proyectaban sombras en todos los objetos de la habitación, confiriendo un aspecto difuminado al mobiliario. Los muebles, de madera oscura, eran suntuosos, y una araña de cristal pendía de un techo ornamentado.

Me encontraba en una cama de cabecero de roble, entre sábanas de satén dorado y bajo un cubrecama de un vivo color borgoña. Llevaba puesto un camisón pasado de moda con puños de blonda. Me pregunté adónde habría ido a parar mi disfraz, pues no recordaba habérmelo quitado. Me senté en la cama y observé todo lo que había a mi alrededor, desde la mullida alfombra del suelo y los pesados tapices de terciopelo que cubrían las paredes hasta la enorme bandeja de bienvenida del hotel que reposaba encima de una mesa de vidrio de patas doradas con forma de garra. A los pies de la cama se extendía una enorme alfombra de piel de leopardo. La cama estaba repleta de blandas almohadas y un número excesivo de cojines con borlas. Sentí una cosa fría y olorosa pegada a la mejilla y vi que las almohadas estaban cubiertas de rojos pétalos de rosa.

Contra una de las paredes había un enorme tocador de mármol con un espejo incrustado de piedras preciosas. Encima había un cepillo de nácar y varios espejitos de mano, además de varios perfumes que tenían aspecto de ser caros, y varias cremas y lociones en botellitas de cristal azul. Una bata de seda de color marfil colgaba del respaldo de una elegante silla. Delante del fuego habían colocado de forma estratégica dos sillones orejeros. La puerta del baño estaba abierta y desde donde estaba vi los grifos dorados sobre una bañera antigua. No parecía que la decoración siguiera ningún criterio concreto, era más bien como si alguien hubiera elegido lo más lujoso y opulento de una revista de interiorismo y lo hubiera colocado de cualquier manera en esa habitación.

Encima de la mesilla me habían dejado una bandeja con una tetera humeante y un plato con pastelillos. Fui a abrir la puerta pero la encontré cerrada con llave. Sentía la garganta seca, así que me serví una taza de té y me senté sobre la mullida alfombra mientras bebía y organizaba mis pensamientos. A pesar del lujo que me rodeaba, sabía que era una prisionera.

Se habían llevado la tarjeta de plástico así que no podía salir de la habitación. Y aunque consiguiera escapar y llegar hasta el vestíbulo, allí me encontraría en medio de los aliados de Jake. Podía intentar cruzarlo corriendo y escabullirme, pero ¿hasta dónde llegaría sin que volvieran a capturarme?

Solamente había una cosa que sabía con absoluta certeza: la frialdad pétrea que sentía en el pecho era una prueba de que me habían arrancado de lo que más amaba. Me encontraba allí a causa de Jake Thorn, pero ¿cuál era su motivo? ¿La venganza? Si era así, ¿por qué no me había matado cuando podía haberlo hecho? ¿Es que deseaba prolongar de alguna manera mi sufrimiento? ¿O tenía algún otro propósito, como era habitual en Jake? Parecía sincero cuando aseguraba desear mi comodidad. Mis conocimientos sobre el Infierno eran superficiales, pues los de mi casta nunca se aventuraban por aquí. Me concentré intentando recordar retazos de información que Gabriel pudiera haber compartido conmigo, pero fue en vano. Solo había oído decir que en alguna parte, en las profundidades, había un abismo oscuro repleto de criaturas que era imposible de imaginar. Jake debía de haberme traído hasta aquí como castigo por haberlo humillado. A no ser que... de repente se me ocurrió una idea nueva. Jake no se había mostrado especialmente vengativo, y lo cierto era que sus ojos mostraban una excitación extraña. ¿Era posible que creyera de verdad que yo podía ser feliz aquí? ¿Un ángel en el Infierno? Eso solo demostraba lo poco que comprendía. Mi único objetivo era regresar a casa, con mis seres queridos. Este no era mi mundo y nunca lo sería. Sabía que cuanto más tiempo pasara aquí, más difícil resultaría encontrar el camino de regreso a casa. De una cosa sí estaba segura: algo así no había sucedido nunca antes. Un ángel nunca había sido capturado, arrancado de la tierra y arrastrado a una prisión de fuego. Quizá todo esto iba más allá del extraño apego que Jake mostraba hacia mí. Quizás algo terrible estaba a punto de suceder.

Unas grandes ventanas ocupaban toda la extensión de una de las paredes de la habitación, pero a través de ellas solamente se veía una niebla espesa y gris. Aquí no existía el amanecer, y el alba no era más que una luz difusa que parecía proceder de alguna grieta de la tierra. Pensar que no volvería a ver la luz del sol en mucho tiempo me llenó los ojos de lágrimas. Pero las reprimí. Tomé la bata de seda y me la puse. Fui al baño para lavarme la cara y cepillarme los dientes, y luego me senté ante el tocador para cepillarme el pelo y quitarme los nudos que se me habían hecho. El silencio que reinaba en esa habitación de hotel resultaba incómodo, era como si me encontrara encerrada en una tumba sumergida en el fondo del mar. Todos los ruidos que hacía resonaban con una fuerza exagerada. De repente recordé, con una punzada de nostalgia, mi despertar en Venus Cove. Siempre iba acompañado de una algarabía de sonidos: los acordes de la música, el canto de los pájaros y las pisadas de *Phantom* al subir las escaleras. Visualicé con todo detalle mi dormitorio: su picado suelo de tablones de madera y el destartalado escritorio. Si cerraba los ojos podía casi revivir la sensación de suavidad del blando cubrecama blanco sobre mi piel y la de recogimiento que me producía el dosel de la cama, como si me encontrara enroscada en mi propio nido. Allí las mañanas se anunciaban con un alba plateada que rápidamente se transformaba en un estallido de rayos dorados de sol. La luz bañaba los tejados de las casas y bailaba sobre las olas del océano iluminando toda la ciudad. Recordé que siempre me despertaba con el canto de los pájaros y la brisa golpeando ligeramente las puertas del balcón, como si quisiera despabilarme.

76

Incluso las veces en que la casa estaba vacía, el océano siempre estaba allí, llamándome, recordándome que no estaba sola. Cerré los ojos y rememoré las mañanas en que bajaba a la cocina y encontraba a Gabriel recorriendo las cuerdas de su guitarra con dedos perezosos, y el olor apetitoso de las tostadas que llenaba la cocina. Pero no recordaba la última vez que había visto a mi familia, ni cómo nos habíamos separado. Pensar en Venus Cove me producía un breve pálpito de esperanza en el corazón, como si pudiera regresar a mi antigua vida por un acto de voluntad. Pero al cabo de un instante ese sentimiento desaparecía dejando paso a una desesperanza tan grande que pesaba como una roca en mi corazón.

Abrí los ojos y vi mi propio reflejo en el espejo. Al instante me di cuenta de que algo había cambiado. No es que se hubieran transformado mis rasgos: mis ojos eran igual de grandes y tenían el mismo color marrón salpicado de tonos dorados y verdes; las orejas de ratoncillo eran igual de pequeñas, y mi piel de porcelana tenía el mismo tono rosado. Pero la expresión de mis ojos era desconocida: mi mirada, que antes era brillante de curiosidad, ahora aparecía muerta. La chica del espejo parecía perdida.

Una temperatura agradable caldeaba la habitación y a pesar de ello temblaba. Me dirigí rápidamente al armario y saqué el primer vestido que encontré: uno largo de tul con mangas abultadas. Suspiré y rebusqué a ver si encontraba algo más adecuado, pero allí dentro no había ni una sola pieza de ropa práctica, solo vestidos de noche que llegaban al suelo o trajes chaqueta tipo Chanel y blusas de seda. Me decidí por lo más sencillo que encontré (un vestido de manga larga y falda hasta las rodillas de un arrugado terciopelo verde) y unas manoletinas. Luego me senté en la cama y esperé a que sucediera algo.

Recordaba bien Venus Cove y a mi familia, pero sabía que me olvidaba de algo o de alguien. Era como una quemazón en la parte posterior de la cabeza, como una llamada insistente, y el esfuerzo por recordar me resultaba agotador. Sentía un dolor sordo en lo más profundo de mí, pero no podía recordar a qué se debía. Llegué a desear que Jake apareciera para hablar con él, por si eso podía ayudarme a recuperar ese recuerdo. Era

77

como si percibiera ciertos recuerdos en lo más profundo de la memoria, pero cada vez que intentaba sacarlos a la superficie se me escapaban.

En ese momento me sobresaltó el chasquido de la tarjeta de plástico que abría la puerta. Una chica de rostro redondo entró en la habitación. Llevaba un uniforme de servicio: un sencillo vestido de color marrón agrisado con el logotipo del hotel Ambrosía en el bolsillo, unos calcetines de color beis y unos cómodos zapatos de cordones. Llevaba el pelo, del color de la miel, recogido en una cola de caballo y sujeto con un pasador.

—Disculpe, señorita, ¿desea que arregle la habitación ahora o prefiere que vuelva más tarde?

Sus gestos eran tímidos y mantenía la mirada baja para evitar mis ojos. Detrás de ella vi un carrito lleno de productos de limpieza y montones de trapos limpios.

—Oh, no es necesario —repuse, queriendo ser amable, pero mi respuesta solo sirvió para hacerla sentir incómoda. Se quedó sin saber qué decir, esperando mis órdenes—. Bueno, ahora está bien —rectifiqué acercándome a uno de los sillones orejeros.

La chica pareció muy aliviada. Aunque no podía tener más de dieciséis años, se movía con una eficiencia experimentada mientras tensaba la ropa de cama y cambiaba el agua del jarrón. Su presencia me resultó extrañamente tranquilizadora. Quizás era la abierta inocencia de su rostro, tan rara en medio de ese estrafalario lugar.

—¿Puedo preguntarte cómo te llamas? —dije.

—Soy Hanna —contestó sin dudar.

Me di cuenta de que su acento era un poco forzado, como si su idioma materno fuera otro.

—¿Y trabajas en este hotel?

—Sí, señora. Me han asignado a su servicio. —Mi rostro debió de delatar mi confusión, porque enseguida añadió—: Soy su criada.

—¿Mi criada? —repetí—. No necesito una criada.

La chica malinterpretó mi irritación, como si fuera contra ella.

—Me esforzaré mucho —aseguró.

—Estoy convencida —repuse—. Pero el motivo de que no necesite una criada es que no pienso quedarme aquí mucho tiempo.

Hanna me dirigió una mirada extraña y negó con la cabeza vehementemente.

—No puede irse —aseguró—. El señor no permite que nadie se vaya. No hay salida.

Inmediatamente se cubrió la boca con la mano, como si hubiera hablado más de la cuenta.

—No pasa nada, Hanna —la tranquilicé—. A mí puedes contarme lo que sea, no diré una palabra.

—Se supone que no debo hablar con usted. Si el príncipe se enterara...

—¿Te refieres a Jake? —pregunté en tono burlón—. ¡No es ningún príncipe!

—No debería decir cosas así en voz alta, señorita —susurró Hanna—. El señor Thorn es el príncipe del Tercer Círculo, y la traición es un delito capital.

Debí de mostrarme completamente confundida.

—Hay nueve Círculos en este mundo, y cada uno de ellos está gobernado por un príncipe —explicó—. Jake gobierna esta región.

—¿Y quién fue el idiota que le dio tanto poder? —solté, y al ver la expresión de alarma de Hanna, rectifiqué rápidamente—. Quiero decir... ¿cómo fue eso?

—Él es uno de los Originales.

Hanna se encogió de hombros, como si esas seis palabras lo explicaran todo.

—He oído hablar de ellos —dije.

Esa palabra me sonaba. Estaba segura de haber oído a mi hermano Gabriel emplearla, y sabía que tenía que ver con el principio de los tiempos y de la creación.

—Cuando Gran Papi perdió la gracia y cayó... —empezó a contar Hanna después de echar una mirada furtiva en dirección a la puerta.

—¿Perdón? —la interrumpí—. ¿Qué acabas de decir?

—Así es como lo llamamos aquí abajo.

—¿A quién?

—Bueno, supongo que usted lo conoce como Satán o Lucifer.

Las piezas del rompecabezas empezaban a encajar en mi mente.

—Cuando Lucifer cayó del Cielo, hubo ocho ángeles que le juraron lealtad... —continué yo en su lugar.

—Sí. —Hanna asintió enérgicamente con la cabeza.

—Miguel los echó junto con su líder rebelde, y se convirtieron en los primeros demonios. Desde entonces, ellos han empleado todos los medios disponibles para sembrar el caos en la Tierra como venganza por haber sido expulsados.

Hice una pausa para dejar que esas palabras calaran. Se me ocurrió una idea tan extraña que me hizo fruncir el ceño.

—¿Qué sucede, señorita? —preguntó Hanna al ver mi expresión.

—Es que es difícil de imaginar —dije—. Jake antes era un ángel.

—Yo no diría «difícil»; más bien «imposible». —La respuesta de Hanna fue tan directa que tuve que sonreír.

Pero no podía quitarme esa idea de la cabeza. Jake y yo compartíamos genealogía. Teníamos un hacedor común, pero él se había convertido en alguien que estaba muy lejos del objetivo para el cual fue creado. Siempre lo había sabido, pero supongo que deseaba tanto borrarlo de mi cabeza que nunca me había permitido pensarlo a fondo. No podía aceptar que el Jake que yo conocía, el Jake que había intentado destruir mi ciudad y a la gente que yo amaba hubiera sido alguna vez como yo. Sabía de los Originales: eran los sirvientes más fieles de Lucifer, los que estuvieron con él desde el mismo principio. A lo largo de toda la historia de los seres humanos, él los había enviado a ocupar los más altos escalones de la sociedad, y ellos se habían infiltrado en las comunidades de la Tierra para continuar corrompiendo a la humanidad. Se introdujeron en las filas de la política y de la legislación, desde donde podían ejercer su poder destructor con impunidad. Su influencia era venenosa. Eran indulgentes con los hombres, se alimentaban de sus debilidades y los utilizaban para sus propios intereses. Se me ocurrió una idea atroz: si Jake trabajaba para un poder mayor que él, ¿quién era realmente el culpable de todo lo que había sucedido hasta el momento?

—Me pregunto qué es lo que Jake quiere de mí —dije.

—Eso es fácil —repuso Hanna con su curioso acento. Parecía feliz de resultar útil, de ofrecerme una información que yo no conocía—. Solo quiere que usted sea feliz. Después de todo, usted es su prometida.

Al principio me reí creyendo que me estaba gastando una terrible broma de mal gusto. Pero cuando observé su rostro redondo y aniñado, esos ojos grandes y marrones, supe que se había limitado a repetir una información que había oído previamente.

—Creo que tengo que ir a ver a Jake —dije despacio, esforzándome por disimular el pánico creciente que sentía—. Ahora mismo. ¿Me puedes llevar hasta él?

—Sí, señorita —respondió con prontitud—. Precisamente el príncipe ha dado orden de verla.

Hanna me guio por los mortecinos pasillos del hotel Ambrosía. Se desplazaba sobre la gruesa moqueta como si fuera un fantasma. Todo a nuestro alrededor mostraba una quietud sobrecogedora, y si el hotel tenía otros clientes no había ni señal de ellos. Entramos en el ascensor de cristal que esperaba suspendido en el aire como una burbuja. Desde dentro se veía, abajo, el vestíbulo y la recargada fuente central.

—¿Adónde vamos? —pregunté—. ¿Es que Jake tiene una mazmorra especial en la cual se hace cargo de sus asuntos?

—No. —Hanna se tomaba todas mis palabras en serio; el sarcasmo no hacía mella en ella—. Hay una sala de reuniones en la planta baja.

Nos detuvimos ante dos imponentes puertas de madera. La reticencia a entrar de Hanna era evidente.

—Es mejor que entre usted sola, señorita —comunicó, como callándose algo—. Sé que a usted no le hará ningún daño.

No discutí con ella. Desde luego, no quería exponerla a los caprichos del carácter de Jake. Ahora que iba a verlo otra vez cara a cara no sentía ningún miedo. De hecho, deseaba tener una confrontación con él aunque solo fuera para decirle lo que pensaba de él y de su espantoso plan. Ya había hecho lo peor; no podía hacer nada más para hacerme daño.

Al entrar, Jake parecía irritado, como si hubiera estado esperando mucho rato. En la sala también había una chimenea, y Jake se encontraba de pie delante, de espaldas a ella. Iba vestido con mayor formalidad que su habitual atuendo negro: llevaba un pantalón hecho a medida, una camisa de cuello desabrochado y un esmoquin de un vivo color púrpura. Los reflejos del fuego de la chimenea bailaban sobre su rostro pálido. Tenía exactamente el mismo aspecto que yo recordaba, con los largos mechones de pelo negro que le caían sobre los ojos, brillantes, como los de un tiburón. Al verme empezó a dar vueltas por la habitación deteniéndose de vez en cuando para observar algún detalle. En medio de la mesa había un jarrón con unas rosas de tallo largo; Jake tomó una de ellas, la olió y empezó a juguetear con ella con una mano. Hizo caso omiso de las espinas, así como de la sangre que empezó a bajarle por los dedos, como si no la notara en absoluto. Pensé que seguramente así era y, al cabo de un instante, vi que las heridas se le habían cerrado.

La sala de reuniones estaba presidida por una mesa imponente y tan pulida que en ella se reflejaba todo el techo. A su alrededor había unas sillas giratorias con respaldos altos. La pared tras la cabeza de la mesa estaba ocupada por una pantalla gigante que, en ese momento, mostraba diversas imágenes de los distintos clubes. Miré, fascinada, los cuerpos brillantes de sudor que bailaban tan apretados los unos contra los otros que parecían un solo ser. Aunque solamente era una imagen en la pantalla, verlo me provocó cierto mareo. De repente, la imagen cambió y en la pantalla aparecieron esquemas estadísticos y cálculos numéricos. Al cabo de un momento, los incansables bailarines volvieron a aparecer. Parecía que algunos eran seleccionados y se hacían unos cálculos sobre ellos.

—¿Qué te parecen mis ratas de club? —se jactó Jake—. ¡Condenados a beber y a bailar durante toda la eternidad! Fue idea mía.

Con una mano sujetaba una copa de la cual iba sorbiendo un líquido de color ámbar. Un cigarrillo a medio consumir descansaba sobre el borde de un cenicero.

Alguien tosió y me di la vuelta: Jake y yo no estábamos solos. Un chico que no parecía mayor que yo se encontraba sentado en la esquina más alejada de la sala de reuniones y acariciaba un gato dormido. Iba vestido con una camisa a cuadros y unos pantalones tan grandes que se los tenía que sujetar con tirantes. Llevaba el pelo, marrón, con un flequillo cortado de forma irregular, como si lo hubieran hecho con unas tijeras de esquilar. Se había sentado con las puntas de los pies hacia dentro, igual que un niño.

—Beth, te presento a Tucker. Es uno de mis ayudantes y va a cuidar de ti. Tucker, levántate y estréchale la mano —ladró Jake, y se giró hacia mí de inmediato para añadir—: Te pido disculpas por sus groseros modales.

Jack lo trataba como si fuera un animal de compañía que necesitara ser entrenado. Tucker se levantó para acercarse a mí, y vi que cojeaba ostensiblemente arrastrando la pierna derecha. Me ofreció una mano grande y callosa. Tenía una profunda cicatriz que le iba desde la base de la nariz hasta la parte superior del labio, haciendo que este se levantara ligeramente y dibujándole una perpetua mueca en el rostro. A pesar de su corpulencia, me pareció una persona vulnerable. Le dirigí una sonrisa, pero él se limitó a fruncir el ceño con mala expresión y apartó la mirada.

Los movimientos de Tucker habían despertado al gato, un siamés que tampoco era muy amistoso. Al verme, arqueó la espalda y bufó con ferocidad.

—Me parece que no le gusta la competencia —comentó Jake en tono meloso—. Basta de pataletas, *Fausto*. Bethany, ¿qué tal te estás adaptando? Siento que tu llegada tuviera que ser tan dramática, pero no se me ocurrió ninguna otra manera.

—¿De verdad? —repliqué—. Yo creía que te gustan las cosas al límite, ya que eres tan payaso.

Intenté que mis palabras fueran muy ofensivas. No estaba de humor para seguirle la corriente. Jake abrió mucho la boca fingiendo sorpresa mientras se la cubría con una mano.

—Vaya, vaya, hemos aprendido a ser sarcásticos. Eso está bien. No puedes ir por la vida siempre como una pastorcilla inocente.

Jake me recordaba un camaleón por la facilidad que tenía en

83

cambiar de aspecto para mezclarse con el entorno. En su casa parecía muy distinto a como yo lo recordaba en la escuela. En Bryce Hamilton se había mostrado como un chico seguro de sí mismo, pero al mismo tiempo como un tanto marginal: aunque tenía su grupo de seguidores, su mayor atractivo era la subcultura que representaba. Sabía que no pertenecía allí y no hacía el menor esfuerzo por disimularlo. Más bien parecía disfrutar al atraer la atención de todos, y mostraba una petulante satisfacción cada vez que conseguía ejercer su seductora influencia en un estudiante. Pero siempre tenía que estar alerta, preparado ante cualquier eventualidad que pudiera darse. En cambio, aquí, en su casa, Jake se mostraba completamente relajado, con los hombros caídos y la sonrisa perezosa. Aquí disponía de todo el tiempo del mundo y su autoridad no era cuestionada.

Giró la cabeza con gesto impaciente y se dirigió a Tucker:

—¿Vas a servir una copa de vino a mi invitada o te vas a quedar ahí pasmado como un sapo gordo e inútil?

El chico se apresuró hasta una mesilla baja, tomó una copa de pie alto y la llenó con un líquido rojo de un escanciador. Luego se acercó y me la dejó delante con gesto hosco.

—No quiero una copa —le dije a Jake, cortante, mientras apartaba la copa de vino—. Quiero saber qué me has hecho. Hay cosas que quiero recordar, pero mi memoria está bloqueada. ¡Desbloquéala!

—¿Para qué quieres recordar tu vida pasada? —Jake sonrió—. Lo único que necesitas saber es que eras un ángel y que ahora eres mi ángel.

—¿De verdad piensas que puedes retenerme aquí sin sufrir las consecuencias? ¿Sin sufrir una venganza divina?

—De momento no me está yendo muy mal —se rió Jake—. Además, ya era hora de que te alejaras de esa ciudad de paletos. Está claro que no te dejaba evolucionar.

—¡Me pones enferma!

—Bueno, bueno, no nos peleemos en tu primer día aquí. Por favor, siéntate. —Jake adoptó un repentino tono de agasajo, como si fuéramos dos amigos que se volvieran a encontrar después de una larga separación—. Tenemos muchas cosas de que hablar.

8

Sin salida

—*N*o voy a hablar de nada contigo hasta que me devuelvas mis recuerdos —dije, apretando los dientes—. No tenías derecho a quitármelos.

—Yo no te he quitado tus recuerdos, Beth —se mofó Jake—. Aunque resulta halagador que me creas con el poder suficiente para hacerlo. Quizá los he enterrado temporalmente, pero, si buscas bien, los encontrarás. Yo, en tu lugar, los abandonaría y empezaría de nuevo.

—¿Me enseñarás a hacerlo? Yo sola no sé cómo.

—Dame un buen motivo para que lo haga. —Jake se recostó en la silla e hizo un mohín—. Estoy segura de que los malinterpretarás para hacerme parecer el malo.

—¡Lo digo en serio: basta de jueguecitos!

—Bethany, ¿no se te ha ocurrido pensar que quizás hago todo esto por tu propio bien? Quizás esté mejor así.

—Jake, por favor —dije con tono amable—. No soy la misma persona sin ellos. No me reconozco. ¿Qué sentido tiene tenerme aquí si ni siquiera sé quién soy?

Jake soltó un suspiro exagerado, como si mi petición fuera una enorme imposición.

—Oh, de acuerdo. —Se levantó y atravesó la habitación hasta mí en un único y fluido movimiento—. Déjame pensar qué puedo hacer.

Colocó dos fríos dedos sobre mi sien derecha y presionó ligeramente. Eso fue todo. A partir de ese momento, los recuerdos inhibidos me inundaron en avalancha, hasta el punto de que tuve que apoyarme en la mesa para no perder el equilibrio. Si hasta ese momento había podido recordar solo la pacífica vida en Byron, ahora todas las piezas perdidas del rompecabezas se pusieron en su lugar. Supe cuál era el núcleo del que derivaba todo lo demás: vi la noche de la fiesta de Halloween, pero esta vez no estaba sola. Una persona de deslumbrantes ojos azules, cabello con destellos dorados y una sonrisa tan cautivadora que me hacía temblar las piernas se encontraba a mi lado. Recordar el rostro de Xavier me provocó una felicidad indescriptible.

Pero duró poco tiempo. Al cabo de unos segundos otro recuerdo borró despiadadamente el primero: el cuerpo de Xavier yacía inerte en la polvorienta carretera mientras una motocicleta se alejaba a toda velocidad en medio de la oscuridad. Esa imagen me abatió tanto que deseé poder borrármela de la memoria. Me dolía todo el cuerpo a causa del dolor de nuestra separación y de la visión de su cuerpo en el suelo. No podía vivir sabiendo que él se había ido. Solamente si supiera que Xavier estaba vivo y que se encontraba bien sería capaz de soportar mi exilio en ese páramo olvidado de Dios. Pero sin él no me sentía capaz de conservar ninguna voluntad de vivir. En ese momento me di cuenta de que, tanto si era insensatez o sabiduría, toda mi felicidad procedía de una única fuente. Si esta se cerraba, no sería capaz de seguir adelante. No querría hacerlo.

—Xavier —murmuré con un hilo de voz. Me sentía como si la habitación se hubiera quedado sin oxígeno. ¿Por qué era tan sofocante el ambiente allí dentro? No me podía sacar esa imagen de la cabeza—. Por favor, dime que se encuentra bien.

Jake puso los ojos en blanco.

—Es típico. Debería haber sabido que tus pensamientos serían para él.

Yo me esforzaba por reprimir las lágrimas.

—¿Es que no tenías suficiente con raptarme? ¿Cómo te has atrevido a hacerle daño? Eres un cobarde despiadado y sin corazón.

La rabia tomó el lugar de mi debilidad: apreté los puños y empecé a golpear a Jake en el pecho. Él no hizo nada para detenerme, simplemente esperó a que se me pasara.

—¿Te sientes mejor ahora? —preguntó. No me sentía mejor, pero sí experimenté un ligero alivio—. Prescindamos del melodrama. El chico guapo no está muerto, solo un poco maltrecho.

—¿Qué? —pregunté, levantando la cabeza.

—El golpe no lo mató —dijo Jake—. Solamente lo dejó inconsciente.

El alivio que sentí al oír esas palabras me hizo revivir. Elevé una plegaria de agradecimiento al poder superior, el que fuese, que lo había salvado. ¡Xavier estaba vivo! Respiraba y caminaba, aunque lo hiciera un poco más magullado que antes.

—Supongo que es mejor así —dijo Jake esbozando una seca sonrisa—. Su muerte hubiera hecho que empezáramos con mal pie.

—¿Prometes que nunca le harás daño? —le pregunté con irritación.

—«Nunca» es mucho tiempo. Digamos que de momento está a salvo.

No me gustaba lo que ese «de momento» implicaba, pero decidí no tentar a la suerte.

—¿Y Gabriel e Ivy no corren ningún peligro?

—Juntos tienen una fuerza formidable —dijo—. En cualquier caso, ellos nunca formaron parte del plan. Mi único interés consistía en traerte a ti aquí y eso ya está hecho, aunque durante un tiempo no estuve muy seguro de ser capaz de lograrlo. A un demonio no le resulta fácil arrastrar a un ángel hasta el Infierno, ¿sabes? Ni siquiera creo que haya ocurrido nunca. —Jake se mostraba satisfecho de ese logro.

—Pues a mí me parece que te ha sido fácil.

—Bueno —concedió con una sonrisa—. No creí que pudiera volver a emerger después de que el santurrón de tu hermano me mandara de regreso aquí. ¡Pero entonces esas tontas amiguitas tuyas empezaron a convocar a los espíritus en Venus Cove! No me creía tanta suerte. —Los ojos de Jake fulguraban como ascuas—. No es que la invocación fuera muy poderosa; solamente consiguieron despertar a algún espíritu intranquilo que estuvo más que dispuesto a ofrecerme su lugar.

—¡Pero ellas no intentaban invocar a ningún demonio! —exclamé en tono defensivo—. Se supone que en una sesión de espiritismo solo se llama a los espíritus.

87

No me podía quitar de encima la sensación de culpa. Había decidido hacer oídos sordos en lugar de esforzarme por impedirles que llevaran a cabo esa sesión; incluso hubiera podido romper en pedazos el tablero y lanzarlo por la ventana.

—La verdad es que fue más bien un golpe de suerte —dijo Jake—. En esas situaciones nunca se sabe qué se va a desenterrar.

Le dirigí una mirada malhumorada.

—No me mires así, no fue culpa mía del todo. No te hubiera podido traer aquí si tú no hubieras aceptado mi invitación.

—¿Qué invitación? —pregunté con sarcasmo—. No recuerdo que me preguntaras si quería hacer una parada en el Infierno.

—Te invité a que subieras a la moto y tú aceptaste —afirmó Jake en tono de suficiencia.

—Eso no cuenta, me engañaste. ¡Yo creía que eras otra persona!

—Mala suerte. Las reglas son las reglas. Además, ¿hasta qué punto eres tan ingenua? ¿No te pareció terriblemente extraño que el señor Responsable se tirara en picado al río desde lo alto de un árbol? Ni siquiera yo creí que te lo tragaras. Precisamente tú deberías haberlo sabido, pero, en cambio, solo tardaste un segundo en perder tu confianza en él. Tú misma sellaste tu destino al aceptar subir a la moto. No tuvo nada que ver conmigo.

Esas palabras me impactaron como puñetazos. Al ver que tomaba conciencia de mi propia estupidez, Jake empezó a reírse. Nunca había oído una risa tan vacía y hueca. Alargó los brazos y me tomó de las manos.

—No te preocupes, Beth. No voy a permitir que un pequeño error cambie la opinión que tengo de ti.

—Déjame ir a casa —supliqué.

Tenía cierta esperanza de que, oculto en lo más profundo de su mente, todavía existiera un resto de consideración y que pudiera sentir una pizca de remordimiento, una punzada de culpa, algo que me permitiera llegar a un trato con él. Pero no podía estar más equivocada.

—Ya estás en casa —declaró Jake en tono monótono mien-

tras se llevaba mis manos hasta su pecho. Su cuerpo era blando como el barro, y por un momento creí que mis dedos se
hundirían en el hueco donde su corazón debería haber estado—. Siento mucho no poder ser un ser humano —dijo, arrastrando las palabras—. Pero tú también tienes algunas anoma-
lías, así que no creo que estés en disposición de juzgar.

Me soltó una mano y sus dedos aletearon sobre la zona de
mi espalda en que se encontraban mis alas.

—Por lo menos yo tengo corazón, que es más de lo que tú
puedes decir —repliqué—. No me extraña que no seas capaz de
sentir nada.

—En eso te equivocas. Tú me haces sentir cosas, Beth. Por
eso te tienes que quedar. El Infierno es mucho más brillante si
estás en él.

Me solté de su mano.

—No tengo por qué hacer nada. Quizá sea tu prisionera,
pero no tienes ningún poder sobre mi corazón. Tarde o temprano, Jake, tendrás que aceptarlo.

Di media vuelta con intención de marcharme.

—¿Adónde te crees que vas? —preguntó Jake—. No puedes ir por ahí sin compañía. No es un lugar seguro.

—Eso está por ver.

—Quiero que lo pienses bien.

Pero yo ya me alejaba con paso inseguro.

—¡Déjame en paz! —grité sin girarme—. No me importa
lo que quieras.

—Luego no digas que no te avisé.

Al salir al vestíbulo encontré a Hanna, que me esperaba, di-
ligente.

—Me largo de este infierno —anuncié mientras me dirigía
hacia la puerta giratoria. No había nadie en el mostrador del
vestíbulo, así que pensé que quizá podría salir sin que me de-
tuvieran.

—¡Señorita, espere! —advirtió Hanna caminando a mi lado—.
¡El príncipe tiene razón, será mejor que no salga ahí fuera!

Sin hacerle caso, atravesé la puerta giratoria y salí en medio de la nada. Extrañamente, nadie intentó detenerme. Yo no
tenía ningún plan, pero eso no me importaba: quería poner

toda la distancia posible entre Jake y yo. Además, si ese lugar tenía una entrada, solo debía encontrarla. Pero mientras corría por los humeantes túneles, las palabras de Hanna no dejaban de resonarme en la cabeza: «No hay salida».

Detrás del hotel Ambrosía, los túneles eran largos y oscuros. Por todas partes se veían botellas de cerveza vacías y chasis de viejos coches completamente carbonizados y retorcidos. Las personas que deambulaban por allí parecían atrapadas en un extraño aturdimiento; nadie percibía mi presencia. Sus miradas, completamente vacías, indicaban claramente que eran ánimas condenadas. Pensé que si era capaz de encontrar la calle que habíamos seguido para llegar al hotel, quizá podría convencer a los perros de las puertas para que me dejaran salir.

A medida que me internaba en los túneles noté que una rara neblina invadía el ambiente y empecé a percibir un olor como a cabello chamuscado que, al final, se hizo tan fuerte que tuve que cubrirme la boca con la mano. La niebla se arremolinaba a mi alrededor y parecía conducirme hacia delante. Cuando desapareció, me di cuenta de que no me encontraba cerca del Orgullo, el club a través el cual había entrado. No tenía ni idea de dónde estaba, pero noté una fuerte presencia de algo maligno, un profundo helor en la sangre. Para empezar, me vi rodeada de desconocidos. No hubiera sabido cómo calificarlos, y aunque estaba segura de que una vez habían sido personas, ahora no se los podía llamar así. Más bien parecían espectros. Deambulaban sin propósito, apareciendo y desapareciendo por unas oscuras grietas. A pesar de sus miradas vacías y de sus manos que intentaban aferrarse al aire, su energía estaba muy presente. Me concentré en el que en ese momento estaba más cerca de mí, intentando comprender qué sucedía. Era un hombre y vestía un traje elegante, llevaba un pulcro corte de pelo y unas gafas de montura de metal. Al cabo de un momento, una mujer se materializó delante de él rodeada por el escenario de una cocina. La imagen temblaba, como si fuera un espejismo, pero tuve la sensación de que para ellos era más real. Los dos se enzarzaron en una acalorada discusión. Me sentía mal por estar viéndolos, como si estuviera entrometiéndome en una cuestión muy íntima.

—Ni una mentira más. Lo sé todo —dijo la mujer.

—No tienes ni idea de lo que dices —contestó el hombre con voz trémula.

—Lo que sí sé es que te dejo.

—No digas eso.

—Me voy con mi hermana un tiempo. Hasta que las cosas se resuelvan.

—¿Se resuelvan? —El hombre se mostraba cada vez más alterado.

—Quiero el divorcio.

La mujer habló en tono tan decidido que el hombre se hundió y emitió un gemido grave y largo.

—Cállate.

—No pienso seguir aguantando que me trates como una mierda. Me voy para ser feliz sin ti.

—Tú no vas a ninguna parte.

El hombre tenía una actitud corporal amenazadora, pero ella no se daba cuenta.

—Aparta de mi camino.

Ella intentó apartarlo de un empujón para pasar y él tomó un cuchillo de encima de la mesa. Aunque el cuchillo que yo veía no era real, la hoja brillaba y parecía sólida. Él se lanzó contra ella y la empujó, y la mujer cayó de espaldas sobre la mesa. No vi que levantara el cuchillo, pero al cabo de un instante lo vi clavado firmemente entre las costillas de ella. En lugar de sentir culpa, la visión de la sangre provocó en el hombre un frenesí febril. La apuñaló repetidamente en el mismo sitio sin hacer caso de sus gritos hasta que la herida era una masa de carne y sangre. Entonces lanzó el cuchillo al suelo y soltó el cuerpo de su mujer, que todavía tenía los ojos desorbitados y las mejillas manchadas de sangre. Cuando ella cayó al suelo, la imagen entera se desvaneció en el aire.

Me apreté contra un rincón de una pared. Sentía la garganta atenazada, no podía respirar, y no podía parar el temblor de mis manos. No iba a olvidar fácilmente esa escena. El hombre parecía aturdido, daba vueltas en círculo y, por un terrible momento, tuve miedo de que notara mi presencia. Pero entonces la mujer volvió a aparecer ante él, sin ninguna herida.

—Ni una mentira más. Lo sé todo —dijo.

Era como si alguien hubiera apretado el botón de *replay* de un DVD. Me di cuenta de que la espeluznante escena iba a repetirse delante de mis ojos. Las personas que la habían protagonizado estaban condenadas a revivirla eternamente. Las otras almas que vagaban a mi alrededor también revivían sus propios delitos del pasado: asesinatos, violaciones, agresiones, adulterios, robos, traiciones. La lista era interminable.

Siempre me había planteado el concepto del mal en términos filosóficos, pero ahora lo sentía alrededor de mí, palpable, real. Regresé corriendo por donde había venido y no paré. A veces percibía cosas que pasaban por mi lado y me rozaban o se agarraban al extremo de mi vestido, pero me soltaba y continuaba corriendo. No me detuve hasta que sentí que si daba otro paso, mis pulmones quedarían colapsados.

De repente me di cuenta de que en algún momento me había desviado, pues los túneles habían desaparecido. Me encontraba en un amplio espacio circular que tenía una abertura parecida a un cráter, a unos metros delante de mí, con los bordes encendidos en ascuas. No veía qué sucedía dentro, pero oía gritos y chillidos. Nunca había visto nada que se pareciera remotamente a aquello. Entonces ¿por qué me resultaba tan extrañamente familiar? «El Lago de Fuego aguarda a mi dama.» ¿Era posible que la críptica nota que había encontrado en mi taquilla tantos meses atrás se refiriera a este lugar? Supe que no debía acercarme. Supe que lo correcto era dar media vuelta y encontrar el camino de regreso al hotel Ambrosía, aunque fuera mi prisión. Fuera lo que fuese lo que acechaba en este lugar, no estaba preparada para verlo. Hasta el momento, el Hades había sido un mundo surrealista compuesto de túneles subterráneos, oscuros clubes nocturnos y un hotel vacío. Mientras daba los primeros pasos hacia el foso supe que eso iba a ser muy diferente.

Los indescriptibles gemidos de los ocupantes del cráter llegaron hasta mí mucho antes de que llegara a él. Siempre había creído que las representaciones medievales del Infierno, con esos cuerpos retorcidos y esos instrumentos de tortura, no eran más que una manera de asustar y controlar al pueblo ignorante. Pero ahora sabía que esas historias eran ciertas.

No era fácil ver qué sucedía a través del resplandor carmesí que irradiaba el foso, pero sí estaba claro que había dos grupos: los torturadores y los torturados. Los primeros llevaban arneses de piel y botas; algunos también capuchas, como los verdugos. Los torturados iban desnudos o vestían con harapos. Desde las paredes de tierra colgaban todo tipo de instrumentos de hierro diseñados para infligir dolor. Vi sierras, hierros para marcar a fuego vivo y tenazas oxidadas. Arriba, en el suelo, había cubas llenas de aceite hirviendo, un aparato de tortura y carbones al rojo vivo. Había cuerpos encadenados a postes, colgados de vigas y sujetos a crueles máquinas. Las almas se retorcían y chillaban mientras los torturadores continuaban su maligno trabajo sin detenerse. Arrastraron a un hombre desnudo por el suelo y lo obligaron a meterse en un cajón metálico que cerraron e introdujeron en un horno. Vi cómo el cajón se encendía despacio hasta que empezó a resplandecer primero con un color naranja y luego rojo. Del interior salieron unos apagados gritos de agonía, y eso pareció divertir a los demonios. Otro hombre, que se encontraba atado a un poste con unas cuerdas, miraba hacia arriba con expresión suplicante. Al principio no me di cuenta de que el tejido amarillento que le colgaba de la pierna como una pieza de ropa tendida al sol era su propia piel. Lo estaban despellejando vivo.

Lo único que veía a mi alrededor era sangre, carne rasgada y heridas purulentas. No tardé más de unos segundos en sentir que la bilis me subía por la garganta. Me tiré sobre el suelo seco y agrietado y me tapé los oídos. El olor y el sonido eran insoportables. Empecé a alejarme a rastras, sobre rodillas y manos, pues no me creí capaz de ponerme en pie sin desmayarme.

Había avanzado solamente unos metros por el polvo cuando una bota me pisó la mano. Levanté la cabeza y me vi rodeada por tres torturadores con látigos que se habían dado cuenta de mi presencia. Sus rostros implacables no tenían nada de humano y todos sus movimientos iban acompañados por un ruido de cadenas. Al observarlos con mayor detenimiento vi que no eran más que chicos en edad escolar. Resultaba incongruente tanta crueldad en esas caras perfectas.

—Parece que tenemos una visita —dijo uno de ellos, dándome ligeros puntapiés con la bota. Hablaba con cierta cadencia y con un ligero acento español. Con la punta del pie levantó el extremo de mi vestido, descubriendo mis piernas, y sentí que la punta de la bota subía de forma incómoda por ellas.

—Está buena —gruñó uno de sus compañeros.

—Esté buena o no, no es de buena educación ir dando vueltas por zonas restringidas sin haber sido invitada —intervino el tercer demonio—. Yo digo que le demos una lección.

Sus ojos destellaban como dos trozos de mármol. Tenía los labios abultados y arrastraba las palabras. El cabello, rubio, le caía sobre los ojos y la cara, de facciones marcadas.

—Yo la he pillado primero —objetó el otro—. Cuando haya terminado, podrás enseñarle lo que quieras.

Me dirigió una amplia sonrisa. Era de una constitución más fornida que los otros. Un flequillo cobrizo le cubría los ojos y tenía una nariz porcina y cubierta de pecas.

—Olvídalo, Yeats —lo amenazó el primero de los chicos, que tenía la cabeza llena de rizos negros—. No hasta que sepamos quién la envía.

Yeats acercó su cara a la mía. Sus pequeños dientes me recordaron los de una piraña.

—¿Qué hace una cosita tan bonita como tú dando vueltas sola por un sitio como este?

—Me he perdido —dije, temblando—. Estoy en el hotel Ambrosía y soy la invitada de Jake.

Intentaba parecer importante, pero no me atreví a encontrarme con su mirada.

—Maldita sea. —El chico rubio pareció preocupado—. Está con Jake. Supongo que será mejor no pasarse demasiado con ella.

—No me lo trago, Nash —repuso Yeats, cortante—. Si de verdad estuviera con Jake no habría llegado hasta aquí.

De repente la cabeza empezó a darme vueltas. Pensé que mi cuerpo no podría aguantar mucho más. Yeats se mostró poco impresionado.

—Si vas a vomitar, hazlo allá. Acaban de pulirme las botas.

Vomité. El pecho me ardía.

—¡Venga, en pie! —Yeats me agarró y me obligó a incorporarme. Miró a los otros con expresión de triunfo mientras pasaba un brazo alrededor de mi cintura—. ¿Qué dices, te aprovechamos un poco? ¿Qué te parece un poco de público?

Sentí la callosidad de sus manos mientras intentaba desabrocharme el vestido.

—Si pertenece a Jake y él se entera, quién sabe qué... —El chico que se llamaba Nash parecía nervioso.

—Cierra la boca —le espetó Yeats y, girándose hacia el otro, añadió—: Diego, ayúdame a sujetarla.

—Quitadle las sucias pezuñas de encima —dijo una voz tan fría y amenazadora que parecía capaz de cortar el acero.

Jake apareció por entre las sombras. Llevaba el oscuro pelo suelto, lo cual, añadido a su expresión furiosa, le confería una ferocidad animal. Se lo veía mucho más peligroso que los otros. De hecho, al lado de él, los tres chicos parecían aficionados o niños malos acabados de pillar en una travesura. En presencia de Jake perdieron toda su arrogancia y se mostraron arrepentidos; él los dominaba, su actitud de autoridad los acobardaba. Si en el Infierno había escalones de poder, ese trío ocupaba uno de los más bajos.

—No sabíamos que ya tenía... dueño —dijo Diego en tono de disculpa—. De lo contrario, no la hubiéramos tocado.

—Intenté decirles que era... —empezó Nash, pero Diego lo hizo callar con la mirada.

—Tenéis suerte de encontrarme de buen humor —dijo Jake entre dientes—. Y ahora, fuera de mi vista antes de que yo mismo os ponga en el potro de tortura.

Los tres chicos salieron corriendo como conejos hacia el foso de donde habían salido. Jake me ofreció su brazo y me llevó lejos de allí. Era la primera vez que me alegraba su presencia.

—Bueno... ¿has visto muchas cosas? —preguntó.

—Lo he visto todo.

—Intenté advertirte. —Parecía que lo lamentaba de verdad—. ¿Quieres que intente borrarte los recuerdos? Tendré cuidado de no tocar ninguno de los anteriores.

—No, gracias —respondí, incapaz de reaccionar—. Tenía que verlo.

9

El Lago de los Sueños

$\mathcal{M}$i sufrimiento aumentaba cada día que pasaba sin tener noticias de Venus Cove.

Solamente podía pensar en que yo ya no formaba parte de la vida de mis seres queridos. Sabía que debían estar muertos de preocupación. ¿Habrían adivinado que Jake me había traído aquí, o estaban a punto de denunciar mi desaparición? Sabía que si me encontrara prisionera en cualquier punto de la Tierra, mis hermanos me localizarían. Pero no tenía ni idea de si sus sentidos podrían llegar hasta el centro de la Tierra.

Cuando pensaba en mi familia, recordaba las cosas más sencillas: cómo mi hermano experimentaba en la cocina manejando la comida como si fuera un arte; cómo mi hermana me cepillaba el cabello con una habilidad que solo ella tenía. Pensaba en los dedos de mi hermano, que conseguían que cualquier instrumento se rindiera a su voluntad; pensaba en la cascada de cabello dorado de Ivy. Pero casi todo el tiempo pensaba en Xavier: en las simpáticas arruguitas que se le formaban a los lados de los ojos cada vez que sonreía, y en el olor que quedaba en el Chevy después de que comiéramos hamburguesas y patatas fritas delante del océano con la capota plegada. A pesar de que tan solo habían pasado pocos días de mi desaparición, a cada momento que pasaba sentía una tristeza mayor. Lo peor de todo era que sabía que Xavier se estaría echando la culpa a sí mismo y que yo no podía hacer nada para aplacar ese sentimiento.

El tiempo se había convertido en mi peor enemigo. Mientras me encontraba en la Tierra me resultaba precioso porque no sabía hasta cuándo duraría, pero aquí se me hacía eterno e inmensurable. Lo más difícil de soportar era el aburrimiento. No solamente me encontraba prisionera en el apagado mundo de Jake, sino que también era un ángel en el Infierno y su elite me trataba con burla o curiosidad malsana. Casi todo el rato me sentía como una atracción de feria. Ese lugar parecía tener algo que me devoraba por dentro, como un cáncer. Era fácil rendirse —dejar de pensar, dejar de luchar—, y ya me daba cuenta de que me estaba pasando. Me aterrorizaba pensar que un día pudiera despertarme y no sentir ninguna preocupación por el sufrimiento humano, ni por si yo vivía o moría.

Después de mi encuentro con ese agujero del terror y de lo que vi allí, pasé días sumida en una profunda depresión. Tenía poco apetito, pero Hanna era paciente conmigo. El ayudante de Jake, Tucker, me había sido asignado como guardaespaldas personal, por lo que siempre estaba cerca de mí, aunque rara vez hablaba. Ambos se habían convertido en mis constantes compañeros.

Una noche se encontraban los dos en mi habitación, como siempre. Hanna intentaba convencerme de que tomara un par de sorbos de un caldo que me había preparado mientras que Tucker se entretenía arrugando unos papeles y lanzándolos al fuego de la chimenea para ver cómo se encendían. Rechacé el postre que Hanna me ofrecía y su rostro se crispó de angustia. Tucker la miró y meneó la cabeza: se entendían sin palabras. Hanna soltó un largo suspiro y dejó la bandeja con la cena; él volvió a lanzar bolas de papel al fuego. Yo me enrosqué a los pies de la cama: la antigua Bethany Church se sentía muerta y enterrada; sabía que el horror que había visto me acompañaría siempre.

El zumbido de la tarjeta de plástico en la puerta nos sobresaltó a todos. Jake entró en la habitación sin previo aviso, tan seguro de su autoridad que no se le ocurrió que podía estar invadiendo mi intimidad, como si tener acceso a mí en cualquier momento fuera uno de sus derechos. Tucker se puso en pie, azorado, sin saber cómo parecer útil, pero Jake no le hizo caso y se dirigió directamente hacia mí observándome con atención. A diferencia de Tucker, yo no hice ningún esfuerzo por incorporarme, ni siquiera volví la cabeza para mirarle.

—Tienes un aspecto horrible —comentó—. Me sabe mal tener que decírtelo.

—No quiero verte —repuse en tono desganado.

—Creí que a estas alturas ya habrías comprendido que en este lugar hay cosas mucho peores que verme. Venga, no puedes culparme de lo que viste. Yo no creé este lugar aunque ejerza cierta jurisdicción sobre él.

—¿Es que disfrutas infligiendo dolor, torturando? —le pregunté con voz débil y mirándolo a los ojos—. ¿Es que te excita?

—Cálmate. —Jake pareció ofendido—. Yo no torturo a nadie personalmente. Tengo cosas más importantes que hacer.

—Pero sabes que todo eso ocurre —insistí—. Y no haces nada al respecto.

Jake intercambió una mirada divertida con Tucker, que me observaba con el ceño fruncido, como si yo fuera una idiota.

—¿Y por qué motivo debería hacer algo? —preguntó.

—Porque son personas —repuse, desfallecida.

Hablar con Jake siempre resultaba agotador; era como correr en círculo sin llegar a ninguna parte.

—No, la verdad es que son las almas de personas que fueron muy malas durante su vida —me explicó con paciencia.

—Nadie merece esto... no importan los crímenes que hayan cometido.

—¿Ah, no? —Jake cruzó los brazos—. Entonces es que no tienes ni idea de lo que la humanidad es capaz de hacer. Además, todos ellos tuvieron la oportunidad de arrepentirse y prefirieron no hacerlo. Así es como funciona el sistema.

—¿Sí? Bueno, pues tu sistema da asco. Convierte a la buena gente en monstruos.

—Esa es la diferencia entre tú y yo: tú insistes en que los humanos son básicamente buenos a pesar de que todas las pruebas demuestran lo contrario. Los seres humanos... ¡agg! —Jake se estremeció—. ¿Qué tienen de noble? Comen, se aparean, duermen, luchan... No son más que organismos básicos. Mira lo que millones de ellos le han hecho al planeta: su mera existencia contamina su Tierra y tú nos culpas a nosotros de ello. Si los humanos son el mayor logro de Dios, este debería revisar su diseño a fondo. Mira a Tucker, por ejemplo. ¿Por qué crees que lo tengo aquí? Es para recordarme la falibilidad de Dios.

Tucker se sonrojó, pero Jake no pareció darse cuenta.

—Las personas son mucho más que eso —repliqué, en parte para desviar su atención de la vergüenza de Tucker—. Son capaces de soñar, de tener esperanzas, de amar. ¿Es que eso no cuenta?

—Pues esos son todavía peores, porque deliran. Quítate toda compasión de encima, Bethany, aquí no te va a hacer ningún bien.

—Prefiero morir a ser como tú —contesté.

—Eso no es posible —repuso Jake con jovialidad—. Aquí no puedes morir. Solo en la Tierra existen nociones tan ridículas como la vida y la muerte. Ese es otro de los pequeños caprichos de tu padre.

Por suerte, unas voces procedentes de fuera y la abrupta entrada de una mujer en mi habitación me evitaron tener que continuar discutiendo con Jake. La mujer apareció con una actitud de aplomo digna de una celebridad.

—Se supone que esta es mi habitación —refunfuñé—. ¿Por qué todo el mundo cree que puede entrar sin...?

Al observar con mayor detenimiento a esa mujer, me callé de golpe. Se trataba de la camarera de los tatuajes que había visto en el Orgullo. Habría sido difícil olvidar la mirada asesina que me había dirigido entonces. Ahora me consideró brevemente, como si mi presencia fuera tan poco notoria que no valiera la pena dedicarle tiempo ni esfuerzo. Estaba muy enojada. Pasó al lado de Tucker con gesto brusco y una expresión tensa en los labios.

—Así que es aquí donde te escondes —le dijo a Jake en tono de reproche.

—Me preguntaba cuánto tardarías en aparecer —contestó Jake con desgana—. ¿Sabes que te estás ganando fama de acosadora?

—Qué pena que la mala reputación no sirva una mierda —replicó ella.

Jake le hablaba con cierto tono de desdén, pero a ella eso parecía divertirla.

—Beth, te presento a Asia, mi... mi personalísima... ayudante personal. Se estresa mucho cuando no sabe dónde encontrarme.

Yo me incorporé para observarla mejor. Asia era una mujer alta y atractiva, como una amazona. Iba provocativamente vestida con un top dorado y una minifalda de piel. El pelo, negro azabache y ensortijado, enmarcaba unas facciones felinas. Tenía unos labios exageradamente llenos, maquillados con brillo, que no acababan de juntarse nunca. Su actitud física me recordaba la de un boxeador, con los hombros siempre ligeramente echados hacia atrás. Su piel, brillante y de color café, parecía recién untada de aceite. Calzaba unos zapatos extraordinarios que parecían piezas de arte: eran unos botines beis de tacón de aguja y acordonados que dejaban los dedos al descubierto.

—Son unos Jimmy Choo —dijo, leyéndome el pensamiento—. Divinos, ¿verdad? Jake los manda hacer para mí cada estación del año.

Sus ojos llameantes me miraban con una expresión que yo conocía bien. La había visto en otras ocasiones en los ojos de las chicas de la escuela, cuando querían dejar bien clara una advertencia: «no tocar». Asia no tenía que decirme nada más, su expresión era bien clara. Era la amante de Jake y me estaba dirigiendo un claro aviso: si apreciaba mi vida, Jake estaba fuera de mis posibilidades. Para que su relación con Jake quedara manifiesta, enroscó sus brazos alrededor de su torso como un áspid, frotándose y apretándose contra él. Él deslizó una mano por uno de los pulidos muslos de ella, pero sus ojos expresaban aburrimiento. Asia me observaba de pies a cabeza con un gesto que dejaba claro que no se sentía impresionada por lo que veía.

—¿Así que esta es la zorrita de la que todo el mundo habla? Qué pequeña, ¿no?

Jake chasqueó la lengua.

—Asia, juega limpio.

—No comprendo a qué viene tanto alboroto —continuó ella, que ahora caminaba a mi alrededor con paso de pantera—. Si quieres saber mi opinión, cariño, creo que estás bajando el listón.

—Bueno, nadie te la ha pedido. —Jake le dirigió una mirada de advertencia—. Y ya hemos hablado de esto; Beth es especial.

—¿Estás diciendo que yo no lo soy? —Asia se llevó las manos a las caderas y arqueó las cejas con gesto de flirteo.

—Oh, no, tú eres muy especial —rio Jake—. Pero de una forma distinta. No creas que tus talentos no han sido apreciados.

—¿Y a qué viene este vestido de Mary Sue? —preguntó Asia, tirando de uno de los volantes de mis mangas—. ¿Es que te has vuelto un fetichista de las bellezas sureñas? Es muy pura. Ese es el rollo, ¿verdad? Pero ¿en serio la tienes que vestir como si tuviese doce años?

—¡A mí no me ha vestido nadie! —repliqué.

—¡Oh, qué mona! —Asia me dirigió una mirada irónica—. ¡Si habla!

—Le estaba contando a nuestra invitada cómo funcionan las cosas aquí —dijo Jake, dirigiendo la conversación a un terreno menos espinoso—. Le estaba intentando explicar que aquí la muerte y la vida no tienen ningún sentido. ¿Te importaría ayudarme en una pequeña demostración?

—Con gusto —asintió Asia.

Se colocó delante de él, echó la cabeza hacia atrás y, con ademán seductor, se desabrochó el top. Luego se lo quitó, quedándose solamente con el sujetador puesto y luciendo la suave piel de color chocolate con leche de todo el torso. Jake recorrió su cuerpo con mirada apreciativa un instante y, rápidamente, se dio la vuelta y tomó el atizador que se encontraba colgado al lado de la chimenea. Me di cuenta demasiado tarde de cuál era su intención y un grito se me quedó helado en la garganta: Jake acababa de apretar la punta del instrumento contra el pecho de ella. Yo esperaba oír un aullido de dolor, ver sangre, esperaba cualquier cosa excepto lo que sucedió. Asia se limitó a inhalar profundamente, estremeciéndose de placer, y cerró los ojos en éxtasis. Cuando los abrió y vio mi expresión de horror, estalló en carcajadas. Tenía el atizador clavado varios centímetros en el pecho, pero no se veía ninguna señal de herida. Parecía que se hubiera fundido con su cuerpo, como si siempre hubiera for-

101

mado parte de él. Asia tomó el atizador con las dos manos y tiró de él. Se oyó un chasquido asqueroso, como de succión, y al cabo de unos segundos la suave piel ya se había cerrado sobre el pequeño y limpio orificio que el instrumento había hecho.

—¿Lo ves? —dijo Asia—. La muerte no tiene nada que hacer con nosotros. Más bien trabaja para nosotros.

—Pero yo no estoy muerta —espeté sin pensarlo dos veces.

Asia, que había dejado caer el atizador al suelo, se agachó para cogerlo de nuevo.

—¿Por qué no lo comprobamos? —dijo entre dientes.

Se acercó a mí a una velocidad de fiera, pero Jake fue más rápido y se interpuso entre ella y yo, quitándole el atizador de un manotazo. La tiró sobre el sofá y se agachó encima de ella apretando la punta del instrumento contra su garganta. Los ojos de Asia brillaban de excitación. Hizo rechinar los dientes mientras se frotaba las caderas con las manos.

—Bethany no es un juguete —dijo Jake, como si riñera a una niña traviesa—. Intenta verla como si fuera tu hermanita.

102

Asia levantó las dos manos en signo de rendición, pero no pudo reprimir una mueca de profunda decepción.

—Antes eras más divertido.

—No le hagas caso. —Jake me miró—. Se acostumbrará a ti con el tiempo.

«Eso si sobrevivo», pensé con amargura.

—No tiene sentido —dije—. ¿Cómo es posible que torturéis a esas almas si no pueden sentir dolor?

—Yo no he dicho que ellas no puedan sentir dolor —explicó Jake—. Solamente los demonios somos inmunes a él. Las almas, por el contrario, lo sienten todo agudamente. La belleza del Infierno consiste en que se regeneran para revivirlo todo otra vez.

—El círculo de la tortura se repite constantemente —dijo Asia con ojos enloquecidos—. Los podemos hacer trizas y a la puesta de sol vuelven a estar enteros. Los pobres imbéciles se sienten tan aliviados cuando se acercan al final... Deberías verles la cara cuando se levantan sin ninguna cicatriz en el cuerpo y todo vuelve a comenzar.

Mi rostro debió de dejar traslucir el mareo que estaba sintiendo. Me senté en una silla y me apoyé sobre el codo. Jake, quitándose de encima las manos de Asia, se acercó a mí. Me puso un dedo helado bajo la barbilla para hacerme levantar la cabeza.

—Dime qué sucede —pidió en un tono sorprendentemente vacío de todo sarcasmo.

—No me siento bien —me limité a decir.

—La pobrecita se ha mareado —se burló Asia entonando las palabras como en una canción.

—¿Puedo hacer algo? —preguntó Jake.

Sin darme cuenta dirigí la mirada hacia Asia. Sabía que no era sensato convertirla en mi enemiga, pero su mera presencia me hacía sentir indispuesta. Jake la miró por encima del hombro con aire displicente.

—Vete —le ordenó sin dudar.

—¿Qué?

Asia parecía verdaderamente sorprendida, incluso insegura de que Jake se dirigiera a ella.

—¡Ahora!

Estaba claro que ella nunca antes había sentido que perdía el favor de Jake, y no le gustó. Me dirigió una última mirada fulminante y salió de la habitación tempestuosamente. Cuando se hubo ido respiré, aliviada. La malignidad que Asia emanaba resultaba debilitante, como si se alimentara de mi fuente de vida.

—Tucker, sírvenos una copa —ordenó Jake.

Tucker se reanimó de inmediato. Se dirigió al tocador, cogió el decantador y llenó unas copas de cristal. Luego se las ofreció a Jake con un gesto que era una mezcla de miedo y de odio. Jake me acercó una de las copas.

—Bébete esto.

Di unos sorbitos de ese líquido brillante y tibio. Me sentí mejor. Al tragarlo me quemó por dentro, pero de alguna manera tuvo un efecto soporífero.

—Necesitas conservar la energía —me dijo Jake pasándome un brazo por la cintura con despreocupación. Al instante lo aparté—. No tienes por qué estar siempre tan a la defensiva.

Jake se balanceó juguetonamente en uno de los postes de la

cama y saltó a mi lado con tanta agilidad que no tuve tiempo de reaccionar. Su rostro, aunque extrañamente tenebroso, resultaba hermoso bajo la tenue luz que nos rodeaba. Esbozó una sonrisa. Noté que tenía la respiración agitada. Sus ojos negros recorrieron mi cara sin prisas. Siempre encontraba la manera de hacerme sentir desnuda y vulnerable.

—Solo tienes que hacer un esfuerzo por sentirte feliz —murmuró mientras me recorría el brazo con la punta del dedo.

—¿Cómo puedo hacerlo, si me siento más triste que en toda mi vida? —dije. No tenía mucho sentido intentar ocultar mis sentimientos.

—Comprendo que te aferres a un amor perdido —repuso Jake en un tono que parecía casi sincero—. Pero ese humano no puede hacerte feliz porque nunca podrá comprender de verdad quién eres.

Me aparté un poco de él, pero me sujetó el brazo con más fuerza y empezó a seguir las venas que se transparentaban bajo mi piel. Me estremecí al recordar que su contacto siempre me producía una desagradable quemazón, pero esta vez fue distinto. El tacto de su dedo era casi tranquilizador; supuse que era debido a que ahora me encontraba en su territorio, así que él podía manipularlo todo como quisiera.

Cuando Jake se hubo marchado, me seguía costando calmarme. Tucker, que no dejaba de andar de un lado a otro de la puerta, me hacía sentir todavía más incómoda. En lugar de jugar con el fuego, se había sacado un aparato electrónico del bolsillo y jugaba compulsivamente para matar el tiempo.

—Puedes sentarte —sugerí, pensando que su cojera debía de molestarlo, pues no paraba de cambiar de postura y de pasar el peso del cuerpo de una pierna a la otra.

Levantó la cabeza un instante, sorprendido por mi muestra de amabilidad.

—No se lo diré a nadie —añadí, sonriendo.

Tucker dudó un momento, pero luego se relajó y se sentó en el suelo con la espalda apoyada contra la puerta.

—Tendría que echar una cabezada —me dijo. Era la primera vez que le oía hablar y que me miraba directamente. Su voz no sonaba como había esperado. Era suave y dulce, y tenía un

melodioso acento del sur. Pero su tono sonaba sorprendentemente hastiado para alguien de su edad—. No se preocupe por
Asia, no la molestará mientras yo esté por aquí. —Se mostró
orgulloso de su capacidad de guardaespaldas—. Es una buena
pieza, pero a mí no me engañan fácilmente a pesar de lo que
puedan pensar todos.

—No estoy preocupada —le aseguré—. Confío en ti, Tucker.

—Puede llamarme Tuck —añadió.

—De acuerdo.

Tuck dudó un instante y finalmente me miró con interés.

—¿Por qué está siempre tan triste?

—¿Tan evidente es? —sonreí ligeramente.

Tuck se encogió de hombros.

—Se le nota en los ojos.

—Es que pienso en mis seres queridos... —dije— y en si los
volveré a ver algún día.

Su rostro adoptó brevemente una expresión de dolor, como
si mis palabras le hubieran despertado algunos recuerdos.

—Puede volver a verlos, si quiere —murmuró.

¿Le había oído bien? De repente recuperé todas mis esperanzas y tuve que dominarme para que no me temblara la voz.

—¿Perdón? —pregunté, despacio.

—Ya me ha oído —farfulló Tuck.

—¿Estás diciendo que existe una salida de aquí?

—No he dicho eso —repuso—. He dicho que puede verlos
otra vez.

Esta vez parecía ligeramente enojado por tener que explicar
algo que debería haber sido evidente. De repente pensé que ese
torpe chico de flequillo esquilado quizá supiera más de lo que
decía. ¿Era posible que su fidelidad a Jake fuera fingida? ¿Era
posible que hubiese una persona en el Hades a la que le quedara un vestigio de conciencia? ¿Me estaba diciendo Tuck que estaba dispuesto a ayudarme? Solamente había una forma de
averiguarlo.

—Explícame de qué estás hablando, Tuck —le pedí con el
corazón acelerado.

—Existe una manera —se limitó a decir.

105

—¿Me la puedes contar?

—No se la puedo contar —repuso—. Pero se la puedo mostrar. —Se llevó uno de sus grandes dedos a los labios a modo de aviso—. Pero debemos tener cuidado. Si nos descubren... —Se interrumpió.

—Solo dime qué tengo que hacer —dije con determinación.

—En el Hades hay cinco ríos. Uno es para olvidar la vida pasada, pero hay otro que permite regresar a ella. Bueno, por lo menos temporalmente —explicó Tuck—. Al beber de sus aguas, uno recibe la capacidad de visitar a sus seres queridos siempre que quiera.

—¿Visitarlos cómo?

—Proyectándose —dijo Tucker.

Parecía que cuanto más hablaba él, menos comprendía yo de qué estaba hablando. Lo miré sin entender. Mis expectativas empezaban a dar paso a la decepción. Era incluso posible que Tucker no estuviera del todo cuerdo. El hecho de que yo depositara tantas esperanzas en lo que pudiera decirme no era más que una muestra de mi desesperación.

Tuck percibió mi desconfianza y se esforzó por ser más claro.

—Hay cosas que no se explican en los libros. Beber las aguas del Lago de los Sueños provoca un estado parecido al trance que permite al espíritu separarse del cuerpo físico. Hace falta cierta habilidad, pero para alguien como usted no debería suponer ningún problema. Cuando aprenda a hacerlo, podrá ir a donde quiera.

—¿Cómo sé que no estás mintiendo?

Tucker pareció desanimarse ante mi falta de confianza.

—¿Por qué habría de mentirle? Jake me lanzará al fondo del foso si lo descubre.

—Entonces, ¿por qué me quieres ayudar? ¿Por qué te arriesgas?

—Digamos que solo busco una revancha —dijo—. Además, parece que le iría muy bien hacer una visita a su casa.

El pobre intento de mostrar sentido del humor me hizo sonreír.

—¿Tú has conseguido ir? A casa, me refiero.

Sus ojos mostraron desamparo.

—Cuando averigüé cómo hacerlo, ya no tenía mucho sentido. Todos mis conocidos ya se habían ido. Pero usted sí puede ir a ver a sus seres queridos, porque todavía están vivos.

Las posibilidades que ese lago me ofrecía me llenaron de esperanza.

—Llévame allí ahora —supliqué.

—No tan deprisa —previno—. Puede ser peligroso.

—¿Cuán peligroso?

—Si bebe demasiado, quizá luego no se despierte.

—¿Y eso es muy malo?

La pregunta se me había escapado antes de darme cuenta.

—No lo es, si no le importa pasar el resto de su vida en coma, viendo a su familia cada día como se ve a los personajes de una película, pero sin ser capaz de hablar con ellos ni de tocarlos. ¿Es eso lo que quiere?

Negué con la cabeza a pesar de que me parecía bastante mejor que lo que tenía en esos momentos.

—De acuerdo —dije—. Tú te encargas de la dosis. ¡Pero tienes que llevarme allí ahora mismo!

107

10

El banquete del Diablo

*H*abíamos llegado casi a la puerta cuando, de repente, esta se abrió con un chasquido sordo y Jake apareció de forma inesperada en la habitación. Sobresaltados, Tuck y yo nos separamos, yendo cada uno hacia un lado, intentando disimular. Jake arqueó una ceja y me miró con gesto socarrón. Llevaba puesto un esmoquin negro y un pañuelo de seda al cuello.

—Me alegro de que todavía estés levantada, querida —me dijo con esa irritante formalidad tan suya, como si acabara de salir de una película de los años cincuenta—. Espero que tengas apetito. He venido a buscarte para ir a cenar. Es lo que hace falta para subir los ánimos por aquí.

—La verdad es que estoy muy cansada —contesté, intentando escabullirme—. Precisamente pensaba irme a la cama.

—¿De verdad? Porque pareces totalmente despierta —repuso escrutándome el rostro—. Más que despierta... diría que pareces emocionada por algo. Estás ruborizada.

—Eso es porque hace demasiado calor aquí —contesté—. En serio, Jake, pensaba irme a dormir pronto...

Me esforcé por mantener un tono de seguridad, pero Jake me cortó con un gesto de la mano.

—No hay excusa que valga. No pienso aceptar un no por respuesta, así que date prisa y vístete.

Me sorprendió que fuera capaz de esos cambios de humor tan imprevisibles. Podía mostrarse siniestro y amenazador y, sin previo aviso, emocionado como un niño pequeño. De repente su buen humor pareció incluso más intenso y sonrió:

—¡Además, quiero presumir de ti!

Miré a Tucker implorándole con los ojos, pero él volvió a mostrar su típica inexpresividad. Yo no podía hacer ni decir nada que no nos pusiera en terreno peligroso.

—Solo quiero estar sola —le dije a Jake.

—Bethany, debes comprender que tu nueva posición conlleva algunos deberes. Hay gente importante que desea conocerte. Así que... volveré dentro de veinte minutos y tú ya estarás lista.

No era una petición. Ya casi había llegado a la puerta cuando se detuvo, como si se le acabara de ocurrir otra idea:

—Por cierto —dijo, sin volverse—. Ponte algo rosa esta noche. Les encantará.

La cena tuvo lugar en un elegante comedor subterráneo iluminado por una pantalla de fuego que se encontraba en uno de los extremos. En lugar de tapices, las paredes desplegaban una colección de armas que incluía escudos romanos, mazos de púas y estacas largas y afiladas, como las que debió de tener Vlad el Empalador en su castillo rumano del siglo XIV.

Jake y yo fuimos los primeros en llegar, así que esperamos en el vestíbulo mientras los camareros servían un aperitivo en bandejas de plata y llenaban las altas copas con champán francés. El sonido de las risas anunció la llegada de los invitados. Al ver a la gente allí convocada supe que se trataba de la elite de la corte de Jake. Todos se acercaban a él para mostrarle sus respetos y me miraban con una fascinación no disimulada. La mayoría iban elegantemente vestidos con cuero y pieles. Yo, con mi vestido rosa de cuello festoneado y falda hasta las rodillas, me sentía marcadamente fuera de lugar. Pero me alivió no ver a Asia por ninguna parte. Me pregunté si su ausencia había sido impuesta. Estaba segura de que, si era así, eso solo conseguiría aumentar su resentimiento hacia mí.

Al poco tiempo, un gong marcó el momento de sentarse a la mesa y todos nos dirigimos a nuestras sillas, alrededor de la larga y veteada mesa de roble que se encontraba en el comedor. En su calidad de anfitrión, Jake se sentó en el centro. Yo, con actitud sombría, me hundí en la silla que me habían asignado a su lado. Justo enfrente de nosotros se encontraban Diego, Nash y Yates, a quienes había conocido en el foso, acompañados de

109

tres mujeres muy bien vestidas. De hecho, todos los invitados eran guapos, tanto las mujeres como los hombres, pero de una forma que me resultaba extraña e inquietante. Sus rasgos estaban perfectamente dibujados, como tallados en cristal, y sin embargo eran muy distintos a los de Ivy y Gabriel. Pensar en mi hermano y mi hermana me provocó una punzada de dolor y los ojos se me llenaron de lágrimas. Me mordí el labio inferior con fuerza para reprimirlas. Quizá fuera ingenua, pero sí sabía lo poco sensato que sería mostrar vulnerabilidad ante una compañía como esa.

Observé los rostros que me rodeaban. Eran como los de las aves rapaces: mostraban disimulo y miraban con agudeza. Sus sentidos parecían afinados, como si pudieran percibir olores y sonidos que solo los animales salvajes programados para cazar sienten. Sabía que se podían mostrar seductores y atrayentes cuando merodeaban una presa humana. Aunque su belleza impresionaba, a veces entreveía, breve y sutilmente, la sombra de las facciones reales que se ocultaban tras esas máscaras perfectas. Y lo que veía me acobardaba. Me costaba disimular la fuerte impresión que había recibido al ver que ese aspecto humano era simplemente un disfraz.

En su verdadera forma, los demonios eran cualquier cosa menos perfectos. Sus rostros auténticos estaban más allá de lo meramente horroroso. Observé a una mujer escultural que tenía unos rizos largos y de color chocolate. Su piel era blanca como la leche, y sus ojos almendrados de un color azul eléctrico. La delicada curva de la nariz y la redondez de los hombros la hacían parecer una diosa griega. Pero tras ese aspecto sofisticado, era la viva imagen de la putrefacción: tenía la cabeza deforme, la frente abultada y la barbilla puntiaguda como una daga; la piel se veía manchada y amoratada, como si hubiera recibido golpes, y tenía la cara irritada por el llanto y llena de ronchas; la nariz se le levantaba hacia la frente de tal manera que parecía un hocico; era completamente calva excepto por unos pocos pelos delgados y enmarañados que le caían sobre la cara; los ojos se le veían apagados e irritados y la boca no era más que una abertura por la cual se entreveían dientes malformados y encías podridas cada vez que echaba la cabeza hacia atrás y se reía. A mi alrededor solamente veía fogonazos de imágenes parecidas y empecé a sentir náuseas.

—Intenta no mirarlos fijamente —me advirtió Jake susurrándome al oído—. Simplemente relájate y no te obsesiones con eso.

Le hice caso y me di cuenta de que si seguía su consejo, esas imágenes desaparecían y los rostros de todo el mundo volvían a recuperar su belleza y crueldad. Pero mi falta de participación finalmente atrajo la atención de todos y se confundió con grosería.

—¿Qué sucede, princesa? —preguntó Diego, que se encontraba frente a mí—. ¿Nuestra hospitalidad no está a la altura de tus requisitos?

Pareció que todos se hubieran estado reprimiendo hasta ese momento, porque el comentario de Diego fue como un detonador y los demás se animaron a expresar sus pensamientos en voz alta.

—Vaya, vaya, un ángel en el infierno. —Rio una pelirroja a quien Jake llamaba Eloise—. Quién hubiera dicho que llegaría el día en que eso sucediera.

—¿Se va a quedar mucho tiempo? —se quejó un hombre que llevaba una barba exageradamente cuidada—. Apesta a virtud y ya me está dando dolor de cabeza.

—¿Y qué te crees, Randall? —replicó alguien—. Los virtuosos siempre resultan agotadores.

—¿Es virgen? —preguntó la pelirroja—. Hace mucho que no se ve a una virgen por aquí abajo. ¿Nos podremos divertir un poco con ella, Jake?

—¡Oh, sí, compartámosla!

—O sacrifiquémosla. He oído decir que la sangre de una virgen hace maravillas con el cutis.

—¿Todavía tiene las alas?

—Por supuesto que sí, tarado, no las va a perder todavía.

Me puse rígida, alarmada por la idea de que pudiera quedarme sin mis alas, pero Jake me tocó el hombro con gesto tranquilizador y me miró como diciendo que ya me lo explicaría todo después.

—Esta vez os habéis superado, Majestad —agasajó otro de los invitados.

111

Las voces se enredaban en un parloteo indistinguible. Eran como un montón de niños compitiendo para ver quién llamaba más la atención. Jake toleró su comportamiento un rato, pero al final dio un puñetazo sobre la mesa con tanta fuerza que hizo temblar toda la vajilla.

—¡Basta! —gritó con fuerza para hacerse oír por encima del barullo de voces—. Bethany no está disponible y yo no la he traído aquí para que se enfrente a un interrogatorio. Tened la amabilidad de recordar que es mi invitada.

Algunos de ellos parecieron avergonzados por haber contrariado involuntariamente a su anfitrión.

—Exacto —asintió Nash en tono adulador mientras levantaba la copa—. Permitidme ser el primero en proponer un brindis.

De repente, y por primera vez, mi atención se dirigió hacia la mesa, que estaba repleta de todo tipo de manjares. Todos los platos eran abundantes y extravagantes. Alguien había puesto gran atención en la disposición de la mesa, pues las servilletas de lino, la cubertería de plata y las copas de cristal habían sido colocadas siguiendo una meticulosa alineación. Había faisán asado, patés, tablas de quesos cremosos y bandejas de frutas exóticas. Las botellas de vino, que todavía estaban polvorientas, superaban en número a los comensales. Era evidente que los demonios no creían en la continencia; probablemente allí abajo el pecado mortal de la glotonería fuera un rasgo de carácter muy apreciado.

A pesar de que todo el mundo me miraba con expectación, no hice ningún esfuerzo por tocar la copa que me habían servido. Jake me dio un ligero puntapié por debajo de la mesa y me miró como diciendo: «No me avergüences ahora». Pero yo no tenía ningún interés en ayudarle a salvar la cara en esa compañía.

—Por Jake y su encantadora nueva adquisición —continuó Nash, que ya había renunciado a esperar mi participación.

—Y por nuestra eterna fuente de guía e inspiración —añadió Diego, dirigiéndome una mirada fulminante—. Lucifer, dios del Inframundo.

No sé por qué elegí ese momento para hablar. No me sentía especialmente osada, así que quizá fuera la indignación lo que me permitió recobrar el habla.

—Yo no diría que es exactamente un dios —intervine con un desdén despreocupado.

A mi alrededor se hizo un silencio consternado. Jake me miró, asombrado por mi estupidez. Quizá su capacidad de protegerme en el Hades tuviera algún límite y yo acababa de cruzarlo. Entonces Yeats diluyó la tensión: estalló en carcajadas y empezó a aplaudir. Los demás lo imitaron, igualmente ansiosos por pasar por alto mi falta de tacto y no arruinar la noche. Yeats me miró con expresión divertida, pero el tono con que me habló resultaba claramente amenazador:

—Espero que pronto conozcas a Gran Papi. Le vas a encantar.

—¿Gran Papi? —Recordé que Hanna había utilizado ese mismo apelativo absurdo. Parecía sacado de una película de la mafia—. No puede ser que hables en serio —dije—. ¿De verdad lo llamáis así?

—Te darás cuenta de que aquí no somos mucho de formalidades —continuó Yeats—. Solo somos una gran familia feliz.

—A veces lo llamamos Papa Luci —intervino Eloise, vaciando la copa de un solo trago—. Quizá también te deje llamarlo así cuando lo conozcas un poco más.

—No tengo intención de llamarlo de ninguna forma —declaré, tajante.

—Es una pena —repuso Yeats—, ya que estás aquí a instancias de él.

¿Qué quería decir con eso? Miré a Jake con enojo, exigiéndole en silencio una explicación. Él me sonrió con expresión lánguida y dio un trago de vino. Luego tomó mi copa y me la ofreció para que yo hiciera lo mismo.

—¿Por qué no hablamos de esto después, querida? —dijo al tiempo que soltaba un suspiro exagerado. Me pasó un brazo sobre los hombros con gesto posesivo y me colocó un mechón de pelo suelto tras la oreja—. Esta noche hay que divertirse. Los asuntos serios pueden esperar.

Al final, los demonios perdieron todo interés en mí y se concentraron en comer y beber hasta que el letargo los invadió. Para su esbeltez, mostraban un apetito voraz. Al cabo de unas cuantas horas, algunos de los invitados se excusaron de la mesa y se alejaron tambaleándose hacia una abertura en la piedra de la pared que conducía a una cámara interior. Se oyeron resoplidos y un desagradable sonido de arcadas acompañado del correr del agua, pero nadie prestó atención. Luego los invitados regresaron a la mesa, tomaron las servilletas para limpiarse las comisuras de los labios con gesto elegante y continuaron comiendo.

—¿Adónde han ido? —pregunté inclinándome un poco hacia Jake.

Diego me oyó y respondió en su lugar.

—Al vomitorio, por supuesto. Últimamente los mejores restaurantes lo tienen.

—Es asqueroso —dije, apartando la mirada.

Jake se encogió de hombros.

—Muchos hábitos culturales resultan desagradables a los foráneos. Beth, no has probado bocado. Espero que el vomitorio no te haya quitado el apetito.

—No tengo hambre.

Rechazar la comida era un gesto simbólico que, sabía, no podría mantener de forma indefinida. Empezaba a perder fuerzas y, tarde o temprano, necesitaría alimento si es que pensaba sobrevivir. Jake frunció el ceño y me miró con desagrado.

—De verdad, deberías tomar algo. ¿En serio que no puedo ofrecerte nada tentador? —Tomó una bandeja de fruta y la colocó delante de mí. La fruta se veía madura y tenía un aspecto delicioso. Parecía recién arrancada del árbol: la piel todavía estaba húmeda de rocío—. ¿Qué tal una cereza? —dijo, haciendo oscilar una ante mí. Mi estómago empezaba a hacer ruido—. O un caqui. ¿Los has probado alguna vez?

Cortó uno de ellos por la mitad, dejando al descubierto la jugosa carne. Cortó un trocito que pinchó con la punta del cuchillo y me lo ofreció.

Quise apartar la cara, pero el olor era embriagador. Estaba segura de que la comida normal no era tan incitante. Ese olor parecía penetrar todo mi cuerpo, como una provocación. Quizás un pequeño bocado de fruta no me haría ningún mal. Ese pensamiento me provocó un alivio vertiginoso. Pero eso no era normal. Se suponía que la comida era un sustento, el alimento para el cuerpo; así era como Gabriel la había descrito siempre. Yo había experimentado la sensación de hambre muchas veces en la Tierra, pero lo que sentía en ese momento era ansia. A pesar de todo, por muy hambrienta que me sintiera, no pensaba compartir la comida con Jake Thorn. Aparté la bandeja con un gesto brusco.

—Al tiempo —dijo Jake, casi como si se consolara a sí mismo—. Eres fuerte, Beth, pero no tanto como para impedir que te doblegue.

Cuando el banquete terminó, la reunión se trasladó a un espacio iluminado por velas y lleno de almohadas y alfombras esparcidas por el suelo. Los invitados parecieron haberse librado del sopor y empezaron a acariciarse y a tocarse los unos a los otros con una urgencia cada vez mayor. No hubo ningún acoplamiento, solamente se apretaban los unos contra los otros dándose placer. Uno de los hombres dirigió una mirada lasciva a Eloise y ella respondió arrancándole la camisa con los dientes. Me aparté con discreción al ver que ella empezaba a lamerle el pecho provocándole gemidos de satisfacción. Jake y yo éramos los únicos que continuábamos sentados.

—¿No te unes a ellos? —le pregunté en tono desafiante.

—El libertinaje resulta un poco anticuado después de dos mil años.

—¿Así que piensas probar el celibato para cambiar un poco? —Mi tono de voz no podía ser más mordaz.

—No, solo estoy buscando algo más. —Me miró de una forma que me desconcertó y me hizo sentir casi triste.

—Bueno, pues no lo vas a encontrar conmigo —repuse con severidad.

—Quizás esta noche no. Pero a lo mejor, un día, me ganaré tu confianza. Puedo permitirme ser paciente. Después de todo, dispongo de toda la eternidad para intentarlo.

Al final, mi actitud taciturna fue demasiado incluso para Jake, que permitió que me retirara temprano de la fiesta. Regresé a la relativa seguridad del hotel Ambrosía en una limusina. Tucker ya me estaba esperando en el vestíbulo, aparentemente para acompañarme a mi habitación.

—¿Cómo puedes soportarlo? —pregunté malhumorada mien-

115

tras entrábamos en el ascensor—. ¿Cómo puede alguien soportar esto? Es todo horrible y vacío.

Tucker me miró con reproche y apretó el botón del ascensor que, creí, nos llevaría hasta el ático.

—Sígame —se limitó a decir.

Cuando salimos del ascensor caminamos en silencio por un pasillo vacío hasta que llegamos ante un suntuoso tapiz colgado de una de las paredes. Los coloridos hilos de seda habían sido tejidos con gran habilidad. La escena mostraba a un grupo de demonios, emplumados como aves de presa, que se lanzaban volando sobre un hombre encadenado a una roca. Algunos de ellos le arrancaban la carne, y otros lo destripaban. A pesar de que era un tapiz, la expresión de agonía del hombre estaba tan bien conseguida que me hizo estremecer.

Tucker apartó un extremo del tapiz y vi que, detrás, había unas escaleras talladas en la roca viva. Parecían descender mucho, como si penetraran en la misma raíz del hotel. Aquí el aire tenía un olor muy distinto al del perfumado vestíbulo: era un olor rancio, de humedad. No había ninguna luz, así que no veía a más de un palmo hacia delante.

—No se aleje de mí —dijo Tucker.

Bajé detrás de él, sujetándome a un extremo de su camisa para no perderlo de vista, y nos introdujimos en esa agobiante oscuridad. Las escaleras eran estrechas y bajaban en cerrados círculos, pero conseguimos llegar al final. Cuando Tucker se detuvo, una especie de brasero que se encontraba sujeto a uno de los muros se encendió. Parecía que nos encontrábamos en un canal subterráneo de aguas turbias y verdosas. Sentí una brisa a mis pies y, si escuchaba con atención, oía unas débiles voces que susurraban mi nombre. Las paredes de roca estaban cubiertas de musgo y del techo caían innumerables gotas de agua. Vi un bote de madera amarrado a una plataforma que estaba cerca de las escaleras. Tucker soltó las amarras y lanzó la cuerda al suelo de la embarcación.

—Suba —me dijo—. Y procure no hacer ningún ruido. Nada tiene que ser perturbado.

No me gustó que dijera «nada» en lugar de «nadie». Me sentía inquieta.

—¿Como qué? —pregunté, pero Tucker se había concentrado en conducir el bote y se negaba a explicar nada más.

Me senté, tensa, sujetándome con fuerza a los bordes del bote mientras los remos penetraban el agua fangosa del canal. Percibía algunos movimientos bajo la superficie del canal. De repente, el agua se rizó como si unas grandes rocas pasaran rozando la superficie por debajo.

—¿Qué es eso? —susurré, alarmada.

—Chist —hizo él—. No haga ningún ruido.

Obedecí, pero volví a mirar hacia el agua. De repente vi unas burbujas que se formaban por encima de algo pálido e hinchado que empezaba a emerger. Vi que estábamos rodeados de unas cosas redondas que flotaban como boyas sobre el río. Volqué ligeramente el cuerpo fuera del bote para acercarme y averiguar qué eran esas extrañas formas, pero cuando vi de qué se trataba tuve que taparme la boca para ahogar un grito. Eran cabezas humanas que flotaban, frías y muertas, alrededor de nosotros. Sus ojos vacíos nos miraban directamente en medio de una corona de pelo que se esparcía por el agua como matas de algas. La cabeza de una mujer se acercó a nosotros: vi que tenía la piel arrugada y agrisada, igual que les sucede a los seres humanos después de pasar demasiado tiempo en la bañera. Impactó contra el casco del bote. La mirada de aviso de Tucker me impidió hacer ninguna otra pregunta.

Finalmente, Tucker amarró el bote a un saliente y salté al suelo, aliviada. Habíamos llegado a un hueco en la roca que tenía el tamaño de una pequeña cala. En el centro del mismo había una charca de agua que emitía destellos diamantinos. De ella partían varias corrientes hacia un destino desconocido. El agua era tan transparente que se veía el fondo cubierto de guijarros. A nuestro alrededor, la roca de las paredes era tan fina al tacto como la seda. Interrogué a Tucker con la mirada, sin saber si ya podía hablar o no.

—Este es el sitio del que le hablé —dijo—. Este es el Lago de los Sueños.

—¿El que me va a llevar de regreso a casa? —pregunté, recordando nuestra última conversación que Jake interrumpió.

117

—Sí —respondió Tuck—. No físicamente, por supuesto. Pero podrá viajar allí con la mente.

—¿Y ahora qué?

—Si da un trago de este agua, podrá ver aquello que su corazón más desee. El agua actúa como una droga, pero se queda en su torrente sanguíneo de forma permanente. Podrá proyectarse a cualquier parte que desee, en cualquier momento.

No necesitaba que me incitara más. Me apresuré a arrodillarme a la orilla del lago y tomé un poco de agua con la palma de la mano. Sin dudar ni un momento, me acerqué la mano a los labios y bebí con ansia.

Se oía un murmullo parecido al zumbido de las cigarras que tenía un efecto hipnótico. Acerqué el rostro a la superficie del agua y observé con atención, esperando ver alguna señal. Al hacerlo, me sentí como desconectada de mi cuerpo, como si estuviera entrando en un estado de trance. De repente noté algo en el pecho, tal que si me acabaran de golpear con un pesado saco, que me hizo sacar todo el aire de los pulmones. Y todo ese aire que acababa de exhalar formó una esfera visible que flotaba delante de mí, a pocos centímetros del agua, repleta de miles de pequeñísimas esferas de luz blanca que se desplazaban furiosamente de un lado a otro. Me quedé observando cómo descendía y desaparecía.

—No se preocupe —susurró Tucker—. El lago está leyendo sus recuerdos para saber a dónde llevarla.

Durante unos instantes no sucedió nada, solo se oía la respiración de ambos. Tucker me decía algo, pero su voz me llegaba muy apagada. Luego dejé de oírlo y me di cuenta de que lo estaba viendo desde arriba. El lago y todo el entorno empezó a desaparecer de mi visión, aunque yo sabía que continuaba estando allí.

Sentí cierto pánico al notar que otra visión se formaba a mi alrededor. Al principio se veía pixelada, como en una imagen demasiado aumentada de tamaño. Pero poco a poco fue ganando nitidez y todo el miedo que sentía desapareció.

En su lugar, una oleada de emoción me invadió con tal fuerza que me sentí como precipitándome de cabeza dentro de un remolino. Estaba regresando a casa.

11

Reunión

*L*a cocina de Byron Street estaba exactamente igual a como la recordaba: grande y espaciosa, y desde ella se veía el espumoso océano a ambos lados. Me encontraba en el centro de la misma y me funcionaban todos los sentidos, aunque sabía que solo era una espectadora que observaba desde otro lugar. Me podía mover libremente por ese espacio, pero no formaba parte de él, como si estuviera viendo la primera escena de una película pero desde dentro de la pantalla. Era primera hora de la mañana. Se oía el canto de los pájaros y el menguante silbido de la tetera encima de la mesa. Las puertas acristaladas estaban abiertas y, fuera, alguien cortaba el césped de Dolly Henderson, la vecina. Había una bandeja alargada llena de bizcochos glaseados que Ivy había preparado unos días antes de que yo desapareciera, recordé. Ahora estaban rancios, nadie los había tocado. Encima de la mesa reposaba un jarrón de flores marchitas, muestra de la alegría que había reinado en esa cocina tan solo unos días antes.

Al cabo de un minuto, la escena cobró vida. Xavier estaba sentado a la mesa con la cabeza apoyada entre las manos, a solo unos metros de mí. Su postura me llamó la atención, porque nunca antes había visto que su cuerpo se hundiera de esa forma. Llevaba puesta una camiseta gris que yo conocía y un pantalón de chándal. La barba incipiente era un claro indicio de que esa noche ni siquiera había ido a la cama.

Quise acercarme un poco más a él, y lo conseguí aunque con demasiado esfuerzo. Esa proximidad me producía una sensación de vértigo. Deseaba ardientemente alargar la mano y tocarlo, pero no podía hacerlo. Mi fantasmal presencia no tenía corporeidad, y mi mano atravesó su cuerpo. Xavier parecía distinto. No le veía bien el rostro, pero me di cuenta de que tenía los músculos de los hombros y los antebrazos muy tensos. El dolor que llenaba esa habitación era palpable.

Me llegó el olor de las fresias, una fragancia que conocía muy bien. Mi hermana apareció en la puerta y miró a Xavier con preocupación. Ivy parecía tan angelical y serena como siempre, pero se le había formado una arruga en la frente que la traicionaba. Me di cuenta de que la preocupación la devoraba.

—¿Quieres que te traiga algo? —le preguntó a Xavier con amabilidad.

—No, gracias —contestó él.

Parecía distraído, como si tuviera la mente muy lejos, y ni siquiera había levantado la cabeza.

—Gabriel ha vuelto a visitar la casa de los Knox —continuó Ivy—. Cree que quizá pueda encontrar algo.

Xavier estaba perdido en sus propios pensamientos y no contestó. Ivy se puso a su lado y le colocó una mano sobre el brazo, pero él rechazó el contacto con un gesto brusco: no quería que lo consolaran.

—No debemos descorazonarnos. La encontraremos.

Xavier levantó la cabeza y la miró. Su rostro estaba más pálido que nunca y sus ojos, que siempre habían sido de un azul brillante, se veían oscurecidos por profundas ojeras. Se lo veía desesperado, consumido por el dolor. Quise tomar su rostro entre mis manos y decirle que estaba bien... atrapada, sola y triste, pero sin daño alguno. Que quizá no podía cobijarme entre sus brazos como deseábamos los dos, pero que aguantaba. Sobrevivía.

—¿Cómo? —dijo al cabo de un largo intervalo. Se esforzaba por hablar con voz tranquila—. No tenemos ni idea de a dónde se la ha llevado... ni de qué le estará haciendo.

Se le quebró la voz, desbordado. Al oírlo, sentí que el miedo me atenazaba la garganta. Si no tenían ni idea de dónde estaba, ¿qué esperanza tenían de poder encontrarme? Ni Gabriel ni Ivy habían sido testigos de mi desaparición, así que lo único que tenían era la confusa información de lo que Xavier había visto antes de que Jake lo atropellara. Era fácil que me creyeran prisionera en algún remoto rincón de la Tierra.

—Gabriel está trabajando en ello —repuso Ivy. Intentaba mostrar confianza—. Es muy bueno deduciendo cosas.

—¿No deberíamos estar con él? —preguntó Xavier, abatido.

—Él sabe qué hacer, qué señales debe buscar.

Se hizo una pausa en la conversación durante la cual lo único que se oía era el tictac del reloj del salón.

—Es culpa mía —dijo Xavier finalmente. Decirlo en voz alta parecía aliviarlo en cierta medida—. Debería haber sido capaz de protegerla. —Tenía las pestañas húmedas por las lágrimas, pero se las secó con la mano antes de que Ivy se diera cuenta.

—Ningún ser humano puede enfrentarse a esa clase de poder —dijo mi hermana—. No puedes culparte, Xavier. No había nada que pudieras hacer.

Xavier negó enérgicamente con la cabeza.

—Sí lo había —dijo, rechinando los dientes—. Hubiera podido quedarme con ella. Si no hubiera estado haciendo el idiota en el lago, nada de esto hubiera sucedido. —Apretó los puños con fuerza y tragó saliva—. ¿No te das cuenta? Prometí que la cuidaría y le he fallado.

—No lo sabías. ¿Cómo podías saberlo? Pero puedes ayudar a Beth si no te dejas hundir. Tienes que ser fuerte, por ella.

Xavier cerró los ojos y asintió con la cabeza.

—Gabe ha vuelto —dijo Ivy, mucho antes de que se oyera la llave en la puerta.

Xavier se levantó de la silla y por un momento pareció que fuera a caerse hacia delante. Al cabo de unos minutos Gabriel entró en la cocina. Aunque era mi hermano y lo conocía tanto como era posible, volver a ver el resplandor que emanaba me dejó sin aliento. Sus ojos plateados tenían una expresión solemne, y la de su rostro era grave.

—¿Ha habido suerte? —preguntó Ivy.

—Creo que he encontrado algo —dijo Gabriel, sin estar muy seguro—. Podría ser un portal. En la carretera, cerca de la casa de los Knox, olía a sulfuro.

121

—Oh, no —se lamentó Ivy dejándose caer en una de las sillas.

—¿Y eso por qué es tan importante? ¿Un portal? ¿Qué es un portal? ¿Un portal a dónde? —Xavier hacía una pregunta tras otra.

Gabriel le respondió con calma.

—En este mundo hay aberturas —explicó— que conducen directamente a otros reinos. Las llamamos portales. Pueden aparecer de forma aleatoria o pueden ser invocadas por alguien que tenga el poder suficiente para hacerlo.

—¿Qué clase de reinos? ¿Dónde está Beth?

El tono de Xavier delataba un miedo creciente. «Estoy justo aquí», quise decirle, pero la voz me fallaba.

—El asfalto de la carretera estaba quemado —explicó Gabriel, pasando por alto la pregunta de Xavier—. Y todo lo de alrededor se veía chamuscado. Solo existe un lugar que pueda provocar eso.

Xavier inhaló con fuerza como si quisiera tranquilizarse. Me di perfecta cuenta del momento exacto en que las palabras de Gabriel calaban en él.

—No puede ser verdad —dijo con voz débil. Su mente racional todavía no podía aceptar lo que las palabras de Gabriel implicaban

—Es verdad, Xavier. —Incluso Gabriel giró la cabeza para no ser testigo del efecto que sus palabras iban a tener para Xavier—. Jake ha arrastrado a Bethany al Infierno.

La expresión de Xavier fue la de quien ve cumplida su peor pesadilla: esa noticia fue como una bofetada en la cara. Se quedó boquiabierto y con la mirada fija en mi hermano, como si esperara a que este estallara en carcajadas y confesara que todo no era más que un chiste malo. Permaneció así largos minutos, como si se hubiera quedado petrificado. Entonces, de repente, se encogió de hombros y empezó a temblar. Mi fantasma, inconsistente como el vapor, se entristeció con él. Formábamos una pareja lamentable y triste: un chico humano y una aparición invisible que lo amaba más que nada en el mundo.

Todos parecían comportarse de forma extraña en mi ausencia. Gabriel hizo una cosa que nunca le había visto hacer: atravesó la habitación, se arrodilló delante de Xavier y le puso una mano sobre el brazo. Fue una escena digna de ver: un arcángel arrodillado con expresión humilde ante un humano.

—No voy a mentirte —dijo Gabriel, mirándolo directamente a los ojos—. No estoy seguro de cómo ayudar a Bethany.

Estas eran las palabras que yo más temía. Gabriel nunca ocultaba la verdad, por dura que fuera. No era su carácter. Lo que estaba haciendo en esos momentos era prepararse, tanto a sí mismo como a Xavier, para lo peor.

—¿De qué estás hablando? —gritó Xavier—. ¡Tenemos que hacer algo! Beth no eligió esto. Fue secuestrada, ¿recuerdas? En mi mundo, esto es un delito. ¿Me estás diciendo que en el tuyo no lo es?

Gabriel suspiró y respondió con toda la calma de que fue capaz:

—En el Cielo rigen unas leyes que han existido desde el principio de los tiempos.

—¿Y qué se supone que significa eso?

—Creo que Gabe intenta explicarte que nosotros no decidimos las reglas. Tenemos que esperar órdenes —aclaró Ivy.

—¿Esperar? —repitió Xavier, frustrado ante esa falta de decision—. Podéis esperar hasta el día del Juicio Final si queréis, pero yo no me voy a quedar aquí sentado.

—No tenemos alternativa —repuso Gabriel con severidad.

Un ángel y un mortal no podían ser más distintos, cada uno se ubicaba en polos opuestos de la visión del universo. Yo me di cuenta de que Gabriel empezaba a perder la paciencia. Las interminables preguntas de Xavier lo estaban agotando, y deseaba encontrarse solo para poder conversar íntimamente con los poderes superiores. Xavier, por el contrario, no se sentiría mejor hasta que no tuviera un plan de acción: aplicaba una lógica según la cual todo problema tenía una solución. Ivy, que comprendía mucho mejor que Gabriel el estado emocional en que se encontraba Xavier, miró a mi hermano indicándole que tuviera tacto.

—No te quepa duda de que si existe una manera, la encontraremos —lo animó Ivy.

—Pero no será fácil —puntualizó Gabriel.

—Aunque no imposible, ¿verdad?

Xavier se aferraba desesperadamente a la más mínima esperanza, por pequeña que fuera.

—No, imposible no —repuso mi hermana con una sonrisa débil.

—Quiero ayudar —dijo Xavier.

—Y puedes hacerlo, pero ahora tenemos que pensar detenidamente en cuál será el próximo paso.

—Precipitarnos puede empeorar las cosas para Bethany —advirtió Gabriel.

—¿Cómo podrían ser peor? —se quejó Xavier.

Mientras escuchaba sus deliberaciones mi frustración iba en aumento. Deseaba intervenir en la discusión, y quería ayudarlos. Se me hacía extraño que hablaran de mí mientras me encontraba allí con ellos. Si pudiera decirles lo que sabía, quizá podrían elaborar un plan más efectivo. El hecho de estar presente allí y, al mismo tiempo, no poder hacer nada me volvía loca hasta el extremo de que sentía que la cabeza me iba a estallar. Tenía que haber alguna manera de hacerles saber mi presencia. ¿Cómo era posible que no percibieran mi cercanía? Mis seres más queridos se encontraban a un palmo de mí y, a pesar de todo, me eran totalmente inaccesibles.

—No podemos actuar sin esperar instrucciones. —Ivy intentaba tranquilizar a Xavier.

—¿Y cuánto vamos a tardar?

—El Cónclave está al tanto de la crisis. Se comunicará con nosotros cuando lo crea conveniente. —Gabriel se negó a desvelar nada más.

—¿Y qué haremos hasta entonces?

—Propongo que recemos.

De repente, me sentí muy preocupada. Era evidente que ellos no podían hacer nada sin esperar a recibir consejo. No solamente porque esa era la forma habitual de actuar, sino porque era lo más sensato y yo me daba cuenta de ello. Pero ¿cuál sería el consejo del Cónclave? Gabriel había expresado mucha confianza mientras hablaba, pero ni siquiera él tenía el poder de oponerse a sus decisiones. ¿Y si, en su infinita sabiduría, el Cónclave decidía abandonarme? Después de todo, yo no había demostrado ser de mucho valor arriba. En lugar de seguir sus instrucciones, siempre provocaba problemas y creaba conflictos que ellos tenían que resolver. La obediencia no era mi fuerte, y aunque eso era algo que se daba por supuesto en un ser humano, en un ángel resultaba inexcusable. ¿Sería ese rasgo de mi carácter, que me había distanciado de los de mi propia estirpe, lo que ahora decidiría mi nulo valor en el Cielo?

Y aunque el Cónclave se mostrara benévolo y decidiera que merecía ser rescatada, entrar en el Infierno sería el mayor reto al que mis parientes se hubieran enfrentado nunca. Era muy posible que perecieran en el intento. ¿Valía la pena correr un riesgo tan alto? Yo no quería poner en peligro su seguridad, pero al mismo tiempo mi deseo de reunirme de nuevo con ellos era enorme. En cuanto a Xavier, me sentía incapaz de soportar la idea de que pudiera sufrir algún daño por mi culpa. Prefería enfrentarme a los tormentos del foso a que le pasara algo. Observé sus brazos bronceados y suaves sobre la mesa, la familiar pulsera de cordón trenzado que ya se había ablandado por el uso y el anillo de plata que le había regalado y que llevaba en el dedo índice. Hice un esfuerzo por llegar hasta él y alargué la mano hacia la suya.

—¡Xavier! —grité—. ¡Xavier, estoy aquí!

Para mi sorpresa, oí el eco de mis propias palabras en la habitación. Gabriel, Ivy y Xavier se sobresaltaron y levantaron la cabeza hacia mí, como satélites buscando una señal de radio. Una expresión de incredulidad cruzó el rostro de Xavier, como si su cordura estuviera siendo puesta a prueba.

—¿Estoy perdiendo la cabeza o también habéis oído algo?

Mis hermanos se miraron con incertidumbre.

—Lo hemos oído —dijo Gabriel, dándole vueltas a la cabeza para encontrar una explicación plausible a lo que acababa de suceder. Recé para que no pensara que se trataba del demonio que les estaba jugando una mala pasada.

Ivy cerró los ojos y sentí su energía en la habitación, buscándome. Pero cuando llegó al sitio en que me encontraba, me atravesó directamente. Entonces me di cuenta de que esa breve conexión de segundos que acababa de establecer con ellos se había roto.

—Aquí no hay nada —dijo mi hermana, pero me di cuenta de que se sentía aturdida.

Xavier no estaba convencido:

—No... He oído una voz... Estaba aquí.

—Quizá Bethany esté más cerca de lo que creemos —dijo Gabriel.

Xavier recorrió la habitación con la mirada, observando el espacio vacío. Yo me concentré profundamente y, desesperada, intenté transmitirle mis pensamientos. Pero lo que ocurrió fue justo lo contrario: mi presencia en la habitación se hizo más difusa. Noté que mi consciencia se alejaba de la familiar cocina de Byron. Me resistí con fuerza e incluso intenté sujetarme en el respaldo de una silla, pero esta se disolvió de inmediato.

A mi alrededor todo se hizo oscuro, y cuando empecé a vislumbrar algo me encontré tumbada al lado del Lago de los Sueños. Tucker estaba allí también: me sujetaba por los hombros y me estaba zarandeando.

—Regrese, Beth. Es hora de regresar.

Volví a mi cuerpo con una sacudida. Toda la calidez de Byron había desaparecido y había sido sustituida por el frío y la humedad del canal.

—¿Por qué has hecho eso? —protesté levantando la voz—. Quería estar más rato.

—No podemos estar fuera más tiempo. Es demasiado arriesgado. Pero no se preocupe, la magia permanecerá con usted.

—¿Me estás diciendo que podré proyectarme en el momento que quiera?

—Sí —repuso Tucker con orgullo—. Cuando una persona bebe del Lago de los Sueños, este fluye por todo su cuerpo y ofrece su poder. Solo se puede contrarrestar bebiendo del río Leteo.

—¿Existe de verdad? —pregunté, curiosa.

—Claro que sí —respondió Tucker—. Literalmente, significa «olvido». Algunos lo llaman el Río de la Desmemoria. Consigue que uno olvide quién es.

—Eso parece horrible. ¿Está maldito?

—No necesariamente —dijo Tucker—. Algunas personas han hecho cosas en su vida que no quieren recordar. Cuando uno bebe del río Leteo, todos los malos recuerdos se hunden en las profundidades.

Lo observé con detenimiento.

—Hablas con mucha seguridad. ¿Conoces a alguien que lo haya hecho?

—Sí. —Tucker bajó la vista hasta sus zapatos—. Yo mismo.

—¿De qué querías escapar? —pregunté sin pensar, y Tucker rio.

—No tiene sentido preguntar eso ahora, ¿no cree?

—Supongo que no —consentí, poniéndole una mano en el brazo—. Me alegro de que el río te hiciera las cosas más llevaderas.

Tucker me dio un apretón en la mano, pero no parecía convencido.

Recorrimos el camino de vuelta al hotel al doble de velocidad que a la ida, temerosos de que nos hubieran descubierto. Yo solo podía pensar en las manos de Xavier, no en la crispación que había visto esta vez en ellas sino en su manera de acariciarme el rostro cuando ambos sentíamos que ni toda la oscuridad del mundo podría mancillar nuestra felicidad.

Qué ingenuos éramos al pensar de esa manera. Ahora ya sabía lo letal que podía ser la oscuridad. Tendríamos que emplear todo nuestro coraje para luchar contra ella. Y ni siquiera así creía que tuviéramos muchas posibilidades.

127

12

La historia de Hanna

*D*espués de esa primera experiencia de lo que Tuck llamaba «proyección», me era difícil pensar en otra cosa. Ahora que había saboreado de nuevo mi hogar, el hotel Ambrosía me parecía más vacío que nunca. Pasaban los días y actuaba como una autómata, sin quejarme, a la espera de la siguiente oportunidad de regresar a Venus Cove y saber qué estaba ocurriendo. Así que cada vez que Hanna me cepillaba el pelo o se movía a mi alrededor ordenando las cosas, solo pensaba en cómo cumpliría mi objetivo: volver a ver a Xavier. Cuando Tucker montaba guardia, yo contaba los minutos que faltaban para que finalmente se fuera a la cama y estuviera libre para volver a pasear por el lugar al que pertenecía, aunque fuera como un ser invisible.

Pero Tucker era capaz de leerme los pensamientos mejor de lo que yo creía:

—Es adictivo, ¿verdad? Al principio nunca se tiene bastante —dijo.

No podía negarlo. El haber viajado hasta Byron me había proporcionado la mayor emoción que nunca hubiera experimentado.

—Era muy real. Estaba tan cerca que podía olerlos a todos.

Tucker me observó con atención.

—Debería verse la cara. Se le ilumina cada vez que habla de ellos.

—Eso es porque lo son todo para mí.

—Lo sé, pero hay una cosa que no debe olvidar. Cada vez que regrese verá que ellos habrán continuado un poco más con su vida. El tiempo aplaca el dolor, y uno se convierte en un recuerdo muy querido. Al final, no se es más que un fantasma que visita a unos desconocidos.

—Para mí no será nunca así —afirmé, mirando a Tucker con mal humor. La idea de que Xavier continuara adelante con su vida me resultaba insoportable y me negaba a tener en cuenta esa posibilidad—. Además, ¿no olvidas algo? No soy un fantasma. Resulta que estoy viva. ¿Ves? —Me di un buen pellizco en el brazo y observé la rojez que se me formaba en la piel—. ¡Ay!

Tucker sonrió ligeramente ante esa demostración.

—Quiere regresar ahora mismo, ¿no?

—Por supuesto. ¿Es que tú no querrías?

—¿Ha sido usted siempre tan impaciente?

—No —respondí con aspereza—. Solo desde que soy humana.

Tucker frunció el ceño y pensé que quizá dudara de mi capacidad de utilizar ese don de forma responsable. Decidí tranquilizarlo.

—Gracias por habérmelo enseñado, Tucker. Necesitaba algo que me ayudara a sobrevivir en este lugar, y volver a ver a mi familia ha significado mucho.

Tucker, que no estaba acostumbrado a los agradecimientos, pareció avergonzado e inquieto.

—De nada —farfulló. Rápidamente, la expresión de su rostro se hizo más severa—. Por favor, tenga cuidado. No sé lo que haría Jake si se enterara.

—Lo tendré —le aseguré—. Pero voy a encontrar la manera de que salgamos de aquí.

—¿Salgamos? —preguntó él.

—Por supuesto. Ahora somos un equipo.

Tucker estaba en lo cierto: yo pensaba regresar esa misma noche. Ese pedacito de mi hogar que se me había ofrecido no había hecho más que aumentar mi deseo. Y aunque no le había mentido al decirle que intentaría que todos saliéramos de allí, no era ese el principal pensamiento que me ocupaba la mente.

129

El impulso que sentía era mucho más indulgente conmigo misma: solo quería ver a Xavier otra vez y fingir que nada había cambiado. Fuera lo que fuese lo que él estuviera haciendo, yo quería estar a su lado. Quería impregnarme de su presencia todo lo posible para llevármela conmigo de vuelta. Sería un talismán que me ayudaría a soportar los largos e interminables días y noches que me quedaban por delante.

Así que cuando Hanna apareció por la puerta con la bandeja de la cena, mi primera reacción fue despedirla de inmediato. Estaba deseando meterme en la enorme cama e iniciar ese proceso que me enviaría a casa otra vez. Hanna me miraba con la misma expresión de siempre, como si deseara poder hacer alguna cosa más para ayudarme. A pesar de que era más joven que yo, había adoptado una actitud maternal hacia mí, como si yo fuera un pollito al que había de proteger y cuidar para que se pusiera fuerte. Fue solamente para complacerla por lo que tomé unos bocados de la cena que me había preparado: pan, una especie de estofado y una tarta de fruta. Cuando terminé, en lugar de marcharse inmediatamente vi que se demoraba un poco conmigo, como si le estuviera dando vueltas mentalmente a algo.

—Señorita —dijo al fin—. ¿Cómo era su vida antes de venir aquí?

—Estaba en el último curso en la escuela y vivía en una pequeña ciudad en la cual todo el mundo se conoce.

—Pero no es de allí de donde viene usted.

Me sorprendió que Hanna hiciera referencia a mi anterior hogar. En la Tierra estaba acostumbrada a ocultar nuestro secreto y olvidaba que aquí todos conocían mi verdadera identidad.

—Aunque no vengo de Venus Cove —admití—, se ha convertido en mi casa. Iba a una escuela que se llama Bryce Hamilton y mi mejor amiga se llamaba Molly.

—Mis padres trabajaban en una fábrica —dijo Hanna de repente—. Éramos demasiado pobres para que yo pudiera ir a la escuela.

—¿Tenías libros en casa?

—No aprendí a leer.

—Nunca es tarde —la animé—. Si quieres, te puedo enseñar.

Pero en lugar de animarla como había esperado, mis palabras parecieron ejercer el efecto contrario. Hanna bajó la mirada y su sonrisa desapareció.

—Ya no tiene mucho sentido, señorita —dijo.

—Hanna —empecé a decir, eligiendo con atención qué palabras emplear—, ¿te puedo hacer una pregunta?

Me miró con aprensión, pero asintió con la cabeza.

—¿Cuánto hace que estás aquí?

—Más de setenta años —contestó en tono de resignación.

—¿Y cómo puede ser que alguien tan amable y bondadoso como tú haya acabado aquí? —pregunté.

—Es una historia larga.

—Me gustaría que me la contaras —la invité.

Hanna se encogió de hombros.

—No hay mucho que decir. Yo era joven. El deseo que sentía de salvar a una persona era mayor que el que tenía por proteger mi propia vida. Hice un pacto, me vendí, y cuando me di cuenta del error ya era demasiado tarde.

—¿Tomarías otra decisión si pudieras dar marcha atrás?

—Supongo que intentaría conseguir lo mismo pero de forma distinta.

Hanna miró fijamente hacia delante con tristeza, perdida en sus recuerdos.

—Eso significa que te arrepientes. Eras demasiado joven para saber lo que hacías. Cuando mi familia venga a buscarme, te llevaremos con nosotros. No te dejaré aquí.

—No pierda el tiempo preocupándose por mí, señorita. Yo tomé libremente la decisión de venir y no hay forma de romper un pacto como ese.

—Oh, no lo sé —repliqué con optimismo—. Todo trato es renegociable.

Hanna sonrió y su tristeza desapareció durante un momento.

—Me gustaría ser perdonada —dijo en voz muy baja—, pero no hay nadie ahí para hacerlo.

—Quizá si me lo cuentas te sentirás mejor.

Aunque estaba ansiosa por regresar al lado de Xavier, no podía ignorar el grito de socorro de Hanna. Ella me había cui-

131

dado y se había preocupado por mí durante ese negro período y me sentía en deuda con ella. Además, hacía solamente unas pocas semanas que estaba en el Hades y Hanna hacía décadas que arrastraba su peso, fuera cual fuese. Lo mínimo que podía hacer era tranquilizarla todo lo que pudiera. Me desplacé un poco para hacerle sitio en la cama y di unos golpecitos sobre la colcha, a mi lado. Si alguien que no nos conociera nos hubiera visto, habría pensado que no éramos más que dos adolescentes que compartían confidencias.

Hanna dudó un momento y miró con aprensión hacia la puerta, pero se sentó a mi lado. Me di cuenta de que se sentía incómoda, pues mantenía la vista baja y retorcía un botón del uniforme con sus dedos enrojecidos por los trabajos domésticos. Parecía estar decidiendo si podía confiar en mí. ¿Quién podría culparla? Ella estaba sola en el mundo de Jake, no podía acudir a nadie en busca de una palabra amable o de un consejo y había llegado al punto de sentir gratitud por cada comida y por cada noche de descanso. Pensé que si alguien quisiera hacerle daño a Hanna, ella lo soportaría como una mártir porque no creía merecer nada mejor.

Al fin, Hanna se incorporó un poco y suspiró.

—Casi no sé por dónde empezar. Hace tanto tiempo que no hablo de mi antigua vida...

—Empieza por donde quieras —la animé.

—Empezaré por Buchenwald —dijo en voz baja. Hablaba con cierto tono de distancia y su rostro joven no mostraba ninguna emoción, como si fuera una contadora de cuentos que estuviera narrando una fábula en lugar de un relato de primera mano.

—¿El campo de concentración? —pregunté casi sin poder creerlo—. ¿Estabas allí? No tenía ni idea. —Al instante lamenté haberla interrumpido, pues mi reacción le había hecho perder el hilo de sus pensamientos—. Por favor, continúa.

—En vida me llamaba Hanna Schwartz. En 1933 cumplí dieciséis años. La crisis económica se había cernido sobre los trabajadores de la manera más cruda. Teníamos poco dinero y yo no sabía hacer nada, así que me uní a las Juventudes Hitlerianas y, cuando abrieron Buchenwald, me mandaron allí a trabajar. —Hizo una pausa y respiró profundamente—. Yo sabía que todo lo que pasaba allí era malo. No solo eso, sino que sabía que estaba rodeada por el mal. Pero me sentía incapaz de hacer nada al respecto y no quería defraudar a mi familia. Todo el mundo a mi alrededor preguntaba: «¿Dónde está Dios ahora? ¿Cómo puede permitir que suceda esto?». Yo intentaba no pensar en ello, pero en el fondo estaba enojada con Dios: lo culpaba de todo. Pensaba pedir el traslado y abandonar el campo para irme con mi familia cuando llegó una chica nueva a quien conocía, pues habíamos jugado juntas de niñas. Ella vivía en mi calle e iba a la escuela local. Su padre era médico y había tratado a mi hermano cuando tuvo el sarampión, sin cobrar. La niña se llamaba Esther. Compartía sus libros de la escuela conmigo porque sabía que yo tenía un ferviente deseo de aprender. Yo era demasiado joven para comprender la diferencia que había entre las dos. Sabía que su vida era como la mía pero que ella iba a la escuela y era judía. Me enteré de que las SS habían desalojado a su familia, pero no la había vuelto a ver hasta que ese día apareció en Buchenwald. Estaba con su madre, y yo intenté esconderme; no quería que me viera. Cuando la trajeron al pabellón, Esther no se encontraba bien y fue empeorando. Tenía problemas en los pulmones y no podía respirar bien. Estaba demasiado débil para trabajar y yo sabía cuál sería su destino, solo era cuestión de tiempo. Y, por algún motivo, me di cuenta de que no podía permitir que eso sucediera.

»Fue entonces cuando conocí a Jake. Era uno de los oficiales que vigilaban el campo, pero entonces tenía un aspecto distinto al de ahora. Su cabello era más claro y, con el uniforme, no llamaba tanto la atención. Yo sabía que le gustaba. Me sonreía e intentaba entablar conversación cada vez que servía la comida a los oficiales. Un día me sentía muy triste a causa de Esther y me detuvo para preguntarme qué sucedía. Cometí el error de confiar en él y le conté el miedo que sentía por mi amiga de la infancia. Cuando me dijo que quizá pudiera ayudarme, no pude creer la suerte que estaba teniendo. Pensaba que si hacía una cosa buena sería capaz de volver a respetarme a mí misma. Karl, que así se llamaba Jake entonces, era fascinante y muy guapo. El hecho de que alguien como él reconociera simplemente mi existencia, por no hablar de que mostrara interés por mis problemas, era halagador. Me preguntó si creía en Dios, y le contesté que tal como había ido mi vida hasta ese momento, si Dios existía nos había abandonado por completo. Karl me dijo que quería contarme un secreto porque creía que podía confiar en mí. Me explicó que servía a un señor que estaba por encima de él, y que ese señor recompensaba la lealtad. Me aseguró que yo podría ayudar a Esther si le juraba lealtad eterna a su señor, que no tuviera miedo y que mi sacrificio sería recompensado con la vida eterna. Cuando lo pienso, no puedo comprender por qué se molestó en elegirme. Creo que debía de sentirse aburrido y buscaba a alguien con quien jugar. —Hanna calló un instante mientras su mente viajaba por esos tiempos funestos—. Entonces me pareció tan sencillo…

—¿Qué pasó? —pregunté, aunque la respuesta era evidente.

—Esther se curó. Jake le devolvió la salud, así que los guardias no tuvieron ningún motivo para hacerle daño y yo vine a esta oscuridad. Pero no estaba segura de que Jake hubiera mantenido su parte del pacto…

—¿Lo hizo? —pregunté, sin aliento.

—Consiguió que ella se encontrara bien otra vez. —Los tristes ojos marrones de Hanna se clavaron en los míos—. Pero eso no impidió que la llevaran a la cámara de gas al cabo de dos semanas.

—¡Te traicionó! —No podía creer lo que me contaba—. Te engañó para que vendieras tu alma. Eso es despreciable, incluso en el caso de Jake.

—Hubiera podido ser peor —aseguró Hanna—. Cuando fui enviada al Hades, por algún motivo me salvé del foso. Me asignaron las tareas del hotel y he estado aquí desde entonces. Así que ya lo ve, señorita, yo misma sellé mi destino. No tengo derecho a quejarme.

—Pero tus intenciones eran buenas, Hanna. Creo que hay esperanza para todo el mundo.

—La hay mientras uno camina por la Tierra. Pero este es el destino final. Ahora no espero nada, y no creo en los milagros.

—Has conocido las obras del mal —dije—. ¿Por qué no puedes creer en el poder del Cielo también?

—El Cielo no tiene misericordia para los que son como yo.

Hice un pacto y ahora pertenezco al Infierno. Ni siquiera los ángeles pueden romper estas ataduras.

Me senté en el borde de la cama con el ceño fruncido. ¿Era posible que Hanna tuviera razón? ¿Sería verdad que las leyes del Cielo y del Infierno la mantenían atada a esta prisión? Sin duda, su sacrificio tenía que contar para algo. Pero quizá las cosas no funcionaban de esta forma. Esperaba no haberle hecho una promesa que no fuera capaz de cumplir.

Hanna se puso a ordenar las cosas de mi tocador: casi todo eran perfumes franceses, lociones y polvos... la clase de cosas que Jake creía que me harían feliz. La verdad era que no tenía ni idea. Observé a Hanna, que se movía por la habitación y evitaba cruzar la mirada conmigo.

—No crees que me lleguen a encontrar, ¿verdad? —pregunté en voz baja.

Ella no respondió, pero sus movimientos se hicieron más enérgicos. Sentí un irreprimible impulso de agarrarla por los hombros y sacudirla hasta hacérselo comprender, porque si conseguía convencer a Hanna quizá pudiera convencerme a mí misma de que no sería una prisionera para toda la eternidad.

—¡No lo entiendes! —grité, sorprendida de mi propia reacción—. No comprendes quién soy. Ahora mismo una alianza de arcángeles, además de un serafín, deben de estar buscándome. Encontrarán la manera de sacarme de aquí.

—Si usted lo dice, señorita —respondió Hanna en tono mecánico.

—No lo digas de esa manera —protesté, lanzándole una mirada fulminante—. ¿Qué es lo que de verdad piensas?

—De acuerdo, le diré lo que pienso. —Hanna dejó el trapo del polvo y me miró—. Si para los ángeles fuera tan fácil entrar en esta prisión, ¿no cree que a estas alturas ya lo habrían hecho? —El tono de Hanna se hizo más cariñoso—. Si pudieran liberar a las almas atormentadas, ¿no lo habrían hecho? ¿Dios no habría intervenido? Mire, señorita, el Cielo y el Infierno están unidos a leyes tan antiguas como el tiempo. Ningún ángel puede entrar aquí sin haber sido invitado. Piénselo de la siguiente forma: ¿podría un demonio entrar en el cielo libremente?

—En absoluto —repuse, mientras intentaba seguir el curso de su razonamiento—. Ni en un millón de años. Pero esto es diferente, ¿no?

—Lo único que tiene usted a favor es que Jake le tendió una trampa para que usted confiara en él. Sus ángeles tendrán que encontrar una fisura en las leyes, igual que hizo Jake. No es imposible, pero es muy difícil. Las entradas al Infierno están bien vigiladas.

—No te creo —afirmé en voz alta, como si hablara ante un público—. Si hay voluntad, siempre se encuentra una manera. Y Xavier es la persona de mayor voluntad que conozco.

—Ah, sí, el chico humano de su ciudad —recordó Hanna, pensativa—. He oído cosas de él.

—¿Qué cosas? —pregunté, enardecida al oír hablar de Xavier.

—El príncipe está muy celoso de él —dijo Hanna—. Ese chico posee todos los dones que un humano pueda desear: belleza, fuerza y coraje. No le teme a la muerte y se ha alineado con los ángeles. Además, él tiene lo que Jake más desea.

136 —¿Y qué es?

—La llave de su corazón. Eso convierte al chico en una amenaza.

—¿Lo ves, Hanna? —dije—. Si Jake se siente amenazado, eso significa que, después de todo, hay esperanza. Xavier vendrá a buscarnos.

—A buscarla a usted —me corrigió Hanna—. Y aunque así sea, él solo es un chico de corazón valiente. ¿Cómo podría la fuerza de un humano oponerse a Jake y a un ejército de demonios?

—Podrá —repliqué— si tiene el poder celestial a su lado. Al fin y al cabo, Cristo era un hombre.

—También era el Hijo de Dios. Hay una diferencia.

—¿Crees que hubieran podido crucificar a Cristo si no hubiera sido humano? —pregunté—. Era de carne y hueso, igual que Xavier. Hace tanto tiempo que estás aquí que subestimas el poder de los seres humanos. Son una fuerza de la naturaleza.

—Perdóneme, señorita, si no tengo esperanza como usted —repuso Hanna con humildad—. No quiero hacer volar mis sueños para que, luego, les corten las alas. ¿Lo comprende?

—Sí, Hanna, lo comprendo —dije, al fin—. Es por eso que, si no te importa, yo tendré esperanzas por las dos.

Cuando se hubo ido me quedé un buen rato pensando en la historia de Hanna. No podía quitármela de la cabeza a pesar del intenso deseo que tenía de viajar a Venus Cove: pensé en Hanna y en las dificultades de su joven vida, y en lo poco que yo sabía acerca del sufrimiento humano. Mi conocimiento de los más oscuros episodios de la humanidad se reducía a los datos, pero la experiencia humana era mucho más compleja. Probablemente, Hanna podría enseñarme más cosas de las que yo creía.

Una cosa sí sabía: ella había cometido un error, pero se había mostrado arrepentida y lamentaba sus acciones. Y si su destino era vivir bajo tierra durante toda la eternidad, algo fallaba en el sistema. No era posible que el Cielo se mostrara pasivo y permitiera que tal abuso no sufriera ningún castigo. «Mía es la venganza, yo daré la recompensa», dijo el Señor. Hanna estaba equivocada. El Cielo iba a hacer justicia. Solo tenía que ser paciente.

137

13

Hablando del Diablo

No tenía ni idea de qué hora sería en Venus Cove. No dejaba de pensar en el dormitorio de Xavier, con todas sus cosas de deporte y los libros de texto mal amontonados encima de la alfombra. Por algún motivo, ahí era donde deseaba ir. La idea de estar en su habitación, rodeada de sus cosas, hacía palpitar mi corazón con nostalgia. ¿Dónde se encontraría Xavier en ese mismo instante? ¿Se sentía feliz o triste? ¿Pensaba en mí? Lo que sí sabía con certeza era que Xavier poseía la clase de honradez que convertía en héroe a un ser mortal. Él nunca abandonaría a ninguno de sus amigos en caso de que necesitaran ayuda, y tampoco me abandonaría a mí.

Sentí frío, y me di cuenta de que las ascuas de la chimenea se estaban apagando. Me abrigué con la colcha de color burdeos que había al pie de mi cama. Las velas estaban casi consumidas y proyectaban unas sombras alargadas sobre las paredes.

Haber llegado a la conclusión de que no me dejarían abandonada en el sofocante reino de Jake me hacía sentir un poco más tranquila. En cuanto noté que me invadía el sueño, concentré toda mi energía en establecer contacto con Xavier. El cuerpo se me hizo más pesado y, a pesar de ello, sentí una levedad indescriptible. No pude detectar el momento exacto en que se produjo la separación, en que materia y espíritu siguieron caminos distintos, pero supe que empezaba a suceder cuando me di cuenta de que las cosas de mi habitación se me aparecían borrosas. De repente, me encontré con el yeso del techo delante de la nariz. Lo único que tenía que hacer era abandonarme e ir a la deriva.

Viajé como una vibración sonora en el tiempo y el espacio, por encima del agua, hasta que llegué al punto de destino. Me encontré de pie en el dormitorio de Xavier. No fue exactamente un aterrizaje, sino más bien como un golpe de viento que penetra por el resquicio de la puerta. Xavier estaba tumbado boca abajo sobre la cama, con la cara hundida en la almohada. Ni siquiera se había molestado en quitarse los zapatos. En el suelo había un ejemplar de la revista de Princeton *Las mejores 371 universidades*. La madre de Xavier, Bernie, también había conseguido un ejemplar para mí y había insistido en que elaboráramos una lista de nuestras diez preferidas. Sonreí al recordar la conversación que mi novio y yo habíamos mantenido hacía solamente unos días, antes de la fiesta de Halloween. Estábamos tumbados sobre el césped y leíamos en voz alta los datos más interesantes de las universidades de nuestra lista.

—Iremos a la misma universidad, ¿vale? —había dicho Xavier. Era más una afirmación que una pregunta.

—Eso espero —contesté—. Pero supongo que eso depende de que ellos no quieran destinarme a otro lugar.

—Que no se metan en nuestros asuntos. No quiero oír nunca más «depende», Beth —dijo Xavier—. Les explicaremos qué queremos. Hemos pasado muchas cosas juntos y nos hemos ganado ese derecho.

—De acuerdo —repuse, y lo dije en serio.

Tomé el pesado ejemplar que Xavier tenía entre las manos y pasé las páginas con indiferencia.

—¿Qué tal Penn State? —pregunté, mientras buscaba en el índice.

—¿Estás de broma? A mis padres les daría un ataque.

—¿Por qué? ¿Qué tiene de malo?

—Dicen que es un desmadre.

—Pensaba que elegías tú.

—Y así es, pero eso no significa que ellos no prefieran alguna de la Ivy League, que por algo son las mejores. O por lo menos, una como Vanderbilt.

—¿La Universidad de Mississippi? —pregunté—. Molly y las chicas han solicitado su admisión allí. Quieren entrar en una hermandad femenina.

139

—¿Tres años más con Molly? —Xavier arrugó la nariz en broma.

—Me gusta Ole Miss —dije con expresión soñadora—. ¿Qué te parece? Además, Oxford sería como esto, nuestra pequeña ciudad.

Xavier sonrió.

—Me gusta la idea. Y está cerca de casa. Ponla en la lista.

Volvía a oír toda esa conversación mentalmente, como si la hubiéramos mantenido el día anterior. Y ahora Xavier estaba ahí, tirado sobre la cama, y todos sus planes de futuro habían sido abandonados. Xavier se dio la vuelta para tumbarse de espaldas y clavó la vista en el techo. Se quedó sumido en sus pensamientos. Su rostro mostraba claras señales de agotamiento. Lo conocía lo suficiente para adivinar cómo se sentía. En ese momento estaba pensando: «¿Y ahora, qué? ¿Qué voy a hacer ahora? ¿Qué más puedo hacer?». Xavier tenía una parte racional muy marcada, por eso mucha gente acudía a él en busca de consejo. Incluso algunos estudiantes a quienes no conocía mucho habían ido a pedirle opinión sobre qué clase de programa preuniversitario debían seguir, o qué deporte debían probar. Fuera cuál fuese la pregunta, casi nunca se sentían defraudados: Xavier tenía la asombrosa capacidad de analizar un problema desde todos los puntos de vista, y cuanto más complicado era, más decidido estaba a resolverlo.

Pero las dificultades a las que se enfrentaba en ese momento lo superaban completamente. No encontraba respuestas, y yo sabía que eso lo estaba matando. Xavier no estaba acostumbrado a sentirse incapaz.

Pensé en todo lo que hubiera deseado decirle en ese momento: «No te preocupes. Encontraremos una solución. Siempre lo hacemos. Somos invencibles, ¿recuerdas?». Me sentí extraña, pues era como si nuestros papeles se hubieran invertido. Esta vez era yo quien quería ayudar a Xavier. Me impulsé hacia delante hasta quedar a pocos centímetros de su rostro. Sus ojos, entrecerrados, parecían dos briznas de cielo, pero la melancolía les había arrebatado su brillo habitual. Su cabello castaño se desparramaba sobre la almohada. Tenía las pestañas empapadas de lágrimas. La emoción que me embargó fue tan fuerte que estuve a punto de alejarme. Xavier nunca se mostraba así. Sus ojos siempre estaban llenos de vida, incluso cuando se ponía serio. Su mera presencia iluminaba el espacio a su alrededor. Era el delegado de Bryce Hamilton, todos los miembros de la escuela lo querían y lo respetaban. Era la única persona de quien nadie hablaba mal nunca. No soportaba verlo derrotado.

De repente, unos suaves golpes en la puerta me sobresaltaron tanto que volé al otro extremo de la habitación. Al hacerlo, levanté una corriente de aire tan fuerte que estuvo a punto de tumbar una silla, pero Xavier no se dio cuenta. Al cabo de unos instantes, la puerta se abrió un poco y Bernie sacó la cabeza por ella con expresión de disculpa por la interrupción. Al ver a su hijo tumbado sobre la cama con esa apatía puso un gesto de preocupación, pero rápidamente lo disimuló con una alegría fingida. El amor que sentía por su hijo y el intenso deseo de protegerlo eran patentes en la expresión de su rostro. Xavier era tan guapo que hubiera podido ser un ángel, pero la profunda tristeza que mostraba me daba miedo.

—¿Quieres que te traiga algo? —preguntó Bernie—. Casi no has probado la cena.

—No mamá, gracias. —La voz de Xavier sonaba hueca, sin vida—. Solo necesito dormir un poco.

—¿Qué te sucede, cariño? —Bernie se acercó despacio a la cama y se sentó a su lado. Se la veía indecisa: quizás invadir la intimidad de su hijo adolescente cuando estaba tan preocupado no fuera una idea sensata. La falta de reacción de Xavier indicaba que deseaba estar solo—. Nunca te había visto así. ¿Es un problema de chicas?

Me di cuenta de que su madre no tenía ni idea de lo que había ocurrido. Él no le había dicho que yo había desaparecido. Supuse que era porque ella habría querido ponerse en contacto con el sheriff y habría preguntado por qué mi desaparición no estaba siendo investigada.

—Se podría decir así —repuso Xavier.

—Bueno, esas cosas acaban resolviéndose por sí mismas —dijo ella, poniéndole una mano en el hombro con suavidad—. Ya sabes que tu padre y yo siempre estaremos aquí si nos necesitas.

—Lo sé, mamá. No te preocupes por mí. Estaré bien.

141

—No te lo tomes tan en serio —le aconsejó Bernie—. Cuando se es joven todo parece cien veces peor de lo que es. No sé qué ha ocurrido entre tú y Beth, pero no puede ser tan terrible.

Xavier dejó escapar una breve carcajada que no mostraba ninguna alegría. Adiviné lo que estaba pensando. Deseaba decir: «Bueno, mamá, mi novia ha sido raptada por un demonio y antiguo estudiante de Bryce Hamilton, ha sido arrastrada al Infierno a lomos de una motocicleta y ahora mismo no tenemos ni idea de cómo conseguir que regrese. Así que, sí, la verdad es que no es tan terrible».

Pero no lo dijo. Giró la cabeza y la miró.

—Déjalo, mamá —le dijo—. Es un problema mío. Estaré bien.

Vi en sus ojos que no deseaba preocuparla. Mi familia ya se estaba ocupando de ello, no tenía ningún sentido que Bernie también se viera involucrada. Cuanto menos supiera, mejor para todos. Mi desaparición no era algo fácil de explicar, no era el tipo de noticia que uno quiere darle a su protectora madre justo antes de los exámenes de fin de curso.

—De acuerdo —asintió Bernie, y se inclinó para darle un beso en la frente—. Pero Xavier, cariño...

—¿Qué? —Giró la cabeza, pero fue incapaz de aguantar la mirada de su madre.

—Ella volverá. —Bernie le sonrió con expresión de certeza—. Todo se solucionará.

Se puso en pie, salió de la habitación y cerró la puerta con suavidad.

Cuando se hubo marchado, Xavier se abandonó por fin al cansancio. Se quitó los zapatos y se tumbó de lado. Me alegré de que por fin se sumiera en un profundo sueño y de que la tortura de sentirse impotente cesara, por lo menos durante unas horas. Justo antes de que el agotamiento lo venciera por completo, metió la mano por debajo de la almohada y sacó uno de mis suéteres de algodón que yo me ponía las noches de verano. Era de color azul claro y tenía unas pequeñas margaritas bordadas alrededor del cuello. Xavier siempre decía que le gustaba el contraste que hacía con los reflejos caoba de mi cabello.

Apartó la almohada a un lado y hundió el rostro en el suéter para inhalar con fuerza. Se quedó así largo rato y, al final, el ritmo de su respiración se hizo más tranquilo y profundo. Se había dormido.

Me senté encima de su cama con las piernas cruzadas y estuve un rato mirándolo igual que hacen las madres con sus hijos enfermos. Al final, los primeros rayos del amanecer cayeron sobre la arrugada ropa de la cama y los párpados de Xavier temblaron un poco.

—¡Es hora de levantarse, muñequita!

¿De quién era esa voz? Xavier todavía no se había despertado, y no se había movido ni había hablado en sueños. Además, no parecía su voz. Miré a mi alrededor, pero en el dormitorio solo estábamos nosotros dos. El sonido metálico de una puerta que se abría me sobresaltó y vi que ante mí se materializaba una puerta contra la cual se apoyaba una figura oscura. De repente supe lo que estaba pasando: mis dos mundos se mezclaban, y eso significaba que tenía que darme prisa. Tenía que regresar en ese mismo instante si no quería que a Jake le extrañara mi dificultad en despertar. Pero ¿por qué era tan difícil irme de allí?

—Dulces sueños, amor mío —susurré a Xavier.

Me incliné y le rocé la frente con mis labios fantasmales. No sabía si él lo había notado o no, pero se movió y pronunció mi nombre todavía dormido. Su rostro se relajó y pareció quedarse más tranquilo.

—Volveré en cuanto pueda.

Me obligué a regresar a mi cuerpo y cuando abrí los ojos vi que Jake me observaba con atención. Iba vestido con un traje negro holgado y ligeramente arrugado. Siempre regresaba al Hades sintiendo una ligera punzada de decepción, pero esta vez, al ver a Jake, fue peor. No me sentía capaz de reunir la energía necesaria para arrastrarme fuera de la cama y enfrentarme a otro día igual de deprimente que el anterior, así que decidí quedarme enroscada bajo las sábanas por lo menos hasta que Hanna viniera a sacarme de allí. Jake no se inmutó ante mi falta de reacción.

—No me había dado cuenta de que todavía estabas dormi-

143

da. Solo he venido para ofrecerte esta pequeña muestra de mi afecto.

Solté un gruñido y me di la vuelta.

—No se puede ser más tópico.

Jake lanzó una rosa a la cama con una expresión fingida de indignación.

—No deberías insultarme —dijo—. Esa no es forma de hablarle a tu media naranja.

—¡Tú no eres mi media naranja! Tú y yo no somos más que enemigos —respondí.

Jake se llevó una mano al corazón.

—Eso me ha dolido —se quejó.

—¿Qué es lo que quieres? —pregunté con enojo. No podía creer que me hubiera ido del lado de Xavier para esto.

—Me parece que alguien está de mal humor —comentó Jake.

—Me pregunto por qué. —Me resultaba difícil evitar el sarcasmo cuando Jake se comportaba de forma deliberadamente obtusa.

144

Jake se rio y clavó sus ojos brillantes en los míos. Entonces se acercó a mí con tanta rapidez que casi no me di cuenta hasta que estuvo sobre mí, con el pelo oscuro cayéndole sobre los hombros. Su rostro de rasgos refinados era hermoso en esa luz tenue. Me sorprendió ser capaz de percibir su belleza y, al mismo tiempo, odiarlo con todas las fuerzas que me quedaban. Sus labios sin vida se separaron un poco. Noté que su respiración era agitada. Recorrió mi cuerpo con la mirada, pero en lugar de mostrar una expresión lasciva, frunció el ceño.

—No me gusta verte triste —murmuró—. ¿Por qué no me dejas hacerte feliz?

Lo miré, sorprendida. Jake no solo continuaba invadiendo mi espacio personal a la hora que fuera, sino que su insistencia en hablar de nosotros dos como una pareja empezaba a molestarme.

—Sé que todavía no sientes un vínculo afectivo conmigo, pero creo que podemos trabajar en ello. He pensado que nos ayudaría pasar nuestra relación al siguiente nivel... —Hizo un significativo silencio—. Después de todo, ambos tenemos necesidades.

—Ni lo insinúes —le advertí, sentándome en la cama y fulminándolo con la mirada—. No te atrevas.

—¿Por qué no? Es una expectativa perfectamente natural. Además, mejorará tu ánimo. —Empezó a describir pequeños círculos sobre mis brazos con los pulgares—. Mi habilidad es legendaria. Ni siquiera tendrás que hacer nada. Yo cuidaré de ti.

—¿Te has vuelto loco? No voy a acostarme contigo —dije, indignada—. Además, ¿por qué necesitas eso de mí? ¿Es que no tienes en marcación rápida el número de un sinfín de prostitutas?

—Bethany, querida, no estoy buscando sexo. No hablo de eso. Puedo tener sexo cuando quiera. Lo que deseo es hacerte el amor.

—Deja de hablar así y apártate de mí.

—Sé que me encuentras atractivo. Eso lo recuerdo.

—De eso hace mucho tiempo, antes de saber quién eras.

Aparté la mirada, incapaz de ocultar mi desprecio. Jake se incorporó y me clavó los ojos con enojo.

—Esperaba que pudiéramos llegar a un acuerdo, pero ahora me doy cuenta de que quizá necesites un incentivo para cambiar de opinión.

—¿Qué se supone que significa eso?

—Significa que tengo que encontrar una propuesta más creativa.

Sus palabras tenían un tono de amenaza que me asustó, pero no estaba dispuesta a permitir que lo supiera.

—No te preocupes en hacerlo. No servirá de nada.

—Ya veremos.

Mis conversaciones con Jake siempre parecían seguir el mismo curso. Él empezaba haciéndome una proposición y cuando yo lo rechazaba, se mostraba vengativo. Parecíamos dar vueltas en círculo. Había llegado el momento de probar otra estrategia.

—Tendrían que cambiar muchas cosas para que llegara a pensármelo —añadí. Detesté dejarme atrapar en su juego de manipulación, pero no tenía alternativa.

El rostro de Jake se iluminó.

—¿Como cuáles?

145

—Para empezar, tendrás que empezar a respetar mi intimidad. No me gusta que te presentes sin avisar cada vez que te apetece. Quiero tener la llave de mi habitación. Si quieres verme, tendrás que pedírmelo antes.

—De acuerdo. Dalo por hecho. ¿Qué más?

—Quiero poder desplazarme con libertad.

—Beth, parece que no comprendes el peligro que corres ahí fuera. Pero puedo decir al personal del hotel que se aparte un poco.

Me acarició el labio inferior con un dedo y sonrió, complacido por los avances.

—Y hay otra cosa. Quiero regresar... solo durante una hora. Tengo que decirles a mi familia y a Xavier que estoy bien.

Jake se rio.

—¿Es que me tomas por idiota?

—¿Así que no confías en mí?

—No empecemos con estos jueguecitos. Los dos nos conocemos y sabemos que tú no eres buena en ellos.

146 Percibí un cambio en su actitud y supe que no debía haber mencionado a Xavier. Eso siempre lo sacaba de sus casillas.

—¿Te has dado cuenta de que pasa el tiempo y no sucede nada? —preguntó—. No veo ningún equipo de rescate en el horizonte. ¿Y sabes por qué? Porque es una misión imposible. Encontrar el portal correcto les llevaría años, en caso de que lo consiguieran. Y entonces Xavier no sería más que un montón de tierra cubierta de gusanos. Así que ya lo ves, Beth, no tienes alternativa. Si yo estuviera en tu lugar, aprovecharía las oportunidades que se me presentan. Todo lo que hay aquí es tuyo si lo quieres. Te estoy ofreciendo la oportunidad de ser la reina del Hades. Todo el mundo se inclinaría a tu paso. Piénsalo, es lo único que te pido.

Tenía el estómago hecho un nudo. No sabía cuánto tiempo podría seguir conteniendo a Jake. Él no tenía escrúpulos y yo no sabía qué táctica emplearía conmigo la vez siguiente. Hacía mucho tiempo que se encontraba a mi alrededor y yo ya no tenía esperanzas de poder engañarlo. Pero tenía que asegurarme de que no se adueñara de mi mente. Esa era mi única arma. Tenía que continuar siendo sincera conmigo y ser espiritualmente más fuerte que él. Cerré los ojos y procuré tener pensamientos positivos.

Intenté visualizar cómo se desarrollaría mi rescate del Hades. Imaginé a Gabriel y a Ivy entrando como un vendaval por las puertas del Infierno y llevándome a un lugar seguro. Sus alas, suaves como la seda y tan poderosas que podrían destrozar cualquier muro, me protegerían. Imaginé a Xavier con ellos, pero esta vez convertido en un ángel. Sus alas se extendían a sus espaldas y vibraban con todo su poder. Xavier era glorioso como inmortal. Todo hombre que lo viera le ofrecería eterna lealtad. Esa visión de los tres agentes del Cielo con sus brillantes alas viniendo a rescatarme fue lo único que pudo tranquilizarme y aplacar mis miedos.

Pensar en esto me hizo recordar mis propias alas, que continuaban atadas debajo de mis ropas. Había estado tan absorbida en mis problemas que no había vuelto a pensar en ellas. Me removí, incómoda, deseando desplegarlas. Jake me miró con suspicacia.

—Sucumbirás a mí, Beth —dijo, mientras se dirigía hacia la puerta—. Es solo cuestión de tiempo.

14

El mensajero

$\mathcal{A}$ la siguiente ocasión que tuve de proyectarme en Venus Cove, una fuerte lluvia caía sobre Byron. El agua contra el tejado de la casa producía un estruendo que apagaba todos los demás ruidos y se precipitaba en cascadas desde los aleros inundados. El césped del jardín aparecía planchado por su peso y los parterres embarrados. El estrépito había despertado a *Phantom*, que decidió acercarse a las puertas acristaladas para averiguar a qué se debía tanto alboroto. Después de comprobar con satisfacción que no se trataba de nada que exigiera su atención, regresó a su cojín y se dejó caer sobre él con un largo suspiro.

Gabriel, Ivy y Xavier se habían reunido alrededor de la mesa de la cocina que, algo extraño en nuestra casa, estaba llena de cajas vacías de pizza y de latas de refresco. Las servilletas de papel debían de haberse agotado, pues utilizaban un rollo de papel de cocina. Ese detalle indicaba que ninguno de los tres era capaz de mantener la motivación de llevar a cabo las rutinas habituales, así que la cocina y la compra habían sido relegadas al final de la lista. Gabriel y Xavier estaban sentados el uno frente al otro, inmóviles como rocas. De repente, Ivy se levantó de la mesa, apiló los platos, puso la tetera al fuego y salió hacia el salón con paso rápido y acompasado por sus luminosos mechones dorados. Estaba claro que, fuera lo que fuese de lo que habían estado hablando, en ese momento se encontraban en un punto muerto. Esperaban inspiración, que a alguno se le ocurriera una idea que no hubieran contemplado hasta el momento, pero estaban tan agotados mentalmente que eso parecía poco probable. Gabriel abrió la boca un momento, como si hubiera tenido una idea, pero cambió de opinión y no dijo nada. Cerró la boca y volvió a adoptar una actitud distante.

De repente, el timbre de la puerta rompió el silencio y todos se quedaron rígidos. *Phantom* irguió las orejas y estuvo a punto de ir hasta la puerta, pero Gabriel se lo impidió con un gesto de la mano. El perro obedeció, pero no sin antes soltar un suave gemido de queja. Nadie se movía, y el timbre volvió a sonar con mayor insistencia. Gabriel utilizó su don para obtener una visión del visitante y lo que vio le hizo bajar la cabeza y soltar un profundo suspiro.

—Será mejor que abramos —aconsejó.

Ivy lo interrogó con la mirada.

—Pero habíamos acordado que no aceptaríamos ninguna visita.

Gabriel frunció el ceño concentrándose en los pensamientos de la persona que esperaba en el porche.

—Creo que no nos queda otra opción —dijo, al final—. No piensa marcharse sin obtener una explicación.

Ivy no se mostraba muy de acuerdo con la sugerencia de Gabriel y quería discutir el tema un poco más, pero la tensión era tan grande que decidió ir hasta la puerta. Mi hermana continuaba moviéndose con la elegancia de un cisne, sin que sus pies tocaran casi el suelo. Al cabo de un instante, Molly irrumpió en el comedor con el rostro ruborizado y se dirigió a todos con su habitual franqueza:

—Por fin —exclamó, enojada—. ¿Dónde diablos estabais?

Me alegré al ver que Molly no había cambiado en absoluto. Verla me llenó de nostalgia. Hasta ese momento no me había dado cuenta de cuánto la echaba de menos. Molly había sido mi primera amiga, mi mejor amiga, y uno de mis vínculos más fuertes con el mundo de los humanos. Y ahora se encontraba muy cerca y muy lejos al mismo tiempo. Me gustó volver a ver su nariz cubierta de pecas, su piel clara y sus largas pestañas que casi le rozaban las mejillas. Pensar que mis recuerdos de la Tierra podían empezar a borrarse me llenó de terror y me hizo sentir una gran gratitud por el regalo que Tuck me había hecho. Hubiera sido muy duro que los únicos recuerdos que me quedaran de Molly fueran su cabello ensortijado y su bonita sonrisa. A partir de ahora podría vigilarla siempre que quisiera. En ese momento, sus ojos tenían una expresión acusadora: se había puesto una mano sobre la cadera y miraba a todos con actitud de desafío.

—Me alegro de verte, Molly —dijo Gabriel. Lo dijo de verdad: la vitalidad de Molly parecía haber disipado en parte la tristeza del ambiente—. Por favor, siéntate con nosotros.

—¿Quieres una taza de té? —ofreció Ivy.

—No he venido a socializar. ¿Dónde está? —preguntó Molly—. En la escuela me han dicho que estaba enferma, pero de eso hace un millón de años ya.

—Molly... —empezó a decir Gabriel—. Es complicado... y difícil de explicar.

—Solo quiero saber dónde está y qué le ha pasado. —A Molly se le truncó la voz al final de la frase a causa de la emoción que luchaba por contener—. No pienso irme sin una respuesta.

150 Ivy permanecía tensa; sus delgados dedos seguían el dibujo del mantel de la mesa.

—Bethany estará fuera un tiempo —dijo. Mi hermana no era mejor que yo en disimular la verdad: la honestidad estaba demasiado arraigada en ella. Su tono sonaba demasiado ensayado y su rostro la traicionaba—. Le ofrecieron la oportunidad de ir a estudiar al extranjero y decidió aprovecharla.

—Sí, claro. Y se ha ido sin decir nada a ninguna de sus amigas.

—Bueno, fue una cosa de última hora —repuso mi hermana—. Estoy segura de que te lo habría dicho si hubiera tenido un poco más de tiempo.

—¡Qué sarta de tonterías! —cortó Molly—. No me lo trago. Ya he perdido a una amiga y no pienso perder otra. No quiero oír más mentiras.

Xavier empujó la silla hacia atrás y se puso de pie al lado de la mesa. Mientras lo hacía, inhaló profundamente y exhaló con fuerza. Molly giró la cabeza hacia él con energía.

—No creas que te vas a escapar —le advirtió, acercándose. Xavier ni siquiera levantó la cabeza ante esa regañina—. Hace meses que intento apartar un poco a Beth de tu lado sin ningún éxito, y de repente ella desaparece de la capa de la Tierra y tú te quedas ahí mirándote la punta de los zapatos.

Las palabras de Molly me alertaron, pues sabía que Xavier se sentiría dolido. Ya tenía bastante con la culpa que sentía como para que nadie le añadiera más críticas.

—Quizá no sea un genio, pero no soy idiota profunda —continuó—. Sé que ha pasado algo. Si Beth se hubiera marchado por un tiempo tú no estarías aquí, eso seguro. Te hubieras ido con ella.

—Ojalá hubiera podido —repuso Xavier con la voz rota por la emoción y sin apartar la mirada de la puerta.

—¿Qué se supone que significa eso?

Molly, pálida, se imaginó lo peor y Xavier, que temía haber hablado demasiado, se apartó un poco de ella. Parecía tan abrumado por la situación que Gabriel se vio en la obligación de intervenir.

—Bethany ya no está en Venus Cove —explicó con calma—. Ni siquiera está en Georgia... pero no fue una decisión suya.

—Eso no tiene ningún sentido. ¡Os he dicho que no me mintáis!

—Molly.

Gabriel cruzó la habitación con dos pasos y la sujetó por los hombros firmemente. Molly lo miró como se mira a alguien a quien se conoce mucho y que acaba de hacer algo poco propio de él. Yo me encontraba tan cerca que casi podía sentir el temblor de su sorpresa. En todo el tiempo que hacía que se conocían, Gabriel nunca la había tocado hasta ese momento y Molly vio en sus ojos la conmoción de Gabriel por lo sucedido, fuera lo que fuese.

—Creemos saber dónde está, pero no es seguro —dijo Gabriel—. Así que estamos intentando averiguarlo.

—¿Me estás diciendo que Beth ha desaparecido? —preguntó Molly sin aliento.

—No exactamente —explicó Gabriel no muy seguro—, más bien la han raptado.

Molly se tapó la boca con las manos y miró a Gabriel con

151

los ojos desorbitados. Xavier levantó un poco la cabeza con gesto de desánimo para ver la reacción de Molly.

—¿Qué te ha dado? —Ivy se interpuso entre Gabriel y Molly de inmediato.

Mi hermano soltó los hombros de mi amiga y dejó caer las manos a ambos lados del cuerpo.

—Mentirle no tiene ningún sentido —dijo con convicción—. Ella está tan cerca de Bethany como nosotros. Y no llegaremos a ningún sitio si seguimos por nuestra cuenta. Quizá pueda ayudar.

—No sé cómo. —La voz de Ivy, siempre melodiosa, había adquirido un tono agudo. Sus ojos plateados brillaban como dos puntas de hielo—. Molly no tiene nada que hacer aquí.

—¡Y una mierda! —gritó Molly—. Si algún psicópata se ha llevado a Beth, ¿qué vamos a hacer?

—Ya ves lo que has provocado —refunfuñó Ivy—. Los humanos no nos pueden ayudar ahora. —Miró a Xavier con resignación—. Especialmente si están involucrados emocionalmente.

—Nosotros no estábamos allí esa noche —replicó Gabriel—. Los humanos son los únicos testigos que tenemos.

—Disculpad. —Molly los miraba, boquiabierta—. ¿Acabáis de llamarme «humana»? Estoy casi segura de que no soy el único ser humano que hay en esta habitación.

Gabriel no hizo caso del comentario, decidido a continuar su línea de pensamiento.

—¿Qué fue lo último que recuerdas que dijo o hizo Bethany?

Vi que el aire que rodeaba a Ivy brilló rizándose un poco y supe que mi hermana se estaba esforzando por contener su desaprobación. Era evidente que la decisión de involucrar a Molly le parecía inaceptable. Cerró los ojos e inspiró con fuerza y apretando la mandíbula. Conocía a mi hermana: se estaba preparando para tomar una decisión que sabía que acabaría siendo desastrosa.

—Bueno, estaba preocupada... —empezó a decir Molly, pero se interrumpió, indecisa.

—¿Por qué?

—Bueno... pensamos en hacer una sesión de espiritismo durante la fiesta. Era solo para divertirnos. Desde el principio Beth no estuvo de acuerdo: pensaba que era una mala idea y no paró de decirnos que no nos metiéramos en eso. No la escuchamos y lo hicimos de todas maneras. Luego las cosas empezaron a ponerse muy raras y todas nos asustamos un poco.

Molly dijo todo eso sin respirar, esforzándose por que su tono fuera despreocupado. Ivy abrió mucho los ojos y apretó sus manos pálidas y perfectas en dos puños.

—¿Qué has dicho? —preguntó en voz baja.

—He dicho que nos asustamos un poco y...

—No, antes de eso. ¿Has dicho que hicisteis una sesión de espiritismo?

—Bueno, sí, pero solo para hacer un poco el idiota. Era Halloween...

—Cría estúpida —dijo Ivy entre dientes—. ¿Es que tus padres nunca te han enseñado que no se debe jugar con lo que no se conoce?

Molly parecía perpleja.

—Cálmate, Ivy —le dijo—. ¿Qué es tan grave? ¿Qué tiene que ver con esto una tonta sesión de espiritismo?

—Tiene muchísimo que ver —replicó Ivy, pero hablaba casi consigo misma—. De hecho, apostaría mi vida a que esa sesión de espiritismo fue lo que dio pie a todo. —Mi hermana y Gabriel se miraron significativamente, e Ivy dijo, dirigiéndose solamente a él—: Eso debió de abrir un portal. De no haber sido así, él no hubiera podido regresar a Venus Cove después de que nosotros lo hubiéramos desterrado.

—¿Qué? —preguntó Molly sin comprender.

Se esforzaba tanto por entender el sentido de los crípticos fragmentos de información que iba recibiendo que casi se podía ver el humo que le salía por la cabeza. Deseé gritarles que pararan, que estaban hablando demasiado. El Cielo no lo hubiera autorizado y eso solo podía traerles más problemas.

De repente, Xavier reaccionó. Dirigiéndole una mirada asesina a Molly, se dio media vuelta para mirar a Ivy frente a frente.

—¿Crees que fue la sesión de espiritismo lo que lo hizo ascender otra vez? —preguntó.

—¿Ascender a quién? —interrumpió Molly.

—Pueden ser mucho más poderosos de lo que mucha gen-

153

te imagina —dijo mi hermana—. Gabe, ¿crees que esto puede ser una buena pista?

—Creo que vale la pena tener en cuenta toda la información. Es imperativo que encontremos la manera de entrar.

—¿Entrar dónde? —preguntó Molly.

Mi amiga no daba crédito y el hecho de que la excluyeran de la conversación la había herido. Mis hermanos estaban olvidando la buena educación; en circunstancias normales no se hubieran mostrado tan poco considerados. Pero yo sabía que lo único que tenían en la cabeza era cómo encontrarme. Y era una tarea tan absorbente que se habían olvidado de que la pobre Molly no conseguía comprender de qué hablaban.

—Pero ¿cómo encontraremos una entrada? —murmuró Ivy—. ¿Crees que podríamos volver a hacer una sesión de espiritismo? No, es demasiado peligroso; quién sabe lo que haríamos salir del foso.

—¿Qué foso? —El tono de voz de Molly había subido varias octavas.

—¡Cállate! —bramó Xavier. Yo nunca lo había visto tan furioso—. ¡Cállate unos segundos!

Molly pareció ofenderse un momento, pero rápidamente entrecerró los ojos y lo miró con hostilidad.

—¡Cállate tú! —le gritó a Xavier.

—Vaya respuesta —farfulló Xavier—. ¿Es que siempre tienes que comportarte como una niñata?

—Pues yo diría que ahora mismo soy la única persona de esta habitación que está en sus cabales —repuso Molly—. ¡Os habéis vuelto todos locos!

—No sabes de qué estás hablando —repuso Xavier en tono de amenaza—. ¿Es que no hay ningún futbolista por ahí a quien quieras perseguir un rato?

—¡Cómo te atreves! —chilló Molly—. ¿Te ha dicho algo Tara? No hagas caso de lo que diga, solo está cabreada porque...

—¡Cierra la boca! —Xavier levantó las manos en un gesto de frustración—. No nos importa nada saber lo que pasa entre tú y Tara ni vuestras discusiones de adolescentes. Beth ha desaparecido, y aquí no eres de ayuda, así que ¿por qué no te marchas?

Molly cruzó los brazos.

—No pienso ir a ninguna parte.

—Sí te vas a ir.

—¡Atrévete a obligarme!

—No creas que no lo haré.

—¡Basta! —La voz grave y seria de Gabriel cortó la discusión, que ya iba subiendo de tono—. Esto no nos ayuda para nada. —Miró a Ivy y le dijo—: ¿Lo ves? Molly sabe cosas que nosotros no sabemos.

—¿Ah, sí? Pues no pienso deciros nada hasta que no me contéis la verdad —dijo Molly con tozudez.

Xavier le dirigió una mirada fulminante. Ivy emitió un gemido de queja y se apretó las sienes: Molly era difícil de tratar y a Ivy le resultaba agotadora.

—Aunque sea la amiga de Beth, esta chica haría maldecir a un cura.

—Quizá deberíamos explicárselo todo —sugirió Gabriel.

Xavier arqueó una ceja.

—Adelante, va a ser interesante.

—Siéntate, Molly —invitó Gabriel—. Intenta escuchar sin interrumpir. Si tienes preguntas, las contestaré después.

Molly, obediente, se sentó en el borde del sofá y Gabriel empezó a caminar de un lado a otro mientras pensaba por dónde empezar.

—Nosotros no somos lo que parecemos —empezó a decir, al fin, mientras elegía las palabras con cuidado—. Es difícil de explicar, pero primero es importante que confíes en mí. ¿Confías en mí, Molly?

Molly lo observó de pies a cabeza. Gabriel era tan guapo que no pudo evitar quedarse encantada mirándolo. Me pregunté si sería capaz de concentrarse en escuchar. Las acusadas facciones de Gabriel estaban enmarcadas por una mata de pelo dorado y sus ojos plateados la miraban con atención. Parecía irradiar una luz dorada a su alrededor que lo seguía como un halo de neblina.

—Claro que sí —murmuró ella. Me di cuenta de que a Molly le estaba gustando ser el único foco de atención de Gabriel y que estaba decidida a continuar siéndolo—. Si no sois lo que parece, entonces ¿qué sois?

155

—Eso no te lo puedo decir —contestó Gabriel.

—¿Por qué? ¿Porque tendrías que matarme? —Molly puso los ojos en blanco haciendo una mueca humorística.

—No —contestó Gabriel con voz seria—. Pero saber la verdad podría poner en peligro tu seguridad y la nuestra.

—¿Sabe él la verdad? —peguntó Molly señalando a Xavier con el pulgar. Me dio la sensación de que la relación entre ambos estaba cayendo por una peligrosa espiral y deseé poder estar allí para arreglarlo.

—Él es una excepción —repuso Ivy en tono categórico.

—¿Ah, sí? ¿Y por qué no puedo ser una excepción yo también?

—Si te dijéramos la verdad no te la creerías —explicó Gabriel, intentando tranquilizarla.

Pero Molly lo desafió:

—Ponme a prueba.

—A ver, ¿qué piensas de lo sobrenatural?

—No tengo ningún problema con lo sobrenatural —respondió Molly con tranquilidad—. Siempre veía *Embrujada* y *Buffy la cazavampiros* y me encantan ese tipo de series.

Gabriel frunció el ceño ligeramente.

—Bueno, esto no es exactamente lo mismo.

—Vale. Escuchad: la semana pasada mi horóscopo decía que iba a conocer a alguien encantador y entonces un chico del autobús va y me da su número de teléfono. Ahora soy una creyente total.

—Sí, has visto la luz —ironizó Xavier en voz baja.

—¿Sabes que los Sagitario tenéis un problema con el sarcasmo? —replicó Molly.

—Eso sería muy instructivo si yo no fuera Leo.

—¿Ah, sí? Todo el mundo sabe que los Leo son unos imbéciles.

—Dios mío, hablar contigo es como hablar con una pared.

—¡Tú sí que eres una pared!

Xavier, harto de discutir, se dio media vuelta con el ceño fruncido y se dejó caer sobre el sofá que había en el otro extremo de la habitación. Ivy continuaba callada negando con la cabeza, como si no pudiera creerse que estuvieran perdiendo el tiempo con esos asuntos tan triviales. Yo no sabía qué pensar. ¿De verdad Gabriel pensaba contarle a Molly nuestro secreto? No parecía muy probable que mi hermano, que se había mostrado tan reacio a que Xavier ingresara en nuestra pequeña familia, ahora estuviera dispuesto a hacer entrar a otro ser humano en el grupo. Debía de sentirse verdaderamente desesperado.

Gabriel dirigió una mirada de advertencia a Xavier. Continuar provocando a Molly no era de ninguna ayuda.

—Molly, vamos a hablar en la cocina.

Molly miró a Xavier con expresión triunfante, pero con Gabriel se mostró extremadamente educada.

—Como tú digas.

Entonces sucedió algo que arrebató el poder de decisión de las manos de Gabriel. La habitación empezó a temblar. El suelo vibró bajo nuestros pies y las lámparas se movieron de un lado a otro con violencia. Incluso yo, a pesar de no ser más que un espíritu, noté la tremenda presión que se vivía en la sala.

Ivy y Gabriel se acercaron el uno al otro. No estaban alarmados, pero sí un poco intranquilos por lo que estaba sucediendo. Xavier se levantó rápidamente del sofá y miró a su alrededor buscando el origen de la amenaza. Todo su cuerpo se había puesto tenso, anticipando la lucha y dispuesto a saltar a la menor señal de peligro. De repente, los cristales de las ventanas empezaron a resquebrajarse. Molly estaba de pie, inmóvil. Vi que Xavier la miraba, calculando rápidamente el peligro, y de pronto saltó sobre ella y la tiró al suelo cubriéndola con su propio cuerpo. En ese mismo instante los cristales de las ventanas estallaron despidiendo una descarga de trozos de cristal que cayeron sobre su espalda. Molly soltó un chillido. Mis hermanos no se movieron ni intentaron protegerse de ninguna forma. Permanecieron quietos mientras los trozos de cristal llovían a su alrededor, enredándose en su pelo y en sus ropas, pero sin hacerles ningún daño. Ambos se mostraban tan firmes que pensé que ni el fuego del Infierno conseguiría alterarlos. Fuera lo que fuese lo que sucedía en ese momento, ellos no tenían miedo.

—¡Tapaos los ojos! —ordenó Gabriel a Molly y a Xavier, que continuaban tumbados en el suelo.

157

Lo primero fue el estallido de un trueno y un relámpago. Luego, una cegadora luz blanca inundó toda la habitación por completo, envolviendo a sus ocupantes. Era como estar en el interior de un horno blanco, pero la temperatura había bajado, por lo menos, diez grados. Incluso yo sentía el helor y, a pesar de que no corría ningún peligro, miré a mi alrededor en busca de un lugar donde esconderme. Entonces se oyó un zumbido increíblemente agudo, como el sonido de la pantalla estática del televisor pero mucho más alto, y tan intenso que la vibración se sentía en el cuerpo.

Al fin, un ángel apareció de pie en el centro de la habitación, con la cabeza gacha y las alas completamente desplegadas. Estas eran tan grandes que llenaban la habitación entera, de pared a pared, y proyectaban su sombra sobre paredes, techo y suelo. Una luz blanca parecía emanar de su piel, del interior de su cuerpo, y precipitarse en líquidas gotas por él hasta caer al suelo, donde se disolvían. Levantó la cabeza y su rostro era tan hermoso y celestial como el de un niño, aunque al mismo tiempo despedía una fortaleza que podía ser autoritaria y peligrosa. Los ángeles eran mucho más altos que los seres humanos, y el tamaño y la fuerza del cuerpo de este en concreto se hacía evidente incluso bajo la túnica suelta y de color metálico que llevaba. Era tan distinto a un ser humano que resultaba imposible no sentir temor en su presencia. Daba la sensación de que era capaz de destruir la habitación y todo lo que esta contenía con un solo parpadeo de sus pestañas.

Su belleza aniñada contrastaba extrañamente con su cuerpo esculpido como en mármol. A pesar de que su rostro no mostraba ninguna expresión los ojos le brillaban, como si soñaran por su cuenta, como si no se diera cuenta de que se encontraba ante un público boquiabierto. Movió la cabeza a un lado con un gesto rígido, poco acostumbrado a la atmósfera. Sus temibles ojos observaron toda la habitación y, finalmente, se clavaron en algo que nadie más podía ver.

Me miraba directamente a mí. Supe al instante quién era, lo reconocí: era el arcángel Miguel.

15

¿Puedes guardar un secreto?

$\mathcal{A}$l cabo de un rato, por fin, la cegadora luz se fue apagando y el zumbido atronador desapareció.

—Ahora no hay peligro —anunció Gabriel.

Xavier se puso en pie de inmediato. En cuanto vio al arcángel, retrocedió con paso inseguro hasta que se apoyó de espaldas contra la pared, como si necesitara buscar un punto de apoyo. Pero al cabo de unos instantes se incorporó de nuevo, erguido, enfrentándose sin acobardarse ni huir a la figura que se elevaba ante él.

La belleza de los ángeles casi siempre era imposible de soportar para un humano, pero Xavier ya tenía cierta experiencia. A pesar de ello, parecía aguantar la respiración, como si no consiguiera que los pulmones le funcionaran adecuadamente: un acto tan automático como la respiración se había convertido en algo prescindible ante la presencia de esa majestad.

La reacción de Molly fue un poco más dramática: dejó caer las manos, inertes, a ambos lados del cuerpo y abrió tanto los ojos que pensé que se le iban a salir de las órbitas. Luego emitió un chillido que se le ahogó en la garganta y cayó de rodillas con la espalda arqueada hacia delante, como si una cadena invisible le tirara del cuerpo en dirección a Miguel. Entonces puso los ojos en blanco y se desmayó. El arcángel ladeó la cabeza y la observó con tranquilidad.

—Humanos —comentó finalmente. Su voz sonaba como cien coros cantando al unísono—. Tienen tendencia a reaccionar de forma exagerada.

—Hermano. —Gabriel dio un paso hacia delante. A pesar de su perfección, él también parecía empequeñecido ante el esplendor de Miguel—. Me alegro de que hayas venido.

—Se ha producido una situación extremadamente grave aquí —dijo Miguel—. Uno de los nuestros ha sido capturado. Una falta como esta debe ser atendida.

—Estamos investigando todas las posibilidades pero, como ya sabes, las puertas del Infierno están fuertemente vigiladas —repuso Gabriel—. ¿El Cónclave ha tenido alguna idea acerca de cómo entrar?

—Ni siquiera nosotros disponemos de esa información. Solo los demonios que reptan por debajo de nosotros tienen la respuesta a esta pregunta.

Al oírlo, Xavier dejó de sentirse intimidado y dio un paso hacia delante.

—Reunid un ejército —dijo, convencido—. Sois poderosos, podéis hacerlo. Entrad y sacadla de allí. ¿Tan difícil es?

—Lo que propones está, por supuesto, en nuestra mano —contestó Miguel.

—Entonces, ¿a qué esperáis?

Miguel miró a Xavier a los ojos. Atemorizaba devolverle la mirada; ese ser parecía estar hecho de infinitas partes distintas que, sin estar conectadas, funcionaban como un todo. Sus ojos eran indescifrables y estaban completamente vacíos de toda emoción. No me gustó cómo miraba a Xavier, como quien mira un espécimen en lugar de a un ser humano.

—Al humano no parece importarle la posibilidad de provocar el Apocalipsis —dijo.

—No lo culpes —se apresuró a intervenir Gabriel—. Él no conoce las consecuencias que eso podría conllevar y tiene unos fuertes vínculos emocionales con Beth.

La mirada escurridiza y ajena de Miguel permaneció unos segundos clavada en Xavier.

—Eso me han dicho. La emoción humana es una fuerza irracional.

Xavier frunció el ceño. Yo sabía que le molestaba que hablaran de él como si fuera un niño tozudo e incapaz de ver las cosas desde el punto de vista de la lógica.

—No sabía que podía causar el Apocalipsis —dijo con tono seco—. Eso sería un desafortunado efecto colateral.

Miguel respondió arqueando una de sus delicadas y brillantes cejas al sarcasmo de Xavier. Ivy, que no había dicho ni una palabra hasta ese momento, se apresuró a ponerse al lado de Xavier en una abierta declaración de apoyo.

—¿Cuáles son las órdenes del Cónclave? —preguntó Ivy.

—Hemos localizado a una persona de la localidad que puede ser útil —contestó Miguel con actitud distante—. Es la hermana Mary Clare. La encontraréis en la abadía María Inmaculada, en el condado de Fairhope, Tennessee.

—¿En qué puede ser útil? —preguntó Xavier.

—Eso es lo único que podemos deciros de momento... os deseamos suerte. —Miguel miró a Xavier—: Un consejo: más valdrá que desarrolles la templanza si quieres ser un líder de los hombres.

—Tengo otra pregunta —dijo Xavier, sin hacer caso de las miradas de censura de Ivy y Gabriel.

—¿Sí? —repuso Miguel.

—¿Crees que Beth está bien?

Miguel miró a Xavier con una expresión curiosa. No había muchos seres humanos que se atrevieran a dirigirse directamente a uno de los arcángeles y mucho menos entretenerle con preguntas.

—El demonio tuvo que esforzarse mucho para llevarla allí. Ten por seguro que no lo habría hecho si no valorara su vida.

Miguel cruzó los brazos sobre el pecho bajando la cabeza. Hubo un destello de luz y un trueno, y desapareció.

Yo pensé que todo quedaría destrozado cuando se fuera, pero cuando el destello de luz se apagó me di cuenta de que todos los objetos se encontraban en su estado original. Solamente había quedado un círculo de suelo quemado allí donde el ángel había aterrizado.

Ahora que se había marchado, todos parecían mucho más relajados. Aunque Miguel estaba en nuestro bando, su presencia era tan formidable que nadie podía estar tranquilo ante él. Gabriel dio la vuelta a la mesa del café, tomó a Molly en sus brazos y la dejó con suavidad encima del sofá. Ivy fue a buscar

161

un trapo mojado para ponérselo sobre la frente. Molly todavía tenía la boca abierta a causa de la conmoción, pero ahora su respiración volvía a ser normal. Gabriel le puso dos dedos en la muñeca para tomarle el pulso y cuando estuvo convencido de que no corría peligro se alejó un poco para reflexionar sobre el consejo de Miguel.

—¿Una monja? —preguntó Xavier en voz baja—. ¿Cómo podría ayudarnos? ¿Qué puede decirnos ella que el Cónclave no sepa?

—Si Miguel nos envía a buscarla, debe de haber un motivo —repuso Gabriel—. Los humanos tienen una conexión con el mundo subterráneo mucho más fuerte que la nuestra. Los demonios se dedican a tentar a los habitantes de la tierra, especialmente a aquellos que piensan que su fe es inquebrantable. Para ellos es un deporte. Es posible que la hermana Mary Clare se haya encontrado con las fuerzas oscuras. Debemos ir a buscarla y averiguar qué es lo que sabe.

Ivy permanecía de pie con actitud erguida y decidida.

162

—Supongo que eso significa que nos vamos a Tennessee.

A esas alturas ya me empezaba a entrar sueño. Habían sucedido demasiadas cosas, y todas ellas estresantes. Pasar demasiado tiempo fuera de mi dimensión física me estaba causando un efecto extraño. Quería volver a sentir mi cuerpo, volver a tener su forma, cobijarme en él. Pero decidí que me quedaría hasta que Molly se despertara. Quería ver cómo manejaría lo que acababa de presenciar. ¿Se verían Ivy y Gabriel obligados a contarle la verdad? ¿Recordaría ella la visita de ese glorioso desconocido o podrían decirle simplemente que había resbalado y se había dado un golpe en la cabeza?

Mis hermanos salieron de la habitación para ir a buscar las cosas necesarias para el viaje y Xavier se quedó para vigilar a Molly. Se sentó frente a ella en uno de los mullidos sofás y permaneció perdido en sus propios pensamientos. De vez en cuando dirigía la mirada hacia mi amiga para comprobar que estaba bien. Al cabo de poco rato se levantó, suspiró y fue a buscar una manta para tapar a Molly. Xavier no era rencoroso, y proteger a los más vulnerables era algo que tenía muy arraigado. Esa era una de las cosas que más me gustaban de él.

Cuando se despertó, Molly se llevó una mano a la cabeza y soltó un gemido. Ahora, al ver que se despertaba, Xavier se puso alerta. Se levantó, pero no se acercó mucho para no alarmarla. Molly acabó de abrir los ojos, pestañeó y se los frotó con el dorso de la mano.

—¿Qué diablos? —murmuró en voz baja mientras se incorporaba, todavía desorientada.

Miró a su alrededor y, al ver el punto de la habitación en que Miguel había aparecido, se quedó lívida. Me pareció incluso adivinar el momento exacto en que el recuerdo le venía a la cabeza. La conmoción que sintió se hizo evidente en su rostro. Se quedó con la boca abierta.

—¿Cómo te encuentras? —preguntó Xavier.

—Bien, supongo. ¿Qué ha pasado?

—Te has desmayado —respondió él—. Debe de haber sido a causa de la tensión. Siento haber perdido los estribos antes, no quiero pelearme contigo.

Molly lo miró.

—Tienes que decirme qué ha pasado —dijo—. A pesar de que tenía los ojos cerrados, he visto la luz...

Los ojos de Xavier no traslucían ni el menor rastro de emoción. Miró a Molly con frialdad.

—Quizá deberías ir a ver a un médico. Hablas como si hubieras sufrido una conmoción cerebral.

Molly irguió la espalda y lo fulminó con la mirada.

—No me trates como si fuera tonta —lo cortó—. Sé perfectamente lo que vi.

—¿Ah, sí? —dijo Xavier en tono tranquilo—. ¿Y qué es?

—Un hombre... —empezó a decir Molly, pero lo pensó mejor—. Por lo menos, creo que era eso: un hombre muy alto y muy brillante. Estaba rodeado de luz y su voz sonaba con cien voces humanas, y tenía alas, alas enormes como las de un águila.

La mirada que Xavier le dirigió habría hecho dudar de su propia salud mental al testigo más decidido: apretó los labios, arqueó ligeramente las cejas y echó la cabeza un poco hacia atrás, como si Molly se hubiera vuelto indudablemente loca. Era mejor actor de lo que yo habría creído. Pero Molly no se dejó engañar.

—¡No me mires de esa forma! —gritó—. Tú también lo viste, sé que es así.

—No tengo ni idea de qué estás hablando —repuso Xavier categóricamente.

—Había un ángel de pie justo allí. —Molly señaló con gesto enfático el lugar donde se había aparecido Miguel—. ¡Lo he visto! No puedes hacerme creer que me estoy volviendo loca.

Xavier abandonó. Estaba de pie, con los brazos cruzados y una expresión escéptica en el rostro. De repente se mostró exasperado.

—Gabriel —llamó en voz alta—. Será mejor que vengas.

Al cabo de un momento mi hermano apareció en la puerta.

—Molly, bienvenida de nuevo. ¿Cómo te encuentras?

—¿Por qué no le dices a Gabriel lo que has visto? —interrumpió Xavier.

Molly pareció dudar un instante. No le importaba lo que Xavier pudiera pensar de ella, pero desde luego sí le importaba la opinión de Gabriel, y no quería arriesgarse a que él creyera que estaba mal de la cabeza. Pero la duda desapareció pronto.

—He visto a un ángel —dijo, convencida—. No sé por qué ha venido ni lo que ha dicho, pero sé que ha estado aquí.

Gabriel permaneció en silencio, pensativo. No contradijo ni confirmó esa afirmación. Miró a Molly y frunció un poco el ceño. Aunque su rostro impasible no delataba nada, supe que estaba pensando en cómo evitar males mayores. Si Molly lo descubría todo, eso podía ser un desastre para mi familia. Ya se habían resistido a que un humano conociera su secreto, y solo habían accedido porque no les había quedado otro remedio. Pero si ya eran dos las personas que estaban al corriente en Venus Cove, el problema podría ser grave. Pero ¿qué otra cosa podían hacer? Molly había visto a Miguel con sus propios ojos.

Yo deseaba poder estar físicamente allí en esos momentos para consolar a mi hermano en su lucha interna. Me acerqué a Gabriel en espíritu e intenté transmitirle mi apoyo. Quería que supiera que yo estaba a su lado fuera cual fuese su decisión. No era culpa suya, aunque yo sabía que él asumiría la responsabilidad. Miguel había hecho su aparición sin previo aviso y no habían tenido tiempo de alejar a Molly. Cuando un arcángel tenía una misión, no mostraba ningún reparo ante la fragilidad humana. Servían a Dios con resolución comunicando Su palabra y Su voluntad a los habitantes de la Tierra. Cuando la esposa de Lot desobedeció sus órdenes hace miles de años, la convirtieron en una montaña de sal sin dudarlo un instante. Llevaban a cabo su misión con una determinación furiosa, apartando todo aquello que se interpusiera en su camino. Molly no había representado un obstáculo para Miguel, así que no le había prestado atención y había dejado que Gabriel se encargara de las consecuencias. Me pregunté si mi hermano no estaría cambiando, igual que me había sucedido a mí; vivir entre los seres humanos hacía difícil mantener la neutralidad divina. Gabriel era leal al Reino, pero había tenido pruebas del compromiso que Xavier tenía conmigo y sabía lo profundo que era nuestro vínculo. Yo sabía que él nunca traicionaría su lealtad hacia los Siete Santos, los arcángeles, pero al principio de nuestra estancia en Venus Cove él parecía distinto: entonces era un representante del Señor y observaba la evolución del mundo con distancia y control. Ahora parecía querer comprender de verdad cómo funcionaba ese mundo.

165

Gabriel empezó a dar vueltas por la habitación y, antes de que me diera cuenta, me había atravesado. De repente se detuvo y supe por su mirada que había percibido una vibración en el aire. Deseé que les dijera a los demás que notaba mi presencia, pero yo conocía a mi hermano, sabía cómo pensaba. No hubiera tenido ningún sentido decirles a Xavier y a Molly que yo estaba allí. Ellos no podían verme, ni tocarme, ni hablar conmigo de ninguna manera. Solo serviría para ponerles las cosas más difíciles. Gabriel volvió a adoptar una expresión de normalidad, se acercó a Molly y se sentó en el brazo del sofá, a su lado. Ella se giró hacia él, pero Gabriel no hizo ningún gesto para tocarla.

—¿Estás segura de que podrás soportar la verdad? —le preguntó—. Por favor, ten presente que lo que te diga puede afectarte durante el resto de tu vida.

Molly asintió sin decir palabra y sin apartar los ojos de los de él.

—Muy bien. Lo que has visto era, desde luego, un ángel.

De hecho era el arcángel Miguel. Ha venido a ofrecernos ayuda para que no tengas nada que temer.

—¿Quieres decir que es real? —murmuró Molly, como hipnotizada ante esa posibilidad—. ¿Los ángeles son reales?

—Tan reales como tú.

Molly frunció el ceño y recapacitó sobre la asombrosa información que Gabriel le había comunicado.

—¿Por qué soy la única que flipa?

Gabriel respiró profundamente. Vi en sus ojos que dudaba, pero ya había ido demasiado lejos para echarse atrás en ese momento.

—Miguel es mi hermano —dijo en voz baja—. Somos iguales.

—Pero tú... —empezó a decir Molly—. Tú no eres... cómo es posible... No lo comprendo. —Se impacientaba ante su propia incapacidad de comprender nada de lo que le decían.

—Escucha, Molly. ¿Recuerdas cuando eras pequeña y tus padres te contaron la historia de la Navidad?

—Claro —farfulló ella—. Como todo el mundo.

—¿Recuerdas la historia de la Anunciación? ¿Me la puedes contar?

—Creo... creo que sí —tartamudeó Molly—. Un ángel se apareció ante la Virgen María en Nazaret para darle la noticia de que iba a tener un hijo llamado Jesús que era el Hijo de Dios.

—Muy bien —dijo mi hermano mirándola con aprobación. Se inclinó un poco hacia ella y continuó—. Y ahora, Molly, ¿recuerdas cómo se llamaba ese ángel?

—¿Cómo se llamaba? —Molly parecía confundida—. No tenía nombre. Ah, espera, sí lo tenía. Era... era... el ángel... —inhaló con fuerza, y por un momento pareció que fuera a desmayarse otra vez— el ángel Gabriel.

—Soy yo —repuso mi hermano sin darle importancia.

—No te preocupes. Yo tardé un tiempo en hacerme a la idea —añadió Xavier. Molly casi ni le había oído. Todavía miraba a Gabriel sin saber qué decir—. A nuestro alrededor existe todo un mundo que, para la mayoría de nosotros, pasa totalmente desapercibido.

—Necesito saber que lo comprendes —insistió Gabriel—. Si es demasiado para ti, puedes pedirle a Ivy que te borre la memoria. Si vas a formar parte de esto, tienes que tener la mente despejada. No somos los únicos seres sobrenaturales aquí. Ahí afuera hay seres mucho más oscuros de lo que tú puedes imaginar y se han llevado a Beth. Para conseguir que regrese tenemos que estar unidos.

—No pasa nada, Molly —dijo Xavier al verle la cara de miedo—. Gabriel e Ivy no permitirán que nos suceda nada malo. Además, los demonios no están interesados en nosotros.

Eso consiguió captar la atención de Molly.

—¿Qué quieres decir con «demonios»? —chilló, saltando del sofá—. ¡Nadie ha dicho nada de demonios!

Gabriel miró a Xavier y negó con la cabeza en señal de desaprobación.

—Esto no funciona —decidió—. Creo que necesitamos a Ivy.

—No, espera —lo interrumpió Molly—. Lo siento, solo necesito un minuto. Quiero ayudaros. ¿Quién decís que se ha llevado a Beth?

—Fue raptada en Halloween por un demonio que ya había estado aquí antes —contestó Gabriel—. Creemos que fue vuestra sesión de espiritismo lo que lo atrajo de nuevo. Tú lo conociste como Jake Thorn. Estuvo un tiempo en Bryce Hamilton el año pasado.

—¿El chico australiano? —preguntó Molly, haciendo una mueca mientras intentaba atrapar los recuerdos que Ivy le había borrado de la memoria, como si hubieran sido los archivos de un ordenador.

—Inglés —la corrigió Xavier.

—Créeme, será mejor que nunca te cruces con él —dijo Gabriel.

—Oh, Dios mío —exclamó Molly—. Beth tenía razón sobre la sesión de espiritismo. ¿Por qué no le hicimos caso? Todo ha sido culpa mía.

—No tiene ningún sentido que te culpes —repuso Gabriel—. Eso no nos ayudará a hacerla volver. Ahora tenemos que concentrarnos en ello.

—De acuerdo. ¿Qué tengo que hacer? —preguntó Molly, valiente.

—Dentro de pocas horas saldremos hacia Tennessee —informó Gabriel—. Necesitamos que te quedes aquí y que no digas ni una palabra de esto a nadie.

—Espera un momento. —Molly se puso en pie—. No os vais a ir sin mí.

—Oh, sí lo haremos —cortó Xavier.

Inmediatamente vi que la animosidad volvía a prender entre ellos.

—Será menos peligroso para ti que te quedes —aconsejó Gabriel con convicción.

—No —insistió Molly—. No podéis lanzarme una bomba así y luego dejarme aquí para que me vuelva loca de estrés.

—No podemos esperar —dijo Gabriel—. Tú tendrías que hablar con tus padres, avisar a la escuela...

—¿A quién le importa un cuerno la escuela? —repuso Molly—. ¡Hago novillos todo el tiempo! —Rápidamente se sacó el teléfono móvil del bolsillo de los tejanos—. Voy a decirle a mamá que me quedo en casa de Tara unos días.

Antes de que nadie tuviera tiempo de hacer nada, Molly ya estaba marcando el número y se iba hacia la cocina. Oí que le contaba a su madre algo sobre que Tara había roto con su novio, que estaba hecha un desastre y que necesitaba tener a sus amigas cerca.

—Esto ha sido una muy mala idea —dijo Xavier—. Estamos hablando de Molly, la mayor chismosa de la ciudad. ¿Cómo va a ser capaz de no contar nada?

Pero yo confiaba por completo en el buen juicio de mi hermano. Aunque me preocupaba que Molly se viera involucrada en todo esto, también sabía que cuando era necesario era capaz de ser muy sensata.

Ivy no parecía compartir mi opinión; por primera vez yo era testigo de un auténtico desacuerdo entre ella y Gabriel. Se oyó un portazo procedente del vestíbulo e Ivy apareció de repente en la habitación con expresión de enojo. Dejó caer al suelo las dos bolsas de viaje que acababa de preparar y dirigió la mirada alternativamente hacia Gabriel y hacia la cocina. La tensión que todos estaban sufriendo parecía haber sacado a la luz una parte distinta de Ivy; mi paciente y amable hermana ahora se mostraba como un soldado del Reino, un serafín preparado para entrar en batalla. Yo sabía que los serafines raramente se enojaban, que hacía falta algo muy grave para desatar su furia. Por eso, el comportamiento de Ivy indicaba que quizá mi rapto significaba mucho más de lo que había creído.

—Esto es una seria infracción de las normas —afirmó Ivy con extrema gravedad y mirando a Gabriel—. No podemos permitirnos ningún otro contratiempo.

—¿Qué normas? —preguntó Xavier—. No parece que haya ninguna norma.

—Hasta ahora nosotros nunca habíamos sido el objetivo de los demonios —repuso mi hermana—. Ellos perseguían a los humanos para molestar al Cielo. Pero esta vez se han llevado a uno de los nuestros sabiendo que nosotros deberemos tomar represalias. Quizás eso es exactamente lo que quieren que hagamos... lo cual significaría que quieren empezar una guerra. —Mirando a Molly, añadió—: Es peligroso para ella.

—Ya se lo he dicho —dijo Gabriel—. Pero no creo que nos quede otra opción.

—El hecho de que Molly y Bethany sean amigas del colegio no significa que nosotros debamos abandonar el protocolo normal.

—No hay nada normal en esta situación —replicó Gabriel—. Es evidente que el Cónclave no está preocupado por el hecho de que otro ser humano conozca nuestra identidad. Si lo estuviera, Miguel hubiera elegido mejor el momento de presentarse ante nosotros. Quizá tengas razón al decir que aquí está pasando algo mucho más importante.

Ivy seguía mostrándose escéptica.

—Si estoy en lo cierto, piensa en lo que vamos a enfrentarnos. Ella será un incordio.

—Pero es muy insistente. No consigo entrar en razón con ella.

—Es una adolescente y tú eres un arcángel —remarcó Ivy con aspereza—. Te has tenido que enfrentar a cosas mucho peores.

Mi hermano se limitó a encogerse de hombros.

169

—Necesitamos todos los aliados que podamos conseguir. Ivy frunció el ceño y lo señaló con el dedo.

—Vale, pero no asumo ninguna responsabilidad por ella. Es cosa tuya.

—¿Por qué perdéis el tiempo discutiendo sobre Molly? —soltó Xavier de repente—. ¿Es que no tenemos cosas más importantes de que preocuparnos? Como por ejemplo, ponernos en marcha para ir a buscar a esa monja.

—Xavier tiene razón —dijo Gabriel—. Debemos dejar nuestras diferencias a un lado y concentrarnos en el presente. Espero que podamos llegar antes de que sea demasiado tarde.

Tan pronto hubo pronunciado esas palabras, pareció arrepentirse porque una expresión afligida le ensombreció el rostro un momento. Xavier estalló con apasionamiento:

—Hablas como si ya hubieras tirado la toalla.

—Yo no he dicho eso —contestó Gabriel—. Esta es una situación única. No sabemos a qué nos estamos enfrentando. Los únicos ángeles que han visto el interior del infierno son los que van allí por propia voluntad, los insensatos que se dejan cegar por el orgullo y dan la espalda a nuestro Padre para seguir a Lucifer.

—¿Qué estás diciendo? —se indignó Xavier—. ¿Crees que Beth lo hizo a propósito? ¡Ella no lo eligió, Gabriel! ¿Has olvidado que yo estaba allí?

En esos momentos sentí deseos de golpear a mi hermano. ¿De verdad creía que yo había elegido el camino de la oscuridad?

Ivy cruzó la habitación en un segundo y puso una mano sobre la espalda de Gabriel.

—Lo que intentamos decir es que no debería haber sido posible que Jake arrastrara a un ángel al Infierno. O bien Bethany fue allí por propia voluntad o nos encontramos a las puertas del Armagedón.

16

Un corazón

Cada vez me resultaba más difícil permanecer con ellos. Parecía que mi espíritu se estuviera disolviendo poco a poco, deseoso de regresar a mi cuerpo. Pero las palabras de Ivy no paraban de darme vueltas en la cabeza. ¿Era posible que mi rapto fuera una señal de que algo terrible iba a suceder?

A diferencia de Xavier, yo no culpaba a Gabriel por lo que había dicho: mi hermano se limitaba a decir las cosas tal como las veía. Era verdad, yo había aceptado la oferta de Jake. Y aunque lo había hecho sin tener conciencia de ello, eso no parecía tener importancia. Sabía que Gabriel siempre confiaba en la mejor de las posibilidades, pero al mismo tiempo debía tener en cuenta todas las opciones. Deseé que mi hermano pudiera ser más diplomático, por el bien de Xavier, pero no podía ocultar la verdad: había sido creado para personificarla y protegerla. Xavier no comprendía eso y yo me daba cuenta de que se sentía frustrado. Estaba acostumbrado a que Ivy y Gabriel siempre tuvieran una respuesta para todo, pero esta vez las cosas eran diferentes y eso lo asustaba.

Xavier estaba cada vez más inquieto. Se sentó pero tuvo que volver a levantarse de inmediato: tenía todo el cuerpo tenso como un arco y la energía contenida en él era casi palpable.

—Yo vi a Bethany —dijo después de un largo silencio. Hablaba con gran emoción y en voz muy baja—. Tú no estabas allí, tú no viste su expresión cuando se dio cuenta de con quién estaba. Cuando supo lo que estaba ocurriendo, se sintió aterrorizada. Quise ayudarla, pero era demasiado tarde. Intenté salvarla...

La voz se le ahogó y clavó la mirada en sus manos con gesto abatido.

—Claro que lo intentaste —intervino Ivy. Ella siempre se mostraba más comprensiva con Xavier que Gabriel—. Conocemos a Bethany y confiamos en ella. Pero eso no importa ahora. Jake ha ganado: ahora ella está en su poder. La situación es delicada y la verdad es que no hay una forma fácil de hacerla regresar.

Gabriel se mostró menos inclinado a dulcificar los hechos:

—Si existe una manera de entrar en la dimensión conocida como Infierno, nunca me han hablado de ella. Ningún ángel ha regresado nunca de ese lugar desde que enviamos a Lucifer al mundo subterráneo.

—Me ha parecido que has dicho que tenemos que encontrar un portal.

Xavier apretaba los labios con fuerza, luchando por controlar sus emociones. Verlo de esa manera me hizo saltar las lágrimas. Deseaba ardientemente rodearlo con los brazos, acariciarle el rostro, consolarlo, susurrarle que estaba viva y que, a pesar de que estaba en el mundo subterráneo, no había dejado de pensar en él ni un momento.

—Sí, lo he dicho —asintió Gabriel—. Pero eso es más fácil de decir que de hacer.

Mi hermano volvía a mostrar su habitual expresión distante en la mirada y supe que tenía la cabeza en otro lado, en su propio mundo contemplativo. A pesar de las dudas que le había oído expresar, yo confiaba en Gabriel. Sabía que si había alguna manera de rescatarme, él sería quien la descubriera.

—No lo comprendo. Si Jake rompe las reglas, ¿por qué no podemos nosotros? —insistió Xavier.

—Si Jake engañó a Bethany para que confiara en él, no rompió ninguna regla —puntualizó Ivy—. Hace siglos que los demonios manipulan las almas y las condenan al Infierno.

—Entonces tenemos que jugar sucio —dijo Xavier.

—Exacto. —Ivy le puso una mano en el hombro—. ¿Por qué no dejas de preocuparte un rato? Deja que nosotros lo pensemos. Quizás este viaje a Tennessee arroje alguna luz en todo esto. Lo que le ha sucedido a Bethany, el hecho de que un ángel del Señor sea arrastrado al Infierno, no tiene precedentes. No existe ningún reglamento que consultar. ¿Comprendes lo que quiero decir?

—Creo que puede ser una señal —intervino Gabriel, que parecía haber regresado al presente.

—¿Qué tipo de señal? —preguntó Xavier.

—De que el poder de Lucifer está creciendo. Podría ser una señal de su dominio creciente, incluso aunque se manifieste a través de Jake. Tenemos que pensarlo con atención. Precipitarnos podría empeorarlo todo. Por eso Miguel nos envía a ver a esa persona.

—Mirad, quedarnos aquí tomando el té no va a ayudar a Beth. Vosotros dos podéis pasaros todo el tiempo que queráis discutiendo generalidades, pero para mí se trata solamente de ella, y voy a hacer todo lo que haga falta para traerla de nuevo a casa. Si no estáis conmigo, me encargaré yo solo.

Xavier se levantó con intención de salir y por un momento me entró el pánico al pensar que pudiera cometer alguna insensatez. Pero Gabriel fue rápido como el rayo: se colocó delante de él impidiéndole el paso.

—Tú no te vas a encargar de nada. —El tono de Gabriel helaba la sangre—. ¿Queda claro? Controla tu testosterona un minuto y escucha. Sé que quieres que Beth regrese, todos lo queremos, pero que actúes como un superhéroe no le va a servir de nada.

—Y quedarnos sentados como si no pudiéramos hacer nada tampoco. Beth me dijo una vez que tu nombre significa «guerrero de Dios». Vaya guerrero has resultado ser.

—Vigila lo que dices —lo advirtió Gabriel con los ojos encendidos de enojo.

—¿O qué? —Xavier estaba furioso.

Sabía que podía estallar en cualquier momento y hacer algo de lo que luego se arrepentiría. Deseé poder decirle que Gabriel tenía razón. Aunque yo lo amaba por su lealtad y su determinación, también sabía que eso no se podía resolver solamente con el valor. En el fondo estaba convencida de que Gabriel tenía un plan, o por lo menos confiaba en ello. Xavier tenía que darle tiempo para que pensara.

Gabriel continuaba cerrándole el paso a Xavier. Ambos se miraban y entre ellos crecía la tensión. Al final, fue mi novio el primero en ceder.

—Necesito salir de aquí y despejarme un poco —dijo mientras empujaba a Gabriel a un lado.

—De acuerdo —dijo Ivy alzando la voz—. Te esperaremos.

Xavier bajó rápidamente los escalones de arena que conducían a la playa. Lo seguí. Intentaba enviarle rayos de energía tranquilizante con la esperanza de que los sintiera. Cuando llegó a la playa, pareció relajarse un poco. Respiró profundamente unas cuantas veces y al final exhaló con alivio. Se dirigió directamente hacia la orilla y allí se detuvo con las manos en los bolsillos, mirando el mar. Se balanceaba de una pierna a otra intentando apaciguar su inquietud. Si consiguiera dejar de pensar que había fracasado, yo dispondría de una oportunidad para comunicarle mi presencia. Xavier tenía que dejar de lamentar mi desaparición y liberar sus pensamientos.

En ese momento, como si me hubiera leído la mente, Xavier se quitó el suéter y lo tiró al suelo. Hizo lo propio con los zapatos y los dejó a un lado. Se quedó solamente con el pantalón corto y una camiseta blanca. Miró hacia la playa vacía, inhaló con fuerza y arrancó a correr. Yo corrí a su lado en mi forma de espíritu, llena de júbilo por su respiración acelerada y los latidos de su corazón. Ese fue el momento en que me sentí más cerca de él desde nuestra separación. Los movimientos de Xavier eran elegantes como los de un atleta bien entrenado. El deporte siempre había sido su válvula de escape y me daba cuenta de que su tensión se iba disipando. Ahora, su mente podía concentrarse en otra cosa que no fuera mi desaparición: el ejercicio lo ayudaba. Su rostro tenía una expresión menos cansada y su cuerpo se movía libremente. Los músculos de sus pantorrillas y de sus hombros se veían perfectamente definidos. Casi me resultaba posible sentir el peso de su cuerpo cayendo sobre la arena con pasos acompasados y ágiles. No supe cuánto tiempo llevaba corriendo, pero se detuvo cuando el pueblo no era más que una mancha en la distancia. En ese momento el sol ya empezaba a ponerse tiñendo el océano de color rojo. Xavier, con la respiración agitada, esperó a que el corazón recuperara el ritmo normal. Ya no pensaba en nada: seguramente era la primera vez en muchas semanas que tenía la cabeza completamente despejada. Me di cuenta de que no podía perder ni un minuto, tenía que aprovechar esa oportunidad. El Peñasco se encontraba a nuestras espaldas, no muy lejos del lugar en que yo le había revelado mi identidad a Xavier y había desplegado mis alas para lanzarme a volar desde el acantilado. Me pregunté si hice lo correcto: desde ese momento le había complicado la vida de forma irrevocable. Había atado su existencia a la mía y lo había cargado con unos problemas a los que nunca se hubiera tenido que enfrentar.

Observé el rostro de Xavier, que ahora se encontraba solamente a unos centímetros de donde hubiera estado el mío si mi presencia hubiera sido física. Vi que la expresión de su cara se ensombrecía y que su cuerpo recuperaba la temperatura normal. El ejercicio físico le había proporcionado un alivio temporal, pero pronto volvería a sentirse angustiado por todo lo que creía haber hecho mal. Se me terminaba el tiempo. Me alejé hasta quedar a unos cuantos metros por encima de él, cerré los ojos y me concentré en canalizar toda mi energía hacia el punto en que habría estado mi corazón a su lado. Imaginé que concentraba mi energía formando una bola que giraba a una gran velocidad. Esa bola contenía todo mi amor, todos mis pensamientos, todo mi ser. Y entonces, corrí. Corrí directamente hacia Xavier, que ahora contemplaba el océano con los pies medio enterrados en la arena. Me precipité contra él como un proyectil y la bola de energía estalló contra él como una oleada de marea cósmica. Fue como si su cuerpo se hiciera líquido y yo pudiera pasar a través de él. Por una décima de segundo sentí su ser dentro de mí, mi esencia y la suya fundidas. Durante ese brevísimo instante compartimos un solo corazón, un único cuerpo. Y entonces, todo pasó.

Xavier parecía aturdido y, sin poder comprender qué había ocurrido, se llevó una mano al corazón. Adiviné en su rostro el proceso de su razonamiento: esperaba no haberlo alarmado creyendo que sufría un ataque al corazón. Xavier tardó unos minutos en aceptar todo lo que le había pasado y entonces su expresión de confusión dio lugar a una de felicidad absoluta. Al ver que miraba a su alrededor buscándome, supe que lo había hecho bien. ¡Estaba orgullosa de mí misma y de haberlo conseguido en el primer intento! Solamente había sido un pequeño paso, pero lo había dado: había establecido contacto.

Xavier miró directamente hacia donde me encontraba yo, físicamente invisible pero espiritualmente más presente que nunca. Sus ojos claros de color turquesa parecieron clavarse en los míos y sus labios esbozaron una sonrisa.

—Beth —murmuró—. ¿Por qué has tardado tanto?

17

Cómplice

*D*espués de mi encuentro con Xavier en la playa, todo cambió para mí. Lo que había sucedido entre los dos era mucho mejor que besarlo, mejor que tenerlo a mi lado durmiendo, en mi cama. Todo mi ser había abrazado su corazón palpitante, había fluido por sus venas, había sentido los impulsos eléctricos de su cerebro. Ahora sabía lo que era una verdadera conexión. Y sabía que lucharía por ella.

Hasta ese momento me había conformado con esperar con paciencia a que llegara mi equipo de rescate, porque no creía que pudiera hacer nada más. Pero ahora, al igual que Xavier, no podía continuar esperando. Necesitaba controlar mi situación con mis propias manos. Mi determinación de reunirme con él ardía en mi interior como un fuego. Ya se había terminado el papel de víctima. Se había terminado el sentimiento de impotencia. Jake me atemorizaba, no cabía ninguna duda, pero había otra cosa que me daba más miedo todavía, y era estar separada de Xavier para siempre.

En cierta manera sentía que le había decepcionado. Hasta ese momento, había estado sin hacer nada en mi suite del ático del hotel casi todos los días, comunicándome solamente con Hanna y con Tuck y fingiéndome indispuesta para reducir al máximo mis encuentros con Jake. Mientras tanto, mi novio estaba haciendo todo el trabajo: su cabeza daba vueltas frenéticamente para elaborar planes y dejaba a un lado todo lo demás. Yo solo había permanecido a la espera, como una damisela apenada.

Pero sabía que era capaz de más: de poner todo de mi parte. Y eso era lo que iba a hacer. Pero no podía hacerlo sola.

—Tuck, hay un cambio de planes —dije en cuanto le vi entrar por la puerta—. Necesito que me ayudes.

Tucker pareció inquieto:

—No me gusta cómo suena eso... —dijo.

Yo no estaba del todo convencida de que pudiera confiar en él tan pronto, pero tampoco tenía alternativa.

—Quiero intentar encontrar un portal.

Tucker suspiró.

—Ya me lo veía venir —dijo—. Pero, Beth, es casi imposible encontrarlos. Solo unos cuantos demonios de alto rango saben dónde están.

—Soy un ángel, Tuck —insistí—. Quizá tenga una sensibilidad de detección innata o algo que pueda ayudarnos. Nunca se sabe.

—Admiro su confianza —dijo Tucker, y después de una pausa añadió—: Pero solo para que lo sepa: he estado buscando los portales mil veces y no he encontado nada.

—Quizás esta vez tengamos suerte —repuse sonriendo.

—Me gustaría ayudarla —aseguró él, incómodo—. Pero si nos descubren, no será usted la que se encuentre en el potro de tortura.

—Entonces no nos descubrirán.

—No es tan sencillo.

—Sí, sí lo es —insistí yo—. Y si nos atrapan, diré que todo fue idea mía y que te obligué a seguirme.

Tucker suspiró.

—Supongo que podríamos intentarlo.

—Genial. Bueno, ¿por dónde andan esos demonios de alto rango?

—Me voy a llevar una buena si continúo escuchándola —dijo Tuck—. Pero de acuerdo, adelante. De todos modos, ¿cómo vamos a salir de aquí? Este hotel está completamente controlado y la vigilan como halcones.

—Tengo una idea —dije, tumbándome boca abajo en la cama para tomar el teléfono que reposaba en la mesilla de noche.

No había utilizado ese teléfono todavía, así que la persona que respondió parecía un poco sorprendida.

—Buenas noches, señora —dijo la recepcionista—. ¿En qué puedo ayudarla?

—¿Me puede comunicar con la habitación del señor Thorn? —pregunté con toda educación—. Tengo que hablar con él. —Oí que revolvía unos papeles—. Dígale que soy Bethany Church —añadí.

—Espere, por favor.

Cuando volvió a ponerse al otro lado, el tono de su voz había cambiado completamente: esta vez me trató como a una VIP.

—Le pido disculpas, señorita Church —dijo casi sin aliento y en tono adulador—. Ahora mismo la paso.

El teléfono sonó dos veces hasta que oí la sedosa voz de Jake:

—Hola, cariño. ¿Ya me echas de menos?

—Quizá —repuse, jugando—. Pero no te llamo por eso. Me gustaría pedirte permiso para una cosa. —Jake no era el único que podía recurrir a la seducción.

—¿Es una broma, Beth? ¿Desde cuándo me pides permiso para nada? La última vez que te vi mostraste una voluntad muy propia.

Procuré hablarle en tono dulce y suplicante:

—Creo que ya hay bastante mal ambiente entre los dos —dije—. No quiero empeorar las cosas.

—Ajá. —Jack parecía escéptico—. ¿Qué quieres?

—Me preguntaba si podría hacer una visita a los clubes —dije, fingiendo indiferencia—. Ya sabes, pasar el rato con las ratas de club y conocer un poco el ambiente.

—¿Te quieres ir de clubes? —Jake estaba desconcertado. Yo sabía que lo había pillado completamente por sorpresa.

—Bueno, la verdad es que no —dije—. Pero es que hace mucho que no salgo de este hotel. Creo que tengo que hacer algo si no quiero volverme loca de atar.

Jake calló un momento mientras valoraba mi petición.

—Bueno. Pero no puedes ir sola —dijo al fin—. Y ahora mismo estoy en una reunión importante. ¿Puedo ir a buscarte dentro de unas horas?

—La verdad —dije—, Tucker se ha ofrecido a acompañarme.

—¿Tucker? —Jake se rio a carcajadas—. No te va a servir de gran cosa en la pista de baile.

—Lo sé —contesté—, pero puede hacerme de carabina. —Bajando la voz y con una repentina familiaridad, añadí—: Pero me gustaría saber si piensas que él puede... ya sabes... si no corro peligro con él. No lo conozco mucho, no hemos entablado mucha comunicación ni nada. —Miré a Tuck con expresión arrepentida—. ¿Crees que cuidará de mí? ¿Que no me hará ningún daño?

Jake soltó una carcajada gutural y temible.

—Estás completamente a salvo con Tucker. Él no permitirá que te suceda nada malo porque sabe que, si lo hace, lo despellejaré vivo.

—De acuerdo —dije, intentando disimular mi desagrado—. Si tú confías en él, yo también.

Pero a Jake le pasó una idea por la cabeza:

—Espero que no estés pensando hacer ninguna tontería.

—Si lo estuviera, ¿te pediría permiso primero? —Solté un largo suspiro como de decepción—. Mira, no te preocupes, me quedo. Ya no tengo ganas de salir.

—No, no, deberías salir —me animó Jake, ansioso por no estropear mi buen humor—. Tendrás que conocer este sitio para que algún día puedas decir que es tu casa. Haré saber a seguridad que vas a salir.

—Gracias. No volveré tarde.

—Será mejor. Nunca se sabe con quién te puedes encontrar.

—Estaré bien —dije con despreocupación—. A estas alturas todos saben que soy de tu propiedad.

—Es agradable oírtelo decir por fin.

—No tiene mucho sentido negarlo.

—Me alegro de que entres en razón. Sabía que acabarías por hacerlo.

Jake hablaba en voz baja y en tono verdaderamente complacido. Resultaba aterrador de qué manera se había inventado nuestra relación: era un absoluto delirio. Casi deseé poder ayudarlo, pero sabía que era demasiado tarde.

—No prometo nada, Jake —aclaré—. Solo voy a salir un rato.

—Comprendo. Pásatelo bien.

—Lo intentaré. Ah, y por cierto, me gustaría ir a algún sitio un poco más exclusivo que la última vez. ¿Alguna sugerencia?

—Bethany, siempre me sorprendes... Ve a Hex. Avisaré de tu llegada.

Colgué el teléfono y miré a Tuck con una amplia sonrisa. Ni aunque hubiera escalado el Everest me habría sentido más orgullosa de mí.

—¿Se lo ha tragado? —Tucker parecía asombrado.

—Por completo.

—Tengo que admitirlo, no creía que fuera tan buena mentirosa —dijo.

—He estado bien, ¿verdad?

Salté de la cama y me dirigí directamente a la puerta, ansiosa por salir de la agobiante habitación del hotel.

—Esto... Beth. —Tucker me detuvo y observó mis ropas—. No pensará ir a un club vestida así.

Bajé los ojos hasta mi vestido de flores y suspiré. Tuck tenía razón. Necesitaba dar el pego. Rebusqué en el armario, pero no encontré nada que se pareciera remotamente a lo que necesitaba. Empezaba a sentirme frustrada cuando llamaron a la puerta. Tucker fue a abrir y Asia apareció con la bolsa de un vestido en una mano y una maleta de maquillaje en la otra. Entró en la habitación dedicándome una sonrisa salvaje y sin disimular que se encontraba allí por obligación. Iba vestida con minifalda, un corpiño acordonado y unas botas altas hasta los muslos. Su piel era del color del café con leche, y se la había untado con algo que le confería unos reflejos iridiscentes.

—Jake me envía —dijo con su voz ronca—. Pensó que quizá necesitarías ayuda para vestirte. Parece que tenía razón. —Lanzó el vestido enfundado sobre la silla que tenía más cerca—. Esto debe de ser de tu talla. Pruébatelo, luego nos encargaremos del resto.

Me miró como si pensara que yo era un caso perdido. Me siguió al baño antes de que yo pudiera impedírselo, así que me apresuré a ponerme el vestido blanco y negro que me ofrecía y me calcé unos zapatos transparentes con lazos en los tacones. Luego Asia, con actitud resentida, empezó a colocar pinceles de todos los tamaños encima del mostrador de mármol. Yo sabía que ella no estaría perdiendo el tiempo conmigo si Jake no la hubiera obligado.

—Oh, querida —dijo, arrastrando las sílabas—. Si te vas a bailar, tienes que dar el pego. No puedes aparecer como una *girl scout.*

—Bueno, acabemos con esto —gruñí.

—Por mí estupendo —repuso Asia sonriendo y apuntándome con un rizador de pestañas como si fuera un arma mortífera.

Cuando salí del baño estaba irreconocible. Cada rizo de mi pelo había sido planchado, mi labios eran unos morritos pegajosos de color rojo y mis pestañas brillaban con una sombra azul plateado. Mi cutis blanco estaba cubierto de maquillaje bronceador, llevaba unos pendientes con forma de colmillo gigante en las orejas y cada vez que parpadeaba me pinchaba con las pestañas falsas que Asia me había puesto. Incluso las piernas las llevaba cubiertas de spray bronceador. Olía como un coco gigante.

Mi transformación dejó a Tucker sin habla.

—Beth, ¿es usted? —preguntó—. Está... esto... muy...

—Deja de babear, campesino —lo cortó Asia—. Bueno, en marcha.

—¿Viene usted? —preguntó él.

—Claro. ¿Por qué no? ¿Tienes algún problema con eso? —Asia, suspicaz, lo miró con los ojos achicados.

—En absoluto —dijo Tucker dirigiéndome una mirada significativa.

Los tres salimos de la habitación y bajamos al vestíbulo, donde todo el mundo se paró a mirarnos. Quizá mi vestimenta no fuera adecuada para un ángel, pero me hacía sentir mejor equipada para enfrentarme con los peligros que podían estar acechando en los turbios túneles del Hades. Estaba ansiosa por ponerme en marcha y empezar a buscar los portales ocultos. Sabía que era peligroso, pero por una vez no estaba asustada. Me sentía como si hasta ese momento hubiera estado en la oscuridad, tanto física como metafóricamente, durante semanas.

Ya había aprendido que la buena educación y la amabilidad

no eran la mejor manera de comportarme si quería ser respetada en el Hades, así que ignoré conscientemente las sonrisas de aprobación del personal del hotel y los tres salimos por la puerta giratoria. Fuera, un portero de uniforme nos saludó llevándose dos dedos a la gorra y señaló hacia una limusina negra que se acercaba despacio para recogernos.

—El señor Thorn ha pedido un coche para usted —anunció el portero.

—Qué considerado por su parte —dije yo a regañadientes mientras me instalaba en el asiento trasero al lado de Tucker. Incluso cuando no estaba presente, Jake tenía que controlarlo todo con mano de hierro.

Asia se sentó delante. El chófer la conocía y los dos charlaron un rato sobre conocidos comunes. Desde el otro lado del cristal ahumado, solamente me llegaban retazos apagados de su conversación.

—No se aleje de mí en el Hex —me aconsejó Tucker—. Me han dicho que su clientela es curiosa.

No le pregunté cuál era su definición de «curiosa». Estaba a punto de descubrirlo por mí misma.

El distrito de las discotecas del Hades era muy distinto de la zona en que se encontraba el hotel Ambrosía. Este se emplazaba en un lugar apartado, mientras que los clubes estaban en medio de un laberinto de túneles de paredes de cemento y puertas metálicas. Los gorilas que vigilaban las entradas parecían clones, todos llevaban el mismo corte de pelo y mostraban la misma inexpresividad en el rostro. Los ritmos mezclados sonaban como los latidos del corazón de una bestia: el efecto era claustrofóbico.

El Hex se encontraba un poco apartado de los demás, y se accedía a él por un túnel separado. Al llegar a la puerta, Asia mostró un pase y me di cuenta de que solo se podía entrar en él previa invitación. Dentro entendí por qué. Lo primero que noté fue el olor del humo de los puros. Hex no era tanto un club nocturno como una sala de juego donde la elite del Hades pasaba el rato. Los clientes eran demonios de alto rango de ambos sexos. Todos ellos se movían con una agilidad de pantera y compartían una gran vanidad, cosa que se hacía evidente en sus sofisticadas vestimentas. Pero no todos eran demonios:

también había algunos humanos, y no eran espíritus sino que estaban allí en carne y hueso, como Hanna y Tuck. Inmediatamente supe que se encontraban allí por el único motivo de complacer a sus señores.

La decoración barroca de la sala daba a ese lugar un aire dramático que sugería la opulencia de una época antigua. Había estatuas clásicas, columnas de mármol y espejos con marcos tallados en todas las paredes. La canción que en esos momentos sonaba por los altavoces del techo me era conocida. La había oído en el coche de Xavier, pero parecía mucho más adecuada aquí. «Veo la mala luna elevarse. Veo problemas en el camino. Veo terremotos y relámpagos. Veo los malos tiempos de hoy.»

Algunos clientes, sentados en mesas iluminadas con lámparas de pantallas con flecos, contemplaban a unas bailarinas de *striptease* que llevaban ropa interior bordada con cuentas. Los apostantes se agrupaban alrededor de las mesas centrales, concentrados en los distintos juegos que se les ofrecían. De entre ellos, reconocí los más clásicos como el póquer y la ruleta, pero me llamó la atención uno llamado «rueda de la suerte». Unos seis jugadores se sentaban ante una mesa y observaban unas pequeñas pantallas que mostraban a la masa de gente de la pista de baile. Cada bailarín parecía estar representado por un signo distinto en la rueda. El jugador la hacía girar y ganaba el bailarín que tenía el mismo signo que la rueda señalaba al detenerse. Me habría parecido un juego absurdo si no hubiera visto antes la tortura que esperaba a esos bailarines en el foso.

En el club Hex no existía lo clandestino, pues todo aquello que en la Tierra hubiera sido censurado aquí se llevaba a cabo abiertamente: las parejas se enzarzaban en lo que podría calificarse como «juegos preliminares» sin ningún pudor, y sobre todas las mesas se veían líneas de polvos blancos y pastillas de colores parecidas a caramelos. Algunos demonios trataban con dureza a los humanos, pero lo más alarmante era que estos parecían disfrutar con ese maltrato. Esa absoluta ausencia de valores morales me resultaba escalofriante.

Empecé a dudar de que tuviera algún sentido estar allí, por no hablar de intentar encontrar información sobre los portales. Empezaba a perder la confianza con que había iniciado todo aquello.

184

—No estoy segura de que esto haya sido muy buena idea, después de todo —dije.

Tuck respondió algo, pero el volumen de la música me impidió oírlo. Desde que habíamos entrado, y a pesar de los esfuerzos que había hecho por pasar desapercibida, todo el mundo dirigía su mirada hacia mí. Algunos de los demonios olisqueaban el aire, como si se dieran cuenta de que yo no pertenecía a ese lugar. Los que se acercaban a nosotros me miraban con ojos de tiburón. Tucker me pasó un brazo por los hombros y me llevó hasta la barra, donde me senté en un taburete, agradecida por su presencia protectora. Asia pidió unos chupitos de vodka. Se tomó el suyo de un trago y depositó el vaso sobre el mostrador con un golpe seco. Yo sorbí el mío.

—Eso no es muy educado, cariño —se burló—. ¿Es que quieres llamar la atención o qué?

Le dirigí una mirada desafiante y, echando la cabeza hacia atrás, vacié el vaso. El vodka no tenía ningún sabor, pero me quemó la garganta como si fuera fuego líquido. Luego, imitando a Asia, dejé el vaso sobre la barra con un golpe fuerte y gesto triunfante, pero de inmediato me di cuenta de que eso era una señal para que el camarero volviera a llenarlo. No toqué el segundo vaso: la cabeza ya empezaba a darme vueltas y Tucker me miraba con desaprobación. Entonces Asia dijo una cosa totalmente inesperada que nos cogió por sorpresa a los dos:

—Creo que puedo ayudarte a encontrar lo que buscas.

—Solo hemos venido a divertirnos un rato —dijo Tuck cuando pudo reaccionar.

—Ya. Se te ve en la cara —rio Asia—. Basta de tonterías, Tucker. Estás hablando conmigo. Sé lo que buscáis, y quizá conozca a alguien que os puede dar algún consejo.

—¿Nos vas a ayudar?—pregunté sin ambages—. ¿Por qué?

Asia respondió en tono condescendiente:

—Bueno, no quisiera ayudarte, pero parece que su majestad sufre un enamoramiento adolescente que algunos calificarían de lamentable. Creo que mi deber como leal súbdita es hacer todo lo que esté en mi mano para ayudarle a superarlo. Y

185

supongo que la mejor manera de hacerlo es...

—Es haciendo que Beth se largue de aquí. —Tucker terminó la frase por ella, como si todo hubiera cobrado sentido.

—Exacto. —Asia dirigió la atención hacia mí—. Créeme, nunca haría nada que no me beneficiara, y ahora mismo lo que más me gustaría es que desaparecieras. Y, con suerte, antes de que el Tercer Círculo sufra ningún daño.

Recordé que Hanna había mencionado el Tercer Círculo al poco tiempo de mi llegada al Hades, pero no comprendía por qué se encontraba amenazado.

—¿De qué estás hablando? —pregunté.

—Asia se refiere a los rebeldes que quieren que Jake sea derrocado —explicó Tuck—. Creen que últimamente está descuidando sus deberes.

—No me lo creo —dije—. ¿Cómo pueden unos cuantos demonios conspirar contra su líder?

Asia puso los ojos en blanco.

—Jake no es simplemente un demonio, es un demonio caído. Es uno de los Originales, los que cayeron al lado de Gran Papi al principio de todo. Son ocho en total, los ocho príncipes de los Ocho Círculos. Por supuesto, Lucifer es quien preside el noveno... el círculo más caliente del Infierno.

—Entonces, si solo hay ocho demonios originales —deduje—, los otros deben de haber sido creados por ellos.

—¡Uau! —se mofó Asia—. No eres solamente una cara bonita. Sí, los Originales dirigen el cotarro. Los otros no tienen ningún control real, son prescindibles, no son más que hormigas trabajadoras. Los mejor considerados son destinados a las cámaras de tortura, o invitados a compartir cama con los que manejan el poder. Algunas veces, desde luego, se unen para intentar derribar a los Originales. Y, por supuesto, siempre fallan.

—¿Y si los descubrieran? —pregunté.

—Jake los masacraría a todos.

—Los Originales harían cualquier cosa por protegerse —dijo Tucker—. Jake más que nadie.

—Entonces, ¿cómo piensan derrocarlo estos rebeldes? —inquirí.

—No tienen mucha idea. —Asia se encogió de hombros—. La mayoría son unos idiotas que esperan una oportunidad para menoscabar su poder.

—Yo creía que tú eras su mayor defensora —dije, procurando mantener un tono tranquilo. Quizá pudiéramos llegar a un acuerdo con Asia, después de todo—. ¿Por qué no le has hablado de esto?

—Nunca está de más guardarse algunas cartas en la manga —respuso Asia.

—¿Los rebeldes están enfadados con Jake por mi causa? —pregunté.

—Sí. —Asia levantó ambas manos—. Han expresado su inquietud, pero Jake no quiere escuchar. —Me miró con desdén y añadió—: Supongo que contra gustos no hay disputa.

—¿No te estás poniendo en peligro al ayudarnos?

—¿Es que no sabes que no hay mayor furia que la de una mujer ultrajada? Digamos que mi ego está herido.

—¿Puedes contarnos lo que sabes de los portales? —preguntó Tucker.

—No he dicho que sepa nada. Pero ahí detrás hay alguien que quizá sí lo sepa. Se llama Asher.

Tras uno de los pesados tapices que colgaban de las paredes se abría un pasillo donde nos estaba esperando un demonio vestido con un traje italiano. Asher debía de tener entre treinta y cuarenta años. Era alto, con el pelo negro —que llevaba mal peinado y muy corto—, y un rostro que parecía el de un emperador romano. Sobre la frente le caía un remolino de pelo y tenía las mejillas marcadas de viruela. Masticaba un palillo, completamente inconsciente de que parecía un típico gánster de película. Tenía la nariz ligeramente curvada, y sus ojos de tiburón lo identificaban como demonio. Estaba apoyado contra la pared, pero al vernos se acercó con gesto elegante. Me miró de arriba abajo con una curiosidad que inmediatamente dio paso a una expresión de desagrado.

—Este disfraz no engaña a nadie, tesoro —dijo—. Tú no perteneces a este lugar.

—Bueno, por lo menos estamos de acuerdo en una cosa —repuse—. ¿Estás con los rebeldes?

187

—Claro —contestó—. Y tengo exactamente dos minutos, así que escucha: lo que buscas no lo vas a encontrar en este distrito. Los portales adoptan varias formas, pero del que he oído hablar se encuentra en el Yermo, fuera de los túneles.

—No sabía que hubiera algo fuera de los túneles —dije.

—Claro que sí. —Asher me miró con desprecio—. Nada vivo, por supuesto, solo almas perdidas que vagan por ahí hasta que los rastreadores las traen de vuelta.

—¿Cómo lo reconoceré?

—¿El portal? Busca la planta rodadora que recorre el Yermo. Cuando salgas de aquí, dirígete hacia el sur y continúa andando. Cuando la encuentres, lo sabrás... si es que llegas lo bastante lejos.

—¿Cómo sé que puedo confiar en ti? —pregunté.

—Porque deseo ver arder a Jake tanto como tú. Nos trata como escoria y estamos hartos. Si él pierde su conquista tan pronto, verá su poder desafiado y quizá tengamos una oportunidad de derrocarlo.

188   Vi que Asia, que se encontraba detrás de Asher, ponía los ojos en blanco y me pregunté si ese plan era muy bueno. No me parecía que la autoridad de Jake fuera a ser verdaderamente cuestionada en un futuro inmediato. Tucker le dio las gracias y me tomó del brazo para llevarme de vuelta al club. Lo seguí, obediente, pensando que él debía de saber cómo encontrar el Yermo.

Antes de que nos fuéramos del club Hex volví a ver a Asher: estaba en la barra hablando con Asia. Se acercó a ella y le metió la lengua en la oreja mientras le acariciaba un muslo con la mano. Pensé que eso era lo que Asia debía de haber ofrecido para obtener la información que necesitábamos.

Reflexioné sobre la absoluta ausencia de confianza y lealtad que había en ese lugar. Allí todo se edificaba sobre la mentira y el engaño: era imposible saber quién trabajaba con quién, quién dormía con quién o manipulaba a quién.

En ese momento supe que, aunque llevara una lujosa vida como reina de Jake, nunca conseguiría sobrevivir allí.

18

El portal

—*D*eberías volver —le dije a Tucker mientras avanzábamos penosamente por los sucios túneles—. Esto ha sido idea mía. No debería haberte metido. Dile a Jake que te di esquinazo y que me perdiste de vista. Asia te respaldará.

Incluso mientras pronunciaba esas palabras sabía que era demasiado tarde para que Tuck pudiera regresar. Si volvía al hotel Ambrosía sin mí, Jake desataría toda su furia sobre él. Tuck debía de saberlo también, porque lo único que dijo fue:

—Usted no va a ir sola al Yermo.

—No dejaré que Jake te haga ningún daño —le dije—. Pase lo que pase.

—No pensemos en eso ahora.

Tucker continuó caminando delante de mí. No me quedó otra opción que seguirlo.

Al poco tiempo de salir del distrito de los clubes, el terreno cambió marcadamente. De repente el ambiente se volvió sofocante y el paisaje apareció devastado, como el de un desierto. Era como si todo el color y la vida hubieran sido borrados de ese territorio: todo lo que quedaba era su esqueleto vacío y gris. Por encima de nuestras cabezas solo había una niebla que no permitía ver qué había más allá. Ya habíamos dejado atrás los cerrados pasillos, pero continuábamos atrapados en una dimensión extraña que no tenía principio ni fin. Lo peor de todo era ese sonido que estaba presente en todo momento: el quejido ahogado de las almas perdidas que erraban por allí. Era capaz de percibir su presencia cerca de nosotros, eran como aire rizado y caliente que hacía incluso más insoportable el aire ya de por sí sofocante. No podía verlas, no eran más que un breve titilar del aire, pero sabía que estaban a nuestro alrededor y no había nada que acallara sus gritos sobrenaturales. Me invadió un terrible y asfixiante sentimiento de desolación, como si mi alma estuviera siendo arrancada de mi cuerpo. El corazón se me aceleró y sentí una urgente necesidad de detenerme. Tucker me tomó de la mano para que pudiera seguir su ritmo.

—Estoy cansada, Tuck —dije sin darme cuenta.

—No se detenga —susurró él—. Este lugar tiene este efecto en la gente. Tenemos que continuar adelante.

No parecía que el Yermo afectara a Tuck de la misma forma que a mí. Quizá se debía a que, después de tanto tiempo en Hades, él ya era inmune. O quizá fuera porque yo era un ángel y sentía la profunda desesperación de las almas que nos rodeaban.

—Si nos entretenemos demasiado los rastreadores podrían percibir su olor —añadió Tucker.

190   Me había olvidado por completo de ellos. Sabía que, al ser un ángel, yo emitía un limpio olor a lluvia que quizá se pudiera camuflar en el denso ambiente de un club pero que no podía pasar desapercibido al aire libre.

—¿Me puedes decir quiénes son los rastreadores?

Me continuaba costando respirar. Tuck me miró un momento y meneó la cabeza.

—Ahora no.

—Venga —insistí. Desde que salimos del hotel, Tucker había adoptado una actitud protectora y no parecía dispuesto a abandonarla—. Prefiero saberlo.

Tuck suspiró.

—Los rastreadores persiguen a las almas que entran en el Yermo.

Lo explicó escuetamente, como si ya tuviera demasiadas cosas en las que concentrarse para tener que esforzarse en conversar.

—¿Y esas almas acaban regresando a los clubes? —pregunté.

—No exactamente.

—Las tiran al foso, ¿verdad? —dije—. No pasa nada, Tucker. Lo he visto.

Estaba a punto de explicárselo, de decirle que dejara de evitarme la crudeza de la situación, pero de repente Tucker se detuvo y me cubrió la boca con la mano.

—¿Ha oído eso? —preguntó.

—¿El qué?

—Escuche.

Nos quedamos en silencio un momento hasta que yo también oí el sonido que había hecho que Tucker se parara. Era una voz aguda, como la de una chica joven. Me estaba llamando por mi nombre.

—¡Bethany! —gemía—. Bethany, soy yo.

Esa voz de niña cada vez se oía más cerca. Esperé conteniendo la respiración hasta que noté un remolino de aire caliente que me rodeaba. Tucker dejó caer las manos inertes a ambos lados del cuerpo.

—¿Quién eres? —pretunté, temblando.

Sentía una presencia en el viento que me acariciaba con dedos largos y delgados.

—¿No te acuerdas de mí?

Esa voz tenía un tono de desamparo y me resultaba extrañamente familiar.

—No podemos verte —dijo Tucker con valentía—. Sal de las sombras.

—No pasa nada —animé—. No vamos a hacerte daño. Estamos de tu parte.

Contemplé boquiabierta la imagen de una chica que salía de entre la niebla y empezaba a tomar forma delante de mí. Al principio era solamente un perfil, como el rudimentario esbozo de un artista al que le faltaba el relleno, pero cuando por fin acabó de formarse y la miré bien, la reconocí de inmediato. Ese finísimo cabello rubio, esa nariz respingona y esos labios llenos me resultaban dolorosamente familiares. Ahora tenía el pelo apagado, sin brillo, y las mejillas hundidas, pero no cabía error: todavía conservaba la luz en sus ojos azules, que ahora contrastaban con la suciedad que le cubría el rostro. Me miraba con tanta desolación que sentí toda su tristeza en mí y creí que se me iba a romper el corazón.

—Taylah —susurré—. ¿Eres tú? ¿Qué haces aquí?

—Yo podría preguntarte lo mismo.

Sonrió sin ganas. Taylah iba vestida igual que lo había hecho en vida: un top ajustado y unos pantalones muy cortos. No llevaba zapatos y, a pesar del polvo que le cubría los pies, vi que todavía llevaba las uñas de los dedos pintadas.

—¿También te raptaron? —pregunté—. ¿Te trajo Jake aquí?

Taylah negó con la cabeza.

—Me juzgaron, Beth —dijo en voz baja—. Y mi alma fue enviada aquí.

—Pero ¿por qué? —pregunté con voz ronca: no conseguía comprender lo que intentaba decirme.

—Después de morir en el baño de las chicas, oí voces a mi alrededor. Mis pecados estaban siento sopesados; mis buenos actos, calculados. Y luego, noté que caía.

Quise preguntarle qué era lo que había sucedido en el pasado que la hubiera hecho venir a este lugar, pero no conseguí hacerlo. A pesar de ello, sabía que tenía que haber sido un error. Taylah era solamente una niña. Era posible que fuera superficial, un poco maliciosa y competitiva a veces, pero esos tampoco eran crímenes terribles. Era capaz de mostrarse cruel con quienes no compartían su brillante mundo de cuerpos bronceados y ejercitados con Pilates, pero yo sabía que podía también mostrar bondad. Me costaba imaginar que hubiese hecho algo realmente inmoral.

—Sé lo que piensas —dijo con expresión avergonzada—. Te estás preguntando qué hice para acabar aquí.

—No tienes que decir nada, Tay.

—No, no pasa nada —dijo—. Estoy aquí porque nunca me enseñaron a creer en nada. Yo no comprendía cuáles son las cosas importantes en la vida. —Dudó un instante; los ojos se le llenaron de lágrimas—. Solo me importaba divertirme, nunca me preocupé por nada verdadero. Pecaba y no dedicaba ni un solo pensamiento a ello.

La miré, esperando, pero ella tardó unos minutos en reunir el valor suficiente para continuar.

—Hice una cosa horrible. Bueno, no lo hice exactamente, pero me quedé quieta y permití que sucediera.

—¿Qué pasó? —pregunté.

—Hace un par de años hubo un atropello en Venus Cove y el pequeño Tommy Fincher murió. Estaba jugando en la calle. Salió en todos los periódicos, pero nunca encontraron al conductor del coche. Tommy solo tenía diez años. Sus padres no llegaron a superarlo nunca.

—¿Qué tiene que ver contigo todo esto?

—Yo estaba allí cuando ocurrió.

—¿Qué? ¿Por qué no informaste de ello? —me sentía confundida.

—Porque el conductor del coche era mi novio en ese momento. Había bebido y yo nunca hubiera debido permitirle que se pusiera al volante...

Se interrumpió, incapaz de continuar hablando.

—¿Lo encubriste? ¿Por qué?

—Yo solo tenía quince años y él era mayor. Me dijo que me quería. Todas las chicas de mi curso estaban celosas. Estaba tan obsesionada con él que no distinguía lo bueno de lo malo.

No supe qué decirle. El pecado de omisión era un delito grave. Incluso había personas que creían que un testigo que permitía una injusticia era tan culpable como el mismo perpetrador. La única disculpa de Taylah era su juventud e inexperiencia, pero era evidente que ninguna de las dos cosas habían sido suficientes para absolverla.

—¿Qué te pasó con ese chico?

—Toby y yo rompimos al cabo de unos meses, cuando su familia se trasladó a Arkansas.

—¿Y por qué no lo dijiste entonces?

—Pensé en hacerlo, pero no tuve valor. Y eso tampoco iba a servir para devolverle la vida a ese niño. Me preocupé por mi reputación y por lo que la gente diría de mí.

—Oh, Taylah —dije—. Ojalá hubieras tenido a alguien que te ayudara. Debiste de sentirte muy sola.

Se la veía muy distinta de la chica que yo había conocido. La Taylah de antes hubiera estado demasiado ocupada por su corte de pelo para parar a plantearse cuestiones sobre el bien y el mal. Supuse que ahora había comprendido, pero ya era demasiado tarde.

193

—¿Sabes cómo me di cuenta de que estaba en el Infierno, o Hades, tal como le gusta a su real idiota que lo llamemos? —preguntó—. No fue por las llamas ni por las torturas. Fue por la absoluta ausencia del amor. No te puedes quedar aquí, Beth. En este lugar solamente hay odio. Acabas odiando a todo el mundo y, por encima de todo, te odias a ti misma. Ese odio te corroe por dentro.

—¿No tienes miedo de estar aquí sola? —preguntó Tuck.

—Supongo que sí. —Taylah se encogió de hombros—. Pero tuve que huir. No soportaba más los clubes... que los demonios me maltrataran como si no fuera más que un trozo de carne.

Esas palabras sirvieron de recordatorio a Tucker, que miró nervioso a su alrededor.

—Tenemos que seguir adelante.

—Ven con nosotros —le dije a Taylah, pues no quería separarme de ella tan pronto.

Avanzamos sigilosamente por el desolado Yermo. Taylah nos seguía, desapareciendo y apareciendo de la niebla de vez en cuando.

Mientras caminábamos, me vino a la mente un fragmento de la Biblia:

Y del humo salieron langostas sobre la tierra...
y se les dijo que no dañasen la hierba de la tierra,
ni ninguna cosa verde, ni árbol alguno; sino solamente
a aquellos hombres que no tenían el sello de Dios
en sus frentes.

Qué pronta era la ira de Dios. Ni la juventud ni la falta de comprensión lo eximían a uno de ser juzgado. De repente, mi propósito en la Tierra estuvo más claro que nunca.

—Así que eres un ángel, ¿eh? —dijo Taylah—. Debería haberlo sabido por esa forma tan sana de vivir.

—¿Cómo lo has sabido? —pregunté.

—No lo sabía cuando estaba viva. Pero ahora puedo notarlo. Además, tu aura te delata.

—No pareces sorprendida.

—Ya no me sorprende nada.

Yo no sabía qué más decir, así que cambié de tema.

—Molly te echa de menos —dije.

Taylah sonrió con tristeza.

—¿Qué tal le va? Yo también la echo de menos.

—Está bien —repuse—. ¿De verdad eras tú en la noche de Halloween?

—Sí —asintió Taylah—. Intentaba advertiros. Pero no sirvió de nada. Aquí estás.

—¿Tú sabías lo que iba a suceder? —pregunté.

—No exactamente, pero sabía que esa sesión de espiritismo iba a despertar algo maligno —contestó—. Abby es una idiota, no tenía ni idea de en qué se estaba metiendo.

—No seas tan dura con ella. Cuando se dio cuenta, se arrepintió. ¿Cómo te enteraste?

—Un pajarito me dijo que se había abierto un portal en Venus Cove. Yo sabía que eso solo podía traer problemas, así que intenté advertiros. Supongo que la pifié otra vez.

—No, no lo hiciste —repuse con firmeza—. Hiciste lo que pudiste.

—Yo pensaba que un ángel tendría el sentido común de no mezclarse en esas cosas —dijo Taylah en un tono de reprimenda que se parecía más al de la chica que yo había conocido.

—Tienes razón. Debería haberlo hecho mejor.

—Oh, no te pongas sentimental —dijo ella—. Ya sabes, aquí eres una especie de leyenda. Todos hemos oído la historia de cómo le rompiste el corazón a Jake y de cómo tu hermano lo desterró bajo tierra. Desde entonces, él ha esperado la oportunidad de volver a tenerte.

—¿Sabe alguien cómo termina esta historia? —pregunté con ironía.

—No —contestó Taylah—. Eso es lo que todos esperan averiguar. De verdad espero que puedas volver con Xavier.

—Yo también —dije.

La tierra que se extendía ante nosotros parecía no tener fin y su monotonía solo se veía rota por alguna roca o un cactus solitario.

—Aquí no hay nada —dijo Tucker, derrotado—. Creo que deberíamos regresar.

195

—No podemos —protesté—. Asher ha dicho que ahí fuera hay un portal. Tenemos que continuar buscando.

—No tenemos por qué encontrarlo hoy. Solo hemos perdido una batalla, no la guerra.

—No seas tan nena —lo provocó Taylah con su franqueza habitual—. Quiero ver cómo salís de aquí.

—¿Cuándo tendremos otra oportunidad? —pregunté en tono de queja.

—No lo sé. —Tucker había adoptado un tono de disculpa—. Pero ya hace mucho rato que nos hemos ido, y estamos pisando terreno peligroso.

El sabor del fracaso era amargo. Habíamos estado muy cerca, pero al final no habíamos llegado a ningún lado. Lo habíamos arriesgado todo y no habíamos conseguido nada. Pero fue solamente la preocupación que sentía por Tucker lo que me hizo decidir que regresáramos. Jake se enojaría conmigo, pero a mí lo único que me haría sería reforzar la vigilancia para que no pudiera volver a poner un pie fuera del ático del hotel. Con Tucker era otra historia; Jake lo mantenía perversamente a su lado para que le sirviera de diversión, así que era prescindible.

Ya nos habíamos dado la vuelta para iniciar la marcha cuando me di cuenta de que algo en el aire había cambiado.

—¡Espera! —grité, agarrando a Tucker de la manga.

—¿Y ahora qué pasa? —se quejó. Cada vez estaba más intranquilo. Quizás había llegado a la secreta conclusión de que nos habían conducido a una trampa.

—Noto algo distinto —dije mientras daba media vuelta despacio—. La verdad es que hay algo que huele distinto.

Esto le llamó la atención.

—¿Como qué? —preguntó.

—Creo que es sal —repuse.

Dejé de pensar para concentrarme en mis sentidos. Conocía ese olor, me era tan familiar como el de mi propia piel. Era el inconfundible aroma salobre del océano y me entregué a él como a los brazos de un amigo que me diera la bienvenida.

—El portal debe de estar cerca —dije. Me separé de ellos y me afané por avanzar un poco más—. Creo... ¡creo que huelo el mar!

A mis espaldas oí una exclamación ahogada, pero no estaba segura si había sido Tucker o Taylah, o ambos.

—¡Ahí delante! —dijo Tucker en tono de urgencia—. Tiene que ser esto. ¡No puedo creer que lo hayamos encontrado!

Me giré y vi una enorme planta rodadora que iba de un lado a otro sobre la polvorienta tierra roja a pocos metros de donde estábamos. La planta estaba retorcida y llena de nudos a causa de los interminables días de rodar por el Yermo empujada por el viento, pero no cabía duda de que se trataba del portal.

Corrí hacia ella creyendo que la planta me esquivaría, pero fui capaz de agarrarla. El tacto era rugoso y seco, y emitía una energía irresistible: me sentí atraída hacia ella como por una fuerza magnética. Una planta rodadora pasaba desapercibida, lo que la hacía ideal como portal. Era lo bastante grande para que yo cupiera entera. Miré a través de ella y, al otro lado, adiviné un débil rayo de sol sobre una arena blanca.

Tucker y Taylah se habían colocado a mi lado inmediatamente y no me quitaban los ojos de encima. Tuck estaba ruborizado por la excitación, y el alma de Taylah vibraba de emoción. Alargué un brazo y lo introduje en la planta, cuyas secas ramitas me arañaron la piel. El centro de la planta tenía una consistencia como de barro, era maleable pero difícil de perforar. Solo conseguí meter el brazo hasta cierto punto; a partir de ahí encontré una fuerte resistencia.

—No me deja continuar —les dije.

Empecé a girar el brazo con determinación para abrir un agujero. Cuando ya había conseguido meter el brazo hasta el hombro, noté que algo me tiraba de la mano. Me entró el pánico. ¿Y si todo eso no era más que una ilusión? ¿Y si esa planta rodadora no era más que una complicada broma a nuestra costa? Parecía una idea un tanto rebuscada, pero ¿y si Asia y Asher se habían divertido con nosotros? Después de todo, eran demonios y se dedicaban a apresar a las almas. ¿Y si al salir al otro lado no me encontraba en mi casa de Georgia sino en un rincón del Infierno todavía más ocuro? Entonces sí estaría completamente sola, ni siquiera Tucker podría encontrarme.

Me quité esas ideas de la cabeza. Pensé en la sensación que

197

había tenido al fundirme con Xavier como espíritu, lo completa y a salvo que me sentí. Ese recuerdo me dio fortaleza. Xavier no hubiera querido que me echara atrás después de haber llegado tan lejos. Pensé en lo orgulloso que se sentiría si conseguía salir. Si atravesaba el portal, Xavier podría verme en carne y hueso, no solo como una vibración en el aire. Esa idea me atormentaba, tentándome. Contaba mentalmente los segundos que faltaban para poder sentir la suave arena bajo mis pies.

—Espera. Voy a intentarlo —oí que exclamaba Taylah con impaciencia.

Vi que Taylah pasaba rápidamente por encima de mí, una filosa sustancia suspendida en el aire que atravesaba la planta rodadora sin ningún esfuerzo. Al cabo de un instante, me llamaba desde el otro lado.

—¿Cómo lo ha hecho? —exclamé, sacando el brazo y mirando por dentro.

Al otro lado vi su cara un poco borrosa. Taylah me hizo un gesto afirmativo y miró a su alrededor.

198 —Claro. —Tucker se dio una palmada en la frente—. ¡A un alma le resulta muy fácil colarse a través!

—¡Conozco este sitio! —gritó Taylah con la voz temblorosa de excitación—. ¡Beth, no te vas a creer dónde estoy! —Estaba llorando ahora, unas grandes lágrimas de felicidad le bajaban por las mejillas.

—Estás en Venus Cove, ¿verdad? —Lo supe de inmediato—. ¿En el Peñasco?

—Sí, Beth —susurró Taylah—. Estoy en casa.

19

Sacrificio

—¡*D*esde aquí veo tu patio! —gritó Taylah con voz triunfante—. El césped necesita urgentemente que lo corten.

—¿Hay alguien por allí?

—No, la playa está vacía. Pero el sol brilla, no hay nubes en el cielo y hay alguien navegando y... es tan bonito esto. ¿A qué esperas? Vamos, Beth.

Dudé un instante. Taylah había atravesado el portal, pero ¿qué iba a ocurrir ahora?

—Taylah —la llamé—. ¿Crees que podrás quedarte ahí? Todavía sigues...

—Muerta —dijo ella con alegría—. Ya sé que lo estoy. Pero no me importa. Prefiero ser un fantasma libre que recorre la Tierra eternamente a pasar un minuto más en esa cloaca. —De repente, su voz delató cierto pánico—. ¡Oh, Dios mío, hay alguien ahí! ¡Los oigo!

—Cálmate —la tranquilizó Tucker, que también tenía el rostro iluminado por la alegría del descubrimiento que habíamos hecho—. Seguramente será alguien que pasea por la playa. Tú estás al otro lado, ¿recuerdas?

—Ah, sí. —Pero inmediatamente, el tono de Taylah fue de preocupación—. No puedo dejar que me vean así. ¿Y si es un tío bueno?

—Aunque lo sea, él no puede verte —le recordé.

—Es verdad.

Parecía decepcionada. No pude evitar sonreír. Ni siquiera el Infierno con todos sus horrores había conseguido hacer desaparecer del todo la niña que Taylah había sido en vida.

Ahora que Taylah había conseguido pasar, me relajé un poco. Sentía que ya no había tanta urgencia, así que me arrodillé ante el portal para intentar atravesarlo. Deseaba reunirme con ella y poder contemplar el océano, sentir el viento agitándome el cabello y echándomelo hacia atrás. Después de eso, lo primero que pensaba hacer era correr a casa y lanzarme directamente a los brazos de mis hermanos. Entusiasmada, me quité los zapatos y di un salto para entrar de cabeza en el portal. De repente, me encontré dentro: la mitad inferior de mi cuerpo todavía estaba en el Yermo, pero al mismo tiempo estaba viendo una concha que sobresalía de la fina arena blanca. Alargué la mano hacia ella. Ya casi podía sentir el calor del sol en las manos y oír el romper de las espumosas olas contra las rocas.

Pero yo no era un alma como Taylah, así que una vez dentro, el portal pareció cerrarse alrededor de mi cuerpo, como si supiera que yo no debería estar allí. La misma fuerza magnética que antes me había atraído, ahora me empujaba hacia atrás. Pero aguanté. Prontó oí el sonido que había alertado a Taylah de la presencia de alguien en la playa: era el sonido de alguien que olisqueaba con curiosidad, y no resultaba nada amenazador. De repente, me asaltó un olor incluso más familiar: ese era el ánimo que necesitaba. Supe de quién se trataba antes de ver el sedoso pelaje del color de la luna, y entreví un pálido ojo plateado y un hocico marrón y húmedo.

—¡Phantom! —exclamé con felicidad. Solo lo veía fragmentariamente, pero seguía siendo mi querido perro.

Oí que Taylah daba un salto hacia atrás, alarmada ante el entusiasmo de Phantom. A ella nunca le habían gustado los perros, pero yo no podía casi soportar la emoción que me había embargado al verlo. Alargué una mano hasta el otro lado del portal, y Phantom enterró el hocico esponjoso en la palma de mi mano, frenético de placer al reconocerme. Le rasqué la sedosa cabeza tras las orejas y se me hizo un nudo en la garganta de la alegría. Tuve que tragar saliva para poder hablar.

—Hola, chico —murmuré—. Te he echado de menos.

Mi emoción se vio correspondida por la de Phantom, que ahora gemía y rascaba, furioso, en el portal intentando entrar. Y entonces una idea me atravesó como un relámpago: mi perro no podía estar solo en la playa, alguien tenía que estar con él. ¡Quizás había alguien a quien yo quería a tan solo unos metros de distancia y venía hacia aquí! Seguramente sería Gabriel, que siempre se llevaba a *Phantom* cuando salía a correr a la playa. Incluso imaginé que oía sus sordas pisadas sobre la arena. Pronto sus brazos fuertes y consoladores me abrazarían y cuando eso sucediera, todos los malos recuerdos se me borrarían. Gabriel sabría qué decir exactamente para que todo volviera a estar en su sitio. Pero contuve el impulso de gritar por miedo a que algo saliera mal. Me sentía como si caminara por la cuerda floja: tenía que ir con mucho cuidado.

—Tuck —lo llamé con urgencia—. ¿Cómo lo hago?

—Despacio —respondió. La expresión de su rostro era decidida—. Muy poco a poco, no se precipite.

El corazón me latía con tanta fuerza que pensé que todo el mundo podría oírlo.

—Siga ahora —dijo Tuck—. Con suavidad lo conseguirá.

Me iba abriendo paso lentamente por el portal en dirección al otro lado. Tan pronto como hube sacado las dos manos, *Phantom* empezó a lamerme sin parar y tuve que contener la risa. El reconfortante sonido del océano en Venus Cove y el familiar jadeo de *Phantom* me llenaban los oídos. Empujé hacia delante: el portal primero se resistía pero luego cedía, permitiéndome avanzar poco a poco. Era una labor lenta, pero lo estaba consiguiendo.

Entonces oí unos gruñidos.

Era un sonido tan aterrador que creí que se me paraba el corazón. Eran unos gruñidos graves, guturales, acompañados por el rascar de unas zarpas en la tierra. Justo delante de mí tenía el rostro de Taylah, que se había quedado lívida, y las manos de Tucker, que me estaban empujando por detrás, quedaron inertes. Sin que tuviera tiempo de comprender qué estaba pasando, supe que tenía que tomar una decisión: Tuck continuaba atrapado en el Yermo.

—¡Continúe! —gritó él con desesperación—. Ya casi lo ha conseguido. No vuelva. —A pesar de su esfuerzo, Tuck no conseguía disimular el terror que sentía.

Pero en ese momento continuar me hubiera sido tan difícil

como dejar de respirar. Tucker se había portado como un hermano conmigo, y yo nunca lo abandonaría.

Al cabo de un momento ya me había librado de las garras de la planta rodadora y me puse en pie al lado de Tucker. Él se quedó inmóvil, deshecho al ver la decisión que yo había tomado. Miré hacia la polvorienta extensión de tierra que tenía delante, habitada tan solo por algunos matorrales desgreñados. Los gruñidos provenían de algún punto cercano y su intensidad crecía a cada segundo que pasaba.

De repente, el terror me obligó a agacharme en busca de protección, pero al precipitarme tropecé y caí de rodillas al suelo. Tucker me levantó, cubierta por el polvo rojo de ese paisaje surrealista.

—No se mueva —advirtió.

Nos agarramos firmemente el uno al otro mientras esas criaturas se acercaban. Por fin las veía con claridad: eran seis perros negros, enormes y corpulentos. Se pararon frente a nosotros, dispuestos a atacar. Tenían el tamaño de los lobos, una mirada demente en los ojos y los colmillos cubiertos de escoria. Aunque sus cabezas estaban llenas de cicatrices sus cuerpos eran robustos, fuertes, y sus pezuñas, afiladas como cuchillos. Llevaban el hocico manchado de sangre y el hedor que desprendía su enmarañado pelo era sofocante.

Tucker y yo nos quedamos helados, sin hacer caso del portal.

—Beth —dijo con voz temblorosa—. ¿Recuerda que le hablé de los rastreadores?

—Sí. —Tuve que esforzarme para que no se me quebrara la voz.

—Aquí están.

—Los sabuesos del Infierno —susurré—. Perfecto.

Esas criaturas lupinas sabían perfectamente que nos tenían atrapados y nos estaban rodeando sin prisas. Cuando atacaran, lo harían tan deprisa que seríamos hechos pedazos sin darnos cuenta. La manada iba cerrando el círculo sin dejar de gruñir con ferocidad. Observé su pelaje hirsuto y manchado, sus ojos amarillentos. El viento nos traía su fétido olor.

No podíamos hacer nada: si intentábamos correr, nos atraparían al momento. No teníamos armas, nada con que defendernos, y no nos podíamos esconder en ningún sitio. Deseé desplegar las alas y llevarme a Tuck a un sitio seguro, pero en ese momento no eran más que un peso muerto sobre mi espalda. El Yermo les había arrebatado su poder.

Cerré los ojos al ver que los perros se agachaban y saltaban hacia nosotros y, al mismo tiempo, oí un grito a mis espaldas. Entonces Taylah apareció entre los sabuesos del Infierno y nosotros. Los perros aterrizaron en el suelo, sin saber qué hacer.

—¿Qué haces? —grité, intentando agarrar su cuerpo fantasmal—. ¡Regresa!

Abatida, vi que el portal se cerraba y las últimas imágenes de Venus Cove se veían sustituidas por una maraña de tallos y ramas. Taylah giró la cabeza y me miró con los ojos llenos de lágrimas. Se la veía muy pequeña comparada con los sabuesos, sus miembros muy frágiles. Su cabello, tan bonito antes, ahora estaba apelmazado y le cubría el rostro. Me dirigió una sonrisa débil y triste mientras negaba con la cabeza.

—¡Taylah, lo digo en serio! —chillé—. No lo hagas. Tú tienes la oportunidad de ser libre. Aprovéchala.

—Quiero hacer las cosas bien —dijo.

—No. —Negué vehementemente con la cabeza—. Así no.

—Por favor —rogó—. Deja que, por una vez en mi vida, haga lo correcto.

Los sabuesos del Infierno rechinaban los dientes y su saliva caía al suelo formando charcos. Se habían olvidado de Tucker y de mí, concentrados en su nuevo objetivo. Después de todo, estaban entrenados para encontrar las almas que habían huido al Yermo con la esperanza de escapar. Su instinto natural los conducía hacia Taylah.

Entonces ella habló deprisa, pues no había mucho tiempo:

—Si regreso, solo conseguiré deambular durante toda la eternidad. Pero tú... —Clavó sus intensos ojos en los míos—. Tú puedes hacer algo valioso, y el mundo necesita toda la ayuda posible. Yo tengo que cumplir con mi parte. Además —rio—, ¿qué pueden hacerme?

Antes de que tuviera tiempo de objetar nada, Taylah se giró para enfrentarse a esas criaturas.

—¡Eh, vosotros! —Los perros ladearon la cabeza; sus grises colmillos brillaban en la penumbra de esa tierra—. Sí, vosotros, chuchos asquerosos, ¡atrapadme si podéis!

Entonces Taylah salió corriendo a toda velocidad. Esa era la señal que los perros habían estado esperando. Los seis fueron tras ella, olvidándose por completo de nosotros. Vi, horrorizada, que uno de ellos atrapaba a Taylah mordiéndole el bolsillo del pantalón corto y la arrastraba por el suelo como si fuera una muñeca de trapo. Aunque no fuera de carne y huesos, eso no impidió que los perros la acribillaran a dentelladas sin dejar de aullar, precipitándose sobre ella como buitres. Luego, el líder de la manada la agarró entre sus fauces y se la llevó arrastrando. El cabello rubio de Taylah se alejó, desparramado sobre el polvo del suelo, y el resto de la manada los siguió.

Empecé a sollozar con violencia. Taylah se había ido y el portal se estaba alejando. Ya no nos servía de nada. Entonces Tucker me tomó del brazo con tanta fuerza que me hizo daño.

204

—¡Corra! —dijo, apartando la mirada de los trozos de ropa ensangrentada del suelo—. Tenemos que huir.

Y eso hicimos.

Cuando regresamos al club Hex estábamos sin resuello y nuestro aspecto era tan lamentable que el gorila, al vernos, nos negó la entrada. Tuvimos que llamar a Asia para que nos abriera el paso. Cuando apareció por la puerta, no pudo ocultar la sorpresa de vernos de regreso.

—¿Qué diablos estáis haciendo aquí? —gruñó apretando los dientes. El gorila la miró con mal ánimo, y ella nos hizo entrar rápidamente. Cuando estuvimos envueltos por la oscuridad del interior y el ritmo de la música, volvió a dirigirse a nosotros:

—Los sabuesos deberían haberos hecho pedazos.

Miré a Asia con atención, observé esa mirada salvaje en sus ojos negros, la actitud hostil y rígida de los hombros, y me di cuénta de qué era lo que había buscado desde el principio. Nos había enviado al Yermo sabiendo que los sabuesos del Infierno arrastrarían a Tuck al foso y, probablemente, a mí me desmembrarían. Pero no podía saber que Taylah estaría allí y que nos iba a salvar a los dos.

—Deberías haberlos mencionado —dije con el tono de mayor ligereza de que fui capaz. Lo único que quería era llorar, pero me negaba a darle esa satisfacción a Asia—. Correr delante de los sabuesos nos ha puesto a mil.

—¿Por qué no estás muerta? —Asia dio un paso hacia mí como si quisiera abrirme el cuello.

—Supongo que soy una chica con suerte —dije en tono de desafío.

—Basta —interrumpió Tucker, que estaba demasiado alterado por lo que había pasado para recordar cuál era su lugar—. Deja que me lleve a Beth a casa.

—No. —Asia me agarró del brazo, clavándome sus uñas como garras en la carne—. Quiero que desaparezcas.

—No la toques. —Tucker me soltó de ella y miró a Asia con hostilidad.

Ella le devolvió la mirada achicando los ojos con maldad.

—¿Con quién te crees que estás hablando, chico? —gruñó—. Quizá debería contarle a Jake la pequeña excursión que habéis hecho.

—Adelante. —Tucker se encogió de hombros—. Seguramente se sentirá un tanto enojado cuando se entere de que tú nos ayudaste. Yo soy solo un campesino, pero él cree de verdad que puede confiar en ti.

Asia retrocedió, pero sus rasgos felinos transpiraban furia.

—Vamos, Beth —me dijo Tucker—. Nos marchamos.

—No creas que no encontraré otra manera de acabar contigo —gritó Asia mientras nos alejábamos—. ¡Esto no ha terminado!

Yo no me podía preocupar por los celos y la hostilidad de Asia hacia mí, porque no me quitaba de la cabeza la imagen de Taylah entre las fauces de los sabuesos del Infierno. En ese momento se encontraba en algún punto del foso, soportando innombrables horrores por mí.

Pasara lo que pasase a partir de entonces, tenía que conseguir que su sacrificio hubiera servido para algo.

Al llegar al hotel Ambrosía tenía un único objetivo: regresar a la habitación y hablar con Tuck de nuestro próximo paso. Si Asia había estado dispuesta a ayudarnos una vez, quizá podríamos conseguir que lo hiciera de nuevo. Yo sabía que lo que ella más deseaba era quitarme de enmedio, y que estaba dispuesta a cualquier cosa para conseguirlo. Asia tenía muchos contactos y su única motivación era el interés propio.

Cuando entramos en el vestíbulo miré hacia uno de los lujosos pasillos enmoquetados y vi la sala de reuniones. La puerta estaba entreabierta y me pregunté qué estaba sucediendo allí que fuera tan importante como para que Jake no saliera a recibirme. Normalmente él se afanaba en aprovechar cualquier ocasión que nos permitiera pasar un rato juntos. Me acerqué con cautela sin hacer caso de la aprensión de Tuck.

Miré a través de la abertura y vi las sombras de seis demonios proyectadas por el fuego de la chimenea. Estaban sentados alrededor de la larga mesa, con una botella de whisky y unos cuantos vasos esparcidos por encima. Todos ellos tenían un bloc de notas excepto uno, que se encontraba de pie y presidía la reunión. Estaban viendo una presentación en PowerPoint que mostraba imágenes de los sucesos más catastróficos de la historia de la humanidad. Solo pude ver unos cuantos de ellos: Hiroshima, Adolf Hitler de pie ante un estrado, tanques de guerra, civiles que gemían, casas reducidas a escombros después de un desastre natural.

Solo pude ver a medias al presentador, pero fue suficiente para darme cuenta de que era muy distinto de los demás. Para empezar, era mucho mayor y llevaba un traje de lino blanco, mientras que los demás vestían de negro. Llevaba puestas unas botas de *cowboy*, de las que llevan adornos cosidos. No pude verle el rostro con claridad, pero sí oí algunas de las frases que dirigía al grupo. Tenía una voz grave que parecía llenar hasta el último centímetro de la habitación.

—Este mundo se encuentra en el momento oportuno para que lo conquistemos —dijo—. Los humanos nunca han dudado tanto de su fe, nunca han tenido tan poca seguridad de la existencia de Dios—. Levantó un puño para dar énfasis a sus palabras—. Ha llegado nuestra hora. Quiero ver a multitudes precipitándose en el foso. Recordad que la debilidad humana es vuestra mayor baza: la ambición, el amor por el dinero, los placeres de la carne... son vuestras mejores armas. Quiero que seáis ambiciosos. No os dediquéis a las presas fáciles. Sobrepasad vuestras propias expectativas: quiero que el número de cuerpos alcance una cifra nunca vista. ¡Arrastrad a obispos, cardenales, generales, presidentes! No os quepa ninguna duda de que seréis generosamente recompensados.

Tucker me tiró de la manga para llevarme de vuelta al vestíbulo.

—Ya es suficiente —dijo en un tono muy bajo—. Hemos visto suficiente.

20

La novia del Hades

Yo estaba esperando a hablar de todo lo que había pasado con Tuck, pero cuando llegamos a la habitación no parecía que tuviéramos gran cosa que decir. Estábamos los dos demasiado deprimidos para conversar. No solo era casi seguro que habíamos echado por tierra nuestra única posibilidad de escapar, sino que Taylah había tenido que pagar por ello.

Cuando Tucker hubo salido, yo no paré de dar vueltas en la cama. Pronto mi almohada quedó empapada por las lágrimas: no dejaba de recordar el sonido de los sabuesos del Infierno mientras acababan con mi amiga y se la llevaban al abismo. Y lo peor de todo era que habíamos estado muy cerca de regresar a casa. Gabriel se encontraba justo al otro lado del portal y yo todavía recordaba el tacto del esponjoso hocico de *Phantom* en la palma de mi mano. Quizás hubiera debido gritar: tal vez Gabe hubiera podido hacer algo. Pero ahora ya no tenía ningún sentido pensar en lo que hubiera podido ser. Las palabras que le había oído decir a ese carismático presentador en la sala de reuniones no me abandonaban tampoco: «Los humanos nunca han dudado tanto de su fe». Lloré con más fuerza al recordarlas. Ya no lloraba solamente por Taylah, sino porque sabía que esas palabras eran ciertas: la humanidad nunca había sido tan vulnerable y yo no podía hacer nada al respecto desde donde me encontraba. Finalmente, las lágrimas se me secaron y caí en un sueño profundo.

Me desperté al oír que alguien me susurraba algo en tono de urgencia. Parpadeé, todavía adormecida, sin poder creer que ya hubiera llegado la mañana: parecía que habían pasado tan solo unos minutos desde que me había metido en la cama. Los

208

ojos grandes y marrones de Hanna se me hicieron visibles poco a poco. Me miraba con su habitual expresión preocupada y me sacudía por el hombro para despabilarme. Llevaba el cabello del color de la miel recogido en la nuca en un moño suelto, pero se le habían soltado unos cuantos mechones que le brillaban como hilos de oro bajo la luz de la lámpara. No se podía decir que Hanna fuera optimista, pero, por algún motivo, su presencia siempre ejercía un efecto positivo en mí. El afecto que me demostraba era sincero y, en la oscuridad que me rodeaba, yo sentía que podía confiar en su lealtad. Me senté en la cama y procuré mostrarme más despabilada de lo que estaba.

—¡Debe usted levantarse, señorita! —dijo Hanna mientras intentaba quitarme las sábanas de encima. Yo me resistí y volví a cubrirme hasta los hombros—. El señor Thorn la espera abajo. Quiere que se vista para asistir a un evento importante.

—No me interesan sus eventos —gruñí—. Le puedes decir que no pienso ir a ninguna parte. Dile que estoy enferma o algo.

Hanna negó vigorosamente con la cabeza.

—Sus instrucciones han sido muy explícitas, señorita. Incluso ha dicho lo que debe usted ponerse.

Hanna levantó una caja plana y blanca del suelo y me la puso encima del regazo. Deshice el lazo dorado y aparté las capas de papel de seda con gesto enojado. La prenda que contenía no se parecía a ninguna de las que había en mi guardarropa. Incluso Hanna ahogó una exclamación al verlo. Era un vestido de un vivo color rojo confeccionado con terciopelo arrugado y finísimo, de mangas acampanadas con brocados, como en el cuadro *La dama de Shalott*, de Waterhouse. Se completaba con un delicado cinturón hecho con anillos de cobre.

—Es precioso —exclamó Hanna, que olvidó por un momento de dónde procedía.

Yo no me dejé seducir tan fácilmente.

—¿Qué estará tramando Jake ahora?

—Es para el desfile —dijo Hanna, bajando los ojos.

Tuve la sensación de que me ocultaba algo. Crucé los brazos y la miré con expresión interrogadora.

—El príncipe desea presentarla hoy —explicó.

—¿A qué gente? —pregunté, poniendo los ojos en blanco—. No estamos en un reino medieval.

—A su gente —se apresuró a decir Hanna.

—¿Por qué no me lo has dicho antes?

—Porque sabía que se molestaría. Y es un evento importante, no puede negarse.

Me hundí bajo las sábanas, decidida a no salir.

—Eso ya lo veremos.

—No sea insensata, señorita. —Hanna se había inclinado hacia mí y me hablaba con mucha seriedad—. Si no va usted por voluntad propia, la obligará a ir. Hoy es un día muy importante para él.

La miré y me di cuenta del miedo que tenía a contrariar los deseos de Jake. Hanna se escandalizaría si se enterara de la excursión que Tucker y yo habíamos hecho al Yermo. Como siempre, tuve que preguntarme cuáles serían las consecuencias de negarme a colaborar. Sin duda, Jake responsabilizaría a Hanna. Mi resolución se debilitó, así que aparté las sábanas, salté fuera de la cama y me fui a la ducha. Al salir, Hanna ya había hecho la cama y, encima de ella, había colocado con cuidado el vestido con los zapatos de satén negro.

—Supongo que Jake no creerá de verdad que voy a ponerme esto —pregunté—. No vamos a una fiesta de disfraces, ¿no?

Hanna no me hizo caso. Sin dejar de mirar hacia la puerta con nerviosismo, me ayudó a ponerme el vestido y me abrochó los botones de la espalda. Aunque estaba hecho de terciopelo, era suave y ligero como una segunda piel. Hanna me hizo sentar y me desenredó el cabello para hacerme unas trenzas adornadas con tiras de satén. Luego me cubrió el rostro con polvos y me puso sombra azul en los párpados.

—Estoy ridícula —dije, irritada, mirándome en el espejo de pie.

—Qué tontería —replicó Hanna inmediatamente—. Parece usted una reina.

Yo no quería tener que salir de la suite de mi hotel para participar en otro de los estridentes eventos de Jake. Mi habitación era el único lugar en que me sentía un poco cómoda y segura. Pero Hanna, nerviosa, me tomó del brazo y me hizo salir por la puerta.

En el vestíbulo nos esperaba un pequeño grupo de gente, a algunos de los cuales ya había conocido la noche del banquete. En cuanto salí del ascensor, todo el mundo se quedó en silencio y me observó. Miré a mi alrededor buscando a Tucker, pero no lo vi. Jake, que me había estado esperando con impaciencia y caminando de un lado a otro del vestíbulo, se acercó a mí y me miró con alivio y aprobación. Luego dirigió una mirada de censura a Hanna, probablemente culpándola por nuestro retraso.

Jake me tomó ambas manos, me hizo levantar los brazos para examinarme con mayor detenimiento y sonrió con una expresión de aprobación que le iluminó el rostro, siempre tan hosco.

—Perfecto —murmuró.

Yo no respondí a su cumplido. Jake, con guantes y frac, iba vestido con tanta formalidad que parecía sacado de un retrato del siglo XVIII. Llevaba el cabello recogido hacia atrás de forma impecable. Sus ojos negros como el carbón estaban encendidos por la excitación.

211

—¿Hoy no te has puesto la chupa? —pregunté, cortante.

—Debemos elegir la ropa de acuerdo con la ocasión —repuso en tono amistoso. Se lo veía relajado ahora que yo ya había aparecido—. Olvidas que he visto mucho mundo. Podría elegir entre todo el vestuario de los últimos dos mil años, pero todo lo anterior al siglo pasado me parece anticuado.

Asia se encontraba en el otro extremo del vestíbulo y me miraba con ojos venenosos. Llevaba puesto un ajustado vestido de tono cobrizo con un escote muy marcado y unos cortes en la falda que le llegaban hasta la parte superior de sus bronceados muslos. Los labios le brillaban como perlas. Se acercó a Jake y, con un mohín malhumorado, dijo:

—Es hora de irnos. ¿Estás lista, princesa?

A pesar de que yo sabía que no nos delataría, pues tenía miedo de revelarse también a sí misma, no pude evitar un escalofrío al ver que se dirigía directamente a mí.

Fuera, nos esperaba una limusina descapotable de color rosa. El chofer salió y nos abrió la puerta con gesto mecánico;

cuando nos hubimos sentado, Jake le dijo algo en un idioma que no comprendí. Avanzamos hasta llegar a una carretera que se alejaba a cielo abierto. Era la primera vez que Jake me permitía salir de los túneles subterráneos. Lo primero que vi fue un cielo escarlata encendido de feroces lenguas de fuego. Una nube bullente lo cruzaba, ocultando el horizonte: parecía estar viva, se retorcía y se estiraba. Entonces me di cuenta de que no era una nube sino un enjambre de langostas. Nunca había visto nada igual. El coche circulaba muy despacio por el pavimento, del que se levantaban columnas de vapor. Después de casi una eternidad, el coche tomó otra carretera que estaba flanqueada por multitud de carrozas de vehículos carbonizados. Era un paisaje desolador, parecido al de una película de ciencia ficción en la que el héroe intenta sobrevivir después de una catástrofe nuclear.

Yo no sabía dónde estábamos. Aparte de nuestra breve y fallida excursión al Yermo, no había salido de los túneles. Al cabo de poco, por entre la niebla aparecieron unas figuras desaliñadas de pie a ambos lados de la carretera. Entonces me di cuenta de que se trataba de una multitud: cientos, miles de personas que nos esperaban rodeadas de humo y cenizas. Un mar de rostros nos miraban, expectantes, como buscando algo. Nos observaban con los ojos vacíos y aguardaban. Me pregunté qué estaban esperando. Quizás esperaban algún tipo de señal, pero ¿de qué? Vi que llevaban las mismas ropas con que habían fallecido: algunos iban con batas de hospital, o con camisetas manchadas de sangre y tierra; otros iban bien vestidos, con trajes elegantes y vestidos de noche. Pero todos compartían la misma expresión vacía y cansada de los muertos vivientes. De repente, cobraron vida. Empezaron a empujarse los unos a los otros para poder ver mejor y sus ojos hundidos me observaron con una curiosidad avasalladora. Y, como si alguien les hubiera dado instrucciones, comenzaron a vitorear y a aplaudir alargando hacia nosotros unos brazos esqueléticos. Me hundí en el asiento, atemorizada y, por primera vez, agradecida de que Jake estuviera conmigo. Aunque estaba enojada con él y sabía que ese horrible desfile era cosa suya, me acerqué a él en busca de seguridad. Era irónico que fuera precisamente Jake lo que mayor seguridad me proporcionaba en ese lugar y lo único que me permitía mantener la cordura en esos momentos.

La limusina avanzó por la carretera y la muchedumbre nos envolvía. No tenía ni idea de adónde nos dirigíamos, pero sí sabía que Jake me estaba exhibiendo por las calles como si fuera un trofeo. Para las fuerzas del Infierno, yo representaba un trofeo y para Jake, mi captura había significado un golpe de éxito. Su rostro expresaba claramente que estaba disfrutando de cada segundo.

De repente, Jake se puso en pie en la limusina y me obligó a hacer lo mismo. Intenté liberarme, pero me sujetó con tal fuerza que cuando me soltó me quedaron dos marcas rojas en el brazo. La masa parecía haber enloquecido con nuestro gesto: se pisaban los unos a los otros para intentar subir a los estribos de los coches o a las ventanillas de los coches quemados.

—Deberías saludar —me dijo Jake—. Practicar un poco.

—Por lo menos dime a dónde me llevas.

Jake me miró con una de sus expresiones típicas, una media sonrisa de burla.

—¿Y arruinarte la sorpresa?

El chófer hizo salir el coche de la carretera y se detuvo delante de una especie de desguace lleno de pilas de metales retorcidos. En él habían despejado una zona donde habían montado un estrado con micrófonos y altavoces. Los guardaespaldas de Jake, que llevaban pequeños micrófonos y auriculares para comunicarse entre ellos, vigilaban el área. Jake me ofreció su brazo y yo lo acepté: estaba demasiado abrumada para negarme. Juntos subimos por unos escalones cubiertos por una alfombra roja, como dos estrellas de cine en una fiesta de Hollywood. Arriba, en el estrado, nos esperaban dos tronos plateados cubiertos con pieles de visón negras y protegidos bajo un dosel adornado con rosas negras entrelazadas. Quizás en otro entorno esos tronos me hubieran resultado impresionantes, pero en ese momento no eran más que dos pesos muertos, dos esposas que me ataban a ese mundo subterráneo. Sentía las piernas débiles, así que cuando Jake, en un ostentoso gesto de galantería, me acompañó hasta mi asiento, me dejé caer en él con gran alivio. La amorfa masa de gente había quedado en silencio y esperaba las

213

palabras de Jake. Incluso los murciélagos que cruzaban el aire en silencio se detuvieron en seco.

—Bienvenidos a todos —empezó a decir Jake. No necesitaba micrófono: su poderosa voz llenaba todo el espacio—. Hoy es un día trascendental, no solo para mí sino para todo el reino del Hades.

La muchedumbre empezó a vitorear de nuevo y Jake levantó las manos para hacerlos callar. Vi que abajo, enfrente de nosotros, se encontraba la elite del Hades sentada siguiendo un estricto orden jerárquico. Todos ellos tenían la misma expresión condescendiente y un tanto sádica, pero al mismo tiempo resultaban fascinantes. Detrás de ellos, las almas nos observaban con temor, aunque incapaces de apartar los ojos de nosotros. Un aire caliente me encendió las mejillas y deseé estar en el ático del hotel, prisionera pero a salvo de los depredadores ojos de los condenados.

Jake, erguido sobre la tarima, levantó un brazo con gesto de triunfo y todos, uno a uno, fueron cayendo de rodillas al suelo. Intenté clavar la mirada en el cielo escarlata para no encontrarme con los ojos de nadie: tenía demasiado miedo de lo que podría ver en ellos. Sentía un nudo en el estómago, como si algo terrible estuviera a punto de suceder. Entonces un hombre con barba, encorvado y anciano, subió las escaleras del estrado acompañado por un ayudante y se acercó a uno de los micrófonos. Vestía el hábito cotidiano de un sacerdote: sotana negra y cuello blanco. Tenía el rostro muy marcado y ajado, y los ojos enrojecidos se veían inyectados en sangre. Debajo de ellos se le marcaban las ojeras oscuras e hinchadas como dos bolsitas de té usadas.

—Por favor, dad la bienvenida al padre Benedict —dijo Jake en un tono como de presentador de televisión—. Él va a dirigir la ceremonia de hoy.

Jake sonrió con expresión indulgente y el hombre le dirigió una reverencia. Yo estaba perpleja de ver una escena tan sacrílega: un hombre de Dios que se humillaba ante un demonio como Jake.

—No te escandalices tanto —me dijo Jake, despreocupado, sentándose de nuevo—. Incluso los más devotos pueden caer.

—Eres despreciable —me limité a contestar.

Jake me miró con sorpresa:

—¿Por qué yo? —Señaló hacia el padre Benedict con un gesto de la cabeza—. Si quieres culpar a alguien, cúlpalo a él.

—¿Qué está haciendo aquí?

—Digamos que no consiguió proteger a los inocentes. Ahora trabaja para nosotros. Estoy seguro de que eres capaz de captar la ironía. —Lo fulminé con la mirada—. O quizá no.

Se me ocurrió que Jake tal vez estuviera ocultando algo a propósito. Aunque hacía un calor terrible, sentía un frío tremendo en las venas, como si me hubieran inyectado hielo en el torrente sanguíneo. Sabía que yo era una conquista para Jake, un souvenir de su victoria sobre los agentes del Cielo. Pero ¿qué otra cosa se estaba llevando a cabo allí en esos momentos?

—Sea lo que sea lo que quieras que haga, no pienso hacerlo —le dije.

—Tranquilízate —contestó Jake—. Solo se requiere tu presencia.

De repente, las piezas empezaron a encajar. El vestido, el desfile y ahora, la ceremonia. Todo empezaba a tener sentido.

—No voy a casarme contigo —le dije, apretando los apoyabrazos del trono con tanta fuerza que los nudillos se me pusieron blancos—. Ni ahora ni dentro de un millón de años.

—Esto no es una boda, cariño —dijo Jake, riendo—. Eso vendrá después. Soy un caballero y nunca te forzaría a hacer algo para lo que no estás preparada.

—Ah, pero sí estoy preparada para que me secuestren, ¿no? —pregunté con sarcasmo.

—Necesitaba llamar tu atención —repuse Jake con voz aterciopelada.

—¿De verdad quieres estar con alguien que no soporta tu presencia? —pregunté—. ¿Es que no tienes respeto por ti mismo?

—¿Qué te parece si dejamos las discusiones domésticas para un momento más adecuado? Ahora eres la novia de todos ellos. Disfruta del momento.

Jake hizo un gesto hacia la muchedumbre. Todos esperaban con el aliento contenido a que sucediera algo.

—Han hecho un largo viaje para dar la bienvenida a su nueva princesa.

215

Entonces, con la rapidez del relámpago, apartó su trono hacia atrás y se colocó a mis espaldas para empujarme y colocarme en el centro del estrado. Esto provocó una oleada de murmullos excitados y miles de ojos se fijaron en mí con un entusiasmo fanático.

—Esto es una iniciación —susurró Jake en tono seductor—. Mira a tu alrededor, Bethany. Este es tu reino y esta es tu gente.

—No soy su princesa —estallé—. ¡Nunca lo seré!

—Pero ellos te quieren, Beth. Te necesitan. Han estado esperando mucho tiempo. Piensa en todo lo que podrías hacer aquí.

—No puedo ayudarlos.

—¿No puedes o no quieres?

La conversación se vio interrumpida por un carraspeo. Se trataba de Eloise, la chica pelirroja que conocí en el banquete.

—Por favor, ¿podemos continuar? —dijo Jake dirigiéndose al padre Benedict.

—Empecemos.

Yo no tenía ni idea de qué implicaba una «iniciación», pero sabía que no sería capaz de soportarlo. Tenía que irme. Salí corriendo hacia los escalones e incluso conseguí bajar un par de ellos, pero la gente de Jake me detuvo. En un momento me tuvieron rodeada. Sus manos calientes me agarraron por todas partes; sus rostros se retorcieron de placer y de vez en cuando abandonaban su bella apariencia para mostrar su verdadera forma grotesca. Enseguida me obligaron a regresar a mi asiento. Jake se sentó a mi lado, sereno. El sacerdote le colocó en la cabeza una corona de hojas de parra entrelazadas que brillaron sobre su oscuro y suave pelo. Tomó otra corona igual entre sus retorcidas y huesudas manos y su voz ronca resonó en toda la esplanada:

—Hoy nos encontramos aquí para dar la bienvenida a un nuevo miembro de la familia. El príncipe la ha estado buscando durante muchos siglos y todos compartimos su felicidad con él ahora que finalmente la ha encontrado. Ella no es una simple mortal, sino que viene de un lugar mucho más elevado: un lugar conocido como el Reino de los Cielos. —Los espectadores ahogaron una exclamación de asombro. Me pregunté si, a pesar de sus retorcidas mentes, todavía eran capaces de recordar un lugar como el Cielo. Pero lo dudaba—. Deberéis adorarla —añadió el padre Benedict elevando la voz con fervor—. La serviréis y os doblegaréis a su voluntad.

Quise levantarme y negar todo lo que estaba diciendo, pero sabía que me harían callar. El padre Benedict acabó:

—¡Os presento a la nueva princesa del Tercer Círculo, el ángel Bethany!

Entonces se dio la vuelta y me colocó la corona sobre la cabeza. En ese mismo instante un relámpago iluminó el cielo rojo y una tormenta de cenizas nos envolvió. La muchedumbre de almas se tiró al suelo cubriéndose el rostro. Los demonios parecieron disfrutar con esa reacción de la masa.

Así, con la misma rapidez con que había empezado, la ceremonia terminó. El sacerdote bajó del estrado y la muchedumbre empezó a dispersarse.

Mientras nos dirigíamos al coche, un niño desaliñado se separó de la multitud y se acercó a nosotros. Era muy pequeño y frágil, y tenía cara de pillo. Alargó los brazos hacia mí con gesto suplicante y Diego, que fue el primero en verlo, fue hasta él y lo agarró por la garganta con crueldad. Horrorizada, vi que el niño no podía respirar y que tenía los ojos desorbitados a causa del terror. Entonces Diego pareció aburrirse de repente y lo tiró al suelo, como si fuera un saco vacío, y el crío emitió un gemido gutural. Todos mis instintos me empujaban a ir a su lado para ayudarlo. Quise dar un paso, pero Jake me agarró del brazo con fuerza.

—¡Compórtate con dignidad! —gruñó.

Entonces, sin pensarlo dos veces, le di una patada en la espinilla. Eso lo distrajo un momento, que aproveché para correr hasta donde estaba el chico. Levanté del suelo el cuerpo inerte del niño sin importarme que la falda se arrastrara por el polvo. Tenía los ojos cerrados. Le limpié con suavidad la cara, le puse una mano en el pecho y concentré en él toda la energía sanadora que todavía pudiera quedarme en un desesperado intento de devolverle la vida que le acababan de quitar.

Al fin, el niño abrió los ojos y sus labios recuperaron su tono rojo y le sonreí para tranquilizarle. Entonces me di cuenta de que todo el mundo se había quedado en silencio y me miraba. Jake estaba tan solo a unos metros de mí, pero su expresión era de consternación. Antes de que tuviera tiempo de hacer nada, la gente de Jake me rodeó y me condujo hasta el coche. Cuando me hube sentado, Jake, a mi lado, me susurró al oído:

—No vuelvas a hacer algo así nunca más. ¿Qué te crees que es esto? Somos hijos de Lucifer. Nuestro objetivo es infligir sufrimiento, no aliviarlo.

—Habla por ti —le contesté con valentía.

—Escúchame —dijo Jake entre dientes y agarrándome el brazo—. Las Siete Virtudes del Cielo son los Siete Pecados del Infierno. Un acto de bondad es un pecado capital. Ni siquiera yo podré protegerte si cometes tales faltas.

Yo ya no lo escuchaba. De repente me sentí muy tranquila: ahora sabía que podía hacer algo bueno incluso en el Infierno. Me estremecí de pies a cabeza de la emoción. No había hecho nada más que ceder ante mi naturaleza: ofrecer consuelo allí donde encontraba dolor. Me concentré en mis poderes de sanación y los sentí crecer en mi cuerpo. Sentí un cosquilleo en las alas, pero reprimí el deseo de desplegarlas. Mi cuerpo empezó a emanar luz, una luz que se filtraba fuera del coche, llenaba la polvorienta esplanada y cubría las cabezas gachas de la muchedumbre. Mi luz consiguió apagar el fuego del cielo, otorgándole una tonalidad blanquecina. Mientras tanto, oía la voz de Jake, lejana...

—¿Qué estás haciendo? ¡Para ahora mismo! ¡Te lo prohíbo!

No parecía enojado, solamente alarmado. Entonces mi luz se fue apagando hasta que desapareció por completo y, en su lugar, una mariposa blanca quedó aleteando en el aire. Voló por encima de la muchedumbre como un pequeño retazo de esperanza en un mar de desolación. Algunos intentaron agarrarla, pero todos los rostros miraban hacia arriba ahora, algunos con esperanza y otros con terror. Jake se había quedado paralizado, así que fue Asia quien decidió tomar el mando.

—Matad a ese bicho —gritó—. Y largaos de aquí.

21

Gran Papi

Cuando hubimos regresado al hotel Ambrosía, los demonios de Jake mantuvieron una reunión de crisis. Se negaron a ir a la sala de juntas, así que se llevó a cabo en el mismo vestíbulo. Empezaron a discutir a voces como niños que se pelean en el patio de la escuela. Aunque no me hacían ningún caso, mi nombre se pronunció varias veces junto con expresiones como «una cagada enorme» y «estamos perdidos». La discusión continuaba subiendo de tono y Jake me tomó del brazo y me llevó hasta Hanna, que se retorcía los dedos de las manos mientras lo observaba todo desde un extremo de la sala.

—Llévate a Beth arriba —dijo Jake, empujándome hacia ella—. No os detengáis ni habléis con nadie.

—No quería causarte tantos problemas —tartamudeé. No conseguía decir que lo sentía... porque no lo sentía. Pero no había esperado provocar ese caos—. Simplemente ha sucedido.

Jake me ignoró.

—¡Ahora, Hanna! —rugió.

—No comprendo por qué es tan grave —le dije, resistiéndome a Hanna, que me empujaba—. Por lo menos dime qué está pasando.

Jake bajó la voz y me miró con ojos abrasadores.

—Las cosas están a punto de ponerse muy feas. Estoy intentando salvarte el pellejo y tendré una posibilidad mayor de conseguirlo si te quitas de enmedio.

A mi alrededor, los ojos negros como el alquitrán de todos los demonios se clavaban en mí con voracidad sangrienta. Mi presencia ya no resultaba divertida ni curiosa. Esos rostros eran maníacos, me miraban como si lo único que desearan fuera desmembrarme. Jake fue a reunirse de nuevo con mis jueces. Se lo veía alto y formidable con su frac negro y el pelo suelto sobre los hombros. Pero, por la actitud de su cuerpo, me di cuenta de que se preparaba para presentar batalla.

—Vámonos, señorita. —Hanna empezaba a ponerse muy nerviosa.

Esta vez no discutí, sino que me apresuré a seguirla. Desde dentro del ascensor oímos algunas frases de la conversación:

—¡Esto es una farsa! —gritó alguien—. No deberías haberla traído al Tercer Círculo.

—Es joven —oí que rugía Jake, defendiéndome. Me sentí un poco culpable al dejar que se enfrentara él solo a esa situación. Los suyos ahora se ponían contra él por mi culpa—. Acaba de llegar. Necesita más tiempo para adaptarse.

—¿Cuánto tiempo? Porque ya lo está trastocando todo —replicó alguien—. Querías tener una mascota para poder jugar con ella... pues ahora enséñale las reglas de esta casa.

220

—Además, ¿qué quieres de ella? —intervino otro—. ¿Es que vale la pena poner en peligro nuestra reputación por un poco de diversión? Los otros Círculos se están riendo de nosotros.

—A ti no te tengo que dar explicaciones —respondió Jake en un tono grave y gutural.

—Quizá no, pero tú no eres la mayor autoridad.

—¿De verdad queréis molestarlo? ¿Por esto?

—No, pero lo haré si no eres capaz de controlar a tu zorrita.

Por un momento, la habitación quedó sumida en un silencio mortal. Hanna apretó varias veces el botón de nuestro piso hasta que consiguió que el ascensor respondiera.

—¿Qué has dicho?

—Ya me has oído.

—Quizá tendrías que retirar ese comentario —dijo Jake en un tono de amenaza que hubiera sido difícil de pasar por alto.

—Adelante, pez gordo. Vamos a ver de qué eres capaz.

Cuando Hanna y yo llegamos a la habitación, Tucker ya nos estaba esperando. En cuanto entramos puso el cerrojo de seguridad en la puerta, aunque todos sabíamos que no nos serviría de mucho para mantener a los demonios a raya.

Me senté en la cama con las piernas cruzadas y con un cojín entre los brazos.

—¿Qué creéis que está pasando ahí abajo?

—No se preocupe, señorita —respondió Hanna, servicial—. El señor Thorn los convencerá. Siempre lo hace.

—Espero que tengas razón —dije—. No me había dado cuenta de que estaban tan nerviosos.

—Son demonios, sus reacciones siempre son excesivas. —Tucker se encogió de hombros, intentando hacerme sentir mejor.

Jake permaneció en el vestíbulo discutiendo durante horas. Al final, justo después de medianoche, Tucker y Hanna se fueron a la cama. Yo empezaba a tener sueño, así que me dispuse a quitarme el vestido de terciopelo cuando oí que Jake me llamaba desde el otro lado de la puerta. Era la primera vez que pedía permiso en lugar de entrar directamente.

—Me alegra que todavía estés levantada —dijo en cuanto le abrí—. Tenemos que irnos.

Hablaba en un tono de disculpa, sin darme ninguna orden. Llevaba una pieza de ropa bajo el brazo. La expresión de sus ojos era extraña y si no lo hubiera conocido, estaría pensando que era por miedo. No le había visto esa expresión ni siquiera cuando Gabriel lo envolvió en lenguas de fuego y ordenó a la tierra que se lo tragara vivo. En ese momento Jake solamente se mostró desafiante y derrotado. ¿Qué había pasado para que estuviera tan nervioso?

—¿Adónde vamos?

Jake apretó los labios, como reprimiendo la ansiedad.

—Han convocado una vista.

—¿Qué? ¿Por qué? —Me había despabilado por completo.

—No creí que esto llegara tan lejos —repuso Jake—. Te lo explicaré por el camino.

—¿Puedo cambiarme de ropa primero?

—No hay tiempo.

221

Cuando salimos del vestíbulo la moto de Jake nos estaba esperando, en marcha, como si tuviera vida propia.

—¿Por qué vamos en moto? —pregunté.

—No quiero llamar la atención —dijo Jake—. Toma, ponte esto. —Me lanzó la capa marrón que llevaba bajo el brazo.

—Creí que lo que querías precisamente era llamar la atención —repliqué, en alusión al humillante desfile de unas horas antes.

—Esta vez no.

—¿Por qué debería creerte? —pregunté.

—Beth. —Jake suspiró, como si algo le doliera—. Detéstame todo lo que quieras, pero confía en mí... esta noche estoy de tu parte.

Por algún motivo, le creí. Me cubrí con la capa y me puse la capucha. Jake me ayudó a montar en la motocicleta y avanzamos a toda velocidad por los túneles que se separaban y se entrecruzaban en una trama tan intrincada como la de una tela de araña. Hundí el rostro en su espalda para esconderme de los horrores que acechaban en esa oscuridad.

222   Al cabo de poco tiempo, Jake detuvo la motocicleta delante de un almacén en ruinas que se encontraba al final de un estrecho callejón. Tenía varios pisos de altura, a pesar de encontrarse bajo el suelo. Unos vándalos debían de haber roto los cristales de las ventanas, porque estaban tapiadas con tablones de madera y todos los muros estaban llenos de grafitis. Jake pareció dudar un momento antes de entrar, como si intentara encontrar una estrategia.

—Es aquí —dijo, mirándome con una seriedad extraña en él—. Tienes una audiencia ante Gran Papi en persona. No hay muchos, ni vivos ni muertos, que hayan tenido este honor.

—¿Qué? —grité—. ¿Me has traído a ver a Lucifer? ¿Estás loco? ¡No pienso entrar ahí!

—No tenemos elección —dijo Jake en voz baja—. Nos ha convocado.

—¿Por qué? ¿Es por la mariposa? —pregunté, desesperada—. No lo volveré a hacer, lo juro.

La poca confianza que había sentido al final del desfile me abandonó por completo en ese momento.

—No es contigo con quien están enfadados —dijo Jake—.

Se han reunido para juzgarme a mí y para decidir cuál será mi castigo por haberte traído aquí.

—Pues me alegro —repliqué—. Te equivocaste al traerme aquí. Será mejor que me devuelvan a mi lugar.

—Ojalá sea tan sencillo —murmuró Jake, distante—. Sería un precio muy barato.

—¿Qué quieres decir con eso?

—Nada. Entremos. —Jake se adelantó—. Ya le hemos hecho esperar suficiente. Recuerda, no hables a no ser que se dirija a ti, ¿comprendido? No es momento para pasarse de la raya.

Jake todavía no había terminado de pronunciar esas palabras cuando un gorila, muy parecido a los que había visto en los clubes, abrió las pesadas puertas. Se oyó el chirrido del metal y el gorila nos hizo una señal para que entráramos.

—Adelante —oímos que nos decía una voz que me hizo pensar en la textura y el aroma del whisky—. No muerdo.

Por dentro, todo había sido dispuesto para imitar un tribunal. Siete personajes oscuros y sumidos en las sombras se sentaban en semicírculo sobre unos bultos que parecían cajas vueltas del revés. Alguno de ellos tenía los brazos cruzados sobre el pecho, como si hubieran estado esperando demasiado tiempo. La intuición me dijo que se trataba de los Originales, los iguales a Jake. También vi a Diego, a Nash, a Yeats y a Asia, que acechaban desde un rincón oscuro. Comprendí que ellos también habían sido llamados, quizá como testigos.

Cuando los ojos se me acostumbraron a la penumbra, me di cuenta de que otro personaje mucho más alto que los demás presidía el grupo. Estaba sentado en una silla de respaldo alto estilo Tudor que había conocido tiempos mejores. Llevaba puesto un traje de lino blanco, una corbata de seda roja y unas botas estilo *cowboy*. Aunque las sombras me ocultaban su rostro, estaba segura de que se trataba del entusiasta orador al que había oído en la sala de reuniones. Con una mano sujetaba un bastón de empuñadura de marfil y daba golpes en el suelo, como impaciente. Jake y yo entramos y en ese mismo instante, todas las conversaciones cesaron. Durante unos minutos nadie dijo nada y aproveché para observar ese espacio en ruinas y a sus ocupantes.

223

Aparte de los trozos de cristal roto que había por todas partes, vi unas máquinas cubiertas de polvo y de telarañas. El sonido de batear de alas sobre nuestras cabezas indicaba que los murciélagos habían convertido las vigas de madera en su casa. Al igual que Jake, los ángeles caídos que nos rodeaban eran la viva imagen de una belleza marchita. De algunos de ellos no habría sabido decir a qué sexo pertenecían: todos compartían las mismas facciones marcadas, el mismo tono pajizo en los labios, la forma aguileña de la nariz y la robustez de las mandíbulas. Todos tenían la misma mirada apagada y cansada de quien ha dedicado su vida a objetivos inútiles. A pesar de que eran incapaces de sentir asombro, supe que mi presencia los había sorprendido. Todos ellos tenían una actitud corporal y un aire de superioridad que delataba que eran los Originales. En este mundo eran como el equivalente de la realeza. Y todos miraban a Jake con frialdad, como si él ya no perteneciera a su grupo y hubiera pasado a ser un marginado, un descarriado.

Al fin pude distinguir las facciones del hombre del traje blanco. Me di cuenta de que era mayor que los demás y que su rostro se veía más avejentado. Tenía la piel bronceada y curtida y sus ojos, de un azul transparente, carecían de expresión. Llevaba el cabello pulcramente recogido hacia atrás y sujeto con un pasador dorado. Tuve que admitir que era extremadamente guapo. Se suponía que los ángeles no envejecían, pero supuse que el constante ejercicio del mal tenía que cobrarse su precio. Pero, a pesar de que se había hecho mayor, el rostro de Lucifer era radiante, sus ojos penetrantes y sus rasgos, perfectamente dibujados. Tenía la frente amplia y sus ojos desprendían una energía tal que en su presencia se me erizaba la piel. Sabía que en el Cielo había sido uno de los más reverenciados, la máxima expresión de la belleza y de la inteligencia. Cuando habló, lo hizo despacio, con voz potente y un marcado tono musical.

—Bueno, hola angelito —dijo—. ¿Qué te parece esta reunión en familia?

Algunos de los demonios rieron disimuladamente.

—Padre —Jake dio un paso hacia delante con actitud profesional—, todo esto es un malentendido. Si me concedieras la oportunidad de explicar...

—Oh, Arakiel, mi querido chico —se burló Lucifer con tono paternalista—. Tienes que rendir cuentas de muchas cosas.

Tardé un poco en darme cuenta de que se dirigía a Jake por su nombre de ángel. Como siempre, volví a sorprenderme al recordar la antigua vida de Jake. Me resultaba muy extraño pensar que, hacía mucho tiempo, antes de que yo misma existiera, todos ellos vivían en el Cielo. Gabriel lo recordaba claramente, pues había sido testigo del levantamiento de los ángeles rebeldes y de su expulsión del Reino, así que para él no había transcurrido tanto tiempo. Yo solo conocía el mal que habían perpetrado desde ese momento, pero había una palabra que se me repetía mentalmente: «hermanos». Era increíble en lo que se habían convertido. Por un momento, todo mi miedo y mi rabia desaparecieron y solamente sentí una profunda tristeza. Pero enseguida la voz de Lucifer me hizo regresar a la cuestión presente:

—Le debes una explicación clara a este tribunal, Arakiel —dijo—. Esta pequeña escapada tuya ha provocado un gran desacuerdo entre nuestras filas y algunos piensan que puede poner en peligro todo lo que hemos construido hasta ahora. Debemos preservar lo que es nuestro, cueste lo que cueste.

—Padre —Jake bajó la cabeza—, no quiero parecer irrespetuoso, pero fuiste tú quien me enconmendó esta tarea.

—Desde luego —asintió Lucifer—. Y yo celebré tu valentía al traerla aquí, pero parece que, desde entonces, te has dejado vencer por tus emociones. Temo que para ti esto ya no sea estrictamente un deber. —Miró a Jake entrecerrando los ojos con maldad—. De hecho, sospecho que nunca lo ha sido.

—Discúlpame, tengo una pregunta...

Di un paso hacia delante y todos los demonios me clavaron sus ardientes ojos al mismo tiempo. Me clavé las uñas en la muñeca para no temblar y continué. Aunque sabía que estaban fuera de mis posibilidades, no podía dejar de pedir respuestas. Irónicamente, tenía la sensación de que Lucifer me diría la verdad.

—Estoy un poco confundida. He entendido que fuiste tú quién me quiso traer aquí, pero lo que no comprendo es por qué.

Lucifer sonrió con una mueca.

225

—Es verdad —dijo—. Arakiel te trajo aquí bajo mi consentimiento.

—Pero yo no soy nadie importante. ¿Por qué yo?

Lucifer dio unos golpecitos con los dedos sobre la empuñadura de su bastón.

—Tú eres una prenda, querida —contestó—. Como bien sabes, el Cielo ha iniciado otra de sus patéticas operaciones para salvar el mundo. —Lucifer puso los ojos en blanco—. Es un tema profundamente aburrido: nosotros creamos el caos, ellos lo ordenan y así una y otra vez. Ya estamos hartos de eso, y es en este punto donde tú intervienes. —Me observó con expresión indolente—. Te he utilizado para enviar un mensaje.

—¿Qué mensaje?

De repente, Diego se puso en pie dispuesto a aclarármelo por su cuenta.

—Ha sonado el disparo de salida.

—¿Y eso qué significa? —pregunté con voz débil, luchando contra el pánico que empezaba a apoderarse de mí.

—Bueno, supongo que ahora que estás aquí no pasa nada si te lo contamos —dijo Lucifer arrastrando las palabras—. Digamos que ha llegado la hora de que esta contienda llegue a su punto de inflexión.

Jake, que hasta el momento había permanecido en silencio, decidió intervenir.

—Arrastrar a un ángel al Infierno en contra de su voluntad es una señal —explicó—. Señala el inicio de la guerra.

—¿Va a haber una guerra?

—Se sabe desde siempre que va a haber una guerra —dijo Lucifer—, desde que el imbécil y santurrón de mi hermano me expulsó.

—Hemos esperado largo tiempo —añadió Diego con su marcado acento español— a enseñarles quién manda y hasta qué punto es frágil su precioso y pequeño planeta.

Tragué saliva, negando con la cabeza.

—No —dije—. No es verdad.

—Oh, sí lo es —intervino Nash, entusiasmado ante el giro que tomaba la conversación—. Estamos hablando de la demostración final, del encuentro cara a cara entre tu papi y el nuestro.

—Será mejor que lo creas, angelito —añadió Lucifer—. Nos encontramos camino del Armagedón y promete ser todo un espectáculo.

Me quedé helada, sin poder casi respirar. En parte tenía la esperanza de que todos esos demonios estallaran en carcajadas y revelaran que todo eso no era más que una broma cruel que me habían gastado. Pero en el fondo sabía que no se trataba de ninguna broma: hablaban completamente en serio. El mundo se encontraba ante un serio problema. No podía creer lo que acababa de oír; pensaban que mi captura funcionaría como una especie de detonante, la última gota que colmaría la paciencia de los ángeles. ¿Funcionaría? El Infierno había hecho su primera ofensiva; ahora, ¿le quedaría al Cielo otra alternativa que vengarse? Lucifer había aprobado mi rapto para ir contra mi Padre y provocar una confrontación final que sería más sangrienta que nunca. Él sabía que había ido demasiado lejos, pero eso era exactamente lo que quería. Acababa de lanzar el guante y esperaba que el Cielo aceptara el desafío. Había abierto las puertas a la guerra.

El juicio parecía haberse desviado de su objetivo y Jake lo retomó para plantear lo que para él era más importante:

—¿Así que nos soltarás? —preguntó—. Padre, el ángel ya ha cumplido su función y no representa ningún peligro. Te pido que me la confíes.

—Oh, querido —dijo Lucifer al tiempo que soltaba un exagerado suspiro—. Me temo que no puedo hacerlo. —Levantó el bastón y me señaló con él—. No después del pequeño espectáculo que nos ofreció ayer la señorita Church.

—¡Es mía!

La voz de Jake sonó con gran estridencia en el interior del enorme almacén. Aunque no era muy buena estratega, incluso yo me di cuenta de que Jake estaba perdiendo terreno. Tenía que controlar sus emociones si quería llegar a alguna parte.

Lucifer irguió el torso y Jake bajó la cabeza con gesto humilde, arrepentido por esa salida de tono.

—Cuando te la confié, no sabía que te habías implicado

227

emocionalmente en el proyecto. —Lucifer pronunció esas palabras como si le dejaran mal sabor en la boca.

—Yo no... no lo he hecho —repuso Jake—. Yo sabía que ella era un trofeo, y pensé que sería otra de nuestras conquistas...

—¡No me mientas, chico! —rugió Lucifer de forma tan inesperada que todos los allí reunidos se sobresaltaron—. Tú la has deseado desde el principio. Nunca te hubiera confiado esta misión si hubiera sabido hasta qué punto llegaba tu obsesión.

Jake levantó los ojos y miró a su padre a los ojos. Apretó la mandíbula.

—Eso es lo que tú me enseñaste a hacer: a tomar aquello que quiero.

Lucifer soltó una carcajada hueca y habló en un tono más amable:

—Querer es distinto a necesitar —explicó—. Tú querías al chico cojo y a la mocosa de Buchenwald. Pero a Bethany... la necesitas y tu apego te está debilitando, te está quitando toda la energía. Me molesta ver que uno de mis hombres más fuertes cae de esa manera.

—Me corregiré, Padre —dijo Jake.

—Desde luego que sí —replicó Lucifer—. Me encargaré personalmente de que lo hagas.

—¿Qué puedo hacer? —Jake agachó la cabeza.

Lucifer chasqueó la lengua y respondió:

—Tú eres mi hijo, uno de mis mejores hijos. No te preocupes. —Sonrió con indulgencia y añadió—: Papi lo arreglará todo.

—Él no es uno de tus hijos —intervine, incapaz de callarme. Me pareció que mi lengua y mis labios habían decidido actuar por su cuenta, y continuaron haciéndolo a pesar de que todas las células de mi cuerpo sabían que debía callar—. Si recuerdas, fue mi Padre quien lo creó... y también a ti, por cierto.

Jake giró todo su cuerpo hacia mí y me fulminó con la mirada. Lucifer se limitó a ladear la cabeza y a mirarme con expresión divertida.

—Mira a tu alrededor, angelito —dijo—. El mundo está en ruinas y tú estás en el Infierno. ¿Dónde está tu Padre ahora? ¿Por qué no viene a salvarte? O bien no le importas o no tiene tanto poder como crees.

—Tuvo el poder suficiente para expulsarte del Cielo —dije con descaro.

—¿Y por qué crees que lo hizo? —Lucifer me dedicó una sonrisa deslumbrante—. ¿Por qué crees que construyó esta caja bajo tierra para mí? Porque estaba asustado. Uno no necesita encerrar aquello que no presenta ningún peligro.

—Si eres tan peligroso, ¿por qué no te escapas? —lo desafié.

—No puedo. —Lucifer se encogió de hombros y señaló a su alrededor—. Pero sí puedo reunir un ejército y mandarlo en mi lugar. Es lo que se llama una laguna legal, querida. —Dirigiéndose a Jake, continuó—: Admito que comprendo la atracción. Tiene carácter, ¿verdad?

—Lo siento, Padre —rogó Jake—. No sabe lo que dice, no te ofendas.

—No estoy ofendido —repuso Lucifer—, pero me temo que no te puedes quedar con ella.

Los ojos de Jake delataron la alarma que sentía a pesar de todos los esfuerzos que hizo para disimularlo.

—¿Es cierto lo que me han dicho tus hermanos? ¿Que invocó a la vida? —preguntó Lucifer.

—Sí, pero fue un accidente. No volverá a suceder, me aseguraré de ello —insistió Jake.

—No me estás comprendiendo, chico. Su presencia ha despertado la esperanza. Si la esperanza se introduce en el Infierno, todo aquello para lo que hemos trabajado se convertirá en humo.

—La encerraré bajo llave. Haré lo que haga falta. Tienes mi palabra.

—Desde aquí percibo la rectitud que emana de ella en oleadas. Es repugnante. ¿Solo me sucede a mí o los demás también podéis notarlo? Ya ha infectado nuestro mundo con su compasión y con esa aburrida actitud de «ama a tu prójimo». Su mera presencia es una aberración.

—Pero, Padre, piensa en las ventajas.

Lucifer miró a Jake con expresión displicente. Me di cuenta de que estaba a punto de terminar con el asunto.

—Te di permiso para traerla aquí. No dije que se pudiera quedar.

—¡No me la puedes arrebatar!

Jake gritó como un niño petulante e incluso dio un golpe en el suelo con el pie. Lucifer se inclinó un poco hacia delante y apoyó los codos en las rodillas.

—No hay nada que yo no pueda hacer si lo deseo —contestó—. Tú estás a mi merced aquí, no te olvides. Te podría arrebatar todos tus poderes por esto que has hecho. Pero tienes suerte: no me gusta ver a mis hijos oprimidos. —Soltó un exagerado suspiro y añadió—: No puedo evitar estos sentimientos paternales.

—¿Así que la vas a obligar a regresar? —Jake parecía destrozado.

—¿Regresar? —Lucifer arqueó una ceja—. Esto no es un cuento de hadas, chico. Aquí abajo no trabajamos de esa manera, y tú precisamente deberías saberlo. —Meneó la cabeza con gesto de cansancio—. Mira el mal que te ha hecho ya.

Jake me miró con los ojos llenos de pánico.

—Haz algo —me dijo, desesperado, vocalizando con los labios y sin emitir ningún sonido.

Me quedé sin saber qué decir a causa de la confusión y del miedo que me oprimía. Primero me había ordenado que no hablara y ahora quería que reaccionara. ¿Qué creía que podía hacer yo?

Lucifer se puso en pie con agilidad y dijo:

—Lo siento, Arakiel, pero este plan tuyo ha sido muy mal ejecutado. Desde el mismo instante en que ella bajó al Hades tú sabías que pasaría esto. No ames nunca aquello que no puedes conservar. Tu ángel ha estado siempre condenado a la muerte.

De repente se me ocurrió una idea.

—No servirá de nada —tartamudeé—. No puedo morir aquí. Son las reglas. Si me matas, lo único que conseguirás es mandarme al Cielo.

—No, querida. —Lucifer negó con la cabeza—. Si murieras en la Tierra, irías al Cielo. Pero aquí abajo el juego es totalmente distinto. El fuego del Infierno es lo bastante potente para aniquilar para siempre a un ángel.

—¿Y si ella accede a convertirse? —preguntó Jake, exasperado—. ¿Y si se convierte en uno de nosotros?

—Muy poco probable —repuso Lucifer con languidez, inspeccionándose la manicura de las uñas. Era evidente que esa discusión lo aburría—. Está encadenada al Equipo A, es evidente.

—Por lo menos dale la oportunidad.

Lucifer suspiró profundamente.

—Mi querida Bethany, ¿quieres considerar la posibilidad de renunciar al Cielo y de utilizar tus poderes para ayudarnos?

—No —contesté—. Mil veces no.

—¿Satisfecho? —le dijo Lucifer a Jake.

—Padre.

Uno de los Originales dio un paso hacia delante. Era una mujer con una melena negra y rizada que le llegaba a la cintura, labios rojos como rubíes y unos brillantes ojos castaños. Su rostro parecía el de una muñeca de porcelana, y su piel era tan blanca que parecía que nunca le hubiera dado el sol. Quizás así era, pensé, abstraída. Me pregunté por qué no sentía pánico, por qué no estaba llorando o suplicando indulgencia. Me parecía que el tiempo se había detenido, que los segundos avanzaban muy lentamente, y mis emociones parecían haberse escondido, como si se hubieran desconectado de mí. La mujer habló:

—Creo que podríamos dar ejemplo con ella.

—¿Cómo, mi preciosa Sorath? —preguntó Lucifer.

—Si queremos contrarrestar su influencia y recuperar el equilibrio de poder, debemos demostrar a la gente que vamos en serio. —Sorath giró su cuello de cisne para mirarme a los ojos—. Debemos castigarla públicamente.

Lucifer se dio unos golpecitos en la barbilla con un dedo, pensativo.

—Una idea interesante. ¿Qué sugieres? —Miró a los siete demonios y sonrió como un padre indulgente—. Os dejo que decidáis con qué método lo haremos.

Vi, en silencio y consternada, que los Originales se levantaban de sus asientos para ir a reunirse en círculo como buitres. Hablaron un rato en voz baja. Diego y Nash me miraron con malicia y Asia se mostró más satisfecha que un gato que acabara de tropezarse con un plato de nata. Lucifer esperó, paciente, mientras Jake iba de un lado a otro compulsivamente, como si quisiera decir algo. No dejaba de abrir y cerrar la boca, como si no encontrara el argumento adecuado. Al final, Sorath se separó del círculo.

231

—Hemos tomado una decisión —dijo con una sonrisa de satisfacción.

—¿Y estáis todos de acuerdo? —Lucifer parecía casi decepcionado—. ¿No habrá ninguna discusión?

—No, Padre —repuso ella.

—¡Bueno, pues dime cuál es vuestro veredicto!

Sorath se giró para ponerse de cara a mí y los demás se apresuraron a colocarse a sus espaldas. Sus ojos me penetraban como cuchillos y sus labios dibujaron una sonrisa de placer.

—Quemarla en la hoguera —declaró.

Lucifer aplaudió, complacido. A mis espaldas, oí que Jake soltaba un gemido de agonía.

22

La vigilia

*D*e pie y sin poder hacer nada, observé a los demonios salir en fila del almacén. Ahora que mi destino estaba decidido, yo ya no era digna de su atención. Solamente Asia se detuvo un momento, me mandó un beso burlón y se pavoneó al marchar.

—Arakiel, al amanecer nos entregarás a tu ángel —dijo Lucifer con una tranquilidad absoluta y sin girar la cabeza—. Tienes lo que queda de esta noche para despedirte de ella. No dirás que no tengo buen corazón.

Yo sentía una gran calma, así que deduje que todavía no había tomado conciencia de la gravedad de lo sucedido. Jake me dijo algo para tranquilizarme, pero casi ni lo oí.

—Estás bajo los efectos de la conmoción —dijo, mientras me acompañaba hasta la silla que Lucifer había ocupado—. Siéntate aquí. Voy a ir a buscar a mi padre para convencerlo de que todo esto es una locura.

Yo sabía que era una pérdida de tiempo, que la decisión que habían tomado era irrevocable y que lo que Jake pudiera decir no lograría cambiar nada. No quería perder el tiempo suplicando o pidiendo. Solamente tenía una idea en la cabeza: si Lucifer estaba en lo cierto (y no tenía ningún motivo para no creerlo), me quedaban pocas horas de vida, así que no tenía ninguna intención de pasarlas con Jake. Había sido su egoísmo lo que me había puesto en esa situación. Lo que tenía que hacer en esos momentos era ir a Venus Cove por última vez y despedirme de Xavier y de mi familia.

Sabía que si lograba ver a Xavier una vez más, lo que me sucediera al amanecer sería mucho más llevadero. Pero no quería regresar solamente por mí. Tenía que hacerle saber de alguna manera que debía continuar adelante con su vida, necesitaba darle mi bendición para que siguiera sin mí. No pensaba decirle lo que me iba a suceder —no quería causarle ese dolor— pero era preciso que Xavier aceptara que yo nunca iba a regresar a casa y convencerlo de que dejara de buscar respuestas a lo sucedido. Por mi experiencia en el Cielo, sabía que la gente nunca acababa de superar la pérdida de un ser querido, pero sus vidas continuaban y al final encontraban cosas nuevas que los compensaban de sus desgracias.

No sabía cuánto iba a tardar Jake, pero pensé que discutir con Lucifer le tomaría cierto tiempo. Nunca había intentado proyectarme estando en otro sitio que no fuera mi habitación, pero hacerlo resultó más fácil de lo que imaginaba porque esta vez no me importaba que me descubrieran.

Encontré a Xavier en su dormitorio, sentado en el borde de la cama. Parecía distraído y tenía aspecto desaliñado, como si no hubiera dormido. A su lado, en el suelo, estaba la bolsa de deporte abierta y medio llena con sus cosas. Su mirada permanecía fija en la pluma que había encontrado en el asiento del Chevy después de nuestra primera cita. Vi que la colocaba entre los pliegues de una camiseta, dentro de la bolsa. Luego se lo pensó mejor y la volvió a poner encima de la Biblia con tapas de piel que reposaba sobre la mesilla de noche. Me arrodillé delante de él y Xavier se estremeció, como si hubiera sentido una corriente de aire. Se le erizó el vello de los brazos, pero no se movió.

—¿Xavier?

Sabía que no podía oírme, pero vi que su rostro adoptaba una expresión de gran concentración. ¿Notaba mi presencia? ¿Percibía, quizá, lo mal que iban las cosas? Se inclinó hacia delante, como para escuchar mejor. Por un momento pensé en establecer contacto con él de la misma manera en que lo había hecho ese día en la playa, pero por algún motivo, no me pareció adecuado. Además, no estaba segura de poder hacerlo en el estado de ánimo en que me encontraba.

—Hola, cariño —empecé a decir—. He venido a decirte adiós. Ha sucedido algo que, estoy segura, me impedirá volver a verte nunca más. Así que quería venir por última vez y decirte que no te preocupes por mí. Pareces muy cansado. No vayas a Tennesse, ahora ya no hace falta. Intenta olvidar que nos conocimos. Quiero que tengas una vida fantástica. Tienes que concentrarte en lo que te espera ahora y dejar ir el pasado. Yo no borraría ni un minuto del tiempo que pasamos juntos, pero...

—Beth —dijo Xavier de repente, interrumpiendo mis pensamientos—. Sé que estás aquí. Te percibo. ¿Qué quieres decirme? —Esperó un momento y añadió—: ¿Puedes darme una señal, como la última vez?

Se lo veía tan desesperanzado que se me ocurrió algo: había una manera de decirle exactamente lo que quería sin necesidad de palabras. La habitación estaba en penumbra. Concentré toda mi energía y abrí las cortinas de la ventana. Xavier achicó los ojos, sorprendido por la luz que, de repente, llenó la habitación.

—Bien hecho, Beth —dijo.

Me acerqué a la ventana y soplé con fuerza para cubrir el cristal con vaho. Entonces alargué mi índice de fantasma y dibujé un corazón. Al lado escribí: X+B.

Xavier sonrió al verlo.

235

—Yo también te quiero —dijo—. Nunca dejaré de quererte.

Entonces las mejillas se me llenaron de lágrimas, incapaz de reprimirme. Si por lo menos supiera que podría verlo en la próxima vida, quizá me resultaría más fácil de soportar. Pero yo no iba a regresar al Cielo. No sabía a dónde iría; lo único que sabía era que me esperaba una eternidad en el vacío.

—Tienes que dejar de quererme —dije, sollozando. El sufrimiento de abandonarlo me provocaba un gran dolor en todo el cuerpo—. Tienes que continuar adelante. Si después de la muerte existe una forma de regresar, te prometo que la encontraré. Pero solo para venir a ver cómo estás y lo maravillosa que será tu vida.

—¡Estás aquí! —Con un sobresalto, vi que Molly acababa de entrar en la habitación—. Gabriel e Ivy nos esperan fuera. Quieren ponerse en marcha de inmediato. ¿Por qué te entretienes?

Xavier cerró las cortinas de la ventana para ocultar mi dibujo.

—Ya voy —repuso—. Solo necesito un minuto.

Molly no hizo ningún gesto de marcharse.

—Antes de que nos vayamos, ¿podemos hablar un momento? Necesito consejo.

Xavier miró hacia la ventana, donde yo estaba. Me di cuenta de que no se quería marchar.

—Estoy ocupado ahora mismo, Molly. ¿Puedes esperar un poco?

—¿Ocupado mirando el vacío? No, no puedo esperar. Mi vida entera se está desmoronando y tú eres la única persona con quien puedo hablar.

—Creí que nos habíamos peleado.

—Pues hagamos las paces —replicó Molly, cortante—. Necesito consejo y nadie más podría comprenderme.

—Se trata de Gabriel, ¿verdad?

Me di cuenta de que Molly había llorado. Le temblaron los labios y los hombros al oír que Xavier mencionaba a mi hermano.

236   «Habla con ella, Xavier —pensé—. Molly te necesita y es tu amiga. Te va a hacer falta que tus amigos estén cerca.» No sabía si mi novio había recibido mi silencioso mensaje o si ver a Molly llorar le había llegado al corazón, pero se sentó en la cama y dio unos golpecitos a su lado para que Molly se sentara allí.

—Ven aquí —la invitó—. Suéltalo todo, pero deprisa porque no tenemos mucho tiempo.

—No sé qué hacer. Sé que esto con Gabriel no es bueno para mí, pero parece que no puedo sacármelo de la cabeza.

—¿Qué te lo impide?

—Que sé lo increíblemente bien que nos sentiríamos si estuviéramos juntos. Pero no comprendo que él no se dé cuenta.

—¿Sigues sintiendo lo mismo? —preguntó Xavier—. ¿Incluso ahora que sabes que no es un ser humano?

—Siempre he sabido que, de alguna manera, era especial. —Molly suspiró—. Y ahora sé por qué. No se parecía a ninguno de los chicos que conozco porque no es solamente un chico... es un alucinante arcángel.

—Molly, tienes a muchos chicos que van detrás de ti. ¡Si casi tienes que sacártelos de encima a manotazos!

—Sí, pero no son como él. No quiero a ningún otro pero él no me quiere. Algunas veces me parece que siente algo, pero entonces se cierra.

—Tendrás que aprender a hacer lo mismo. Sé que es difícil, pero tienes que cuidarte. Piensa en lo que deseas a largo plazo. Que Gabe no quiera formar parte de tu vida no significa que esta haya terminado.

—¿Cómo voy a encontrar a alguien que sustituya a un ser tan perfecto? Nadie va a estar jamás a su altura, lo cual significa que mi vida se ha terminado a los diecisiete años. Acabaré como la señorita Kratz: como una arrugada y vieja solterona que lee novelas rosa y vigila la sala de estudio.

—No creo que acabes como Kratz: para eso necesitarías sacarte un título universitario.

—¡Eres horrible dando consejos! —Soltó una carcajada y el rostro se le iluminó. Pero, de repente, volvió a ponerse seria—. ¿Crees que encontraremos a Beth?

—Sí —respondió Xavier sin dudar ni un segundo.

—¿Por qué estás tan seguro?

—Porque no pienso parar hasta que lo logremos, por eso. Bueno, ¿nos vamos a Tennesse o qué?

Antes de seguir a Molly hacia la puerta, Xavier se acercó rápidamente a la ventana y colocó la palma de la mano sobre el corazón con nuestras iniciales.

—Ya voy, Beth —murmuró—. Sé que ahora te sientes perdida, pero quiero que seas fuerte por los dos. Recuerda quién eres, para qué fuiste creada. Nadie te podrá arrebatar eso, no importa dónde estés. Siento tu presencia a mi lado todo el tiempo, así que no abandones ahora. No pienso quedarme aquí sin ti. Si el Cielo no nos ha podido separar, el Infierno no tiene la más mínima posibilidad de hacerlo. Resiste. Nos vemos pronto.

Cuando Jake regresó perdí la última esperanza de escapar a la muerte. Lo miré a la cara y me di cuenta de que estaba lívido. Apoyado en el quicio de la puerta, se sujetó la cabeza con ambas manos en un gesto de frustración. Pero no sentí rabia, ni miedo, ni desesperación. Quizás era porque la idea de la no existencia todavía no tenía ningún significado para mí. En parte creía que eso ni siquiera era posible: yo siempre había existido, si no como ser humano en tierra firme, sí como una esencia en el Cielo. Incluso ahora existía, a pesar de que ya no sabía cómo definirme. No era capaz de imaginar la posibilidad de que nunca más podría pensar, sentir o desear ver a mi familia. ¿Era realmente posible que al amanecer yo desapareciera para siempre, que desapareciera no solo para los que me rodeaban sino también para mí misma? ¿Adónde iría? La Tierra me estaba prohibida, no se me permitía regresar al Cielo y no me aceptaban en el Infierno. Simplemente dejaría de existir y sería como si nunca hubiera estado viva.

De repente, con la rapidez de un tigre, Jack se puso a mi lado.

—Supongo que decirte que lo siento no sirve de nada —dijo.

La expresión que vi en sus ojos negros era de auténtico dolor. Si Jake tenía algo a su favor, era que verdaderamente no quería verme desaparecer.

—Yo también he tenido parte de responsabilidad —dije, indiferente—. Utilicé mis poderes en un lugar inadecuado.

238 —¡Debería haber sabido que actuarías de esa manera, haberte advertido!

Jake dio un puñetazo contra el marco de madera con tanta fuerza que provocó que una cascada de polvo y fragmentos de madera cayera sobre nuestras cabezas. Mi incapacidad de reacción era tal que ni siquiera me aparté cuando él alargó la mano y me limpió la suciedad que me había caído sobre el pelo. No me podía mover; era como si me hubiera olvidado de cómo hacerlo, sin más.

—Supongo que los dos hemos calculado mal —repuse sonriendo sin ganas—. Error de novatos, ¿no?

Me llevaron al hotel Ambrosía en coche. Jack iba delante de nosotros en su motocicleta. Conducía con temeridad y la moto estuvo a punto de salirse de la carretera varias veces. Le imaginé dándole vueltas a la cabeza mientras conducía, atrapado en su propio mundo de estrategias e intrigas. Al llegar me acompañó hasta la suite y yo no me negué a que lo hiciera. Todo eso era culpa suya, pero no quería pasar mis últimas horas sola.

Hanna me estaba esperando con la cena lista y dispuesta sobre una bandeja. Para variar no rechacé la comida ni le dije que me la trajera más tarde. Por primera vez desde que estaba en el Hades presté atención a los alimentos que me ofrecían: finas rodajas de centeno, queso de cabra, salmón ahumado en rollitos adornando el perímetro del plato, suculentas accitunas y un vino de un profundo color rubí que sabía a ciruelas. Comí despacio y saboreando cada bocado. La comida era un recuerdo de mi estancia en la Tierra. Sabía que nunca más volvería a tener esa experiencia, así que quería prolongar esc momento.

Hanna nunca me había visto comer con tanta concentración, ni tolerar la presencia de Jake sin quejarme. Ahora no me podía ayudar de ninguna forma, y lo sabía.

—Todo irá bien, señorita —me dijo al final—. Quizá las cosas habrán cambiado por la mañana.

—Sí —murmuré distraída—. Todo irá mejor por la mañana.

Hanna se acercó a mí con paso inseguro, consciente de que Jake observaba cada uno de sus movimientos.

—¿Puedo hacer algo por usted?

—Ve a descansar un poco, Hanna. No te preocupes por mí.

—Pero...

—Ya la has oído —intervino Jake con tono helado—. Limpia todo esto y déjanos en paz.

Hanna, servil, asintió con la cabeza y se apresuró a retirar los platos no sin dirigirme una última mirada de inquietud.

—Buenas noches, Hanna —le dije con suavidad cuando salía por la puerta—. Gracias... por todo.

Cuando Hanna se hubo marchado, fui a lavarme la cara y los dientes. Presté una atención meticulosa a esas rutinas. Ahora todo me parecía distinto: sentía más que antes el contacto del agua caliente sobre el rostro, la suavidad de la toalla limpia sobre la piel. Cada uno de mis movimientos me parecía nuevo, como si los estuviera haciendo por primera vez. Pensé que aunque estuviera en el Infierno todavía estaba viva, todavía respiraba y podía hablar. Aunque ya no por mucho tiempo.

Al salir del baño encontré a Jake recostado en el sofá mirando al vacío mientras se masajeaba la barbilla con la mano. El frac estaba tirado en el suelo al lado de la pajarita blanca. Se ha-

239

bía subido las mangas de la camisa, como si fuera a llevar a cabo un trabajo físico, y la habitación olía fuertemente a tabaco. Se había servido un vaso de whisky escocés y la bebida parecía haberle templado un poco los nervios. Cuando me vio, levantó la botella invitándome a un trago pero yo negué con la cabeza: no quería ofuscarme la mente con alcohol.

Fui hasta su lado, coloqué bien los cojines del sofá, vacié el cenicero y ordené los objetos que había encima de la mesita. Al final, cuando ya no había nada más con que distraerme, subí a la enorme cama, me hice un ovillo y esperé a que llegara la mañana. Estaba claro que ninguno de los dos iba a dormir esa noche. Jake ni siquiera intentaba hablar conmigo: parecía una estatua, estaba encerrado en su propio mundo. Me abracé las piernas y esperé con paciencia el terror que finalmente vendría a buscarme y me envolvería en oleadas. Pero el miedo no aparecía por ningún lado. No tenía ni idea de qué hora era. Al lado del teléfono había un reloj digital, y aunque intentaba no mirarlo, finalmente vi que eran las 3.45. Al cabo de un rato volví a mirar y vi que habían pasado muy pocos minutos: el tiempo parecía alargarse infinitamente. Jake y yo nos habíamos perdido en nuestros pensamientos.

Tenía la esperanza de que mis últimos pensamientos antes de perder la conciencia fueran para Xavier. Intenté imaginarme un cuento de hadas en el cual él vivía con una esposa adorable y cinco hijos. *Phantom* también viviría con ellos, y la casa estaría llena de música y de risas. Y los domingos irían todos juntos a animar al equipo local. Xavier pensaría en mí de vez en cuando, normalmente en momentos de soledad, pero yo para él ya sería un recuerdo distante: el de la novia del instituto que le había dejado una marca en el corazón pero no estaba destinada a formar parte de su vida.

—Estás pensando en él, ¿verdad? —La voz de Jake interrumpió mis pensamientos con la frialdad de un cuchillo—. No te culpo. Él nunca habría hecho nada tan estúpido: por lo menos te protegía. Ahora debes de despreciarme más que nunca.

—No quiero pasar mis últimas horas enfadada, Jake —repuse—. Lo hecho, hecho está. Ahora no tiene sentido culparte de nada.

—Te prometo que lo arreglaré, Beth —dijo con apasiona-miento—. No permitiré que te hagan daño.

Su resistencia a aceptar la realidad me empezaba a irritar.

—Mira, tú estás acostumbrado a mandar y a esas cosas —respondí—. Pero ni siquiera tú puedes cambiar esto.

—Podríamos escapar —dijo con rapidez, como si continua-ra buscando una solución desesperadamente—. Pero todas las salidas están vigiladas. Y aunque consiguiéramos esquivar a los guardias, no llegaríamos muy lejos. Quizá podría sobornar a alguno de ellos para que nos dejara salir al Páramo...

Yo ni siquiera le escuchaba. No quería oír esas inverosími-les soluciones: solo quería estar en silencio un rato.

—Todavía nos queda tiempo hasta el amanecer. —Jake ha-blaba solo—. Se me ocurrirá algo.

23

Deportes sangrientos

Cuando el alba despuntó en el Hades, ni Jake ni yo estábamos preparados. Unas voces procedentes del pasillo rompieron el silencio y nos sacaron de nuestro estado de trance. Me sorprendió darme cuenta de que había tenido los ojos cerrados toda la noche, pero continuaba sentada sobre la cama, bajo las sábanas, con las rodillas contra el pecho. Jake se levantó de inmediato y miró hacia la puerta con rabia.

—Están aquí —anunció en tono de fatalidad.

Entonces la puerta se abrió y vi a un grupo de demonios, entre los cuales se encontraban Diego y Asia. A los otros solo los había visto una vez. Iban acompañados por nada menos que por cuatro enormes matones.

—Os habéis asegurado de traer refuerzos, ¿eh? —gruñó Jake mirándolos con furia.

—Gran Papi pensó que quizá quisieras presentar batalla. —Diego le dirigió una media sonrisa e hizo un gesto con la cabeza hacia mí—. Cogedla.

Los inmensos matones entraron en la habitación en tropel y pronto sus grandes manos me sujetaron por los antebrazos y me arrastraron fuera de la cama como si fuera una muñeca de trapo. Yo todavía iba descalza y llevaba el camisón de noche. Me ataron las muñecas fuertemente con una cuerda y me empujaron sin contemplaciones hacia la puerta.

—¡No la atéis!

Jake dio un paso hacia mí, pero los otros demonios se apresuraron a rodearlo. Era terrible ver de qué manera sus hermanos y hermanas se habían puesto en su contra tan pronto. En medio del caos que se formó perdí a Jake de vista y lo único que oía eran gruñidos y bufidos. Ahora el miedo ya me atenazaba y empecé a temblar.

—¡Beth! —llamó Jake, desesperado—. ¡Beth, no voy a permitir que continúen con esto!

Pero yo no le creí y me di cuenta de que él tampoco. El tono de su voz no demostraba convicción.

Los guardias me empujaron con brusquedad por el pasillo y nos dirigimos hacia el vestíbulo. Los demás nos seguían, charlando de vez en cuando entre ellos. Miré a Asia y ella me guiñó un ojo. Cuando llegamos al vestíbulo vi a Tucker, que tenía una acusada expresión de angustia. Por su mirada de congoja supe que se había enterado de la noticia. Intenté no mirarlo mientras pasábamos por su lado: no quería hacer que se sintiera peor.

—¡Beth! —gritó cuando el grupo lo dejó atrás. Se precipitó hacia nosotros e intentó abrirse paso entre los demonios para llegar hasta mí. Nash lo sujetó por los dedos de la mano y Tucker cayó de rodillas al suelo con un golpe seco. Soltó un grito y oí el crujido de unos huesos al romperse. Cayó tendido al suelo. Me giré para mirar un momento mientras me empujaban por la puerta giratoria.

—No pasa nada, Tuck —grité—. No sufras por mí.

Miré con furia a Nash, que en ese momento caminaba a mi lado.

—Cúralo —le dije con un hilo de voz—. Vuestra venganza contra mí no tiene nada que ver con él.

—No estás en posición de hacer peticiones —repuso Nash con gran amabilidad.

Una flota de 4x4 negros nos esperaba en el túnel, fuera del hotel. Me empujaron dentro como si fuera un paquete y a ambos lados de mí se sentaron Asia y Diego. De cerca, ambos apestaban a tabaco, alcohol y perfume. Me hundí en el asiento y me concentré en respirar más lentamente para tranquilizarme mientras me decía a mí misma que no iba a morir. Algo sucedería, alguien vendría en mi rescate. No podía ser de otra forma.

—Llévanos al Noveno Círculo —ordenó Diego al chófer—. Y ve por la ruta secundaria.

243

—Por lo menos tú tienes que presentarte ante Gran Papi —me dijo Asia—. ¿Qué te parece este trato de VIP?

Me mordí el labio y no respondí. Me concentré en la velocidad del coche y en los maltrechos túneles subterráneos del Hades. Empezaba a notar el miedo que me subía hasta el pecho y la garganta, y que casi no me dejaba respirar. Tragué saliva, decidida a no darles el placer de ver cómo perdía el control.

Para llegar al Noveno Círculo tuvimos que penetrar más profundamente en el subsuelo. Cuando los coches se detuvieron, vi que nos encontrábamos ante un enorme y antiguo anfiteatro de tierra roja que se encontraba en el mismo centro de la Tierra. Las gradas estaban llenas de gente; parecía que todo el Hades hubiera sido convocado a presenciar este importante evento. Lucifer y los otros Originales ocupaban los asientos cubiertos de la gradería superior desde donde contemplaban con atención todo lo que sucedía, como si estuvieran esperando el comienzo de un espectáculo. Sirvientes humanos les llenaban las copas y les ofrecían bandejas de comida.

En el centro del anfiteatro habían montado una plataforma a unos cuantos metros del suelo, y de esta se elevaba un enorme poste de madera que se hundía en la tierra, por debajo. Un montón de madera seca y de paja lo rodeaba formando una pequeña pirámide. Calculé que ese material inflamable me llegaría a la cintura cuando me ataran a él.

El verdugo no era un encapuchado personaje medieval, tal como me había figurado, sino un hombre vestido con traje que hubiera podido ser un empleado de banca, aunque sus mejillas hundidas y grises y sus labios apagados lo hacían parecer la misma Muerte. A pesar de que era delgado, yo no hubiera podido enfrentarme a su fuerza nervuda. Sus manos me sujetaron y el vello de la piel se me erizó al sentir su tacto. Luego, me ató al poste con tanta fuerza que la cuerda me cortó la piel de las muñecas y me fue imposible moverme ni un centímetro.

La multitud nos observaba con una excitación creciente. Procuré mirar hacia arriba en un intento por distanciarme de lo que le iba a ocurrir a mi cuerpo, pero no pude evitar que mis pensamientos tomaran un rumbo horrible. ¿Cuánto tiempo tardaba una víctima en quemarse: minutos u horas? ¿El cuerpo se quemaría por partes o desde los pies y hacia arriba? ¿Me desmayaría a causa del dolor antes de que se me empezara a abrasar la piel? ¿O quizá sería la asfixia la causa real de la muerte?

El verdugo comprobó que mis ataduras estuvieran firmes y luego dio un paso hacia atrás. Entonces, alguien de entre la multitud le pasó una oxidada lata de gasolina y él empezó a rociar la paja con ella. Enseguida noté el cáustico olor que me escocía la nariz. El corazón me latía tan deprisa que creí que iba a estallarme y a pesar de que notaba el sabor metálico del miedo en la boca no grité, ni chillé ni pedí clemencia. Mi mente era un torbellino, pero no estaba dispuesta a demostrar el terror que sentía.

—Esto es lo que les pasa a quienes sirven al señor equivocado —me dijo el verdugo al oído con voz ronca—. El Cielo está en quiebra, ¿no te has enterado? —acabó, antes de saltar de la plataforma al suelo.

La muchedumbre quedó en silencio al ver que Lucifer se ponía en pie. Paseó la mirada a su alrededor con una intensidad que parecía no obviar ningún detalle y, sin decir palabra, levantó una mano para indicar que había llegado el momento de la ejecución. Fue un gesto sencillo, despreocupado incluso, pero provocó un estallido de vítores en todas las graderías. El poder que Lucifer ejercía sobre ellos era absoluto. Era aterrador ver cómo la multitud lo temía y lo adoraba al mismo tiempo. A la siguiente señal todos callaron al instante, como si alguien hubiera apretado un interruptor, y no se oyó ni el más leve sonido en toda la explanada. El verdugo, envuelto en un silencio mortal, encendió una larga cerilla y la mantuvo en alto un momento antes de dejarla caer con gesto dramático sobre el material empapado de gasolina. Al momento, unas enormes llamas se elevaron con gran fragor y Lucifer sonrió, satisfecho. Jake se debatía con desesperación contra unos demonios que lo mantenían sujeto. Asia lo observaba todo y se mordía el labio para controlar la excitación que sentía.

Las llamas me rodearon con una rapidez voraz y consumieron la madera y la paja que se amontonaban al pie del poste. Cerré los ojos con fuerza, a la espera de notar el calor sofocante y de que empezara la agonía. Envié una rápida plegaria a Mi Padre, no con la esperanza de que me salvara, sino para que me concediera el perdón por todos mis errores. Luego esperé a que el fuego hiciera su labor.

No sentía nada. ¿Quizá la tortura había empezado pero yo estaba demasiado conmocionada para notar nada? Pasaron unos momentos más y todo seguía igual. Miré a mi alrededor: las llamas danzaban en todas direcciones... pero ninguna de ellas me tocaba. Parecían apartarse de mí, se elevaban y se separaban formando dos columnas de fuego a ambos lados de mi cuerpo. Mi carne hubiera debido estar consumida ya, pero el fuego se negaba a tocarme. Cuando por casualidad se acercaba demasiado a mí, parecía rebotar y salir ardiendo en otra dirección. Era como si llevara puesta una armadura invisible. Y, por un breve instante, me pareció oír cantar a un coro de ángeles. Desapareció de inmediato, pero fue suficiente para saber que no me habían abandonado.

El público tardó un poco en darse cuenta de lo que estaba sucediendo pero, en cuanto se percataron, sus vítores se convirtieron en gritos de frustración. Algunos de ellos incluso levantaron los puños al aire en una clara demostración de que se sentían engañados. Jake, desde la gradería de los VIP, ya no se debatía con sus guardas sino que me miraba con una abierta expresión de asombro. Lucifer pareció confundido por unos instantes, pero luego se puso en pie con la mirada encendida. El anfiteatro se llenó de murmullos de sorpresa.

No podía creer lo que estaba sucediendo. ¿Era posible que se tratara de una obra del Cielo para protegerme? ¿Había alguien embrujando las llamas, o eran mis propios poderes los que me protegían? No tenía ni idea, pero di las gracias mentalmente a lo que fuera que me hubiera salvado la vida. La expresión de Lucifer delataba la humillación que sentía ante todos los allí reunidos: mi muerte tenía que haber sido una demostración de su poder y yo, sin querer, acababa de ponerlo en evidencia. En ese momento las llamas ya empezaban a menguar.

—Soltadla —ordenó Lucifer en un tono de voz helado.

El verdugo obedeció: saltó a la plataforma con un hacha para cortar las cuerdas, que estaban ardiendo. Cuando me hubo desatado me alejé del fuego: no tenía ninguna herida en el cuerpo. Inmediatamente las llamas volvieron a inflamarse y devoraron todo lo que quedaba, dejando la estructura de madera hecha cenizas.

—¿Qué diablos está pasando? —Asia había dado un salto hacia delante con la expresión más salvaje que nunca. Se giró hacia Jake y añadió—: ¡Tendría que estar achicharrada! ¿Qué has hecho?

—Nada... —Me pareció que a Jake le temblaba la voz—. Yo... no sé qué ha pasado.

—¡Mentiroso! —chilló Asia.

—Silencio. —Lucifer levantó un dedo lleno de anillos—. Arakiel no ha tenido nada que ver con esto. Parece que el ángel nos oculta algo; sus poderes son mayores de lo que creíamos.

—¿Y ahora qué? —preguntó alguien

La mirada lánguida y azul de Lucifer se clavó en mí, pero esta vez no bajé los ojos.

—Arakiel —dijo en un tono completamente inexpresivo—, ten la amabilidad de acompañar a la señorita Church a sus aposentos hasta que decidamos qué hacer con ella.

Resultó que «sus aposentos» eran la versión infernal de una celda: en comparación, el hotel Ambrosía era el paraíso. Los guardias me sacaron a rastras del anfiteatro, me metieron en un coche y me empujaron a una habitación tan pequeña que mi cuerpo casi no cabía. Estaba construida con piedras burdas y mal cortadas, y unos oxidados barrotes de hierro protegían la entrada. Al sentarme en el suelo me arañé los codos contra la piedra y al cabo de cinco minutos se me habían dormido las piernas. En el recinto reinaba una oscuridad absoluta, pero se oían sonidos apagados, como de pies que se arrastraban y golpes metálicos. De vez en cuando, también algún ahogado grito de angustia. El olor a humedad era insoportable.

Cuando los guardas se hubieron marchado oí la voz de Jake procedente del otro lado de los barrotes y, aunque casi no podía verle, sí noté el tono entre confundido y aliviado de su voz.

—¿Cómo lo has hecho? —me preguntó en voz baja. Oí el ruido de los anillos de sus manos contra el hierro de los barrotes—. Dime la verdad.

—No creo que haya sido yo.

—Bueno, pues no le cuentes eso a nadie, ¿vale? —se apresuró a decir—. Es la única moneda de cambio que nos queda.

—¿Qué vas a hacer?

—Todavía no lo sé. Pero voy a hablar con mi padre, intentaré convencerle de que te deje marchar. Quizá las cosas sean distintas ahora que ha visto que tú eres especial.

No respondí: estaba demasiado agotada por todo lo que había sucedido.

—Déjalo en mis manos —dijo Jake.

Al cabo de unos instantes oí que sus pasos se alejaban y yo me quedé sola en la oscuridad.

24

Blues de Tennessee

*A*hora que Jake se había ido solo me quedaba una manera de olvidarme de la incomodidad física: aparté todo pensamiento de mi mente y me concentré en proyectarme. Cerré los ojos y me esforcé por borrar ese lugar de pesadilla. La transición sucedió con fluidez, fue como conectar con un canal de mi cabeza. Sentí una ráfaga de aire y mi cuerpo se volvió pesado como una roca mientras yo me separaba de él en mi forma de espectro. Todavía sumida en la oscuridad, oí una voz que al principio era distante pero que se fue acercando progresivamente. Oí también el ruido de un motor que me resultaba familiar y percibí un olor a piel mezclado con sándalo. Hubiera reconocido ese olor en cualquier parte: era el de un Chevy Bel Air descapotable de 1956. Sentí que el nudo de tensión que tenía en el pecho se me aflojaba y suspiré profundamente: estaba en el coche de Xavier.

Todavía no había terminado de cobrar mi forma completa de espectro cuando me encontré sentada en el asiento trasero del Chevy, entre Xavier y Molly. Los dos se habían sentado lo más lejos posible el uno del otro y ambos miraban por la ventanilla con expresión ceñuda. Era evidente que la pequeña reconciliación que había tenido lugar unas horas antes había durado muy poco. Ivy y Gabriel iban sentados delante, con semblante tenso, y era obvio que no querían tener nada que ver con la discusión que se desarrollaba en el asiento de atrás. Observé el paisaje que el coche dejaba atrás y me di cuenta de que no me resultaba familiar. Mi familia debía de haber salido de Venus Cove hacía mucho rato: estaba claro que no perdían el tiempo.

—Ya falta poco —dijo Gabriel como un padre que intenta tranquilizar a sus inquietos hijos. Su voz, profunda y potente, me recordó un acorde grave de guitarra y me hizo sentir una punzada de nostalgia de cómo era la vida antes de que Jake apareciera y lo arruinara todo—. Estamos a punto de entrar en el estado de Tennessee.

—No entiendo por qué no hemos ido en avión, como la gente normal —gruñó Molly.

—No vale la pena volar para ir al estado vecino —contestó Ivy con calma, pero noté que la paciencia se le agotaba.

Molly cambió de postura en el asiento y me hundió un codo en las costillas. La sensación fue incómoda, como si me hubieran penetrado con una vara de acero caliente, y supuse que se debía a la fuerza vital de su cuerpo humano al entrar en contacto con mi forma fantasmal. Automáticamente me alejé de ella.

—Uf, ya sabía que no tenía que haberme comido todos esos caramelos durante el camino —se quejó Molly pasándose una mano sobre el estómago.

Vi que llevaba puestos un pantalón de chándal rosa y una sudadera con capucha del mismo color. Se había recogido los rizos caoba en una alta cola de caballo y tenía una bolsa de tela de un vivo color rojo a sus pies, debajo del asiento. No pude reprimir una sonrisa al pensar que Molly estaba segura de haberse vestido para la ocasión. Nadie respondió a su comentario acerca de los caramelos y supuse que uno no tiene gran cosa que decir sobre unas golosinas cuando tiene la cabeza ocupada en raptos infernales y signos apocalípticos. El Chevy continuaba avanzando por la autopista y Xavier apoyó la frente en la ventanilla. Parecía nervioso, como si necesitara estar haciendo cualquier otra cosa que no fuera permanecer sentado en el asiento trasero de un coche.

Miré por la ventanilla y vi el paisaje de Georgia que íbamos dejando atrás. Me impresionó darme cuenta de lo pintoresco que era. La tierra parecía tener vida propia y ante nosotros se desplegaba un bosque que cubría el suelo como un manto. Los arces, de un vivo color rojo, se apiñaban formando amplias zonas de sombra. Las asclepias y los tréboles punteaban la aterciopelada vegetación. A medida que avanzábamos, el paisaje empezó a poblarse de plátanos. Sobre nuestras cabezas, el cielo era amplio y despejado, y solamente unas nubes perezosas lo atravesaban, como lirios que flotasen sobre la superficie de un lago transparente y azul. Allí, a cielo abierto, las cosas parecían más sencillas y volví a sentirme cerca de la naturaleza. Me recordaba mi antigua casa en el Reino. Este lugar tenía algo que me hacía sentir una conexión que hacía mucho que no experimentaba. Solté un hondo suspiro y Xavier, que hasta el momento había estado apoyado en la ventanilla, se sobresaltó y miró a Molly.

—¿Qué? —preguntó ella al notar que la miraba.

—Por favor, no hagas eso —dijo Xavier.

—¿El qué?

—Respirar sobre mi oreja de esa manera.

Molly pareció ofenderse.

—¿Es que crees que soy una friqui? ¿Por qué tendría que soplarte en la oreja?

—He dicho «respirar».

251

—Ah, vale, ¿así que ahora no puedo respirar?

—No quiero decir eso.

—Supongo que sabes que si no respiro, me asfixio.

Xavier se inclinó hacia delante.

—En serio, chicos, dejadme conducir —rogó—. Que se siente otro aquí detrás para sufrir esta tortura.

—¡Pero si no he dicho nada! —protestó Molly, enojada.

—Ahora lo estás haciendo —gruñó Xavier.

—Si hubiéramos ido en avión ya estaríamos allí.

—El piloto habría estrellado el avión después de cinco minutos de escuchar tu cháchara.

—Aun así sería mucho mejor que ir en este viejo cacharro.

—¡Eh! —Xavier no se habría sentido tan ofendido si le hubieran cuestionado su hombría. Siempre se enojaba cuando se metían con su coche—. Es antiguo.

—Es un montón de chatarra viejo. No sé por qué no hemos ido en el Jeep.

Yo también me había preguntado lo mismo, pero tenía la sensación de que viajar con el Chevy había sido idea de Xavier.

Quizás eso le hacía sentir más conectado a mí. Los dos habíamos compartido muchas cosas en ese coche, y tal vez quería tener esos recuerdos cerca al salir de nuestra pequeña ciudad y dejar atrás nuestra antigua vida. Pero Xavier no iba a explicarle eso a Molly. Lo que respondió fue:

—Tú serías incapaz de reconocer un coche clásico ni aunque te atropellase.

—Imbécil —refunfuñó ella.

—Cabeza hueca.

Ivy se giró y los fulminó a los dos con la mirada.

—¿Es que os habéis criado en un gallinero? Basta ya.

Molly puso cara de culpa y Xavier soltó un suspiro y se volvió a hundir en el asiento. Se hizo un silencio maravilloso hasta que Gabriel detuvo el coche en una gasolinera. Xavier no pudo esperar a que mi hermano apagara el motor para saltar fuera y desaparecer dentro de la estación de servicio. Por un momento estuve a punto de seguirle, pero sabía que solo quería matar el tiempo mirando los paquetes de chicles y las portadas de las revistas hasta que llegara el momento de volverse a meter en el coche. Molly le dirigió una mirada asesina y se dirigió a los lavabos.

Seguí a mis hermanos, que se acercaron a un hombre vestido con un mono manchado de aceite que se encontraba sobre el capó de una oxidada camioneta de carga. Aunque también llevaba la cara manchada de grasa, los ojos le brillaban y tenía una expresión risueña. Trabajaba mientras mascaba tabaco, escuchando una vieja canción de Hank Williams que salía de un transistor que tenía al lado.

—Hola —saludó Ivy—. Hace buen tiempo por aquí.

—Hola —dijo el hombre mientras dejaba las herramientas y dirigía toda su atención a Ivy—. Desde luego que sí. —Fue a estrecharle la mano, pero se lo pensó mejor al recordar que llevaba las uñas llenas de grasa—. ¿Qué tal? —Hablaba con voz ronca y un melódico acento sureño que me resultó agradable y que, de todos los acentos del mundo, me pareció el más musical.

—¿Cómo se llama? —preguntó Gabriel.

Ivy lo reprendió con la mirada: la manera en que mi hermano acostumbraba a manejar las conversaciones parecía un puro interrogatorio.

—Earl —contestó el hombre, secándose la frente con el dorso de la mano—. ¿En qué puedo ayudarles?

—Estamos buscando la abadía María Inmaculada, del condado de Fairhope —le explicó Ivy—. ¿La conoce?

—Desde luego que sí, señora. Está a unos cien kilómetros de aquí.

Xavier, que acababa de salir de la tienda y se había aproximado a ellos, hizo un rápido cálculo mental y suspiró.

—Genial —rezongó—. Eso significa una hora más de carretera.

Ivy lo miró con desdén.

—¿Hay algún lugar donde quedarse cerca de la abadía?

—Hay un motel en la autopista —repuso Earl. Miró a Ivy de arriba abajo, con su gabardina beis, las botas de montar y el cabello rubio peinado con pulcritud, y añadió—: Pero no es nada del otro mundo.

—Eso no es problema —contestó mi hermana, modesta—. ¿Conoce usted la abadía?

Earl se aclaró la garganta y apartó la mirada, lo cual llamó la atención de Gabriel de inmediato.

—Le estaríamos muy agradecidos si nos contara algo de ella —insistió mi hermano en un tono repentinamente amable, que tuvo el efecto habitual.

—Sí, sé un par de cosas de ese lugar —empezó Earl, indeciso—. Pero no sé si les conviene saberlo.

Mis hermanos esperaron, más atentos que nunca.

—Confíe en nosotros —lo animó Ivy, dirigiéndole una sonrisa al hombre que lo hizo tambalear un poco—. Nos irá bien cualquier cosa que pueda decirnos. Por nuestra cuenta no hemos podido averiguar demasiado.

—Eso es porque todo se ha escondido a causa de un hechizo —dijo Earl, secándose la frente de nuevo.

—¿Qué quiere decir? —preguntó Ivy con el ceño fruncido.

—Trabajar en una gasolinera hace que uno se entere de cosas —continuó Earl con tono de complicidad—. Aquí viene mucha gente y siempre hablan. No es que yo escuche a escondidas, pero a veces oigo cosas sin querer. La abadía esa... me da mala espina. Algo no acaba de ir bien allí.

—¿Por qué dice eso? —insistió Gabriel con voz grave.

—Antes era un lugar muy agradable —explicó Earl—. Siempre veíamos a las hermanas por la ciudad, yendo a ver a la gente y a dar clases en la escuela dominical. Pero hace dos meses tuvimos una terrible tormenta de relámpagos, la peor que ha habido nunca. Dijeron que una de ellas se había puesto enferma a causa de la tormenta y que no se la podía molestar, así que se encerraron en la abadía. Desde entonces no se ha visto entrar ni salir a nadie de allí.

—¿Cómo es posible que una tormenta eléctrica haga que alguien se ponga enfermo? —preguntó Xavier—. Eso no es posible, a no ser que un rayo cayera sobre esa mujer.

—Desde luego, no tiene ningún sentido —contestó Earl, meneando la cabeza con gesto triste—. Pero la otra noche pasé por delante de la abadía en coche porque me pillaba de camino de un encargo. Les aseguro que lo que vi no tiene nada de natural.

254

—¿Qué es lo que vio? —Gabriel se había puesto tenso y por su expresión supe que ya conocía la respuesta, y que no le gustaba.

—Bueno —Earl frunció el ceño y se mostró incómodo, como si estuviera a punto de poner en duda su cordura—, me dirigía a la ciudad cuando pasé por ese sitio y me pareció oír que alguien chillaba, pero no era ningún sonido humano. Bajé del coche, pensando que quizá debía llamar al sheriff, y vi que todas las ventanas de arriba habían sido tapiadas con tablones. Además oí un fuerte sonido, como si alguien rascara en el porche, como si intentara entrar... o salir.

Ivy miró a Gabriel.

—Nos debería haber avisado —dijo en voz baja, y supe que se refería a Miguel—. No estamos preparados para esto.

Enseguida miró a Molly, que se estaba poniendo brillo de labios ante el espejo de la ventanilla del coche.

—Lo siento, señora. No quería alarmarla —añadió Earl—. Solo soy un viejo que pierde la cabeza.

—No, me alegro de que nos lo haya contado —repuso Ivy—. Por lo menos sabemos a qué atenernos.

—Quizá nos pueda usted ayudar en otra cosa —añadió Gabriel con seriedad—. La hermana que se puso enferma durante la tormenta... ¿cómo se llama?

—Creo que es la hermana Mary Clare —repuso Earl en tono solemne—. Es una pena, porque era realmente amable.

El resto del viaje hasta el motel transcurrió con más tranquilidad. Incluso yo sabía que no podían entrar en la abadía por las bravas: tenían que pensar en una estrategia. Para Ivy y Gabriel el origen del trastorno que se había sufrido en la abadía era evidente, pero Molly y Xavier estaban confusos.

El motel se llamaba Easy Stay y se encontraba situado justo al salir de la autopista, demasiado lejos de la ciudad para atraer a los turistas. En consecuencia, era un edificio en mal estado que necesitaba una rehabilitación con urgencia. El aparcamiento estaba vacío y el cartel de neón solo se iluminaba cada tantos minutos, limitándose a emitir un incómodo zumbido en los intervalos. Los ladrillos de la fachada estaban pintados de blanco, pero el sol y la lluvia habían ido arrancando la pintura y malogrando los muros. Dentro, el motel no era mucho mejor: las paredes estaban cubiertas de chapa de madera y el suelo cubierto por una alfombra marrón. En una de las esquinas había un televisor encendido y tras el mostrador una mujer se pintaba las uñas mientras se reía ante una reposición de un programa de humor.

La mujer, al vernos llegar, se sobresaltó tanto que estuvo a punto de volcar el bote de laca de uñas, pero inmediatamente recuperó la compostura y se puso en pie para darnos la bienvenida. Llevaba unos ajustados tejanos lavados a la piedra, una camiseta de tirantes y el cabello, rizado, recogido con una banda elástica con un estampado floral. Cuando nos acercamos me di cuenta de que era mayor de lo que parecía. La etiqueta de identificación que llevaba colgada nos informó de que su nombre era Denise.

—¿Qué desean? —preguntó, insegura.

Estaba claro que debía de creer que nos habíamos perdido y queríamos pedirle alguna dirección. Mis hermanos se adelan-

255

taron hacia ella y me di cuenta de la imagen que daban cuando estaban juntos: parecían una pareja de ensueño, demasiado perfecta para ser real. Tuve que admitir que los cuatro se veían fuera de lugar en ese entorno. Se movían en una piña, como formando una apretada barricada contra el resto del mundo. Me sorprendió darme cuenta de que Xavier cada vez se comportaba más como nosotros. Antes se mostraba más relajado con la gente, se relacionaba con ellos con una facilidad y naturalidad que le eran características, pero ahora se le veía distante y reservado, e incluso a veces fruncía el ceño, como si algo invisible lo molestara. Mi familia se había esforzado por vestirse como viajeros normales: Gabriel y Xavier llevan tejanos oscuros y camisetas de manga corta negras, e Ivy lucía su gabardina beis. Además, se habían puesto las gafas de sol para no llamar la atención. Pero, por desgracia, solo conseguían el efecto contrario. La mujer los miró como si de repente se encontrara ante unas taciturnas estrellas de cine.

—Querríamos dos habitaciones dobles para esta noche —dijo Gabriel con formalidad mientras le ofrecía una tarjeta de crédito a la mujer.

—¿Aquí? —preguntó Denise, incrédula; pero inmediatamente se dio cuenta de que esa no era una buena actitud para su negocio y soltó una risita nerviosa—. Es que no viene mucha gente en esta época del año. ¿Viaje de negocios?

—No, solo estamos de paso —se apresuró a responder Gabriel.

—Querríamos ir a visitar la abadía de María Inmaculada —dijo Ivy—. ¿Está muy lejos para ir a pie?

Denise arrugó la nariz.

—¿Ese viejo lugar? —preguntó con desdén—. Me pone los pelos de punta: hace mucho tiempo que nadie va allí. Pero no está lejos. Queda al otro lado de la autopista, un poco más adelante, por un camino de tierra. Desde la carretera no se ve porque la ocultan los árboles.

Mientras hablaba, no dejaba de observar a Ivy con expresión de envidia. Intenté imaginar cómo debía de verse todo desde su punto de vista. La dorada melena de Ivy le llegaba a la mitad de la espalda, su rostro resplandecía a pesar de la seriedad de su expresión, su piel era inmaculada y sus facciones casi no se movían cuando hablaba: era como una asombrosa visión a punto de desvanecerse si uno se acercaba demasiado. Denise se giró hacia Gabriel y habló con cierta amargura en el tono:

—Bueno, ¿querrá una suite de luna de miel para usted y su esposa?

Oí que Molly, en el sofá, ahogaba una carcajada, y supe que se estaba preguntando qué era lo que en ese motel se consideraba una «suite de luna de miel», visto que el lugar no era mejor que un cobertizo para las herramientas.

—La verdad es que no estamos... —empezó a decir Gabriel, pero en cuanto vio el brillo de esperanza en los ojos de Denise se calló. Lo último que necesitaba era perder el tiempo manejando las torpes insinuaciones de una mujer caprichosa—. Una habitación normal será suficiente.

—¿Y para ustedes dos? —preguntó Denise, dirigiéndose a Xavier y a Molly.

—¡Eh! —exclamó Molly—. No pienso compartir habitación con él.

257

Denise dirigió a Xavier una mirada de comprensión.

—¿Una riña de enamorados? —preguntó—. No se preocupe, querido, son las hormonas. Ya pasará.

—Es él quien está atacado por las hormonas —replicó Molly—. Está de un humor de perros.

—¿Necesitan algún servicio extra? —inquirió Denise—. ¿Toallas, champú, conexión de Internet?

—¿Qué tal una mordaza? —farfulló Xavier, mirando mal a Molly.

—Ah, qué comentario tan adulto el tuyo —repuso ella con aspereza.

—No pienso discutir mi madurez con una niña que cree que África es un país —replicó Xavier.

—Lo es —insistió Molly—. Como Australia.

—La palabra que estás buscando es «continente».

—Si decís una palabra más... —advirtió Ivy.

Denise meneó la cabeza, divertida.

—No volvería a la adolescencia ni por todo el dinero del mundo.

Intentaba suavizar un poco los ánimos, pero recibió una mirada vacía por toda respuesta. En lugar de reducir la tensión o de que, por lo menos, alguien expresara un sentimiento normal de exasperación, cansancio o irritación, ese comentario no provocó más que la indiferencia de todos. Estaban demasiado ocupados con sus propios pensamientos para prestar mucha atención.

—Bueno, que disfruten de su estancia.

Gabriel fue a coger las llaves y la tarjeta de crédito que Denise le ofrecía y al hacerlo le rozó los dedos por casualidad. Vi que ella se estremecía con ese contacto y que, sin querer, se inclinaba un poco hacia él. La mujer se cubrió la boca con una mano y levantó la mirada hacia los plateados ojos de Gabriel. Él se apartó un mechón de pelo dorado que le había caído sobre los ojos y dio un paso atrás.

—Gracias —dijo con educación mientras se alejaba por el vestíbulo.

Ivy lo acompañó, deslizándose sobre el suelo como si fuera un hada, y Xavier y Molly los siguieron sin decir palabra.

Al lado del hotel había un restaurante. Puesto que ya era casi la hora de cenar, los cuatro se dirigieron allí. El comedor estaba prácticamente vacío: allí se encontraban un camionero solitario sentado en una esquina y una arisca camarera que masticaba chicle mientras limpiaba el mostrador. Los dos levantaron la cabeza, sorprendidos, al oír que la puerta se abría. Gabriel y los demás entraron. El camionero no pareció muy interesado en ellos, demasiado agotado para hacer el esfuerzo de observarlos, pero la camarera pasó de la sorpresa a la irritación por tener que atender a otros clientes. Estaba claro que, al igual que Denise, no estaba acostumbrada a tener que dedicar su tiempo a nadie.

Observé el local: era sencillo, pero estaba limpio y resultaba acogedor. Una barra ocupaba una de las paredes y delante de ella había varios taburetes redondos de asiento acolchado. El suelo era de linóleo blanco y negro y los asientos estaban tapizados de plástico color burdeos. En la pared posterior a la barra había una ampliación de Elvis Presley que lo mostraba con una expresión pícara en la mirada y el cuello de la camisa levantado. La pared de enfrente estaba cubierta de un *collage* de recortes de periódico relacionados con las noticias de Fairhope. Los cuatro se sentaron a la mesa que quedaba más alejada del camionero y de la barra, para que nadie pudiera oír su conversación.

—Bueno, ¿me váis a decir qué es lo que sucede? —preguntó Xavier de inmediato.

—Miguel no nos contó gran cosa —suspiró Ivy—. Vamos un poco a ciegas, así que ahora necesitamos pensar con calma.

—En ese convento hay algo —dijo Gabriel, casi para sí mismo—. Algo que está esperando que lo encontremos. Él no nos hubiera hecho venir hasta aquí si no fuera una pista segura.

—¿Estás diciendo que podría tratarse de... —Xavier dudó un momento y, bajando la voz, continuó—: ... de un portal?

—Aunque lo fuera, no podríamos abrirlo sin un de... —Gabriel se interrumpió y miró furtivamente a su alrededor. Pero la camarera estaba hablando con un amigo por teléfono, así que continuó—... sin un demonio. Ellos son los únicos que saben cómo atravesarlo.

—Pero ¿vamos a ir a la abadía esta noche? —preguntó Molly, en un tono que parecía sacado de un diálogo de película de espías.

259

Estaba claro que se sentía un poco relegada, y que quería formar parte de la conversación de alguna forma, por absurda que esta fuera. Xavier puso los ojos en blanco al oírla, pero me di cuenta de que no quería entrar en combate otra vez.

—Iremos cuando haya anochecido —contestó Ivy—. No puede vernos nadie.

—¿No es un poco escalofriante ir de noche?

—Puedes quedarte en el motel —repuso mi hermana con tranquilidad—. Aunque probablemente el convento sea menos espeluznante.

—Por favor, ¿podemos no desviarnos del tema? —Xavier empezaba a exasperarse—. Todavía no me habéis contado qué ha dicho el tipo de la gasolinera—. Se inclinó hacia delante y apoyó los codos sobre la mesa—. ¿Qué quería decir con lo de la tormenta de relámpagos?

Ivy y Gabriel se miraron.

—Quizá no sea el mejor momento de hablar de eso —dijo Ivy, dirigiendo una significativa mirada hacia Molly—. De hecho, será mejor que los dos os quedéis en el motel esta noche. Dejad que Gabriel y yo nos encarguemos de este asunto.

—No pienso quedarme aquí —replicó Xavier—. ¿Qué esconden?

—Por mí no os preocupéis —dijo Molly. Nunca antes la había oído hablar con tanto sentido práctico—. Ya he tenido bastante rollo sobrenatural por ahora. Me las apañaré sola.

Gabriel puso ambas manos sobre la mesa y los miró a los dos con expresión precavida.

—Esto es algo con lo que ninguno de los dos os habéis encontrado nunca.

—Gabe... —empezó Xavier con seriedad—. Sé que estás preocupado, pero ahora estamos juntos en esto. Tienes que confiar en mí... —y, mirando de reojo a Molly, rectificó—: en nosotros.

—De acuerdo —aceptó Gabriel, en voz baja—. La tormenta eléctrica, los aullidos, los arañazos en el porche... todo apunta a una cosa.

—Ningún ser humano puede inflingir ese tipo de daños —aclaró Ivy con gravedad—. Estamos hablando de unas monjas que han dedicado su vida a servir a Dios. Pensadlo, ¿qué es lo que podría empujar a esas mujeres a encerrarse y apartarse del mundo? ¿Qué sería, para ellas, lo peor que uno se podría imaginar?

Molly se quedó sin saber qué decir, pero Xavier no paraba de darle vueltas a la cabeza. Finalmente, cuando las piezas del rompecabezas encajaron, abrió con asombro sus ojos color turquesa y dijo:

—No. ¿De verdad?

—Eso parece —contestó Gabriel.

—Entonces sí nos hemos encontrado con eso antes —repuso Xavier—. ¿No es exactamente lo que hicimos el año pasado?

Gabriel negó con la cabeza.

—Aquello no fue nada comparado con esto. El año pasado se trataba solo de espíritus que tenían una capacidad temporal de hacer daño. Pero esto va en serio, y es cien veces más fuerte... y más maligno.

—¿Puede alguien, por favor, decirme de qué estáis hablando? —pidió Molly, que estaba harta de que la trataran como si fuera invisible.

Gabriel soltó un profundo suspiro.

—Nos enfrentamos a un caso de posesión demoníaca. Espero que estéis preparados.

Un denso silencio se hizo entre los cuatro. Solamente se oía el repiquetear del lápiz de la camarera contra el bloc: estaba esperando para tomarles nota.

—¿Qué les sirvo? —preguntó.

La camarera era guapa de una forma un poco sosa, con el cabello lacio y un trasero demasiado grande. Por la expresión de su cara estaba claro que soñaba con una vida más sofisticada que pasarse las horas en un restaurante de mala muerte sin otra cosa que hacer que observar el tráfico de la carretera.

El sombrío estado de ánimo de mi familia no mejoraba, y la camarera arqueó las cejas con impaciencia. Molly fue la primera en regresar a la realidad y esbozó una sonrisa forzada:

—Yo quiero pollo frito y una coca-cola light —dijo en tono meloso—. ¿Me puedes traer ketchup?

261

25

Os llevaré a un convento

$\mathcal{M}$e sorprendió que Gabriel e Ivy decidieran ir directamente a la abadía, con Xavier y Molly, después de cenar. Eran casi las diez de la noche y había dado por supuesto que se irían a dormir pronto y que esperarían a ir por la mañana. Pero, por algún motivo, pensaron que no debían retrasarlo más.

Fuera, el aire nocturno era frío y el cielo un manto azul oscuro punteado de estrellas y rasgado por alguna nube vaporosa. De no haber sido por el peligro que amenazaba desde el bosque, al otro lado de la autopista, me hubiera sentido completamente en paz. Los grillos atronaban el ambiente y una brisa suave jugaba con el cabello de Ivy y con las hojas de los árboles. Ese lugar tenía algo especial, como una dignidad tranquila, una gracia propia de tiempos remotos, un aire de misterio, como si los sauces llorones supieran algo que nosotros ignorábamos.

Molly temblaba mientras cruzaban la carretera y penetraban en las sombras de entre los árboles. Se abrochó la chaqueta y se acercó a Xavier como buscando refugio. Él le pasó un brazo por encima de los hombros y le dio un ligero apretón para tranquilizarla. Me alivió ver que Xavier mostraba por un momento su antigua forma de ser, a pesar de que su expresión siguiera siendo aparentemente tan hermética. Yo sabía que la tensión hacía más mella en él cada día y erosionaba su habitual actitud despreocupada. Ese era, en parte, el motivo de que él y Molly siempre estuvieran tirándose de los pelos. Mantenía una lucha interna: en parte veía a Molly como un punto de contacto conmigo y con nuestra antigua vida en Bryce Hamilton, pero por otro lado no podía quitarse de encima la preocupación que sentía por mí. En momentos como ese estaba resentido con Molly por la sesión de espiritismo y se culpaba a sí mismo por no haber sido capaz de cambiar el curso de los acontecimientos.

—No te pasará nada —le dijo—. No nos pasará nada.

Por la expresión perdida de sus ojos supe que estaba pensando en mí: para poder continuar, tenía que decirse a sí mismo que no me sucedía nada malo. Yo también necesitaba que lo creyera. Era su fe lo que me mantenía con vida. Me pregunté si no debería hacerle saber mi presencia, pero los últimos sucesos me habían dejado tan agotada que solamente era capaz de ser una espectadora pasiva.

El bosque se iba haciendo cada vez más tupido y cerrado, pero los afinados sentidos de Gabriel dieron con el camino de tierra que Denise había mencionado. Este tenía la amplitud necesaria para que pasara un coche, pero se notaba que durante los últimos meses lo habían descuidado, pues los matorrales empezaban a invadirlo. Las ramas de los árboles caían sobre nuestras cabezas y el suelo estaba cubierto de hojas húmedas que amortiguaban las pisadas. La luz de la luna se filtraba por los árboles y caía, lechosa, sobre el camino. La luna creciente se escondía tras las copas de los árboles a nuestro paso, dejándonos a oscuras de vez en cuando. Por suerte, la piel de Gabriel y de Ivy irradiaba luz: era muy tenue, como la luz de la pantalla de un teléfono móvil, pero era mejor que nada. De repente, una lechuza ululó y Molly tropezó a causa del sobresalto, soltando un juramento en voz baja. Gabriel aminoró el paso para quedarse a su lado y, aunque no dijo ni una palabra, ella pareció más tranquila en su presencia.

Al cabo de un rato, el bosque se aclaró un poco y pudieron ver la negra silueta del convento: la abadía María Inmaculada era un edificio neogótico de tres pisos y fachada encalada. Una capilla adosada al edificio principal elevaba sus agujas hacia el cielo nocturno, como un recordatorio de la presencia de Dios en los Cielos. Los tres pisos tenían una hilera de ventanas ojivales, la verja de entrada era de hierro forjado y un camino de grava conducía hasta la puerta principal. Una farola iluminaba el jardín delantero y en una pequeña gruta se cobijaba una estatua de la Virgen María, acompañada por las de unos santos

263

arrodillados entre la hierba. Lo más inquietante de todo era el aspecto de abandono de ese lugar: las malas hierbas que cerraban el paso a la capilla, las hojas que inundaban el camino y se amontonaban en las ventanas del piso superior.

—Me pregunto cuántas monjas viven aquí —murmuró Xavier.

Gabriel cerró los ojos y me di cuenta de que intentaba percibir la historia de ese sitio, saber cómo había sido antes de los últimos sucesos. Él siempre tenía mucho cuidado de no entrometerse demasiado en los pensamientos íntimos de las personas: se limitaba a tantearlos para conocerlos.

—En total son doce monjas —dijo al final—. Incluida la que se ha puesto enferma.

—¿Cómo lo sabes? —peguntó Molly—. No parece que aquí pueda vivir nadie.

—Ahora no es el momento de hacer preguntas —cortó Ivy con impaciencia—. Esta noche verás muchas cosas que no tendrán explicación.

264

—Creo que es más fácil si no piensas mucho —le aconsejó Xavier.

—¿Y cómo se supone que puedo hacer eso? —se quejó Molly—. Me siento como en uno de esos programas en que alguien aparece de repente y descubre que a uno le acaban de tomar el pelo.

—Creo que en esos sitios solo toman el pelo a la gente famosa —dijo Xavier entre dientes.

Molly se enojó.

—¡Gracias por la ayuda!

—Mira. —Xavier se puso frente a ella—. A ver si te puedo ayudar. ¿Sabes cuando en una película de terror uno de los personajes decide entrar en una habitación oscura donde lo espera el asesino?

—Sí —repuso Molly, desconcertada.

—¿Y te preguntas por qué ese personaje es tan tonto como para entrar en esa habitación?

—Bueno, no, porque es una película. Simplemente la miras.

—Exacto —dijo Xavier—. Pues piensa en esto como si fuera una película y no hagas preguntas. Si no, solo conseguirás ponértelo todo más difícil.

Pareció que Molly quisiera iniciar una discusión, pero al final se mordió el labio y asintió, insegura.

La verja se abrió con facilidad a una orden de Gabriel y el grupo se acercó despacio a los escalones que conducían al porche delantero de la abadía. Me di cuenta de que la expresión de preocupación de Ivy se acentuó cuando vio unas marcas profundas e irregulares en los tablones de madera que se extendían por toda la fachada principal y subían hasta una de las ventanas, como si hubieran arrastrado hacia dentro a alguien que se resistiera mucho. Inmediatamente pensé en el pobre ser humano víctima de una posesión tal que lo hiciese capaz de semejante cosa. Los arañazos eran muy profundos e indicaban que la madera se le tenía que haber clavado bajo las uñas. Me estremecí al pensar qué otros sufrimientos le habrían infligido a esa pobre hermana.

El porche daba la vuelta a todo el convento y estaba cubierto con unos bonitos toldos blancos. Dos mecedoras blancas reposaban al lado de una mesilla donde todavía había una bandeja con el té de la tarde. Los insectos se habían adueñado de las galletas del plato, y el té, servido en tazas de porcelana, había enmohecido. En el suelo vi un rosario, como si se le hubiera caído a alguien que tuviera prisa. La puerta mosquitera estaba arañada y la malla arrancada, como si hubieran intentado sacar la puerta de los goznes. Xavier y Gabriel se miraron, inseguros.

—Vamos allá —dijo Xavier con un profundo suspiro.

Alargó la mano y tocó el timbre. Inmediatamente se oyó el eco dentro del edificio. Pasaron varios minutos en un completo silencio.

—No pueden ignorarnos toda la noche. —Ivy cruzó los brazos—. Vuelve a llamar.

Xavier obedeció, aguantando el timbre más rato. Ahora el sonido se oyó con mayor fuerza dentro de la casa, casi como una llamada fúnebre que anunciara un desastre inminente. Ojalá las monjas supieran que les acababa de llegar la ayuda que necesitaban. Se oyó cómo alguien arrastraba los pies en el vestíbulo, pero la puerta permanecía cerrada. Si hubieran querido, Ivy y Gabriel hubieran podido destrozarla, pero supuse que eso no era lo mejor para convencer a las nerviosas monjas de que estaban de su lado.

—Por favor, abran la puerta —dijo Gabriel, apoyándose en la puerta mosquitera—. Hemos venido a ayudarlas.

La puerta se abrió un poco, pero todavía con la cadena de seguridad. Por la rendija vimos un rostro que escudriñaba con cautela a mi hermano.

—Me llamo Gabriel, esta es mi hermana y estos son unos amigos —continuó Gabriel con amabilidad—. ¿Le puedo preguntar cuál es su nombre?

—Soy la hermana Faith —contestó la monja—. ¿Por qué han venido?

Hablaba con gran dulzura, pero me di cuenta de que el tono de su voz delataba miedo. Ivy decidió acercarse y comunicarle sus intenciones.

—Sabemos lo de la hermana Mary Clare y conocemos el motivo de su enfermedad —dijo en un tono lleno de compasión—. No tienen que esconderse más. Nosotros podemos expulsar a la criatura que ha tomado posesión de ella.

—¿Pueden hacerlo? —La hermana pareció un tanto esperanzada, pero inmediatamente volvió a mostrarse suspicaz—. Lo siento, pero no les creo. Hemos llamado a todos los sacerdotes y pastores del condado y no han sido capaces de hacer nada al respecto. ¿Por qué son distintos ustedes?

—Tiene que confiar en nosotros —dijo Ivy en tono solemne.

—La confianza es algo que escasea en estos momentos. —La monja se estremeció y se le quebró la voz.

—Nosotros sabemos cosas —insistió Ivy—. Tenemos un conocimiento que los demás no poseen.

—¿Cómo puedo estar segura de que no son uno de ellos?

—Doy por sentado que usted cree en Dios, hermana —intervino Gabriel.

—He visto cosas... —A la monja le falló la voz, como si ya no supiera en qué podía creer y en qué no. Pero retomó el hilo de sus pensamientos—. Por supuesto que sí.

—Entonces, crea que Él está aquí ahora —repuso Gabriel—. Sé que su fe ha sido puesta a prueba en extremo, pero no ha sido sin un motivo. Ustedes han sido tocadas por la oscuridad, pero no han sido vencidas. Ahora las tocará la luz. Benditos sean los puros de corazón porque ellos conocerán a Dios; benditos sean los perseguidos porque suyo será el Reino de los Cielos. Déjenos entrar, hermana. Deje que Dios regrese a su casa. Si nos echa, sucumbirá usted a la oscuridad.

Molly estaba boquiabierta mirando a mi hermano. Dentro de la casa reinaba un silencio mortal. Entonces, despacio, la monja quitó la cadena de seguridad y abrió la puerta principal de la abadía. La hermana Faith los miró con los ojos llenos de lágrimas.

—Oh, por todos los cielos —susurró—. Así que Él no nos ha abandonado.

La monja debía de tener unos sesenta años. Era una mujer robusta, de piel clara y recién lavada. Tenía unas finas arruguitas alrededor de los ojos, y me pregunté si no se le habrían formado durante los últimos meses. En el pasillo había una lámpara sobre una mesilla que iluminaba un amplio vestíbulo y una escalera redonda. El ambiente tenía olor a rancio.

Mientras Gabriel y los demás se presentaban, observé unas fotografías en blanco y negro que estaban colgadas en la pared. Los cristales de todas ellas estaban rotos, así que las imágenes se veían borrosas, pero vi que eran testimonio de la inauguración oficial del convento, en 1863. Al principio, el edificio se había construido para albergar a un grupo de monjas irlandesas que lo gestionaron durante medio siglo como orfanato y refugio para las mujeres jóvenes que habían caído en desgracia.

La hermana Faith nos acompañó y pasamos por delante de una sala en la que habían tendido colchones en el suelo. Estaba claro que las hermanas tenían miedo de dormir en los pisos de arriba. Mientras nos dirigíamos a las escaleras entreví despensas, la enfermería y una rústica cocina, todas ellas en la planta baja. Ese sitio debía de haber sido hermoso antes: acogedor en invierno, aireado y luminoso en verano. Pero ahora era un hogar destrozado. El suelo de la cocina estaba lleno de utensilios rotos, como si alguien los hubiera lanzado contra las paredes de

267

la habitación. Varias sillas rotas se apilaban en un rincón, y al lado de la puerta había un montón de sábanas rasgadas. Supuse que las hermanas habían intentado expulsar al demonio por su cuenta pero sin éxito. Tuve que apartar la mirada ante un montón de hojas arrancadas de la Sagrada Biblia, pues verlas me revolvía las entrañas. Me provocaba una gran extrañeza encontrarme en un lugar de la Tierra tan dañado por la acción del Diablo. Algo terrible había hecho temblar los cimientos de esa casa, destrozando incluso los jarrones de cerámica y tumbando los muebles. Además, hacía un calor sofocante que, incluso en mi forma proyectada, se me pegaba a la piel. Molly se quitó la chaqueta enseguida, pero los demás no se inmutaron a pesar de la incomodidad.

En el segundo piso se encontraba el ala de los dormitorios —habitaciones contiguas del tamaño de celdas en las que no quedaba ningún colchón— y los lavabos comunitarios. Finalmente nos detuvimos ante una serpenteante escalera de madera de caoba que conducía al ático, donde habían aislado a la hermana Mary Clare por su propia seguridad y la de las demás monjas. Antes de subir, la hermana Faith se mostró indecisa.

—¿De verdad pueden devolver a la hermana Mary Clare a las manos de Dios? —preguntó.

—Tenemos que examinar en qué condiciones se encuentra antes de contestar —repuso Gabriel—. Pero, desde luego, lo intentaremos.

Ivy tocó con suavidad a la hermana Faith en el brazo.

—Llévenos hasta ella.

La monja dirigió una mirada de preocupación a Xavier y a Molly.

—¿A todos? —preguntó en un hilo de voz—. ¿Están seguros?

Gabriel, con una sonrisa tensa, respondió:

—Son capaces de aguantar más de lo que parece.

Las escaleras desembocaban en una puerta que se encontraba cerrada. Incluso en mi forma espectral pude notar la energía maligna que vibraba al otro lado de ella. Era casi una fuerza física que intentaba rechazar la presencia de Ivy y Gabriel. Además del olor a cerrado, de debajo de la puerta salía un olor a fruta podrida, como cuando la pulpa se marchita y se agrisa, comida por los insectos. El hedor hizo estremecer a Xavier, y Molly tosió y se cubrió la nariz con la mano. Mis hermanos no mostraron reacción alguna. Permanecían el uno al lado del otro, hombro con hombro, en una actitud de absoluta unidad.

—Les pido disculpas por el olor —dijo la hermana Faith—. Pero el ambientador no hace ningún efecto.

El pequeño rellano estaba iluminado tan solo por una vela que goteaba sobre su candelero de plata, encima de un antiguo tocador. La hermana Faith hundió ambas manos en sus profundos bolsillos y sacó una vieja llave de latón. Del otro lado de la puerta nos llegaron unos golpes sordos, una respiración entrecortada y el chirrido de una silla al arrastrarla sobre los tablones de madera del suelo. Luego oímos como un rechinar de dientes y un crujido seco, parecido al que produce un hueso al romperse. La hermana Faith se santiguó y miró a Gabriel con expresión de desesperación.

269

—¿Y si no pueden ayudarla? —susurró—. ¿Y si los mensajeros del Señor también fallan?

—Sus mensajeros nunca fallan —repuso Ivy con calma.

Mi hermana se sacó una goma de pelo del bolsillo y se recogió el cabello dorado en una pulcra cola de caballo. Fue un gesto pequeño, pero significaba que se estaba preparando para una violenta batalla.

—Hay tanta oscuridad ahí dentro. —El rostro de la hermana Faith se deformó en una mueca de dolor—. Una oscuridad que vive, que respira y que es tangible. No quiero ser responsable de la pérdida de ninguna vida...

—Nadie va a morir esta noche —aseguró Gabriel—. No si está a nuestro cuidado.

—¿Cómo puedo estar segura? —La hermana Faith meneaba la cabeza—. He visto demasiadas cosas... no puedo confiar... no sé cómo se supone que debo...

Para mi sorpresa, Xavier dio un paso hacia delante.

—Con todo mi respeto, señora, no hay tiempo que perder —habló con calma pero con firmeza—. Un demonio está destrozando a una de sus hermanas y nos encontramos a las puertas de una guerra apocalíptica. Ellos harán todo lo que puedan por ayudarlas, pero debemos dejar que hagan su trabajo.

Xavier se quedó con la mirada perdida, como si recordara algo que hubiera sucedido mucho tiempo antes, pero inmediatamente puso una mano sobre el hombro de la hermana Faith y acabó:

—Hay cosas que están más allá de la comprensión humana.

Si mi forma de espectro me lo hubiera permitido, en ese momento habría llorado. Esas palabras eran mías. Yo se las había dicho a Xavier aquel día en la playa, cuando hice un gran acto de fe y me lancé desde un acantilado para desplegar las alas y revelarle mi verdadera identidad. Cuando pude convencer a Xavier de que no se trataba de una broma estrafalaria, tuve que responder a muchas preguntas. Él quiso saber por qué estaba allí, cuál era mi objetivo y si Dios existía de verdad. Y yo le dije: «Hay cosas que están más allá de la comprensión humana». Xavier no lo había olvidado.

Recordaba esa noche como si hubiera sido la del día anterior. Si cerraba los ojos, todos los recuerdos venían a mí como el flujo de la marea. Veía el grupo de adolescentes alrededor de la crepitante fogata que escupía fieramente sus ascuas encendidas hacia la arena. Volvía a sentir el penetrante olor del océano y el tacto del jersey azul claro de Xavier entre los dedos. Recordaba el aspecto de los oscuros arrecifes, como imponentes piezas de un rompecabezas gigante recortadas contra el cielo malva. Y experimentaba de nuevo el momento del salto hacia delante con que abandoné la fuerza de la gravedad. Esa noche había sido el comienzo de todo. Xavier me había aceptado en su mundo y yo había dejado de ser la niña que apretaba la nariz contra un cristal de ventana para observar un lugar del que nunca podría formar parte. Esos recuerdos me llenaron de nostalgia. En esos momentos creíamos que enfrentarnos a Gabriel y a Ivy sería un reto. ¡Si hubiéramos sabido lo que nos aguardaba!

El sonido de la llave en la cerradura me hizo volver a la realidad. Las palabras de Xavier habían animado a la monja a que nos mostrara lo que se escondía al otro lado de la puerta. Todos aguantaron la respiración: el hedor de fruta podrida se hizo más fuerte y se oyó un gruñido aterrador. La puerta se abrió lentamente girando sobre sus goznes, y pareció que el tiempo se hubiera detenido.

La habitación era muy corriente: tenía escaso mobiliario y solo era un poco más grande que los pequeños dormitorios del segundo piso. Pero lo que se agazapaba en su interior no tenía nada de normal.

26

No ver el mal, no oír el mal

Al principio me pareció que la hermana Mary Clare era una mujer común, quizás un poco tensa y desconfiada al ver a unos extraños a la puerta de su dormitorio, pero una mujer de todas formas. Llevaba un camisón de algodón que le llegaba a las rodillas, y habría sido hermosa si no hubiera estado desaliñada y manchada de sangre seca. El cabello negro le caía desmañadamente sobre los hombros y se encontraba agachada frente a la chimenea, agarrando puñados de hollín que esparcía por el suelo de madera. Tenía las rodillas arañadas y llenas de cortes, como si se hubiera arrastrado por el suelo. Si mi presencia hubiera sido física, habría acudido en su ayuda de inmediato, la habría ayudado a ponerse en pie y la habría consolado. Miré a Ivy y a Gabriel, que no se movían, y comprendí el motivo al ver que los ojos que nos escrutaban no eran los de la hermana Mary Clare. Los demás también se dieron cuenta: Molly ahogó un grito y se escondió un poco detrás de Xavier, cuyo rostro delataba emociones contradictorias: pasaba de la incredulidad y la pena a la repugnancia, y de nuevo a la pena, en cuestión de segundos. Nunca se había encontrado con algo así y no sabía cuál era la reacción adecuada.

La joven monja, que no podía tener más de veinte años, parecía más un animal que un ser humano. Su rostro era una máscara grotesca y sus ojos, grandes y negros, no parpadeaban. Tenía los labios agrietados e hinchados, y se le veían las marcas de habérselos mordido. En la piel de sus brazos y de sus piernas se leían unos complicados signos. La habitación no se encontraba en mejores condiciones: el colchón y la ropa de cama estaban hechos trizas, y por el suelo y el techo se veían unos profundos surcos; también en las paredes aparecían unos signos antiguos que fui incapaz de descifrar, y unas manchas de café en las paredes me hicieron preguntarme cómo habían llegado allí hasta que me di cuenta de que no se trataba de café, sino de sangre. El demonio ladeó la cabeza, como un perro curioso, y pasó la mirada por los visitantes. Se hizo un largo silencio hasta que volvió a gruñir, rechinando los dientes y girando la cabeza rápidamente de un lado a otro en busca de una escapatoria.

Ivy y Gabriel, al unísono, apartaron a los demás y entraron majestuosamente en la habitación. El demonio los miró con ojos desorbitados y escupió con ferocidad. La saliva se le mezclaba con la sangre de la mordedura que se había hecho en la lengua. Me di cuenta de que no tenía necesidad de parpadear y que, por tanto, tenía una precisa capacidad de observación. Ivy y Gabriel se dieron la mano, y el demonio soltó un chillido como si ese gesto le hubiera provocado un dolor insoportable.

—Tu tiempo en la Tierra ha terminado.

Gabriel clavó su mirada férrea en la criatura y su voz sonó autoritaria y llena de rectitud. El demonio lo observó un instante, hasta que lo reconoció y sonrió de forma horripilante, descubriendo unos dientes molidos hasta las encías.

—¿Qué vais a hacer? —preguntó en tono de burla con una voz increíblemente aguda y chirriante—. ¿Derrotarme con agua sagrada y un crucifijo?

Ivy, sin cambiar de actitud, respondió:

—¿De verdad crees que necesitamos algún juguete para destruirte? —Su voz sonaba como el agua cristalina que fluye sobre las piedras de un río—. El Espíritu Santo vive en nosotros y pronto va a llenar esta habitación. Serás lanzado de nuevo al abismo del que saliste.

El demonio estaba alarmado, pero no lo demostró. Prefirió cambiar de tema:

—Sé quiénes sois. Uno de los vuestros nos pertenece ahora. La pequeña...

Por un momento pareció que Xavier quisiera avanzar para ir a pegarle, pero Molly lo sujetó por el brazo y él apartó la mirada de la criatura.

273

—Conoce nuestras debilidades —oí que murmuraba, como si recitara un mantra—. Juega con nuestras debilidades.

Aunque Xavier no había tenido nunca la experiencia directa de una posesión, había aprendido bastante en la escuela dominical y sabía cómo trabajaba el Diablo.

—Es curioso que lo menciones —repuso Gabriel—. Exactamente de eso queríamos hablarte.

—¿Pensáis que soy un soplón? —preguntó el demonio entre dientes.

—Lo serás —replicó Ivy en tono amable.

Los ojos del demonio relampaguearon y, de repente, una potente corriente de aire levantó a Xavier del suelo, lanzándolo contra la pared. Volvió a caer sobre los tablones de madera y una fuerza invisible empezó a arrastrarlo por el suelo.

—¡Detente! —chilló Molly, intentando sujetarlo.

—¡Molly, no! —gritó Xavier que, arrastrado por esa fuerza invisible, fue a golpearse contra la cama de hierro—. Quédate ahí.

—Tú amenazas, yo amenazo —se burló el demonio viendo cómo Xavier se debatía contra su poder.

—Basta. —Gabriel levantó una mano hacia la criatura, mostrándole la palma con un gesto como si le empujara. Esta soltó un chillido y se retorció de dolor. Estaba claro quién tenía más poder—. No estamos interesados en estos juegos —dijo mi hermano, amenazador—. Queremos encontrar un portal.

—¿Habéis perdido la cabeza? —rugió el demonio—. ¿Ya tenéis pensado cuál es vuestro último deseo antes de enfrentaros a la muerte?

—Hemos venido a reclamar a nuestra hermana —dijo Ivy—. Y tú nos vas a decir cómo encontrarla.

—¡Atrévete! —soltó el demonio.

—Si insistes…

Un sonido como de sordos fuegos de artificio llenó la habitación. De los dedos de Ivy empezaron a proyectarse unos rayos de luz blanca que, dirigida con los movimientos de su mano, penetraron en el cuerpo de la criatura y le produjeron descargas eléctricas. El demonio soltó un aullido de fiera herida y arqueó el torso.

—¡Basta! —gritó—. ¡Basta! ¡Basta!

—¿Nos dirás lo que queremos saber? —preguntó Ivy.

Mi hermana continuó moviendo la mano de tal forma que los rayos de luz perforaron su cuerpo más profundamente, y el demonio empezó a chillar con más fuerza. Ivy había elegido bien ese método, pues la Luz Sagrada podía herirle, pero no hacía ningún daño al cuerpo de la hermana Mary Clare.

—Sí —chilló la criatura—. Os ayudaré. ¡Basta!

Ivy cerró la mano en un puño y la luz se apagó. El demonio cayó al suelo, exhausto.

—Son fáciles de persuadir, ¿eh? —refunfuñó Gabriel.

—No tienen nigún sentido de la lealtad —repuso mi hermana con desdén mientras rodeaba al demonio—. ¿Dónde está el portal más cercano? —preguntó.

—No importa —contestó él con voz ronca—. Nunca conseguiréis atravesarlo.

—Responde la pregunta —dijo Gabriel—. ¿Cómo has llegado hasta aquí?

—¿Por qué no me mandáis de regreso? —El demonio intentaba evadirse—. Eso es lo que habéis venido a hacer, ¿no? ¿De verdad vais a permitir que me regodee con el cuerpo de esta pobre chica solo para conseguir vuestro propósito? —Chasqueó la lengua como si se sintiera decepcionado—. Vaya unos ángeles.

Entonces Gabriel dibujó en el aire el signo de la cruz con gran lentitud. Cuando acabó, parecía que tenía algo en la mano. Y, de repente, lo lanzó contra el demonio. Aunque era un objeto invisible golpeó a la criatura con una fuerza tal que soltó un chillido y empezó a sacar espuma por la boca.

—En Alabama hay un sitio llamado Broken Hill —dijo sin aliento—. Hay una estación de tren. Años atrás hubo un accidente ferroviario y murieron sesenta personas. El portal más cercano se encuentra allí.

—¿No hay un portal en Venus Cove? —intervino Xavier—. El que utilizó Jake para llevarse a Beth.

—Un demonio poderoso puede conjurar un portal a voluntad —contestó Gabriel—. Jake abrió un portal temporal para conseguir su objetivo.

275

—Si hubo un accidente de tren en Broken Hill, podría ser cierto —dijo Ivy—. Los sucesos traumáticos que provocan la muerte de personas inocentes pueden causar la aparición de un portal. —Dudó un momento y continuó—: Pero podría habernos mentido. Gabe, ¿puedes penetrar en su mente y saber si ha dicho la verdad?

La idea de entrar en la mente de esa criatura llenaba de repulsión a Gabriel. Una vez, mi hermano me contó que la mente de los demonios era muy densa y estaba llena de una sustancia negra como el alquitrán; por eso los exorcismos resultaban tan agotadores para los seres humanos, porque cuando esa sustancia entraba dentro de ellos, se les quedaba adherida. Se pegaba como la cola, infectándolos e invadiéndolos como si fueran hongos hasta que la persona acababa por pertenecerles. Algunos seres humanos no sobrevivían a esa experiencia, se sentían divididos por la mitad, pero una parte de ellos no quería separarse de eso. Era como el juego de tirar de la cuerda, y la cuerda era el cuerpo humano. Sabía que cuando mis hermanos hubieran obtenido la información que buscaban tendrían que arrancar a ese demonio de la hermana Mary Clare. No quería presenciarlo, pero tampoco podía apartar la mirada. Gabriel cerró los ojos mientras el demonio se llevaba las manos a la cabeza, atormentado, como si lo hubiera asaltado una repentina migraña. Al cabo de unos momentos mi hermano salió de su mente con una expresión de disgusto en sus perfectas facciones.

—Está diciendo la verdad —aseguró.

—Así, si encontramos el portal, ¿podremos traer a Beth de regreso? —preguntó Xavier.

—Ojalá fuera tan fácil —dijo el demonio, riendo socarronamente—. Nunca podréis atravesarlo.

—Siempre existe una manera —repuso Ivy en tono ecuánime.

—Ah, sí —se burló él—. Aunque yo no intentaría ningún truco para entrar. Quizás os encontréis con que no podéis salir.

—Nunca empleamos trucos —contestó Gabriel.

—También podéis negociar su entrega —sugirió la criatura con una sonrisa maliciosa y los ojos clavados en Xavier—.

Entregadlo a él a cambio. Tú lo harías, ¿verdad, chico? Lo veo en tus ojos. Sacrificarías tu alma para salvarla. Es un precio muy alto para alguien que ni siquiera es humano. ¿Cómo sabes incluso que ella tiene un alma? Ella es como yo... solo que trabaja para una empresa rival.

—Yo de ti cerraría la boca.

Xavier se apartó el cabello de la cara y vi que llevaba el anillo de prometidos en el dedo. Con esa camiseta negra y esos tejanos no tenía un aspecto tan celestial como mis hermanos, pero era alto y fuerte y estaba completamente cabreado. Me di cuenta de que tenía ganas de borrar esa sonrisa maliciosa del rostro de ese demonio, pero Xavier nunca pegaría a una chica, ni siquiera a una que estuviera poseída.

—He tocado un punto flaco, ¿eh? —se mofó la criatura.

Pensé que Xavier se lanzaría contra él, pero en lugar de eso vi que se relajaba y se apoyaba en la pared mirando con frialdad a esa criatura.

—Siento pena por ti —le dijo, pronunciando despacio—. Supongo que no tienes ni idea de lo que es ser amado por alguien. Pero tienes razón en una cosa: Beth no es humana, porque los humanos tienen un alma y todo el tiempo tienen que esforzarse para no perder el contacto con ella. Para ellos, cada día es una lucha para escuchar a su conciencia y hacer lo adecuado. Si conocieras a Beth sabrías que ella no tiene un alma, que es alma. Está llena de alma, más de lo que podría estarlo nunca ningún ser humano. Pero tú eso no lo sabes, porque lo único que has conocido es el vacío y el odio. Pero eso no ganará al final... ya lo verás.

—Eres muy gallito para ser un humano —repuso el demonio—. ¿Cómo sabes que el destino no te va a tentar y no te vas a convertir en un alma oscura y retorcida como yo?

—Oh, no creo que eso suceda —contestó Ivy sonriendo—. Su alma ya está marcada y es uno de los nuestros. Xavier tiene un asiento reservado en el Cielo.

—Bueno, si no os importa —cortó mi hermano—, acabemos con la cháchara.

Me pareció que el demonio sabía lo que se le avecinaba, porque arqueó el torso como un gato y siseó con furia. Molly, que continuaba en la puerta de entrada, se agachó como si creyera que todo lo que había en la habitación fuera a salir volando por los aires.

—¿Ahora viene cuando empezáis a hablar en latín? —preguntó, temblando.

Gabriel la miró.

—Métete bajo la cama, Molly. No hace falta que veas esto.

—No pasa nada —dijo ella, negando con la cabeza—. He visto *El exorcista*.

Mi hermano rio sin ganas.

—Bueno, esto es un poco distinto —repuso—. Los humanos necesitan emplear plegarias y rituales para expulsar a un demonio y devolverlo al Infierno. Pero nosotros somos más fuertes.

Entonces levantó una mano, Ivy entrelazó los dedos de la suya con la de él y los dos, al mismo tiempo, desplegaron las alas. Estas ocuparon todo el espacio de la habitación y proyectaron una sombra a su alrededor. Xavier y Molly miraron boquiabiertos la luz que emanaba de sus alas, envolviéndolos. Pareció que los cuerpos de mis hermanos vibraban y se elevaban un poco del suelo. Gabriel dijo:

—En el nombre de Cristo Nuestro Señor y de todo lo que es Sagrado, yo te ordeno que te vayas. Devuelve este cuerpo terrenal a las manos de Dios y regresa al foso de fuego al que perteneces.

El demonio empezó a girar la cabeza a un lado y a otro con frenesí, como atacado por algún mal. La luz dorada se acercaba a él, hermosa para el ojo humano, pero mortal para cualquier agente de la oscuridad. Intentó escapar por entre mis hermanos, pero esa luz actuaba como un campo de fuerza que le impedía el paso. La criatura avanzaba y retrocedía con gestos violentos, pero no conseguía encontrar una escapatoria. Al ver que la luz estaba a punto de alcanzarlo se tiró al suelo, y entonces esa nube refulgente descendió sobre él. El cuerpo de la hermana Mary Clare empezó a humear por la nariz y se oyó una especie de silbido, como el que emite la carne al ser puesta al fuego de la barbacoa. Molly, aterrorizada, observaba con la boca abierta lo que estaba sucediendo y se cubría los oí-

278

dos para no escuchar los ahogados gritos del demonio. Xavier se había puesto pálido y lo miraba todo con expresión de dolor. El cuerpo de la monja, en el suelo, se arqueó hacia arriba y se agitó de forma convulsa. Entonces apareció un bulto en su abdomen que fue subiendo hacia arriba, por el pecho, como un horrible tumor, hasta que oímos un chasquido seco que se mezcló con los jadeos y los gruñidos del demonio. Ese bulto continuó subiendo por la garganta y la monja abrió la boca y empezó a toser y a querer regurgitar. Mis hermanos intensificaron la concentración y la luz se arremolinó alrededor del cuello. Al final, una sustancia negra y densa empezó a salirle por la boca y se deslizó por su rostro hasta caer al suelo formando un charco.

Finalmente Ivy bajó la mano, plegó las alas y se dejó caer de rodillas al suelo, agotada. Gabriel se arrodilló ante el cuerpo de la monja. Libre por fin de esa venenosa criatura que la había poseído, la hermana Mary Clare se veía muy distinta: la malingnidad había dado paso a una expresión de liberación, a pesar del dolor que debía de sentir. Todavía tenía el rostro amoratado y contusionado, pero pudo entreabrir los ojos. Vi que los tenía de color azul. Suspiró, aliviada, y dejó caer la cabeza a un lado. Gabriel parecía preocupado mientras le buscaba el pulso en el cuello. Al cabo de un momento levantó la cabeza y miró a Ivy.

—No está bien.

Mi hermana se deslizó a su lado y los dos empezaron a atender a la monja Mary Clare. Gabriel le curaba las heridas físicas, e Ivy procuraba penetrar más profundamente en su alma, para que recuperara la salud y poder devolverla a las manos de Dios. No me era posible imaginar en qué estado debía de encontrarse su alma después de haber compartido su cuerpo con un demonio durante meses. Debía de ser casi irreconocible, pero sabía que si alguien era capaz de ayudarla, era un serafín. Gabriel le tocó las mejillas y los moratones y contusiones empezaron a desaparecer. Luego le pasó un dedo por los labios y las heridas se le cerraron. Mientras, la hermana Faith se había apresurado a traer un trapo mojado para limpiarle la sangre seca de la boca y la barbilla. Cuando Gabriel apartó las manos de su rostro, vi que la monja también había recuperado los dientes. Mi hermano no le dejó ninguna señal física que pudiera recordarle el tormento que había soportado. Pero aunque su cuerpo había recuperado la salud física, la monja no respiraba. Ivy continuaba agachada a su lado, con los ojos cerrados y temblando por el esfuerzo. Gabriel le puso las manos en los hombros para tranquilizarla. Hacer regresar a un alma de las puertas de la muerte era un trabajo agotador incluso para un ángel con la fortaleza de Ivy, y hasta yo me daba cuenta de que a la hermana Mary Clare no le quedaba casi ninguna posibilidad. Cuando la muerte se lleva un alma, es casi imposible que esta regrese: permanece en posesión de aquella hasta que o bien el Cielo o bien el Infierno la reclaman. Si no es reclamada, el alma cae en el Limbo, como un deshecho.

Ivy tenía que penetrar en el túnel del inconsciente de la hermana Mary Clare y convencerla de que volviera antes de que se le escapara para siempre. Imaginé que la mente de la monja sería como una marabunta de alimañas envenenadas por ese diablo que había habitado su cuerpo durante tanto tiempo. La muerte estaba muy cerca de ella, todos nos dábamos cuenta. Seguramente debía de estar al borde de ella, y se negaba a regresar a una vida que le había provocado un sufrimiento tal. El túnel de la muerte te arrebata la vida, quiere que te rindas. Quiere que te entregues. Por supuesto, la oscuridad no podía hacerle nada malo a mi hermana, pero sí quitarle la energía. Estar dentro de la mente infectada de la hermana Mary Clare tenía su precio.

Al final, después de lo que pareció una eternidad, Ivy soltó la mano de la monja y los ojos de esta parpadearon un poco hasta que se entreabrieron. Inmediatamente inhaló con fuerza, aunque entrecortadamente, como alguien a quien hubieran obligado a estar debajo del agua demasiado tiempo.

—¡Oh, loado sea el Señor! —gritó la hermana Faith—. Gracias, que Dios te bendiga.

La monja mayor ayudó a incorporar a Mary Clare y la abrazó con fuerza. La muchacha miró a su alrededor con expresión de confusión. En ese momento me di cuenta de lo joven que era, debía de tener poco más de veinte años. La piel de su rostro era clara y tenía la nariz llena de pecas.

—¿Qué... qué ha pasado? —tartamudeó. Se llevó la mano hasta el pelo, enmarañado y lleno de sangre seca.

La hermana Faith se mostró sorprendida.

—¿No recuerda nada?

—Está bajo los efectos de la conmoción —contestó Gabriel—. A partir de ahora le vendrán imágenes y pesadillas de lo que ha sucedido. Necesitará su ayuda.

—Por supuesto. —La hermana Faith asintió con la cabeza vigorosamente—. Lo que necesite.

—Ahora mismo precisa de una ducha —repuso mi hermano—. Y luego métala en la cama. —Miró a su alrededor y añadió—: ¿Puede llevarla a descansar a algún otro lugar mientras limpian todo esto?

—Sí, sí —la hermana Faith hablaba para sí misma—. Haré que Adele prepare una cama. —Mirando a Gabriel y a Ivy, añadió con los ojos llenos de lágrimas—: No sé cómo darles las gracias. Creí que la habíamos perdido para siempre, pero ustedes nos han devuelto a nuestra hermana y han reafirmado nuestra fe de una forma que nunca creí que me sucedería en esta vida. Tienen nuestra infinita gratitud.

Gabriel sonrió.

—Ha sido un placer —dijo, simplemente—. Ahora cuide de la joven. Ya conocemos el camino de salida.

La hermana Faith dirigió una última mirada de devoción a mis hermanos y luego ayudó a salir de la habitación a Mary Clare, que estaba muy débil. Oí que llamaba a las demás y me pregunté si ellas se creerían la historia de esos misteriosos visitantes que habían traído el castigo celestial.

Cuando hubieron salido Ivy, que hasta ese momento había permanecido muy callada, soltó un suspiro y pareció que las fuerzas le fallaban.

—Cuidado —dijo Xavier, dando un paso hacia ella—. ¿Estás bien?

Gabriel plegó las alas, que silbaron en el aire, tras su musculosa espalda, y pasó un brazo por encima de los hombros de Ivy para sujetarla. Ella se apoyó en su hombro.

Al cabo de un momento ella también plegó las alas, pero me di cuenta de que le había costado un gran esfuerzo. Mi hermana respiró profundamente y miró a Xavier.

—Estoy agotada —dijo—. Pero estaré bien en un minuto.

Gabriel se dispuso a acompañarlos a todos hasta la puerta.

—Vamos —dijo—. Nuestro trabajo ha terminado, debemos irnos.

Cuando salieron al porche, Gabriel vio a Molly. Estaba claro que lo que acababa de ver la había impactado profundamente: estaba agarrada a una de las columnas y temblaba. Parecía como si casi no pudiera soportar el peso de su propio cuerpo. Dio un paso inseguro hacia delante, pero tuvo que abrir los brazos para mantener el equilibrio. Gabriel la sujetó por la cintura para ayudarla a bajar las escaleras y, cuando llegaron abajo, Molly se dejó caer de rodillas y vomitó en el parterre. Mi hermano se arrodilló a su lado y, sin apartar la mano de su hombro, con la otra le sujetó el cabello para que no le cayera sobre la cara. No dijo nada; solamente esperó con paciencia a que ella terminara.

27

No me ama

*Y*a eran las primeras horas de la mañana cuando los cuatro regresaron al Easy Stay. El rostro de Molly había recuperado su color normal, pero parecía completamente agotada. Xavier también estaba destrozado y necesitaba dormir. Solamente mis hermanos continuaban tan pulcros e inexpresivos como siempre: el único signo de la tensión que acababan de sufrir eran sus ropas arrugadas. Ivy parecía haber recuperado la fortaleza, pero yo sabía que había sido una noche difícil para ella. Debía de ser frustrante: en el Reino, su fuerza y su poder no tenían límite, pero parecía que cuanto más tiempo pasaba un ángel en la tierra, más menguaban sus poderes.

Xavier aprovechó la primera ocasión para desaparecer en su habitacion sin decir una palabra a nadie. Yo quise seguirlo para estar un rato a solas con él. Me imaginé tumbada a su lado en la cama y con la cabeza descansando sobre su pecho, como siempre hacía. Deseé poder dirigir todas mis energías a él para hacerle saber que me encontraba muy cerca, ofrecerle el poco consuelo que pudiera y dejar que su presencia me confortara. Pero Ivy y Gabriel eran quienes iban a planificar el siguiente paso, y yo tenía que quedarme con ellos si quería estar al tanto de todo.

—¿Qué le pasa? —preguntó Molly en cuanto Xavier hubo cerrado la puerta.

—Imagino que está agitado por lo que ha sucedido esta noche —repuso Ivy con sequedad mientras introducía la llave en la cerradura—. Necesita tiempo para asimilarlo.

A veces, mi hermana se irritaba ante la ingenuidad de mi amiga.

Por algún motivo, Molly no se separaba de mis hermanos, pero ellos tuvieron la delicadeza de no preguntarle qué quería. Quizá quería abandonar la misión del rescate; tal vez sentía que había experimentado más cosas de las que podía soportar y deseaba regresar a casa.

La puerta estaba pintada de un sucio color marrón. Gabriel, con un profundo suspiro, la abrió y pulsó el interruptor de la pared. La habitación se iluminó con una cruda luz ámbar y un ventilador de techo se puso en marcha emitiendo un zumbido irregular. Había dos camas iguales con dos colchas de diseño floral y dos mesillas de noche idénticas con dos lámparas de pantallas de flecos. La alfombra tenía un deslucido color salmón y la única ventana de la habitación estaba cubierta por una cortina que colgaba de una barra metálica.

—Tiene cierto encanto —dijo Ivy sonriendo con ironía.

Aunque mis hermanos se habían acostumbrado al lujo de Byron, ese tipo de cosas les eran indiferentes. Les hubiera dado lo mismo estar en una suite del Waldorf Astoria.

—Voy a darme una ducha —anunció Ivy mientras cogía el neceser y desaparecía en el baño.

Molly la observó mordiéndose el labio, incómoda, hasta que Ivy hubo cerrado la puerta del lavabo. Gabriel la miraba con ojos penetrantes, paciente. Sus ojos siempre me hacían pensar en una tormenta de nieve: claros y pálidos, y tan profundos que era fácil perderse en ellos. Se quitó la chaqueta y la colgó en el respaldo de una silla. Debajo llevaba una camiseta negra que resaltaba su perfecto cuerpo. Molly no le podía quitar los ojos de encima, fascinada por la definición de los músculos del pecho bajo el tejido. Parecía sobrehumano, alguien capaz de levantar un coche con sus propias manos sin ningún esfuerzo; probablemente porque podía hacerlo si la situación lo requería.

Se oyó el sonido del agua por las cañerías del lavabo y Molly aprovechó esa interrupción para iniciar una conversación.

—¿Se pondrá bien Ivy? —peguntó, incómoda.

Estaba claro que no se había quedado allí para hablar de Ivy, pero no se le ocurría ninguna otra manera de comenzar a charlar.

—Ivy es un serafín —contestó Gabriel, como si eso dejara claro el asunto.

—Sí —repuso Molly—. Lo sé. Eso es muy guay, ¿verdad?

—Sí —dijo Gabriel, despacio—. Es guay.

Molly interpretó esa respuesta como un signo positivo, así que entró en la habitación y se sentó sobre la cama mientras fingía examinarse las uñas. Gabriel se apoyó en la puerta, delante de ella. Si se hubiera tratado de un ser humano, su actitud habría parecido torpe o incómoda, pero Gabriel estaba completamente tranquilo. Daba igual en qué situación se encontrara, mi hermano siempre se mostraba dueño de sí mismo, como si nada lo sorprendiera. Permanecía con las manos a la espalda y la cabeza ligeramente inclinada, como escuchando una melodía que sonara en su interior. Su atención parecía estar muy lejos de Molly, aunque yo sabía que estaba esperando a que ella hablara. Si quería, Gabriel era capaz de oír los latidos de su corazón, oler el sudor de las palmas de sus manos e, incluso, saber qué estaba pensando en esos momentos.

Molly, nerviosa, levantó los ojos.

—Has estado increíble hoy —le dijo.

Gabriel se la quedó mirando, perplejo ante ese cumplido.

—Hacía mi trabajo —contestó en su habitual tono grave e irresistible.

Por la expresión de Molly, me di cuenta de que la voz de mi hermano la afectaba de una forma que me resultaba difícil de comprender. Parecía que cada palabra que él decía penetrara físicamente en su cuerpo. Molly se estremeció ligeramente y cruzó los brazos sobre el pecho como para darse calor.

—¿Tienes frío? —le preguntó mi hermano.

Sin esperar a que ella contestara, Gabriel cogió la chaqueta del respaldo de la silla y se la puso sobre los hombros con actitud galante. Ese considerado gesto conmovió a Molly hasta tal punto que tuvo que esforzarse para que no se le llenaran los ojos de lágrimas.

—No, en serio —insistió ella—. Siempre he sabido que eres increíble, pero hoy ha sido distinto. Parecías de otro mundo.

—Eso es porque no soy de este mundo, Molly —constató Gabriel.

285

—Pero a pesar de ello estás vinculado con él, ¿verdad? —insistió Molly—. Con la gente, quiero decir. Con Xavier y conmigo, por ejemplo.

—Mi trabajo consiste en proteger a la gente como tú y Xavier. Solo te deseo salud y felicidad...

—No es eso lo que quiero decir —interrumpió Molly.

—¿Qué es lo que quieres decir? —Gabriel la miraba con una intensidad penetrante, intentando comprender una forma de razonar que le era totalmente ajena.

—Pues que podrías querer algo más. Estos últimos días he sentido como que... quizá... podías estar...

Corrí hasta la cama y me arrodillé al lado de Molly. Intenté mandarle un mensaje de advertencia, pero ella estaba demasiado absorta en Gabriel y no se daba cuenta de que yo estaba con ella.

«No, Molly, no lo hagas. Tú eres lista. Piénsalo. Gabriel no es quien tú quieres que sea. Estás a punto de cometer un grave error. Crees que lo conoces, te has imaginado más cosas de las que hay en realidad. Si ahora te sientes dolida, no harás más que empeorarlo todo. Ve a hablar con Xavier, primero. Espera un poco: estás cansada. ¡Molly, escúchame!»

Gabriel giró la cabeza despacio y la miró. Lo hizo con un movimiento casi robótico. Tenía el rostro ensombrecido por la escasa luz del motel, pero el cabello le brillaba sobre las mejillas como hilos de oro y sus ojos cambiaban de tonalidad pasando de un azul helado a plateado.

—¿Quizás he estado qué? —preguntó con curiosidad.

Molly suspiró, exasperada, y supe que ya se había hartado de insinuaciones. Se puso en pie y, con gesto valeroso, cruzó la habitación y se detuvo justo enfrente de él. Con su melena rizada como la de una sirena, sus enormes ojos azules y su piel tersa, Molly estaba tan atractiva como siempre. La mayoría de los hombres no hubieran tenido la fuerza de voluntad de resistirse a ella.

—¡Actúas como si no tuvieras sentimientos, pero yo sé que los tienes! —dijo con tono de seguridad—. Creo que sientes más cosas de las que demuestras, y que podrías amar a alguien, incluso enamorarte si decidieras hacerlo.

—No estoy seguro de qué es lo que quieres decir, Molly. Yo

valoro la vida humana —dijo Gabriel—. Deseo defender y proteger a los hijos de mi Padre. Pero el amor del que hablas... yo no sé nada de él.

—Deja de mentirte a ti mismo. Puedo ver tu interior.

—¿Y qué es exactamente lo que crees ver ahí? —Gabriel arqueó una ceja y me di cuenta de que empezaba a comprender el significado de esa conversación.

—A alguien que es como yo —gritó Molly—. Alguien que quiere enamorarse, pero que está demasiado asustado para permitir que eso suceda. Te importo, Gabriel. ¡Admítelo!

—Nunca he dicho que no me importes —repuso Gabriel en tono amable—. Tu bienestar es importante para mí.

—Es más que eso —insistió Molly—. ¡Tiene que serlo! Yo siento que hay algo increíble entre nosotros y sé que tú también debes sentirlo.

Gabriel se inclinó hacia delante.

—Escúchame con atención —dijo—. Por algún motivo, te has hecho una idea equivocada de mí. Yo no estoy aquí para...

Sin dejar que Gabriel terminara, Molly dio un paso hacia delante salvando la distancia que los separaba. Vi que sus brazos rodeaban la cintura de Gabriel y que sus dedos se enredaban en el tejido de su camiseta. Vi que se ponía de puntillas y que se alzaba hacia él. Vi que sus ojos se cerraban un instante de puro éxtasis. Entonces, los labios de ambos se encontraron. Molly lo besó con pasión, con deseo, embriagada. Lo deseaba con todo su cuerpo y se apretó contra él temblando por la intensidad de la emoción. La habitación se llenó con una rara energía y, por un momento, temí que algo fuera a detonar entre ambos e hiciera estallar las paredes del motel. Y entonces fue cuando vi la cara de Gabriel.

No se había alejado de Molly, pero tampoco le había devuelto el beso. Había mantenido los brazos rígidos, a ambos lados del cuerpo. Sus labios no respondían. Si Molly hubiera besado a una estatua de cera, habría obtenido la misma respuesta. Gabriel permitió que ella continuara un poco más hasta que la apartó. Molly se resistió al principio, pero finalmente retrocedió con paso inseguro y se dejó caer en la cama.

—No, Molly. No va a suceder.

287

Gabriel parecía entristecido por esa muestra de afecto: miraba a Molly con expresión pensativa y el ceño fruncido, como si se encontrara ante un problema que solucionar. Yo le había visto la misma expresión mientras charlaba con Earl, en la gasolinera, y también mientras examinaba los surcos del porche de la abadía. Ahora, sus ojos claros mostraban seriedad ante ese problema desconocido. Molly pareció desconcertada unos instantes, pero rápidamente comprendió que su gesto había dejado indiferente a mi hermano. Por la expresión de su rostro supe que le costaba aceptar que la desbordante atracción que sentía no era correspondida. No podía creerlo. Pero, de inmediato, la pasión se vio sustituida por un sentimiento de humillación: se ruborizó y se encogió bajo la mirada impasible de Gabriel.

—No me puedo creer que me haya equivocado tanto —murmuró—. Nunca me pasa.

—Lo siento, Molly —dijo Gabriel—. Me sabe mal si he dicho o hecho algo que te pueda haber confundido.

—¿Es que no sientes nada? —preguntó ella, ahora un poco enojada—. ¡Tienes que sentir algo!

—Yo no tengo sentimientos humanos —repuso—. Ivy tampoco.

Quizás había añadido esto último creyendo que Molly se sentiría mejor al saber que sus insinuaciones tampoco habrían tenido ningún éxito en mi hermana. Pero, si era así, enseguida quedó claro que sus palabras no habían surtido ese efecto en Molly:

—Deja de actuar como si fueras un robot —replicó, cortante.

—Si eso es lo que quieres pensar de mí...

—¡No! —estalló Molly—. Prefiero pensar que eres alguien real, no una especie de hombre de hojalata sin corazón.

—Mi corazón no es más que un órgano vital que bombea sangre a este cuerpo —le explicó Gabriel—. No tengo la capacidad de ofrecer el amor del que hablas.

—¿Y Beth? —preguntó Molly—. Ella ama a Xavier, y es como vosotros.

—Bethany es una excepción —asintió Gabriel—. Una rara excepción.

—¿Y por qué no puedes ser tú también una excepción? —insistió ella.

288

—Porque no soy como Bethany —repuso él con indiferencia—. Yo no soy ni joven ni inexperto. Bethany fue creada con una particularidad, un fallo o una fortaleza, que le permite sentir lo mismo que los seres humanos. Eso no está programado en mí.

Yo estaba tan absorta en la tensión que se había creado entre ellos que no supe si ofenderme o no por el comentario.

—Pero yo estoy enamorada de ti —se quejó Molly.

—Si crees que me amas, entonces es que no sabes qué es el amor —dijo Gabriel—. El amor tiene que ser recíproco para que sea real.

—No lo comprendo. ¿Es que no soy bastante guapa para ti?

—Bueno, eso es justo lo que quiero decir. —Gabriel suspiró—. El cuerpo es simplemente un vehículo. Las emociones más profundas se experimentan a través del alma.

—¿Entonces es mi alma la que no llega al nivel?

—No seas ridícula.

—¿Qué te pasa? —estalló Molly—. ¿Por qué no me quieres?

—Por favor, procura aceptar lo que te estoy diciendo.

—¿Me estás diciendo que haga lo que haga, por mucho que lo intente, nunca sentirás amor por mí?

—Estoy diciendo que te comportas como una niña, porque eso es lo que eres.

—Entonces es porque me encuentras demasiado joven —concluyó Molly, desesperada—. Puedo esperar. Esperaré hasta que estés listo. Haré todo lo que haga falta.

—Basta —dijo Gabriel—. Esta discusión ha terminado. No puedo darte la respuesta que quieres.

—Dime por qué. —El histerismo de Molly iba en aumento—. ¡Dime qué tengo de malo para que ni siquiera te lo plantees!

—Será mejor que te vayas. —El tono de Gabriel era frío ahora. Ya no quería consolarla.

—¡No! —gritó Molly—. ¡Dime qué he hecho mal!

—No se trata de lo que has hecho —repuso Gabriel, duro—. Se trata de quién eres.

—¿Y eso qué significa? —La voz se le ahogaba.

—Eres un ser humano. —Los ojos de mi hermano centelleaban—. Vuestra naturaleza es lujuriosa, codiciosa, envidiosa, mentirosa y orgullosa. Y toda vuestra vida vais a tener que luchar contra esos instintos. Mi Padre os dio libre albedrío; Él decidió que gobernarais Su tierra y mira lo que habéis hecho con ella. Este mundo está en ruinas y yo estoy aquí solamente para restaurar Su gloria. No tengo ningún otro objetivo ni ningún otro interés. ¿Crees que soy tan débil que me dejaré seducir por una humana de ojos rasgados que no es más que una niña? Yo soy distinto a ti en todo. Lo único que puedo hacer es intentar comprenderte, y nunca, ni en mil años, podrías tú empezar a comprenderme a mí. Es por eso, Molly, por lo que tus intentos son vanos.

Gabriel la miró, impasible, mientras ella empezaba a llorar. Las lágrimas le estropearon el rímel y le tiñeron las mejillas de negro. Se las secó con gesto furioso.

—Te... —El hipo le impedía hablar—. Te odio.

Molly parecía tan vulnerable en esos momentos que hubiera querido hacer algo para demostrarle que no estaba sola. Si hubiera podido estar allí físicamente, también le habría dado una patada en el culo a mi hermano por su falta de tacto.

—Por tu bien —se limitó a contestar Gabriel—, quizá sea mejor el odio que el amor.

—De todas formas, a ti no te importa nada —sollozó Molly—. Y a mí tampoco.

—Eso no es verdad —dijo Gabriel—. Si tu vida estuviera en peligro, me importaría. Si alguien quisiera hacerte daño, yo te protegería. Pero en temas del corazón no te puedo ayudar.

—Por lo menos podrías intentarlo. ¡Podrías desafiar esa programación tuya, igual que hizo Beth, y ver qué sucede! ¿Cómo sabes lo que podrías sentir?

Molly se mostraba tan apasionada y convencida que casi deseé que Gabriel se compadeciera. Pero mi hermano se limitó a bajar los ojos como si hubiera cometido un grave pecado.

—Para que lo sepas, Dios quiere que la gente sea feliz —continuó Molly, desafiante. Me pareció que intentaba argumentar su postura, tal como la había visto hacer en los debates de la escuela—. Reproducíos, ¿no? Eso lo recuerdo de la escuela dominical.

—Esas indicaciones fueron dadas a los humanos —repuso Gabriel en voz baja.

—¿Así que no quieres ser feliz? ¿No se te permite tener una vida propia?

—No se trata de querer. Es más una cuestión de diseño. —Molly pareció derrotada ante ese argumento—. Tú necesitas a alguien que te ame tal como mereces. Yo prometo cuidarte todos los días de tu vida —dijo mi hermano con ternura—. Me aseguraré de que estés siempre bien.

—¡No! —Molly chilló como una niña mimada—. Eso no es lo que quiero.

Negaba con un gesto vehemente de la cabeza y algunos rizos cobrizos se desprendieron y le cayeron sobre el rostro. Molly estaba atrapada en un huracán de emociones y no se dio cuenta de que la expresión de Gabriel había cambiado ligeramente. Me pareció que mi hermano empezaba a sentir cierto deseo de alargar la mano hacia ella, hacia esa extraña y tumultuosa criatura a quien no comprendía. Levantó un poco la mano, como si fuera a secarle las lágrimas que le caían por las mejillas.

291

Entonces Ivy entró en la habitación en albornoz. Se mostró sorprendida al ver la situación, y Gabriel bajó la mano rápidamente y su rostro volvió a mostrar el mismo gesto imperturbable de siempre. Al cabo de un instante Molly salió intempestivamente. Las lágrimas continuaban deslizándose por su rostro.

Ivy la miró con expresión comprensiva.

—Me preguntaba cuánto tiempo pasaría hasta que esta conversación tuviera lugar.

—¿Lo sabías? ¿Y por qué no me dijiste nada? Me hubiera ayudado a manejarlo mejor.

—Lo dudo —repuso Ivy, perspicaz—. Estas cosas pasan. Lo superará.

—Eso espero —contestó Gabriel, de una forma que me hizo pensar que quizá no se refería únicamente a Molly.

Ivy se tumbó y apagó la luz. Gabriel se quedó sentado en el borde de la cama con el mentón apoyado en una mano y la mirada clavada en la oscuridad. Permaneció allí, inmóvil, hasta mucho después de que Ivy se quedara dormida.

28

Las penas compartidas

Regresar a las limitaciones de mi cuerpo físico fue una fuerte conmoción. El hecho de haber estado con mi familia y de haberme sentido parte de sus vidas otra vez me había hecho olvidar mi situación. Me encontraba de nuevo en mi estrecha celda de los malolientes aposentos del Hades. El espacio era tan pequeño que no me podía poner en pie. Y para más aflicción, el aire estaba impregnado de un acre hedor a sulfuro y se oían

continuos gritos pidiendo auxilio. No tenía ni idea de cuánto había durado la proyección, pero sabía que debía de haber sido bastante tiempo porque sentía las articulaciones rígidas y los músculos me dolían al moverme.

Alguien había lanzado unos mendrugos de pan al suelo y había dejado una jarra de latón llena de agua. Me senté. Mi camisón estaba tan manchado por la mugre que su color original era casi invisible. Sentía que el pánico me atenazaba el pecho y la garganta, así que me esforcé por respirar lenta y profundamente. Me arrinconé todo lo que pude, con la cabeza apoyada en el hombro. Vi varias veces la sombra de un celador que se dirigía a continuar atormentando a las almas cautivas. Se identificaba por su mirada abrasadora y por el ruido que hacía al entrechocar un palo metálico contra los barrotes de las puertas. Pero, por algún motivo, no se detuvo en mi celda. Cuando estuve segura de que ya se había marchado, alargué la mano hasta la jarra de latón y tomé un trago de agua, que tenía un sabor desagradable y metálico. Me dolía todo el cuerpo, pero el dolor más agudo lo sentía entre los omóplatos. Ahora ya no podía estirar el cuerpo y las alas me molestaban más que nunca. Pensé que me volvería loca si no podía desplegarlas pronto.

Para distraerme del malestar, pensé en Molly y Gabriel. Mi corazón voló hasta ellos. Fuera cual fuese el extraño vínculo que hubiera nacido entre ambos, no podía crecer. Molly no comprendía enteramente el concepto del amor divino, que era el amor en su forma más pura, inalterable ante cualquier interpretación humana y dedicado a todas las criaturas vivientes. Por otra parte, aunque Gabriel se sintiera desconcertado, estaría bien. Él no se desviaría de su objetivo, ni siquiera tendría que esforzarse en ello. Pero Molly sufriría enormemente por ese rechazo. Confié en que Xavier la ayudara a superarlo: él había crecido en una casa llena de mujeres y sabría qué decirle.

Jake tenía que llegar en cualquier momento. Finalmente, su silueta apareció tras los barrotes, medio oculta en las sombras. Llevaba una linterna que le iluminaba un poco el rostro. Percibí el olor especiado de su colonia y me di cuenta de que su presencia ya no me producía el habitual sentimiento de alarma. De hecho, fue la primera vez que sentí alivio al verle.

Me acerqué un poco a la puerta, arañándome la piel en el suelo de cemento. Me hubiera gustado decirle que se fuera, pero no pude. Me hubiera gustado expresarle mi enojo, pero no tenía fuerzas. Ambos sabíamos que necesitaba su ayuda si no quería morir enterrada viva en ese agujero en la piedra hasta que mi cuerpo se descompusiera y mi espíritu fuera aniquilado.

—Esto es una atrocidad —dijo entre dientes al ver en qué condiciones me encontraba—. No le perdonaré por esto.

—¿Puedes sacarme de aquí? —pregunté, detestándome por mi falta de estoicismo. Pero, por otro lado, y puesto que había sobrevivido al fuego, pensé que quizá mi destino no fuera convertirme en mártir.

—¿Para qué crees que he venido? —repuso él, con actitud de estar complacido consigo mismo.

Tocó la cerradura de la puerta con los dedos y, al instante, esta se convirtió en cenizas que cayeron al suelo.

293

—¿No lo descubrirá Gran Papi? —pregunté, sorprendida de mí misma al haber utilizado ese apelativo.

—Es solo cuestión de tiempo. —Pero lo dijo como si no le importara—. Aquí abajo hay más espías que almas.

—Y entonces, ¿qué?

Necesitaba saber qué me aguardaba en el futuro. ¿Me estaba ofreciendo Jake solo un aplazamiento? Pareció que me había leído el pensamiento, porque contestó:

—Ya lo pensaremos después.

Jake empujó la puerta y consiguió abrirla lo suficiente para que pudiera colarme por ella.

—Deprisa —me apremió.

Pero me resultaba difícil moverme, así que no lo hice.

—¿Cuánto tiempo he estado aquí?

—Dos días, pero me han dicho que has estado durmiendo casi todo el tiempo. Dame la mano. Siento mucho que todo haya ido de esta manera.

Sus disculpas me pillaron desprevenida. Jake no tenía por costumbre aceptar la responsabilidad del mal que causaba. Me dirigió un mirada penetrante y me di cuenta de que tenía algo en la cabeza: había fruncido el ceño, su expresión habitual de irónico desapego había dado paso a la preocupación. Sus ojos de halcón no se apartaban de mi rostro.

—No te encuentras bien —dijo por fin.

Me pregunté cómo creía que me podía encontrar dadas las circunstancias. Jake era como un camaleón: capaz de cambiar su actitud para conseguir sus propios objetivos. En ese momento se estaba mostrando solícito y eso me intranquilizaba, así que no pude evitar responderle con sarcasmo.

—Estar encerrada no da buen color a la piel.

—Estoy intentando ayudarte... Por lo menos, podrías mostrar cierto reconocimiento.

—¿Es que no me has ayudado ya bastante? —repliqué.

A pesar de todo, Jake me ofreció la mano y yo acepté: me apoyé en su brazo para salir de la celda. Aunque ahora podía ponerme en pie, no era capaz de dar dos pasos sin caerme. Jake me observó un momento y finalmente me dio la linterna y me izó en sus brazos. Luego salió de los aposentos con paso majestuoso. Durante el trayecto me pareció que mil ojos ardientes como ascuas nos observaban desde la oscuridad, pero nadie hizo nada para detenernos.

Fuera, la motocicleta de Jake nos esperaba. Me dejó con cuidado en la parte trasera del asiento y luego montó y puso en marcha el motor. Al cabo de unos segundos me abracé a él y los sofocantes aposentos del Hades se alejaron a nuestra espalda.

—¿Adónde vamos? —susurré, al ver que no reconocía el entorno.

—He tenido una idea que, creo, te hará sentir mejor.

Jake no se detuvo hasta que llegamos a la entrada de una profunda garganta de altas paredes donde una pequeña cascada de agua negra parecía caer sobre un canal subterráneo. Jake bajó de la motocicleta con agilidad y me observó con una agitación creciente.

—¿Te duele?

Asentí con la cabeza, sin hablar. No tenía sentido ocultarle información en esos momentos, pues él ya no podía hacer nada que empeorara mi situación. Entonces me di cuenta de que Jake sabía qué era lo que me sucedía y demostró estar más informado que yo.

—Dime —continuó—. ¿Cómo sientes las alas?

Esa pregunta tan directa me pilló desprevenida y me ruboricé. De alguna manera, me parecía poco apropiado hablar de ello: mis alas eran lo que definían mi existencia, yo me había esforzado mucho por mantenerlas ocultas a los ojos de los seres humanos. Eran una parte muy íntima de mí y no quería hablar de ello con Jake Thorn, príncipe del Hades.

—No he pensado mucho en ellas —repuse, intentando evadir el tema.

—Bueno, pues hazlo ahora.

Dado que Jake las había mencionado, empecé a notar una palpitación en la espalda, entre los omóplatos, y una urgencia por desplegarlas que se manifestaba en unos pinchazos que me dolían hasta la parte inferior de la espalda. Me sentí irritada con Jake por haber llevado mi atención a ese problema, pues había decidido ignorarlo. ¿Qué sentido tenía cualquier otra cosa en el Hades?

295

—Tenemos que hacer algo al respecto —afirmó Jake—. Es decir, si quieres conservarlas.

No me gustó que utilizara el plural: me hizo sentir como si él y yo formáramos un equipo, como si compartiéramos un problema y tuviéramos que resolverlo juntos. Lo miré inexpresiva.

—Quizá sea mejor que te muestre de qué estoy hablando.

Jake se quitó la chaqueta de cuero negra y la lanzó al suelo. Se dio la vuelta, dándome la espalda, y se quitó la camiseta. Entonces permaneció de pie, con la espalda recta y la cabeza ligeramente inclinada hacia delante, en una postura de humildad que resultaba extraña en el.

—¿Qué ves? —preguntó en voz baja.

Observé el contorno de su espalda. Jake tenía unos hombros delgados pero bien formados, atléticos hasta cierto punto. Sus músculos no estaban muy marcados, pero los tendones se le veían bien dibujados cada vez que se movía. Tenía un físico ágil y peligroso.

—No veo nada —contesté, apartando la mirada.

—Mira bien —insistió Jake, dando un paso hacia atrás y poniéndome su espalda aún más cerca, pálida, arqueada hacia delante.

Entonces una cosa me llamó la atención y observé con mayor curiosidad. Su piel era suave y clara, pero mostraba dos líneas de pequeñas protuberancias debajo de ambos omóplatos. Sendas líneas de puntitos, a una distancia de solo un par de centímetros, parecían cicatrices que no hubieran acabado de cerrarse. Supe lo que eran de inmediato.

—¿Qué sucedió? —pregunté impresionada por lo que acababa de descubrir.

—Con el tiempo se estropearon y, al final, cayeron —explicó él.

—¿Por falta de ejercicio? —pregunté, incrédula.

—Sí, pero más bien como represalia —dijo—. La cuestión es que yo tuve alas y, créeme, eran espectaculares.

¿Me había parecido notar un tono de queja en su voz?

—¿Por qué me cuentas esto?

—Porque quiero evitar que te suceda lo mismo.

—Pero ¿cómo puedo evitarlo? —pregunté con los ojos llenos de lágrimas—. Siempre estoy encerrada. A menos que... ¿me estás diciendo que me vas a dejar volar?

—No exactamente —repuso él para no permitirme que empezara a imaginar lo imposible—. Sería más bien como una actividad supervisada.

—¿Y eso qué significa?

—Te dejaré volar pero con dos condiciones. Tengo que asegurarme de que estás a salvo... de que no te ve nadie.

De repente me di cuenta de por qué nos encontrábamos allí. Esa garganta era un lugar oculto perfectamente adecuado para un vuelo.

—¿No confías en mí? —pregunté.

—No es una cuestión de confianza. Aunque intentaras escapar, no llegarías muy lejos. Es más bien la cuestión de con qué te podrías encontrar si lo haces sola.

—¿Y cómo vas a velar por mi seguridad? —pregunté—. Tú no puedes volar conmigo.

—Aquí entra la idea que he tenido —dijo él—. Al principio quizá te resulte extraña, pero procura tener la mente abierta; de verdad que es la única manera de que puedas sobrevivir como ángel.

—¿Cuál es tu idea? —pregunté, curiosa.

Mis alas parecían saber que hablábamos de ellas y querían desplegarse. Tuve que utilizar todo mi autocontrol para detenerlas, y no estaba segura de poder hacerlo mucho tiempo más.

—No es gran cosa —dijo Jake con ligereza—. Simplemente se trata de que vueles atada.

—¡Quieres atarme! —Esa propuesta me indignó.

—Es por tu propia seguridad.

—¡Me estás tomando el pelo! No pienso permitir que me hagas volar como si fuera una especie de mascota; ¡eso es malsano! Gracias, pero no, gracias.

Rechacé la oferta con una seguridad absoluta, pero al mismo tiempo no podía dejar de notarme las alas, que me dolían y empujaban por desplegarse. Y el dolor era cada vez más intenso.

—¿Prefieres que se marchiten, pues? Sabes que no queda

mucho tiempo hasta que empiecen a deshacerse y caerse como yeso viejo. ¿Estás segura de que es eso lo que quieres? —preguntó Jake.

—¿Por qué estás tan ansioso por ayudarme?

—Digamos que estoy protegiendo una inversión. Piénsalo, Beth; no tienes que decidirlo ahora, a pesar de que estamos en una situación ideal.

—Si acepto, no quiero tener público —dije, sintiéndome avergonzada de repente.

—Aquí solo estamos nosotros dos; eso no es un público. No quiero que pierdas las alas, y tú no quieres perderlas. Así que está claro, ¿no te parece?

—Si lo hago —advertí—, será solo para poder llevar a cabo el objetivo que Dios me ha encomendado.

—Siempre tan optimista —sonrió Jake.

—Se llama fe —repliqué.

—Se llame como se llame, creo que deberíamos hacer todo lo que esté en nuestra mano para mantener intacta tu esencia angelical, ¿no crees?

298

La oferta de Jake era tan ofensiva como tentadora. Si él tenía razón y yo corría el riesgo de perder una parte esencial de mi ser, ¿me quedaba alternativa? Mis alas eran una de las cosas que me diferenciaban de los suyos y de los de su especie. Y, por otro lado, si conseguía salir del Hades, ¿qué haría sin ellas? ¿Y cómo se sentiría Xavier si regresaba sin una parte tan vital de mí?

Me sequé las lágrimas, que ya me bajaban por las mejillas, e inhalé con fuerza.

—De acuerdo —dije—. Acepto.

Jake me puso la mano bajo el mentón y me hizo levantar la cabeza. Sus extraños y hermosos ojos me observaron con atención.

—Buena decisión —dijo, y se dirigió hacia un saliente de la roca que teníamos al lado—. Pon el pie derecho aquí encima.

Entonces abrió una pequeña caja de madera tallada que sacó de debajo de la moto y de ella extrajo una cadena hecha de finísimos aros de plata con una argolla en un extremo. La cadena parecía un objeto proviniente de un mundo mitológico.

Quise preguntarle cuál era su origen, pero me contuve. Jake se ató un extremo de la cadena alrededor de la cintura y me cerró la argolla en un tobillo. Estaba hecha de malla y se adaptó a mi cuerpo como una piel.

Miré hacia el barranco en que se me permitía lanzarme a volar. Las paredes se elevaban, verticales, a ambos lados y se perdían en una oscuridad penetrante. La negra cascada se precipitaba en silencio. Era como un vacío rocoso, un abismo extraño y fantasmal iluminado solamente por los faros de la motocicleta de Jake. Alrededor, todo era negro y opaco.

—Adelante, diviértete —me animó Jake.

Aunque hasta ese momento había sentido cierta reticencia a mostrarle mis alas a Jake, de repente parecieron cobrar vida propia. Estaban tan desesperadas por sentirse libres que ni siquiera esperaron la orden de mi cerebro. No hice nada por reprimirlo, así que al cabo de un instante mi camisón de noche quedó hecho trizas a mi espalda. Pensar en volar me había devuelto la energía y las alas, al elevarse detrás de mí, parecieron emitir un crujido por falta de uso. Se desplegaron con un destello lumínico y vibraron, poderosas. Todos los músculos de mi cuerpo también despertaron y la circulación regresó a mi cuerpo.

Jake me observaba en silencio, fascinado. Me pregunté cuánto tiempo hacía que no veía unas alas de ángel de cerca. ¿Recordaba todavía esa embriagadora sensación? Pero no tuve tiempo de pensarlo: mis alas se elevaron como un dosel de plumas por encima de ambos. Jake las miró con una expresión de nostalgia y yo me sentí orgullosa de ellas. Eran el único rasgo físico que nos diferenciaba, a pesar de nuestro origen común. Además, eran un recordatorio palpable de quién era yo y de dónde venía. Siempre sería distinta de Jake. Mi vuelo en medio de esa oscuridad era un recordatorio de aquello a lo que él y los suyos habían renunciado en nombre del orgullo y del deseo de poder.

Moví el pie a un lado y a otro para probar la resistencia de la argolla. Luego bajé la cabeza y corrí hacia delante hasta que las alas me elevaron en el aire.

En cuanto noté que mis pies perdían contacto con el suelo

299

sentí un alivio inmediato, como si algo seco y marchito dentro de mí hubiera cobrado vida otra vez. Me lancé a la oscuridad que me rodeaba sin gracia y sin ritmo. Me hundí en ella moviendo las alas y pareció que esa densidad se abría para dejarme paso. Entonces sentí un repentino tirón en el tobillo que indicaba que me había elevado demasiado, pero en lugar de regresar a mi raptor viré hacia abajo y continué el vuelo a menor altura. Dejé que mi mente quedara en blanco y me concentré en mi cuerpo. No sentía el mismo júbilo que gozaba cuando volaba con mi familia en Venus Cove, pero la sensación de alivio físico que experimentaba valía la pena. Jake permanecía al borde del abismo, más abajo, con la cabeza levantada hacia arriba y la cadena sujeta alrededor de su cintura.

Desde donde yo estaba, se le veía pequeño e insignificante. En ese momento era como si solamente existiera yo: no estaban ni siquiera mis preocupaciones, ni mis temores ni mi amor por Xavier. Regresé a mi misma esencia: nada más que energía que giraba y se hundía en el precipicio.

300 Estuve volando hasta que noté que necesitaba descansar las alas, y ni siquiera entonces me quise detener. Cuando por fin descendí, Jake me miraba con un sobrecogimiento no disimulado. Sin decir ni una palabra, me lanzó un casco y montó en la motocicleta.

—Vamos —me dijo—. Puedes pasar la noche en el Ambrosía. Será nuestro secreto.

—No puedes ocultarle un secreto a Lucifer —repliqué—. Sabes que eso tendrá repercusiones.

—Es verdad. —Jake se encogió de hombros—. Pero ahora mismo no me importa en absoluto.

29

Dulce venganza

Al día siguiente, al despertar, me sentía más yo misma que nunca. Me desperecé y arqueé la espalda, contenta de notarme los músculos ligeros y relajados. También fue un alivio volver a encontrarme en el hotel Ambrosía, a pesar de que sabía que no sería más que una situación temporal.

Justo había apartado las sábanas y estaba bajando de la cama cuando oí el sonido de la llave en la puerta de la suite. Me puse tensa inmediatamente, esperando algún problema, pero resultaron ser Hanna y Tuck, que asomaron la cabeza por la abertura. Supuse que debían de ser los únicos que sabían de mi regreso. Jake había ordenado que me prepararan un copioso desayuno y Hanna, en su entusiasmo, estuvo a punto de volcar la bandeja al acercarse a mí.

—¡Me alegro tanto de verla! —me dijo, abrazándome con fuerza—. No puedo creer que esté viva.

Me gustó sentir de nuevo su olor a pan recién horneado. Tuck, que era más precavido al mostrar sus emociones, cruzó la habitación y me dio un empujón fraternal en el hombro.

—Nos ha tenido un poco preocupados —dijo—. ¿Qué sucedió en el anfiteatro?

—La verdad es que no estoy muy segura —contesté, aceptando el vaso de zumo de naranja que Hanna me ponía en la mano—. No hice nada a propósito, pero el fuego se alejó de mí.

—¿Y cómo consiguió salir de los aposentos?

—Jake vino anoche y me sacó. Supongo que eso le causará problemas.

—¿Desafió las órdenes de su padre? —Hanna abrió desorbitadamente los ojos—. Es la primera vez.

—Lo sé —repuse—. Espero que sepa lo que está haciendo.

—Todo el mundo habla de usted y de sus poderes —dijo Tuck—. Se decía que Gran Papi iba a proponerle un trato para dejarla libre.

—Lo aceptaré cuando el Infierno se hiele —dije, desalentada.

A pesar de todo, no pude evitar sentirme un poco más esperanzada. Si Lucifer hacía una propuesta que pudiera aceptar, entonces quizás existiera una pequeña posibilidad de que no tuviera que regresar a mi prisión. Por otro lado, si el hecho de que Jake me hubiera liberado enojaba a Lucifer, mis problemas aumentarían.

—Necesito encontrar algo que ponerme —dije, mirando la ropa sucia en el suelo.

Todavía llevaba el pijama de seda de color perla que había encontrado doblado sobre la cama la noche anterior. Empecé a rebuscar en el armario, ansiosa por ponerme ropa limpia. Jake había dejado unos tejanos y un jersey entre los extravagantes vestidos y las faldas de seda. Quizá por fin había comprendido la importancia de no llamar la atención.

Me acababa de poner el suéter y me estaba recogiendo el cabello en una cola de caballo cuando la puerta se abrió otra vez y Jake entró sin llamar.

—¿Es que tu madre no te enseñó modales? —solté.

Esperaba verlo ansioso por la escapada de la noche anterior, pero parecía tan despreocupado que me pregunté qué clase de trato había acordado durante la noche.

—No tuve madre —replicó Jake en tono frívolo. Con un gesto de la mano despidió a Hanna y a Tuck—: Salid.

—Quiero que se queden —protesté.

Jake soltó un exagerado suspiro.

—Volved dentro de media hora —les ordenó en un tono más amable. Luego, dirigiendo de nuevo su atención hacia mí, añadió—: Bueno, ¿cómo te encuentras?

—Mucho mejor —dije.

—Así que yo tenía razón —se pavoneó él—. Teníamos la solución ante las narices.

—Supongo que sí —acepté a regañadientes—. ¿Qué va a pasar ahora? ¿Debería preocuparme?

—Relájate. Me estoy ocupando de ello. Mi padre se jacta de ser capaz de tomar buenas decisiones en los negocios, y ahora mismo te estoy presentando como una inversión en lugar de como una carga. Eso le está haciendo pensar. —Jake me miró un momento, callado, y al final dijo—: Ya me darás las gracias cuando estés preparada para hacerlo.

—El hecho de que no tenga que regresar a ese agujero infecto no significa que mi situación sea menos desastrosa —le expliqué.

—Estás exagerando un poco —replicó él.

—No, no es así —contesté, molesta por su actitud—. Quizás ahora ya no sienta dolor, pero este lugar continúa siendo mi peor pesadilla.

De repente, Jake se giró y me miró con ojos encendidos.

—¿Cuánto vas a tardar, Bethany? —dijo en voz baja—. Parece que nada de lo que hago por ti es suficiente. Me he quedado sin ideas.

—¿Y qué esperabas?

—Un poco de gratitud no estaría de más.

—¿Gratitud, por qué? ¿De verdad crees que el hecho de haberme rescatado y haberme hecho volar como una cometa cambia alguna cosa? Continúo aquí y sigo queriendo regresar a casa.

—Supéralo —gruñó Jake.

—Nunca lo superaré.

—Bueno, eso demuestra que eres una idiota: sé seguro que ese chico guapito pasa de ti.

—¡No es verdad! —contesté enfadada. Normalmente lo que decía Jake me daba igual, casi nunca me molestaba. Pero que hablara de Xavier me resultó insoportable. Jake no tenía ningún derecho a mencionar su nombre, y menos a pretender saber lo que sucedía en su vida.

—Por esto me doy cuenta de lo poco que sabes. —Jake me estaba provocando—. Los adolescentes atacados por las hormonas no esperan toda la vida. De hecho, no pueden pensar a largo plazo. ¿No te enseñaron eso en educación sexual? Lo que no ven, no lo piensan.

—Tú no sabes nada de Xavier —dije, decidida a no permitir que sus palabras me afectaran—. No tienes ni idea de lo que estás hablando.

—¿Y si te dijera que me ponen al día de forma regular de lo que sucede en la Tierra? —se burló Jake—. ¿Y si tus hermanos hubieran desistido de buscarte y Xavier hubiera continuado con su vida? Ahora mismo, mientras hablamos, está con otra chica... esa pelirroja guapa, por cierto. ¿Cómo se llama? Creo que la conoces...

Cada vez me sentía más enfadada. ¿De verdad Jake pensaba que podía engañarme y hacerme dudar de las personas a las que amaba? ¿Tan ingenua me creía?

—Te estoy diciendo la verdad —añadió—. Han aceptado que no pueden hacer nada por ti. Lo han intentado y han fracasado y ahora, tristemente, tienen que seguir adelante.

—¿Entonces por qué van a Alabama para encontrar...?

De repente me tragué mis palabras. Me había dado cuenta demasiado tarde del error. Me mordí el labio y vi que Jake fruncía el ceño con expresión amenazadora y que sus ojos brillaban con rabia.

—¿Cómo sabes eso? —preguntó.

Deseando que mi rostro no me delatara, intenté desesperadamente deshacer el entuerto.

—No lo sé. Solamente hago suposiciones.

—Mientes muy mal —comentó mientras se acercaba a mí con el paso elástico de una pantera—. Has hablado con una certeza absoluta. Apuesto a que los has visto... quizás incluso te has comunicado con ellos.

—No... yo no...

—¡Dime la verdad! ¿Quién te ha enseñado cómo hacerlo?

Jake dio un manotazo a un jarrón que estaba encima de la mesa y se estrelló contra el suelo, desparramando el ramo de rosas. Deseé que se calmara un poco, y pensé que ojalá no hubiera despedido a Hanna y a Tuck. No me gustaba estar sola con él cuando se ponía nervioso.

—Nadie me ha enseñado nada. Lo he hecho yo sola.

—¿Cuántas veces?

—No muchas.

—Y cada vez has estado con él, ¿verdad? ¡Es como si nunca te hubieras marchado de allí! Debería haber sabido que te traías algo entre manos. ¡He sido un idiota al confiar en ti!

Se llevó las manos a la cabeza y se clavó las uñas en las sienes como si se estuviera volviendo loco.

—Es increíble... que precisamente tú hables de confianza.

Pero Jake ya no escuchaba.

—Has jugado conmigo, me has hecho creer que nos estábamos acercando poco a poco, me has mantenido en la ignorancia de lo que sucedía de verdad. Creí que si te daba espacio y te trataba como a una reina, te olvidarías de él. Pero no lo has hecho, ¿verdad?

—Eso es como preguntarme si me he olvidado de quién soy.

—Sigues pensando como una niña. Creí que el Hades te ayudaría a madurar un poco, pero veo que ha sido en vano.

—No pedí esto.

—Pues ya has tenido tu último encuentro feliz, de eso puedes estar segura.

Jake había retomado su habitual tono de cinismo, pero su voz también comunicaba una amenaza muy real. Sabía que tenía que decir algo para diluir un poco la tensión que se había creado entre ambos.

—¿Por qué siempre nos peleamos? —probé—. Por una vez, ¿no podríamos intentar comprendernos el uno al otro?

Jake meneó la cabeza y soltó una grosera carcajada.

—Buen intento, Bethany. Eres toda una actriz, pero ya puedes dejar de actuar. El juego ha terminado. Me has engañado durante un tiempo. Casi llegué a creer que estabas haciendo un esfuerzo; debería haber sido más inteligente y haber dejado que te pudrieras en los aposentos. Me has puesto de muy mal humor.

—No me importa —repuse—. Haz lo que quieras conmigo, vuelve a mandarme allí o entrégame a Lucifer.

—Oh, me malinterpretas. No voy a tocarte ni un cabello —dijo, mirándome con malicia—. Pero haré que te arrepientas de haberme tratado con tan poco respeto.

Me estremecí al comprender lo que esas palabras sugerían.

—¿Y eso qué significa?

305

—Significa que debo planificar un viaje. Creo que ha llegado la hora de que vea con mis propios ojos aquello que tú tanto echas de menos.

A pesar de que Jake había sido muy poco preciso acerca de cuáles eran sus intenciones, yo lo conocía y sabía que no perdía el tiempo en amenazas vanas. Iría a Tennessee para ajustar cuentas conmigo. Cualquier otro hubiera aceptado la situación con mayor dignidad, pero la venganza era lo único que podía satisfacerle. ¿Y cuál era la mejor venganza que podía tomarse sino la ejercida contra las personas a quienes yo amaba? La fuerza demoníaca de Jake no podía enfrentarse al poder de mis hermanos y, por otro lado, no tenía mucho sentido ir contra Molly. Así que solamente quedaba Xavier, mi talón de Aquiles. Expuesto y vulnerable, especialmente si Jake lo encontraba solo. Y era fácil que eso sucediera.

Si Xavier estaba en peligro, no había tiempo que perder. Necesitaba regresar a la Tierra y avisarlo antes de que Jake llegara.

En esos momentos me costaba proyectarme porque tenía la mente llena de imágenes en las que Xavier estaba en peligro y esa agitación me impedía concentrarme. Al final, me metí en la ducha y abrí el agua fría a toda potencia. La impresión me aclaró la cabeza y fui capaz de dirigir mi energía; a partir de ese momento, la proyección ocurrió sin ningún esfuerzo.

Al cabo de un momento me encontré ante la ventana de la habitación de Xavier y Molly. Estaba entreabierta, así que me colé como un hilo de humo y quedé suspendida bajo el ventilador del techo. Todo estaba en silencio, solo se oía la respiración regular de ambos y el viento al arrastrar las hojas por el suelo del aparcamiento. Molly dormía profundamente en su cama sin que la expresión de su rostro delatara el drama que había vivido la noche anterior. Su resistencia nunca dejaba de sorprenderme. Por el contrario, Xavier dormía con incomodidad: no dejaba de cambiar de postura. Se incorporó un momento, dio unas palmadas a las almohadas y, antes de volver a tumbarse, se apoyó en los codos para comprobar la hora. El reloj digital marcaba las 5.10. Xavier echó un vistazo a su alrededor y sus ojos turquesa brillaron en la oscuridad. Cuando por fin se durmió, su rostro estaba tenso, como si soñara que se enfrentaba a una batalla.

Deseé poder tocarle para tranquilizarlo, aunque sabía que yo era la principal causa de su inquietud. Le había cambiado la vida por completo, y ahora se encontraba en peligro. Hasta el momento, Jake no los había molestado todavía y por una fracción de segundo tuve la esperanza de que sus amenazas hubieran sido un farol para atormentarme. Pero recordaba la expresión de sus ojos y sabía que no sería así.

De repente, la habitación se enfrió y Molly se cubrió con el edredón hasta la cabeza. Se oía una respiración fuerte, parecida a la de un lobo. Y entonces lo vi: una sombra se había colado en la habitación, con nosotros, y se deslizaba por encima de Molly y sobre el rostro de Xavier.

Xavier también notó la presencia y abrió los ojos súbitamente saltando de la cama con todo el cuerpo tenso, listo para pelear. Vi que una vena del cuello se le hinchaba y casi pude oír los latidos de su corazón acelerado.

—¿Quién eres? —preguntó apretando la mandíbula, al ver que la sombra empezaba a cobrar forma delante de él.

Inmediatamente reconocí el pelo rizado y la cara aniñada: era Diego, vestido con un traje negro y con corbata, como para ir a un funeral.

—Solo un conocido —contestó Diego con pereza—. Jake dijo que eras guapo... no mentía.

—¿Qué quieres?

—No eres muy educado, a pesar de que te podría matar con un solo dedo —repuso Diego en tono obsequioso con su voz ligeramente afeminada.

—Sabes que hay un arcángel y un serafín en la habitación de al lado, ¿no? —replicó Xavier—. ¿No crees que eso debería bajarte un poco los humos?

Diego soltó una carcajada.

—Tenían razón sobre ti, eres como un cachorro de león. Matarte sería muy fácil.

—Entonces hazlo —dijo Xavier entre dientes. Yo sentí que se me hacía un nudo en el estómago.

307

Diego ladeó la cabeza.

—Oh, no he venido para eso. He venido a darte un mensaje.

—¿Ah, sí? —dijo Xavier sin miedo—. Adelante, dímelo.

—Nuestras fuentes nos han informado de que tú y tu cuadrilla de ángeles intentáis llevar a cabo una misión de rescate. El ángel que estáis buscando ha muerto.

Se hizo un largo silencio. El corazón de Xavier, que había latido deprisa hasta ese momento, pareció ralentizarse y su pálpito sonó con la sorda dureza de un golpe contra el cemento. A pesar de ello, su voz no delató ninguna emoción:

—No te creo —repuso en voz baja.

—Tenía la sensación de que dirías eso —contestó Diego, que lo miraba sonriente y con la cara enmarcada por sus rizos negros. Entonces se llevó una mano a la espalda y sacó un basto saquito de arpillera—. Así que te he traído pruebas.

Del saquito sacó una cosa de plumas doblada. Cuando la desplegó, vi que se trataba de un fragmento de mis alas manchado de sangre. Mis alas.

—Puedes quedártelo como recuerdo, si quieres —dijo.

Diego lo agitó como si se tratara de un abanico y unas gotas de sangre cayeron al suelo. Vi que Xavier respiraba entrecortadamente y se inclinó hacia delante, como si le acabaran de dar un puñetazo en el estómago y se hubiera quedado sin aire en los pulmones. Su ojos color turquesa se oscurecieron, como el sol cubierto por las nubes.

—Sabuesos del Infierno —dijo Diego, asintiendo con la cabeza en un gesto de conmiseración—. Por lo menos fue rápido.

—¡No le hagas caso! —grité, pero mis palabras se perdieron en el vacío que nos separaba.

El deseo de estar con él me invadió con tanta fuerza que creí que iba a explotar a pesar de mi forma espectral. Justo en ese momento, la puerta se abrió violentamente y mis hermanos aparecieron. Una expresión de verdadero miedo cruzó por primera vez el rostro de Diego. Pensé que no contaba con cruzarse con ellos.

—¿Creíste que no notaríamos tu olor? —preguntó Gabriel con ira.

Mi hermano observó el rostro de Xavier y luego dirigió la mirada hasta las plumas enredadas y ensangrentadas que Diego había dejado caer al suelo. Ivy también las miró con una expresión de disgusto.

—Verdaderamente eres lo más ruin de lo ruin —dijo.

—Hago lo que puedo —repuso Diego, riendo.

—Dime que no es verdad —dijo Xavier con la voz ahogada.

—Es solo un truco barato —replicó Gabriel dando una patada a las plumas, como si no fueran más que el atrezzo de una función teatral.

Xavier emitió un grave gemido de alivio y apoyó la espalda contra la pared. Sabía cómo se sentía: la vez que creí que Jake lo había atropellado con la motocicleta el dolor me incapacitó por completo y luego, al saber que no había sido así, la sensación de alivio fue tan intensa que me mareé.

—¿Qué estás haciendo aquí? —preguntó Gabriel en tono autoritario.

Diego empujó el labio inferior hacia delante en una mueca de burla.

309

—Solo intento divertirme un rato. Los humanos son tan crédulos: unos animales idiotas.

—No tan idiotas como tú —dijo Ivy mientras Gabriel se colocaba a la derecha de Diego y lo acorralaba entre la pared y la puerta—. Parece que te has quedado atrapado.

—Como ese angelito vuestro —gruñó Diego, aunque por la manera en que retorcía los dedos de la mano me di cuenta de que estaba nervioso—. Ella está atrapada en el foso, consumiéndose ahora mismo y vosotros no podéis hacer nada al respecto.

—Eso ya lo veremos —contestó Gabriel.

—Sabemos que estáis buscando un portal. —Diego disimulaba mal su intento constante por distraerlo—. Nunca lo encontraréis pero, si lo hicierais, mucha suerte a la hora de abrirlo.

—No subestimes el poder del Cielo —dijo Ivy.

—Oh, creo que el Cielo ha abandonado a Bethany, ahora. ¿No habéis pensado que quizá nuestro papi sea más fuerte que el vuestro?

Ivy levantó la mirada y pareció que sus ojos habitualmente grises y fríos emitían un fuego azulado. Levantó la barbilla en un gesto de desafío y habló en un idioma que sonaba como si cien niños cantaran y unas campanillas tocaran mecidas por la brisa de verano. El aire que la rodeaba se hizo brillante y alargó la mano hasta él. Sorprendida, vi que su mano penetraba en el pecho de Diego, como si estuviera hecho de arcilla. Este pareció tan sorprendido como yo y soltó un gemido. Vi que algo empezaba a brillar dentro de su pecho y me di cuenta de que Ivy le había agarrado el corazón. La luz se hizo más brillante y la piel de su cuerpo se hizo traslúcida, casi transparente. Pude ver el dibujo de sus costillas y la mano de Ivy que tenía agarrado el corazón en una abrasadora prisión de luz. Diego parecía completamente paralizado, pero abrió la boca y emitió un grito ahogado. A través de la pantalla transparente en que se había convertido su pecho, vi que el corazón se hinchaba y palpitaba entre los dedos de Ivy, como si fuera a explotar. Entonces, con un chasquido, como un balón que estallara, se desintegró y Diego se desvaneció en un relámpago de luz.

Ivy respiró profundamente, sobrecogida, y se frotó las manos con fuerza, como si acabara de tocar algo contaminado.

—Demonios —dijo entre dientes.

El sonido del estallido había despertado a Molly, que se sentó en la cama ordenándose los rizos revueltos.

—Eh... qué... ¿qué está pasando? —tartamudeó con voz soñolienta.

—Nada —respondió rápidamente Gabriel—. Vuelve a dormirte. Solo hemos venido a ver cómo estabais.

—Oh.

Molly lo miró un momento con expresión anhelante, pero enseguida recordó la conversación de la noche anterior y su rostro se ensombreció. Se tumbó y se cubrió con el edredón. Gabriel suspiró y se encogió de hombros mirando a Ivy. Mientras, Xavier había cogido las llaves del coche de encima de la mesilla de noche.

—Eh... gracias por ocuparos de esto —dijo—. Si os parece bien, voy a dar una vuelta en coche. Necesito despejarme la cabeza.

Lo seguí, ansiosa por pasar un rato con él a solas, incluso aunque él no supiera que estaba allí.

Me acomodé en el asiento de atrás. Xavier puso en marcha el motor y salimos a la carretera. Su cuerpo se relajó ante el volante, sus movimientos se hicieron más fluidos. Se le veía tan guapo ahora que ya no tenía esa expresión de preocupación en el rostro. Hubiera podido quedarme mirándolo horas enteras: sus brazos fuertes, la línea de su pecho bien dibujada, el cabello que le caía sobre los ojos y que emitía reflejos dorados a la luz del amanecer. Conducía con los ojos turquesa entrecerrados, dejando que la vibración del Chevy lo fuera limpiando de la tensión acumulada en el cuerpo. Apretó el acelerador y el coche respondió con un rugido obediente. Xavier nunca conducía deprisa cuando estaba conmigo, se preocupada mucho por mi seguridad, pero en esos momentos era completamente libre y supe que necesitaba hacer algo para recomponerse. El coche tomó una curva de la carretera ensombrecida por los cedros que se alineaban a ambos lados de la misma. Más adelante, el lado izquierdo de la calzada daba a un precipicio de roca desnuda. Xavier, acelerando, abrió la ventanilla y encendió la radio, que estaba emitiendo los grandes éxitos de los años ochenta, y pronto los acordes de *Livin' on a Prayer* sonaron con fuerza. Esa canción, que hablaba de una pareja que luchaba por superar los malos tiempos, era especialmente significativa para nosotros.

«Tenemos que resistir, estemos listos o no.
Uno vive para la lucha cuando eso es todo lo que tiene.»

Pareció que Xavier se animaba un poco mientras canturreaba la letra y seguía el ritmo con la mano sobre el volante. Pero entonces, fuera, empezó a soplar un viento extraño que desparramaba las hojas por el pavimento y las lanzaba hacia el precipicio. Inmediatamente supe que algo no iba bien: una presencia maligna nos había seguido. Tenía que avisar a Xavier para que regresara. Él no estaba seguro allí fuera, solo; debía permanecer al lado de Ivy y de Gabriel para que pudieran protegerlo. Pero ¿cómo podía hacérselo saber?

Cuando la canción terminó, tuve una idea. Concentré mi energía para interferir la frecuencia de radio. El sonido de la emisora se interrumpió y se oyó un irritante silbido. Xavier frunció el ceño y empezó a mover el dial para sintonizar algún otro canal. Yo me concentré en llamarlo con todas mis fuerzas y, de repente, mi voz sonó por los altavoces:

—¡Regresa, Xavier! Aquí fuera estás en peligro. Ve con Ivy y Gabriel. Quédate con ellos. Jake va a venir.

La conmoción de oír mi voz hizo que Xavier estuviera a punto de perder el control del coche. Por suerte, se recuperó enseguida y frenó. El Chevy se detuvo con un fuerte chirrido de los neumáticos.

—¿Beth? ¿Eres tú? ¿Dónde estás? ¿Me oyes?

—Sí, soy yo. Quiero que regreses —insistí—. Tienes que confiar en mí.

—De acuerdo —dijo Xavier—. Lo haré. Pero continúa hablando.

Xavier volvió a poner el coche en marcha y dio media vuelta. Respiré, aliviada, y me encogí en el asiento con las rodillas en el pecho. Cuando llegara al motel les daría mi mensaje a Ivy y a Gabriel y ellos sabrían qué hacer. Mientras Xavier conducía, me llamaron la atención unos trozos de papel de chicle y un lata de refresco en el suelo del coche. Eso no era propio de él: Xavier siempre se mostraba obsesivo con la limpieza del Chevy. Recordé una vez en que el GPS que acababa de instalar dejó una marca en el parabrisas y Xavier se molestó tanto que tuvimos que ir a buscar un soporte de plástico para poder acoplarlo en el salpicadero. Ese recuerdo me hizo sonreír.

—Beth, ¿sigues ahí?

Interferir la señal de radio me había dejado agotada, pero reuní la poca energía que todavía me quedaba y formé una corriente entre mis dedos para acariciarle suavemente la mejilla. Vi que el vello de los brazos se le erizaba.

—Vuelve a hacerlo —dijo Xavier, sonriendo.

No estábamos lejos del Easy Stay. El paisaje se había vuelto reconocible y ya casi habíamos dejado atrás el precipicio. Pero me acababa de dar permiso a mí misma para respirar con alivio cuando sucedió algo inesperado: el Chevy se inclinó a un lado y a otro y, de repente, aceleró pasando de largo el desvío que conducía al motel, cuya fachada se alejó a nuestras espaldas.

—¿Qué diablos? —Xavier miró a su alrededor—. Beth, ¿qué está pasando?

El coche parecía funcionar solo, enloquecido. Xavier apretó varias veces el pedal del freno, pero no funcionaba; el volante se bloqueó. Salté al asiento del copiloto para intentar ayudarle a controlar el coche, pero todos mis intentos fueron en vano. De repente, levanté la mirada y por el retrovisor vi dos ojos ardientes como ascuas que nos miraban desde el asiento de atrás.

—¡No lo hagas, Jake! —supliqué.

Ahora el coche viraba de un lado a otro de la carretera; los esfuerzos de Xavier por detenerlo eran inútiles. El Chevy continuaba lanzándose hacia delante, enloquecido, llevándose por delante ramas de árboles y derrapando sobre las piedras de los laterales de la carretera.

Entonces vi hacia dónde nos dirigíamos y mi corazón se paró: Jake estaba conduciendo el coche lejos del bosque, en dirección a un barranco rocoso. Pasó un par de veces muy cerca del despeñadero y estuve segura de que iría a estrellarse contra las piedras del fondo. A nuestro paso se levantaban nubes de polvo que impedían la visión de Xavier, pero él no podía hacer nada más que apretarse contra el respaldo del asiento y pelearse en vano con el volante.

Me giré y miré a Jake, que permanecía sentado con absoluta calma. Fumaba un cigarrillo francés y sacaba anillos de humo por la ventana. Estaba jugando con nosotros.

313

30

Ángeles de la Guarda

—¡*P*ara! —le supliqué a Jake—. ¡Por favor, para!

El pedal del acelerador golpeó el suelo y el coche se lanzó hacia delante dibujando curvas como un borracho, como conducido por un ciego. A nuestra derecha, el barranco se precipitaba en vertical hacia abajo y lo único que nos separaba de él era un fino quitamiedos metálico. Tenía que manifestarme, aunque solo fuera para explicarle a Xavier lo que estaba ocurriendo, para ver si había alguna manera de hacerle salir del coche sin peligro. Pero el miedo me impedía concentrarme. Para aparecer ante él hubiera necesitado de toda mi energía, y no estaba segura de poder hacerlo.

Mi mirada se tropezó con sus manos sujetas al volante y vi el anillo de prometido y la pulsera de cuero entrelazado que siempre llevaba. Me sabía de memoria el tacto de sus manos: habían cogido las mías muchas veces, me habían consolado, habían luchado por mí, me habían protegido y me habían anclado al mundo de los vivos. Recordé el momento en que vi por primera vez a Xavier sentado en el embarcadero. Él levantó la vista hacia mí y la luz del sol poniente le iluminó el cabello marrón haciéndolo brillar con reflejos dorados. En esos momentos me pregunté quién era y cómo debía de ser, pero no creí que volviera a verlo de nuevo. Muchos recuerdos me inundaron, como la vez que compartimos un pastel de chocolate en el café Sweethearts mientras él me miraba como si yo fuera un enigma que estuviera decidido a resolver. Recordé el tono grave de su voz cuando se despertaba por la mañana, la sensación de sus labios en mi nuca, su olor fresco y limpio, como el del bosque en un día soleado. También recordé el brillo de la cadena de su crucifijo, alrededor del cuello, a la luz de la luna. Y entonces me di cuenta de que nuestro vínculo podía trascender todas las barreras físicas.

Sin previo aviso, me manifesté allí mismo, en el asiento del copiloto. Xavier estuvo a punto de soltar un grito por la conmoción y sus ojos azules como el océano se abrieron desorbitadamente. Jake se inclinó hacia delante y puso la cabeza entre ambos.

—Hola, querida —dijo con voz grave—. Pensé que estarías aquí. Veo que tenéis ciertos problemas con el coche.

—Beth —susurró Xavier—. ¿Qué pasa?

De repente me di cuenta de que él no podía ver a Jake y por eso no tenía ni idea de lo que sucedía.

—No pasa nada —le dije—. No permitiré que te ocurra nada malo.

—Beth, no podré soportar esto mucho tiempo más. —La voz casi se le quebró al hablar—. ¿Dónde estás? Ya no sé qué creer y necesito que regreses.

—¡Oh, buaaa, buaaaa! —se burló Jake—. Ella es mía ahora, tipo duro.

—¡Cállate! —repliqué, cortante, y Xavier pareció sorprendido—. No es a ti —le apresuré a aclarar—. Jake está aquí con nosotros.

—¿Qué? —Xavier se giró, pero para él el asiento de detrás estaba vacío.

—Confía en mí —le dije.

El Chevy se acercó al borde del barranco zigzagueando peligrosamente. Xavier contuvo el aliento y levantó un brazo para protegerse el rostro, esperando el choque, pero el coche volvió a enfilar la carretera en el último minuto.

—Xavier —dije—. Mírame.

No sabía cuánto tiempo nos quedaba para estar juntos, pero necesitaba hacerle saber que no estaba solo. Un conocido verso de la Biblia vino a mi mente; uno de mis favoritos, del Génesis 31. Hablaba del Mizpa, el Lugar de Encuentro, un lugar que podía estar en cualquier parte y en ninguna al mismo tiempo, que no existía en esta dimensión, pero que tenía mucho más

315

poder que el que uno pudiera imaginar. En él los espíritus podían reunirse sin que hiciera falta ninguna presencia física. Recordé el día, en Bryce Hamilton, en que me refugié en los brazos de Xavier, aterrorizada por la idea de que un día pudiéramos separarnos. Las palabras que me dijo esa tarde volvieron a mí con total claridad: «Creemos un lugar. Un sitio que sea solo nuestro, un lugar donde siempre podamos encontrarnos si las cosas se tuercen».

—¿Recuerdas el Espacio Blanco? —le susurré con tono de urgencia.

El cuerpo de Xavier se relajó un poco al girarse hacia mí.

—Claro —murmuró.

—Entonces cierra los ojos y ve ahí —dije—. Te estaré esperando. Y no lo olvides... solo nos separa el espacio.

Xavier inhaló con fuerza y vi en su mirada que me comprendía de una forma nueva hasta ese momento. Cerró los ojos, soltó el volante y se quedó muy quieto.

Entonces, desde el asiento de atrás, Jake dijo:

—Ya he tenido bastante de esta porquería sentimental por hoy.

—Escucha...

Me giré hacia él con intención de razonar, pero ya era demasiado tarde. De repente, el Chevy derrapó hacia un lado de la carretera y pareció que el estómago se me iba a salir por la garganta. El coche se estrelló contra el delgado quitamiedos, destrozándolo como si estuviera hecho de cerillas, y se precipitó hacia el barranco.

—¡No! —chillé.

Xavier no reaccionó. Seguía en el Espacio Blanco, indiferente a la vida o la muerte.

El Chevy avanzó hacia el barranco como en cámara lenta. Oí el desagradable chirrido metálico del vientre del coche al rascar contra el saliente de una roca y allí pareció detenerse un momento; nos balanceamos a un lado y a otro peligrosamente hasta que la gravedad ejerció su efecto y, levantando una gran nube de polvo, el coche cayó. Los pájaros chillaron y salieron volando de los árboles, desapareciendo en el cielo y lanzando chillidos de alarma. Vi que el cuerpo de Xavier caía hacia delante y chocaba contra el volante. Ese momento pareció durar muchísimo. Entonces mi campo de visión se estrechó y percibí cosas muy extrañas: la luz del sol penetraba por el cristal de la ventanilla y confería un color dorado y cobrizo al cabello de Xavier. Él tenía el pelo de un color marrón claro, como el de la miel o el de las castañas, pero entonces, en ese momento, hubiera jurado que lo rodeaba un halo de luz dorada. Cualquier otra persona hubiera levantado los brazos para protegerse, pero Xavier permanecía extrañamente tranquilo y quieto. No mostró pánico alguno, como si se hubiera resignado a aceptar su destino. Con el movimiento, un mechón de cabello se apartó de su rostro y le vi la cara. Me sorprendió ver lo joven que era: todavía se reconocía en él al niño que había sido pocos años antes. Su piel era suave y sin mácula, no tenía ni siquiera una arruga que delatara sus años vividos en la Tierra. «Casi no ha vivido», pensé. Había tantas cosas que hubiera podido ver, y ahora nunca tendría la oportunidad de crecer... de ser un esposo... un padre... de hacer algo en el mundo.

317

Entonces me di cuenta de que estaba chillando con tanta fuerza que toda la ciudad habría podido oírme, aunque nadie lo hizo. El Chevy continuó precipitándose hacia las rocas del fondo, contra las cuales se estrellaría y se desharía como una carcasa de latón. Nunca en la vida me había sentido tan impotente. Mi cuerpo continuaba aprisionado en el Hades y mi alma se encontraba atrapada entre dos dimensiones. Pero al ver el rostro de Jake por el retrovisor, me di cuenta de que no estaba tan indefensa como creía. Me di la vuelta y lo agarré por las muñecas. Él pareció sorprenderse, pero no se desasió de mí.

—No le hagas daño —pedí—. Haré todo lo que quieras. Pon las condiciones.

—¿De verdad? —Jake sonrió—. Un trato... qué interesante.

—¡No es momento de jugar! —supliqué. Faltaban pocos segundos para que el coche se estrellara contra el suelo rocoso y polvoriento del fondo del barranco—. ¡Si Xavier muere, nunca podré perdonarte! Por favor, hagamos un trato.

—De acuerdo —repuso Jake—. Yo le salvo la vida y, a cambio, me concedes un deseo.

—¡Hecho! —grité—. ¡Detén el coche!

—¿Me das tu palabra?

—Lo juro por mi vida.

El Chevy se paró en seco, suspendido en el aire, como en una imagen congelada. Era una visión impresionante y fue una suerte que no hubiera ningún ser humano por los alrededores para presenciarlo.

—Nos vemos en casa, Bethany.

—Espera... ¡no puedes dejarlo aquí!

—Ya se encargarán de él —repuso Jake y, con un chasquido de los dedos de la mano, se desvaneció.

Al cabo de unos segundos percibí la presencia de Ivy y de Gabriel. Llegaron al borde del barranco con el Range Rover y se detuvieron en seco, derrapando. Al ver el Chevy suspendido en el aire, Gabriel no dudó un instante: corrió hasta el borde y saltó, desplegando las alas para descender hacia las rocas de abajo. Me había olvidado de lo majestuosas que eran las alas de Gabriel y esa visión me dejó casi sin respiración. Desplegadas, alcanzaban los tres metros y brillaban con una blancura y un poder difíciles de creer. Eran tupidas y, a pesar de ello, parecían vibrar con vida propia. Ivy lo siguió rápidamente con la elegancia de un cisne: sus pies patinaron suavemente por el borde de la roca al tiempo que se impulsaba hacia abajo. Sus alas tenían un color distinto al de Gabriel: las de él eran de un tono blanco como el del hielo y sus destellos adoptaban tonalidades doradas y cobrizas; en cambio, las de Ivy eran de un blanco parecido al de la perla, o al de una paloma y veteado en rosa.

Xavier abrió los ojos y miró con expresión de incredulidad a los ángeles, suspendidos ante el parabrisas del Chevy. Parpadeó con fuerza, como si no pudiera creer lo que estaba viendo.

—¿Qué demonios...? —dijo, sin aliento.

—No pasa nada —le dije—. Todo va bien.

Pero Xavier ya no podía oírme. Observaba con asombro a Gabriel, que introdujo las manos por la ventanilla para sujetar el coche por el techo. Ivy hizo lo mismo por el otro lado, y empezaron a levantarlo despacio para llevarlo de nuevo a la carretera. Mientras lo hacían, ni siquiera tuvieron que tensar los músculos de los brazos: simplemente los flexionaron con suavidad para llevar el coche a tierra firme. Lo depositaron con tanta suavidad que Xavier ni siquiera cambió de postura en el asiento. Las alas de Ivy y de Gabriel, que habían aleteado al unísono mientras lo izaban, se plegaron con un destello en cuanto los pies de ambos tocaron el suelo.

Xavier no esperó ni un segundo para saltar fuera del coche. Se apoyó en el capó y soltó un bufido.

—No me lo puedo creer —murmuró.

—Nosotros tampoco. —Mi hermana estaba que ardía—. ¿En qué estabas pensando?

—Un momento. —Xavier se sorprendió—. ¿Creéis que lo he hecho a propósito?

Gabriel clavó en él sus ojos penetrantes.

—Un coche no se lanza solo por un barranco.

—Chicos —dijo Xavier, levantando los brazos—. Jake era quien controlaba el coche. ¿Es que creéis que soy idiota?

—¿Tú también lo has visto? —Ivy lo miró con asombro—. Nosotros percibimos su presencia, pero no creímos que tendría el valor de mostrarse.

—Bueno, no se ha mostrado, exactamente —dijo Xavier con el ceño fruncido—. No lo vi... pero Beth me dijo que estaba allí.

—¿Beth? —preguntó Gabriel, como si pensara que Xavier había perdido la cabeza.

—Habló conmigo a través de la radio... y luego apareció justo cuando creí que me iba a morir. —Xavier hizo una mueca, consciente de lo inverosímil que sonaba su historia—. Es verdad, lo juro.

—De acuerdo —asintió Ivy con gravedad—. Sea lo que sea lo que haya pasado, debemos recordar que Jake juega sucio. Por lo menos, hemos llegado a tiempo.

—Ese es el tema —dijo Xavier, cruzando los brazos—. El coche iba a estrellarse, lo sé. Y, de repente, se detuvo y Beth y Jake desaparecieron.

—¿Qué quieres decir? —preguntó Gabriel.

—No estoy seguro... pero sé que Jake intentaba matarme. Algo o alguien lo ha detenido.

Ivy y Gabriel se miraron con preocupación.

—Bueno, demos las gracias por que te encuentres bien —dijo mi hermana.

—Sí. —Xavier asintió con la cabeza, pero continuaba inquieto—. Gracias por ayudarme. Vaya, espero que nadie os haya visto.

Gabriel sonrió ligeramente y se apartó un mechón de cabello dorado que se le había soltado de la cola de caballo.

—Mira a tu alrededor —dijo—. ¿Ves a alguien?

Xavier echó un vistazo a los alrededores y frunció el ceño. Su mirada tropezó con una serpiente que había entre la hierba y que parecía haberse detenido a medio reptar. Luego levantó la cabeza y se quedó boquiabierto: todos los pájaros se habían detenido en pleno vuelo en el cielo. Era como si el mundo entero se encontrara atrapado en una pintura. Entonces el silencio se hizo palpable: los sonidos del mundo se habían apagado. No se oía el chirrido de los grillos ni el zumbido de los coches en la carretera. Ni siquiera el viento era capaz de penetrar ese denso silencio.

320

—Un momento... —Xavier se frotó los ojos con la mano—. ¿Habéis hecho esto vosotros? No puede ser, es imposible.

—Tú precisamente deberías saber que nada es imposible —repuso mi hermana.

Los brillantes ojos azules de Xavier se fijaron en la mirada fría como el acero de Ivy.

—Dime que no habéis detenido el tiempo.

—No lo hemos detenido exactamente —dijo Gabriel sin darle importancia, mientras inspeccionaba el Chevy para comprobar los desperfectos—. Lo hemos puesto en pausa durante unos minutos.

—¡En serio! —gritó Xavier. Era obvio que le costaba asimilar lo que estaba sucediendo—. ¿Se os permite hacer eso?

—Esa no es la cuestión —replicó Gabriel—. Hemos hecho lo que teníamos que hacer. No podemos dejar que ningún civil vea a dos ángeles transportando un coche por el cielo.

Mi hermano cerró los ojos un momento mientras levantaba las manos con las palmas abiertas y, al instante, a nuestro alrededor todo volvió a cobrar vida. Me sobresalté: hasta ese momento no me había dado cuenta de lo ruidoso que era todo.

Pero era reconfortante oír el rumor de los árboles mecidos por la brisa y ver un escarabajo cruzar la tierra seca.

Xavier se estremeció y agitó la cabeza para despejarse.

—¿La gente no se dará cuenta de lo que ha sucedido?

—Te sorprendería saber todo lo que les pasa inadvertido a los humanos —dijo Ivy—. Cada día ocurren cosas extrañas y nadie les presta atención. La gente percibe constantemente pequeñas muestras del mundo sobrenatural, pero las ignoran, achacándolas a un exceso de café o a la falta de sueño. Hay cientos de excusas con que disfrazar la verdad.

—Si tú lo dices —se limitó a decir Xavier.

—¿Qué ha pasado con Bethany? —preguntó Ivy—. ¿Has dicho que su presencia era física?

—La he visto. —Xavier arrastró un pie por el suelo—. Me he, más o menos, comunicado con ella unas cuantas veces.

Ivy frució los labios.

—Gracias por compartir esa información con nosotros —dijo, arrugando la frente—. No creía que eso fuera posible.

Gabriel frunció el ceño.

—¿Una proyección astral? —preguntó con incredulidad—. ¿Desde el Infierno?

—Quizá Bethany tenga más poder del que creen los demonios... o del que ella cree.

—Lo que ellos no saben —dijo Gabriel— es lo vinculada que está Beth a la Tierra. —Y, mirando a Xavier, añadió—: Tú la enlazas a este lugar con una fuerza que ellos no pueden comprender. —Repicó con los dedos sobre el capó con expresión pensativa—. Por lo que he visto hasta el momento, es como una atracción magnética que os hace estar juntos. El vínculo es tan fuerte que Bethany puede llegar hasta ti incluso desde ese lugar en que se encuentra.

A pesar de que el corazón todavía me latía con fuerza a causa de todo lo que acababa de suceder, me sentí orgullosa de mi relación con Xavier. Si yo era capaz de llegar hasta él aun desde mi prision subterránea, si mi amor por él era capaz de atravesar las barreras del mal, eso debía de significar que nuestro vínculo era realmente fuerte. Sonreí, pensando que ese sería un buen momento para decirle: «¡Choca esos cinco!».

Pero las palabras de Gabriel parecían haber afectado a Xavier de otra manera.

—Eso son estupideces —dijo al final—. Jake está jugando con nosotros y se lo estamos permitiendo. —Se pasó la mano por la cara y el anillo de plata de prometidos que llevaba en el dedo índice le brilló a la luz de la mañana—. ¿De verdad cree que vamos a quedarnos sentados a esperar la muerte? —Su expresión era tan dura que me pareció ver chispazos plateados en sus ojos azules. Se frotó la cabeza y miró hacia el horizonte—. Bueno. Ya he tenido bastante. Quiero que regrese y estoy harto de estos juegos. Pase lo que pase, voy a encontrarla. ¿Me oyes, Jake? —Xavier abrió los brazos y gritó al cielo—: Sé que éstas ahí y será mejor que me creas. Esto no ha terminado.

Gabriel e Ivy se quedaron mudos. Permanecían como un único ser, con una expresión de gravedad en sus ojos claros y el cabello iluminado por el sol de poniente. Me di cuenta de que en su mirada había algo nuevo: rabia. No únicamente rabia, sino una profunda y desenfrenada furia contra las fuerzas demoníacas que se habían llevado a uno de los suyos.

Entonces Gabriel habló, y su voz sonó como un trueno.

—Tienes razón —le dijo a Xavier—. Ya está bien de seguir estas reglas del juego.

—Tenemos que actuar ya —dijo mi novio.

—Lo que tenemos que hacer es regresar al motel y recoger nuestras cosas —repuso Gabriel—. Nos vamos a Broken Hill dentro de una hora.

31

Un pacto con el Diablo

Yo no tenía esperanzas. Aunque sabía que mi familia encontraría la estación de tren de Alabama donde el fatal choque del tren había tenido lugar, no tenía ni idea de cómo pensaban hallar el portal y abrirlo. Los portales estaban diseñados para rechazar el poder de los ángeles, y solo los agentes de la oscuridad podían utilizarlos. Gabriel, aunque era un peso pesado en el Cielo, ni siquiera podía abrirlos. Por lo que yo sabía, los ángeles nunca habían tenido motivo para entrar en el Infierno. No les interesaba lo que sucedía bajo la Tierra: ese era el territorio de Lucifer. Solo intervenían cuando los habitantes del Infierno emergían para sembrar la Tierra de caos.

En parte quería creer que la resistencia de Xavier sería suficiente para salvarme, pero acabé rechazando esa pequeña esperanza que había empezado a nacer en mí. Si me permitía albergarla, no sería capaz de soportar que no se cumpliera.

Me había ofuscado tanto pensando en cuál podría ser el plan de Gabriel que casi había olvidado lo que los había llevado a adoptar una acción tan extrema: Xavier había estado a punto de morir. Si no fuera por el pacto que acababa de hacer con Jake, ahora él ya se habría marchado con los millones de almas que habitan el Cielo y yo, quizá, no hubiera podido verlo nunca más. Jake había intentado matar a Xavier; enviar a Diego había sido un truco para confundirlo y sacarlo de sus casillas. Ahora, el rayo de esperanza se había convertido en un sentimiento más fiero y oscuro. El odio que ahora sentía hacia Jake no se parecía a nada que hubiera sentido nunca antes. Me tenía acorralada, a su merced y separada de mis seres queridos, sin ninguna esperanza de regresar con ellos... y a pesar de todo no estaba satisfecho.

Abrí la puerta de mi suite del hotel y corrí por el pasillo hacia la sala VIP en la que Jake acostumbraba pasar el tiempo, siempre que no estuviera atormentándome. Necesitaba averiguar qué quería de mí a cambio de la vida de Xavier. Lo encontré reclinado en el sofá conversando con Asia, que me dirigió una desagradable sonrisa al verme.

—Tu niñita está aquí —dijo. Se terminó el resto de bebida que tomaba y se puso en pie—. No hace falta que me acompañes.

—¡Eres la criatura más repulsiva y despreciable que ha pisado nunca la tierra! —le dije en cuanto me hube plantado delante de él.

Yo temblaba a causa de la ira. Jake se incorporó y me miró con expresión divertida, y me entraron ganas de quitarle esa mueca bravucona de un puñetazo. Pero sabía que eso no serviría de nada y que solo conseguiría hacerme daño.

—Hola, ricura —dijo—. Pareces molesta.

—¡No puedo creer que hayas querido hacerle daño! —grité—. Se suponía que esto era entre tú y yo. ¿Por qué siempre tienes que pasarte de la raya?

—Todo está bien si termina bien, ¿no? —Jake hizo un gesto con la mano indicando que no había pasado nada—. Y, si recuerdo bien, soy la misma criatura repulsiva y despreciable con la cual has hecho un trato.

—¡Solo porque no me quedaba otra alternativa!

—Las circunstancias no son relevantes —repuso.

Apreté los dientes y lo miré a los ojos con furia.

—Bueno, ¿y qué es lo que quieres, Jake? ¿Cuál es la condición por la que has salvado la vida a Xavier?

Jake me miró como con pereza y sus ojos parecieron hechos de hielo y fuego al mismo tiempo. La negrura sin fondo de su mirada me recordaba un pozo profundo y frío, como aquellos en los que uno lanza una piedra que nunca toca fondo. Cada vez que me miraba, el brillo y la intensidad de sus ojos me incomodaban y me ponían los pelos de punta. Jake juntó los dedos de ambas manos y frunció el ceño, como si quisiera decir algo y no encontrara las palabras.

—Suéltalo.

Me miró detenidamente y, al final, se inclinó hacia delante y dejó las manos planas sobre la mesita que tenía ante él.

—Oh, sé exactamente lo que quiero de ti.

—Continúa —le dije valientemente—. A ver qué es.

Jake suspiró.

—He pensado un poco de qué manera podía aprovechar nuestro trato para que tú y yo nos acerquemos más.

Achiqué los ojos y dije:

—Explícate...

—Creo que he llegado a la solución perfecta. —Se puso en pie y se acercó a mí—. Lo que tú más quieres es proteger a tu guapito chico que lleva polos, evitar que muera. Lo que yo más quiero es algo muy simple. Te quiero a ti; aunque, tristemente, tú nunca has correspondido a mis sentimientos a pesar de mis continuas muestras de devoción.

Tuve que tragar saliva ante aquel uso de la palabra «devoción».

—¿Y...? —dije, tensa.

No me gustaba hacia dónde se dirigía la conversación. No estaba muy segura de qué tenía en mente, pero conociendo a Jake no podía ser nada justo ni razonable.

—Te prometo que no le haré daño —dijo él—. Incluso te prometo no impedir tus pequeñas proyecciones. Pero quiero que me des algo a cambio.

—No soy capaz de imaginar qué puedo tener yo que tú quieras —repuse, confusa.

—Quizá no lo has pensado bastante. —Jake sonrió sin ganas—. Desde luego que hay una cosa que deseo mucho. Tómatelo como si fuera un regalo que me haces a cambio de mi clemencia.

—Deja de dar rodeos y dime qué estás pidiendo —intervine con impaciencia, esforzándome por controlar mis emociones.

—Te estoy pidiendo que te entregues a mí —dijo Jake mirándome con sus ojos brillantes.

Empecé a tener cierta idea de lo que me pedía, pero no quise aceptarlo. Necesitaba que me lo dijera en voz alta para confirmar las sospechas.

—Tendrás que ser claro —dije, desafiante.

—Oh, eres tan adorablemente ingenua —se burló Jake—. Lo he dicho en sentido literal. Nunca más me acercaré a tu precioso príncipe encantador si accedes a rendirte a mí una noche. Quiero que me entregues tu virtud.

—Espera... quieres que... —Al comprender el verdadero significado de sus palabras, me falló la voz. Lo miré con indignación—. ¿Quieres que practique sexo contigo?

—Bueno, eso suena muy frío. Prefiero que utilices la expresión «hacer el amor» —contestó él.

Me lo quedé mirando mientras intentaba encontrar la respuesta correcta. Había muchas cosas que quería decirle, muchas maneras de expresarle mi repugnancia y mi absoluta negativa a tocarlo.

—Tienes graves problemas —fue lo único que conseguí articular.

—No hace falta que seas desconsiderada —repuso Jake en tono amable—. Si no tuviera un ego del tamaño del hemisferio norte, me habrías herido. Hay muchas mujeres que se morirían por tener la ocasión de pasar una noche conmigo. Piensa que eres una privilegiada.

—¿Te das cuenta de lo que pides? —estallé.

—Sexo, la satisfacción de los apetitos carnales. No es para tanto —dijo Jake.

—¡Es muchísimo! —grité—. Se supone que tienes que practicar sexo con la persona a quien amas, la persona en quien confías, la que esperas que un día sea el padre de tus hijos.

—Eso es cierto —concedió Jake—. El sexo puede tener consecuencias desagradables en forma de niños pequeños, pero lo arreglaré todo para que no haya complicaciones. Estás en manos de un experto.

—¿Me estás escuchando? —dije—. Esto es tan malo como vender mi alma.

—No seas ridícula —se mofó Jake—. El objetivo del sexo es el placer, no la procreación. Lo único que tendrás que hacer es relajarte y dejarme hacer lo que mejor sé hacer. Recuerda, todo compromiso tiene un precio.

—El objetivo del sexo es crear nueva vida —le corregí—. Si

duermo contigo me estaré comprometiendo, declararé que confío en ti, que quiero crear nueva vida contigo. Contigo... —repetí—. Eres un mentiroso y un ladrón y un asesino. ¡Nunca me entregaré a ti!

Jake ni siquiera tuvo la elegancia de mostrarse ofendido.

—Hicimos un trato —repuso con frialdad—. Accediste a hacer cualquier cosa que te pidiera. Si ahora te niegas, me aseguraré de que Xavier no vea salir el sol nunca más.

—No te acerques a él.

—Eh —Jake me señaló con un dedo—, no hagas un pacto con el Diablo si no eres capaz de cumplirlo.

Negué con la cabeza. No me podía creer que me estuviera pidiendo eso. Había elegido la única cosa que no podía entregarle. Hacerlo sería como permitir que toda su oscuridad penetrara en mi cuerpo físico, dejar que nuestras almas, violentamente opuestas, se fundieran.

—Supongo que Xavier no significa tanto para ti después de todo —añadió Jake—, si eres capaz de que algo tan insignificante ponga en peligro su vida.

Lo miré, esforzándome por procesar todo lo que me estaba diciendo.

—En otras condiciones, me mostraría más abierto ante la posibilidad de hacer un trío, pero en las circunstancias actuales creo que resultaría un tanto incómodo.

Ni siquiera me molesté en responder. Se me había revuelto el estómago. Jake tenía poder suficiente para matar a Xavier y lo había demostrado esa mañana. Si yo incumplía el trato, nada le impediría ir a buscarlo otra vez. Sabía que Gabriel e Ivy ya estaban alerta, pero lo único que Jake tenía que conseguir era encontrar a Xavier a solas y en un momento de debilidad. No le importaría tardar semanas o meses: daría con la manera. Supe lo que tenía que hacer antes de ser totalmente consciente de ello. Las palabras de Xavier volvieron a mí: «Beth, una relación no se basa únicamente en lo físico. Yo te quiero por ti misma, no por lo que puedas ofrecerme». ¿Significaba eso que hubiera querido que aceptara la oferta de Jake? No estaba segura, y deseé que alguien pudiera aconsejarme. Lo único que sabía era que la idea de dormir con Jake, por horrible que fue-

327

ra, me resultaba más fácil de aceptar que la posibilidad de perder a Xavier. La verdad era que haría lo que hiciera falta para que no le sucediera nada malo.

—De acuerdo —accedí, con los ojos llenos de lágrimas—. Tú ganas. Soy tuya.

—Bien —repuso Jake—. Has tomado la decisión correcta. Te mandaré a Hanna para que te ayude a prepararte. Quiero que lo pactado se cumpla esta misma noche... por si acaso cambias de opinión.

Hanna llegó con el rostro pálido. Bajo el brazo llevaba una funda con un vestido.

—Oh, Beth —dijo en voz baja. Era la primera vez que me llamaba por mi nombre y me pilló por sorpresa—. Ojalá esto no hubiera sucedido.

—¿Cómo lo has sabido? —pregunté, abatida.

—Las noticias vuelan por aquí. Lo siento.

—No pasa nada, Hanna —repuse, tragando saliva—. No es nada que no esperara de Jake.

—Deseo que después de todo esto... algún día... se reúna con Xavier —dijo—. Debe de ser alguien realmente especial.

—Lo es.

Pensar en Xavier era la única manera de enfrentarme a esa situación sin desfallecer. Que él perdiera la vida por mi culpa sería peor que pasar toda la eternidad en el Infierno.

—Vamos —me animó Hanna, dándome unos golpecitos en la espalda—. Jake la espera dentro de una hora.

Abrió la funda y sacó un vestido largo que parecía de novia.

—¿De verdad me lo tengo que poner? —dije, desanimada.

No quería nada llamativo; ya iba a ser una noche bastante horrible y no hacía falta ningún atrezzo.

—El príncipe ha elegido el vestido especialmente para usted —dijo Hanna—. Ya sabe cómo es; se ofenderá si no se lo pone.

—¿Crees que estoy haciendo lo correcto, Hannah? —pregunté de repente, sin poder reprimir el gesto compulsivo de aplastar los dobleces del edredón. Ya me había decidido, pero quería que alguien me ratificara para no sentirme tan sola.

—¿Qué importa lo que yo crea?

Hanna se concentró en quitarse pelusas invisibles de su vestido para evitar responder. Sabía que no le gustaba que se tuviera en cuenta su opinión, que tenía miedo a meterse en problemas.

—Por favor —le pedí—. De verdad, quiero saberlo.

Hanna suspiró y me miró con unos ojos grandes y llenos de tristeza.

—Yo también hice un trato con Jake una vez —dijo—. Y me traicionó. Los demonios dicen cualquier cosa para conseguir lo que quieren.

—¿Así que crees que me está mintiendo? ¿Que hará daño a Xavier de todas maneras?

—No importa —repuso Hanna—. Lo que va usted a hacer la acompañará durante toda la vida... pero nunca se perdonaría a sí misma si no lo hiciera. Necesita asegurarse de que ha hecho todo lo posible para salvar a Xavier.

—Gracias, Hanna —dije.

Hanna asintió con la cabeza y me ayudó a ponerme un inmaculado vestido blanco y unos zapatos de satén. Luego me hizo un peinado adornado con pequeñas perlas. Jake lo había decidido así de forma deliberada; era su retorcida manera de ser irónico. Seguramente se había imaginado la ocasión como una especie de cita romántica en lugar de una mera transacción. El vestido era muy ajustado en la zona del torso y luego caía en una ondulante cascada hasta el suelo. Tenía un escote abierto que dejaba al descubierto mi blanca piel de alabastro. «Bueno —pensé con amargura—, es el vestido adecuado para la ocasión... solo que en el lugar equivocado y con la persona equivocada.»

Mientras Hanna me colocaba un collar de perlas alrededor del cuello, Tucker entró en la suite. Al ver el vestido se mostró abatido.

—Así que es cierto —dijo en voz baja—. ¿Está segura de lo que está haciendo?

—No tengo opción, Tuck —contesté.

—¿Sabe una cosa, Beth? —se sentó en la cama, vacilando—. Las cosas parecen ir muy mal en este momento... pero nunca la he admirado tanto como ahora.

329

—¿Y eso por qué? —pregunté—. No hay nada que admirar, que yo sepa.

—No —repuso Tuck, negando con la cabeza—. Quizá no se dé cuenta ahora, pero es usted realmente fuerte. Cuando Jake la trajo aquí nadie creyó que duraría mucho. Pero es mucho más resistente de lo que parece. A pesar de todo lo que ha visto, a pesar de todo lo que le han hecho... todavía tiene fe.

—Pero estoy permitiendo que Jake gane —dije—. Le estoy dando lo que quiere.

—No —me contradijo Tuck con voz grave—. Darle lo que quiere sería negarse... ponerse a usted misma en primer lugar. Usted está ofreciendo algo realmente especial, y Jake sabe que lo hace por amor. Usted lo odia más que a nadie y, a pesar de ello, va a entregarse a él para proteger a la persona que ama. Eso debe de consumirlo por dentro.

—Gracias, Tuck. —Le di un abrazo y enterré el rostro en su cuello para inhalar su reconfortante olor a paja—. No lo había pensado de esta manera.

Me miré en el espejo y pensé que quizá Tuck tuviera razón después de todo. Tal vez tenía que dejar de pensar en esto como un sórdido acto de traición y verlo como el último acto de amor.

32

La espada de Miguel

Me quedaban unos cuantos minutos antes de que llegara la hora de irme. Hanna y Tuck se marcharon, pensando que quizá necesitara estar un rato a solas. Casi sin esperar a que cerraran la puerta, y sin poder evitarlo, me proyecté. Quería contemplar el rostro de Xavier por última vez, quería que su cara fuera lo último que viera antes de entregar esa parte tan preciosa de mí misma. Sabía que solo sería capaz de soportar la situación a la que me iba a enfrentar si podía guardar ese recuerdo de él.

Mi familia ya había llegado a Alabama. El trayecto era de dos horas en coche, solamente, pero de todas formas me sorprendió que llegaran tan pronto. Por lo que vi, Broken Hill era una aletargada y pequeña ciudad muy parecida a Venus Cove. La estación de tren ya no se utilizaba: los bancos de madera que se alineaban ante las paredes de ladrillo estaban llenos de suciedad; la anticuada taquilla, vacía; por entre los raíles crecían las malas hierbas y los cuervos no dejaban de picotear el suelo por todas partes. Pensé que debía de haber sido un lugar con un gran encanto anteriormente8 y lleno de vida. Estaba claro, empero, que desde la colisión del tren que tantas vidas se había cobrado, los habitantes de la ciudad no se acercaban allí y ahora no era más que una sombra de lo que había sido.

El Chevy se detuvo al lado de los oxidados raíles y empezaron a bajar del coche. Ivy olisqueó el aire. Pensé que quizá detectaba un olor a sulfuro, puesto que el portal no podía estar muy lejos de allí.

—Este sitio me pone los pelos de punta —dijo Molly, sin decidirse a salir del coche.

—Quédate donde estás —le dijo Gabriel.

Por una vez, Molly no discutió.

—¿Y ahora qué? —preguntó Xavier—. ¿Tenéis alguna idea de qué hay que buscar?

—Podría ser cualquier cosa —repuso Gabriel, agachándose y colocando una mano plana en el suelo—. Pero me parece que está en los raíles.

—¿Cómo lo sabes?

—La tierra que se encuentra encima de un portal siempre está más caliente.

—Ya me lo imagino —suspiró Xavier—. Ahora lo único que tenemos que averiguar es cómo abrirlo.

—Ese es el problema —dijo Ivy—. Nuestros poderes combinados no serán suficiente. Necesitamos refuerzos.

—Maldita sea. —Xavier dio una patada a unas piedras del suelo, que salieron disparadas en todas direcciones—. ¿Qué sentido tiene haber venido hasta aquí?

—Miguel no nos habría mandado aquí si no hubiera una forma —murmuró Ivy—. Debe de querer que hagamos algo.

—O quizás es un lerdo.

—Por supuesto —dijo alguien detrás de ellos.

Todos se dieron la vuelta al mismo tiempo. Frente a ellos, el arcángel se acababa de materializar. Su imponente figura ensombrecía los raíles que tenía a sus espaldas. Tenía exactamente el mismo aspecto que la última vez que lo vimos: el cabello claro y fino, los miembros más largos que los de un ser humano. Sus alas estaban plegadas.

—Otra vez no —gimió Molly en el coche, bajando la cabeza hasta las rodillas.

Gabriel y Miguel se saludaron como dos guerreros, bajando la cabeza en un gesto de respeto.

—Hemos seguido tus instrucciones, hermano —dijo Gabriel—. ¿Qué quieres que hagamos ahora?

—He venido a ofreceros mi ayuda —contestó Miguel—. Traigo el arma más poderosa de todo el Cielo y el Infierno. Puede abrir un portal con la facilidad con que se descorcha una botella.

—Gracias por haber compartido esta importante información antes —rezongó Xavier, de mal humor.

—Decidir el momento correcto era cosa mía —repuso Miguel, clavando la mirada en Xavier—. El Cónclave se ha reunido para hablar de esta situación sin precedentes. Lucifer conoce el poder del ángel que tiene secuestrado y la está utilizando para conseguir sus objetivos.

Las palabras de Miguel me dieron que pensar. El hecho de que él supiera eso significaba que yo no había estado sola en ningún momento. El Cielo había estado vigilando desde el principio. ¿Podría confiar en que quizá no estuviera todo perdido?

—¿Y cómo piensa hacerlo? Bethany no es una marioneta —protestó Ivy.

—Eso no lo podemos saber —repuso Miguel—. Pero la esencia divina en manos de cualquier demonio es algo peligroso. El propósito de Lucifer es provocar el Armagedón, la batalla final, y espera utilizar al ángel para su propio provecho. Las fuerzas del Cielo deben tomar represalias.

—¿Y cómo encaja Beth en todo esto? —preguntó Xavier.

—Ella es un detonante, si quieres decirlo así —explicó Miguel—. Los demonios quieren provocar una guerra a gran escala, pero nosotros no bajaremos a su nivel. Les demostraremos cuál es el poder del Cielo sin derramar ni una gota de sangre.

—Ya tenías pensado ayudarnos, ¿verdad? —dijo Xavier de repente—. ¿Por qué no lo has hecho desde el principio?

Miguel ladeó ligeramente la cabeza.

—Si un niño rompe un juguete y sus padres le compran uno nuevo inmediatamente, ¿qué lección aprende?

—Beth no es un juguete —se quejó Xavier, vehemente, pero Gabriel le puso una mano sobre el hombro para tranquilizarlo.

—No interrumpas a un ángel del Señor.

—El Cielo puede intervenir en cualquier momento, siempre —continuó Miguel—. Pero Él decide cuál es el momento adecuado. Nosotros solo somos Sus mensajeros. Si nuestro Padre solucionara todos los males del mundo, nadie aprendería de sus errores. Nosotros recompensamos la fe y la lealtad, y tú

333

has demostrado tener ambas cosas. Además, tu viaje no ha terminado. El Cielo tiene planes para ti.

—¿Planes para mí? —dijo Xavier, pero Miguel se limitó a mirarlo con ojos penetrantes.

—No estropeemos la sorpresa.

Las palabras de Miguel me impresionaron. Él era uno de los miembros más importantes del Reino y yo no creía que mi rescate entrara dentro de sus planes. Pero parecía que Lucifer estaba jugando a un juego mucho más peligroso de lo que yo pensaba. Miguel estaba seguro de que nos encontrábamos a las puertas de una guerra y de que el Cielo tenía que reafirmar su dominio. A pesar de que no tenía ni idea de cómo iba a abrir el portal, él se mostraba confiado.

—¿Vamos al portal? —preguntó Ivy, que no quería perder más tiempo—. Hemos venido por un motivo.

—Muy bien —dijo Miguel.

Entonces, de debajo de su túnica, sacó un objeto tan brillante y poderoso que Xavier tuvo que apartar la mirada.

334
Era una espada larga, llameante, que parecía vibrar en manos de Miguel, como preparada para cumplir su misión. El filo tenía una tonalidad azulada y su aspecto era casi demasiado elegante para ser un instrumento de destrucción. A lo largo de la empuñadura, que era de oro, se veía una inscripción en un idioma que ningún ser humano conocía. Las letras parecían resplandecer con una suave luz azulada. Esa espada estaba viva, como si tuviera espíritu propio.

—La Espada de Miguel —dijo Gabriel en un tono de voz de gran respeto que yo nunca le había oído—. Ha pasado mucho tiempo desde que la vi por última vez.

—Existe de verdad… —preguntó Xavier.

—Es más real de lo que imaginas —contestó Gabriel—. Miguel se levantó contra ellos en otra ocasión.

Xavier se quedó pensativo un momento.

—Por supuesto —dijo por fin—. Está en el Apocalipsis: «Y hubo una batalla en el cielo. Miguel y sus ángeles lucharon contra el dragón, y el dragón y sus ángeles presentaron batalla». El dragón era Lucifer, ¿verdad?

—Exacto —contestó Gabriel—. Miguel era uno de los que

lo envió al Infierno, siguiendo las órdenes de Nuestro Padre.

—Bien hecho —dijo Xavier y Miguel arqueó una ceja. Yo sonreí ante el informal comportamiento de mi novio, comparado con el de mis hermanos—. ¿Y crees que puedes entrar?

—Vamos a verlo, ¿os parece? —repuso Miguel.

Se irguió con gesto poderoso, de pie, en medio de los raíles. La espada que llevaba en la mano empezó a vibrar con tanta fuerza que los pájaros de los alrededores emprendieron el vuelo y huyeron.

—Eh, amigo —dijo Xavier en voz alta, incómodo—. Siento haberte llamado lerdo. Ha estado mal por mi parte.

Miguel asintió con la cabeza levemente en señal de que no se había ofendido. Entonces levantó la espada por encima de su cabeza y la luz del sol se reflejó en su filo.

—En nombre de Dios, te ordeno...

De repente noté que su potente voz empezaba a alejarse. Me estaba yendo, regresando al Hades. Luché por quedarme, necesitaba desesperadamente estar allí y ver si la espada de Miguel abría el portal. Pero el agudo timbre del teléfono de mi habitación me había hecho regresar a mi cuerpo.

335

—¿Sí? —respondí, haciendo malabarismos para que no se me cayera el auricular.

—El señor Thorn la espera en el vestíbulo —dijo la recepcionista.

Me di cuenta de que el tono de su voz era distinto al de la última vez que hablamos. En esa ocasión me había hablado con respeto, pero ahora se mostraba petulante.

—Dile que ahora mismo bajo.

Colgué el teléfono y volví a tumbarme en la cama. Exhalé con fuerza. No sabía qué pensar. ¿Era posible que Miguel estuviera a punto de abrir el portal y rescatarme? No me atrevía a creerlo. Vacilé unos momentos. Me sentía impotente, no sabía qué hacer. Pero estaba segura de una cosa: no podía permitir que Jake descubriera lo que acababa de ver. Tenía que seguir adelante con el trato, como si no hubiera pasado nada. Deseé que mis dotes de actriz estuvieran a la altura de ese desafío.

Me reuní con Jake en el vestíbulo del hotel Ambrosía. Él ya no llevaba la habitual cazadora de motorista, sino que se había vestido con un esmoquin y se había puesto unos gemelos de plata, seguramente en un intento de aparecer como un héroe romántico. Pero los dos sabíamos que, por muy elegantes que fueran las ropas, nuestro pacto no tenía nada de romántico. Tuck y Hanna, apesadumbrados, se quedaron tras la puerta giratoria viéndonos marchar. Subí a la parte trasera de la limusina y arrancamos hacia los túneles del Hades. Mientras nos alejábamos, me despedí de ellos con un gesto de la mano, devolviéndoles con mi actitud la confianza que habían depositado en mí.

Finalmente, el coche se detuvo a la entrada de una especie de cueva. Bajé y miré a mi alrededor.

—¿Esta es la idea que tienes de un sitio romántico? —pregunté, incrédula—. ¿Por qué no has escogido un cuarto de limpieza?

—Espera y verás. —Jake sonrió con aire misterioso—. Todavía no has entrado. ¿Vamos?

Me ofreció su brazo y me condujo hacia la oscuridad. Me sujeté a él y ambos avanzamos por un corto túnel que se abrió, como por arte de magia, a una enorme sala de piedra que había sido decorada para la ocasión. Por un momento me impresionó su extraña belleza. Me detuve y contemplé el espacio.

—¿Has organizado tú todo esto?

—Soy culpable. Quiero ofrecerte una noche inolvidable.

Miré a mi alrededor, asombrada. El fondo de la cueva estaba cubierto por un agua lechosa que tenía el color del ópalo. En su superficie flotaban un sinfín de pétalos de rosa y de pequeñas velas que proyectaban una suave y temblorosa luz sobre las paredes de roca. El agua se matizaba con un millón de pequeñas sombras que bailaban en la superficie. Suspendidos en el aire, efecto de un encantamiento de Jake, flotaban unos grandes candelabros. Al otro extremo de la cueva había unas escaleras que conducían a una zona de tierra seca. En el centro de la misma reposaba una lujosa cama cubierta con sábanas de satén doradas y almohadas con flecos. Las paredes de piedra estaban decoradas con intrincados tapices y retratos de un mundo ya olvidado. Por todas partes colgaban pequeños espejos dorados que reflejaban la tenue luz y formaban una brillante pirámide. Un aria de ópera, procedente de unos altavoces ocultos, daba ambiente. Jack había convertido ese húmedo y oscuro lugar en un fantástico mundo subterráneo. Por supuesto, la elegancia de la estancia no hacía que las cosas fueran distintas para mí.

De repente vi una cosa medio sumergida en el agua. Se trataba de una estatua de la Venus de Milo. A pesar de la penumbra, percibí que un oscuro líquido le fluía por las mejillas de piedra y goteaba rítmicamente sobre el agua. Tardé un poco en darme cuenta de que la estatua lloraba con lágrimas de sangre.

Yo todavía no había dicho nada, cuando Jake chasqueó los dedos y una góndola suntuosamente adornada apareció ante nosotros.

—Tú primero —me dijo, galante, mientras me ofrecía su brazo para que me apoyara en él.

Subí con cuidado a la góndola y Jake se colocó a mi lado. Empezamos a surcar las brillantes aguas y nos dirijimos hacia la plataforma de piedra. Al llegar, salté fuera sin molestarme en recogerme la falda del vestido, que arrastró por el suelo. Jake se acercó a la cama y acarició el cubrecama con los dedos, invitándome con un gesto a su lado.

Ya estábamos el uno frente al otro. Los ojos de Jake manifestaban una avidez que me hizo estremecer. Lo único que yo era capaz de sentir era un gran vacío: me había quedado sin capacidad de notar nada y me movía automáticamente. Sabía que tenía que mantenerme tranquila y desapasionada mientras esperaba a que llegara ayuda... si es que llegaba. No me permití pensar en lo que sucedería si los planes de Miguel no iban tal como esperaba. Si lo hacía, no podría evitar chillar y empujar a Jake lejos de mí. Así que permanecí quieta, de pie, esperando. Jake alargó una mano y me acarició un brazo con sus dedos largos y delgados. Eran ágiles, así que al cabo de un momento, el tirante de mi vestido cayó dejando al descubierto mi hombro. Él se inclinó hacia delante y puso sus calientes labios sobre mi piel. Recorrió la parte inferior del cuello y el lateral de mi garganta. Sus manos tomaron mi cintura y me empujaron contra él. Entonces me besó en los labios con furia. Yo procuré no pensar en la manera en que Xavier me besaba: con suavidad y despacio, como si el mismo beso fuera el premio y no el preludio de otra cosa. Noté la lengua de Jake abriéndose paso entre mis labios y penetrando mi boca con insistencia. Su aliento, ardiente, me sofocaba. Sus manos empezaron a recorrer mi cuerpo, pero él no parecía darse cuenta de que yo no respondía. Entonces, con un gesto rápido, me abrió la cremallera de la espalda y el vestido cayó al suelo. Sin casi haberme dado cuenta, me encontré delante de él sin nada más encima que un camisón de seda transparente.

Jake se apartó un momento con la respiración agitada, como si acabara de correr una maratón. Luego me empujó hasta la cama y se tumbó encima de mí mirándome con una expresión extraña. Se dejó caer sobre el lecho, a mi lado, y empezó a acariciarme la parte interna del muslo con unos pequeños movimientos del pulgar mientras me besaba el cuello, el pecho y el estómago.

¿Dónde estaban Miguel y los demás? De repente se me ocurrió algo escalofriante. Era muy posible que no hubieran conseguido abrir el portal con la espada, o quizá Miguel había cambiado de opinión. El curso del destino podía cambiar en cuestión de minutos y desde que yo me había ido podía haber pasado cualquier cosa. El corazón empezó a latirme con más fuerza y noté que el sudor me empapaba el pecho. Jake me acarició con un dedo y sonrió, satisfecho. Entonces me cogió una mano y se llevó uno de mis dedos a la boca.

—Parece que finalmente estás disfrutando... —observó.

Yo tenía la boca muy seca para decir nada, pero me obligué a responder.

—¿No podemos acabar ya con esto?

Pensé que probablemente Jake querría hacer durar la experiencia tanto tiempo como fuera posible, pero su respuesta me pilló desprevenida.

—Podemos hacerlo como tú quieras.

Se quitó la camisa y la lanzó al suelo. Su pecho desnudo quedó expuesto ante mí; el cabello, de color chocolate, le caía sobre los ojos ardientes. Bajó la cabeza y me rozó una oreja con los dientes.

—Esto es solo el principio —susurró, mientras iba bajando y me lamía el cuello y el pecho—. ¿Te parece intenso? Pues espera, voy a ponerte al límite. Creerás que estás a punto de estallar.

Su tacto me hacía temblar de miedo. Quise decirle cien cosas, pero me obligué a permanecer callada. En lo más hondo de mi mente me parecía oír una voz que gritaba: «¿Y si no vienen?». Y a cada minuto que pasaba se me hacía más evidente que nadie iba a acudir en mi ayuda. Entonces intenté retrasar a Jake. Levanté una mano y le pasé un dedo por el pecho. Él se estremeció y se apretó contra mí con más fuerza.

—Estoy nerviosa —susurré, procurando que el tono de mi voz fuera lo más inocente posible—. Nunca he hecho esto.

—Eso es porque has estado con un aficionado —dijo Jake—. No te preocupes. Yo me encargaré de ti.

No se me ocurría qué más decir para retrasar lo inevitable. No había ninguna señal ni de Xavier ni de mi familia, y ahora ya era demasiado tarde. No podía hacer nada más. Me relajé y cerré los ojos, aceptando el destino.

—Estoy lista —dije.

—Yo hace mucho tiempo que estoy listo —murmuró Jake, mientras me acariciaba los muslos con las manos.

De repente oímos un sonido parecido a un profundo rugido procedente de las entrañas de la cueva. Era como si las mismas rocas se estuvieran partiendo en dos. El sonido provocó un profundo eco a nuestro alrededor y Jake se incorporó en la cama, alerta y fiero, mirando a su alrededor con ojos de halcón. Por el sonido parecía que el techo de la cueva se estuviera hundiendo. Yo también me senté en la cama, con la esperanza de oír algún sonido reconfortante.

Jake soltó una retahíla de maldiciones. En ese momento, el muro más alejado de donde estábamos nosotros explotó, provocando una descarga de polvo y piedras, y un Chevrolet Bel Air descapotable de 1956 apareció por el agujero que se acababa de formar. El coche pareció volar en cámara lenta hacia nosotros y aterrizó a pocos metros con un golpe atronador. Era un vehículo largo y estilizado, tal como lo recordaba; los faros brillaban y la pintura azul se había desconchado por el agitado trayecto.

—¿Xavier? —susurré.

El parabrisas estaba cubierto de polvo, pero al cabo de un instante la puerta del conductor se abrió y alguien salió del interior. Lo vi tal y como lo recordaba: alto, con los hombros anchos y los ojos de un azul casi líquido. Los mechones de color miel que le caían sobre la frente continuaban teniendo reflejos dorados, y alrededor del cuello llevaba el crucifijo, que resplandecía a media luz. Ivy y Gabriel salieron por las puertas traseras y al erguirse en esa penumbra parecieron dos columnas de oro. La expresión de sus rostros era adusta, y sus ojos azules como el acero se clavaron en Jake. Un soplo de brisa les agitó el cabello dorado. Tardé un poco en darme cuenta de que habían desplegado las alas, tal como hacían siempre que se enfrentaban a un conflicto. Se erguían a sus espaldas, como las de un águila, proyectando su sombra contra los muros de piedra. Se les veía igual de fuertes y majestuosos que siempre, pero me di cuenta de que el hecho de encontrarse allí los debilitaba. No pertenecían a ese lugar y pronto sus poderes empezarían a menguar. No había ni rastro de Miguel y supuse que él habría abierto el portal y se habría ido. Pero Gabriel llevaba su brillante espada en la mano. A Molly tampoco se la veía por ninguna parte; seguramente la habían dejado en Alabama pensando que esa parte de la misión sería demasiado peligrosa para ella.

Xavier mostraba una gran expresión de alivio. Dio un paso hacia delante y alargó la mano hacia mí, pero de inmediato, al ver el estado de mi vestido, se paró en seco. Observó la cama, las flores y las sábanas revueltas. Nuestros ojos se encontraron y la mirada de dolor que me dirigió me hizo sentir como si hubieran dado una bofetada. Pareció perplejo al principio, luego enojado y, finalmente, desorientado, como si no pudiera manejar ese exceso de emociones.

Jake rompió el silencio.

—No deberíais estar aquí —dijo entre dientes—. ¿Cómo habéis conseguido entrar?

Gabriel dio un paso hacia delante y dibujó un arco en el aire con la espada.

—Digamos que hemos recibido refuerzos.

Jake soltó un siseo, como una serpiente, escupiendo saliva.

—Tú no puedes comprenderlo, pero nosotros cuidamos de los nuestros —dijo Gabriel.

Noté que Jake me clavaba los dedos en el hombro.

—Ella es mía —escupió—. No me la podéis arrebatar. Me la he ganado.

—Hiciste trampa y mentiste —dijo Gabriel—. Ella es nuestra y hemos venido a llevárnosla. Suéltala antes de que te obliguemos a ello.

Por un momento, Jake se quedó completamente inmóvil. Entonces, y de repente, noté que mis pies no estaban sobre el suelo. Sus dedos me atenazaban la garganta: colgaba de sus manos y la presión que sentía alrededor del cuello era insoportable. Di patadas en el aire, impotente, esforzándome por respirar.

—Podría romperle el cuello al momento —provocó Jake.

—Al infierno con todo esto —dijo Xavier.

Y, antes de que nadie tuviera tiempo de reaccionar, cargó contra Jake con el hombro derecho, como si estuviera en el campo de juego. Este, desprevenido, me soltó y caí sobre la cama tosiendo. Los dos cayeron en el agua. Jake pareció desconcertado por la fiereza del ataque de Xavier, que le propinó un puñetazo en la mandíbula. Ambos rodaron otra vez por encima de las rocas mojadas por el agua, luchando. Xavier no dejaba de darle puñetazos y Jake gemía, incapaz de responder. Era evidente cuál de los dos era superior físicamente. Pero Jake no jugaba limpio y, en cuanto tuvo la primera oportunidad, levantó una mano con gesto imperioso. Mi novio salió volando por la caverna y fue a caer sobre la cama, a mi lado. Jake chasqueó los dedos y unas cadenas se materializaron a nuestro alrededor, aprisionándonos. Se acercó con paso de depredador, ansioso por cobrar su presa. Se detuvo delante de los dos y le dio un puñetazo a Xavier en el ojo izquierdo. Este ladeó la cabeza con una mueca, pero no le quiso dar la satisfacción a Jake de mostrarse dolorido. Yo chillaba y me debatía por soltarme de las cadenas mientras Jake continuaba golpeando a Xavier en la mandíbula. Un hilo de sangre empezó a caerle desde el labio inferior.

De repente, una fuerza invisible levantó a Jake del suelo y lo lanzó al otro lado de la cueva. Las cadenas que nos ataban desaparecieron y Xavier rodó a un lado, gimiendo. Entonces, mirándome, me dijo:

—Lo siento. Siento haber permitido que esto sucediera. Juré que siempre te protegería y te he decepcionado.

Yo lo miré un instante, pero enseguida le rodeé el cuello con los brazos y apreté el rostro contra su cuello.

—Estás aquí —susurré—. Estás aquí de verdad. Oh, Dios, cuánto te he echado de menos.

Nos quedamos abrazados unos minutos. Cuando nos separamos, vimos que mi hermano y mi hermana estaban acorralando a Jake. Este se había transformado: ya no era un pulcro caballero, sino que había cobrado una forma de algo que ni siquiera parecía humano. Tenía el pelo revuelto, le sangraba la nariz y sus ojos llameaban de rabia. Tenía el esmoquin rasgado y la camisa blanca mojada y rota.

Ivy y Gabriel, juntos, parecían unos contrincantes imbatibles.

—Libera a Bethany, Arakiel —advirtió Gabriel con voz grave—, antes de que esto se te escape de las manos.

—Tendréis que matarme —replicó Jake—. Y la primera vez lo hicisteis muy mal.

Gabriel apuntó a Jake con la espada.

—Hemos venido preparados.

—¿Creéis que no sé lo que os ocurre en este lugar? —dijo Jake—. A cada segundo que pasáis aquí os hacéis más débiles.

—Somos cuatro —puntualizó Gabriel.

—Sí, un humano y un ángel tan débil que ha estado a punto de rendirse ante un demonio.

Xavier bajó de la cama y miró a Jake con ojos amenazadores.

—No hables así de ella.

—¿Por qué? —se burló Jake—. ¿No puedes soportar pensar que tu amiguita estaba a punto de dejar que otro hombre disfrutara de ella? ¿De darle algo que tú no pudiste darle?

Xavier negó con la cabeza.

—No es cierto.

—Pregúntaselo tú mismo —repuso Jake con aire de suficiencia.

Xavier me miró.

—¿Beth?

Yo no sabía qué responder. ¿Cómo podía decirle que había estado a punto de cometer una traición imperdonable? Abrí la boca para hablar, pero volví a cerrarla. Solo podía retorcer el trozo de sábana que tenía entre las manos.

—Me parece que este silencio es muy elocuente —dijo Jake, complacido.

Xavier se mostró inquieto y se apartó un poco.

—¿Así que es verdad? —Señaló con un gesto de la mano a su alrededor y añadió—: ¿Por eso todo este montaje?

—No lo comprendes —intervine—. Lo he hecho por ti.

—¿Por mí? ¿Qué quiere decir eso exactamente?

Jake dio una palmada de alegría.

—Oh, vamos, no es el momento para enzarzarse en una riña de enamorados.

—Hice un pacto —expliqué, desesperada—. Me aseguró que si me acostaba con él no volvería a intentar hacerte daño.

Los ojos plateados de Gabriel se clavaron en Jake.

—Eres una verdadera alimaña —dijo con expresión de repugnancia—. No culpes a Bethany, Xavier. Ella no sabía que le estaba mintiendo.

—¿Así era? —grité—. ¡Yo iba a entregarme a ti y tú me has mentido desde el principio!

—Por supuesto que sí —se mofó Jake—. No confíes nunca en un demonio, cariño. Precisamente tú deberías saberlo.

De repente, y antes de que yo dijera nada, Xavier soltó una retahíla de maldiciones. Yo nunca lo había visto hacer algo semejante, e incluso Gabriel arqueó las cejas, sorprendido.

—Vaya, vaya. Parece que el chico guapito tiene nervio, al fin y al cabo —dijo Jake.

—¿Hasta cuándo nos molestarás? —dijo Xavier entre dientes—. ¿Es que es la única manera que tienes de encontrar satisfacción? ¿De verdad eres tan penoso?

Jake estaba distraído con Xavier, así que aproveché la ocasión para saltar de la cama y ponerme entre mis dos hermanos.

343

—Aunque te escondas, no te escaparás de esta —me advirtió Jake en tono despreocupado.

—La verdad, hermano —repuso Gabriel, amenazador—, es que eres tú quien no va a escapar.

De repente, Gabriel se elevó del suelo impulsado por sus alas y se precipitó hacia Jake con la espada en alto. Todo ocurrió tan deprisa que ni siquiera tuve tiempo de verlo, pero oí el silbido de la espada cortando el aire y un gemido entrecortado. Cuando Gabriel volvió a poner los pies en el suelo, Jake tenía la espada profundamente clavada en el pecho. Xavier se quedó boquiabierto e, inmediatamente, vino a mi lado y me pasó un brazo por encima de los hombros. Jake estaba chillando. Agarró la empuñadura de la espada y se la arrancó del cuerpo con un fuerte tirón. El arma cayó al suelo, teñida de una sangre más espesa que la de un humano y negra como la noche. También la herida le sangraba y a su alrededor se formó un charco: Jake estaba perdiendo todo su poder demoníaco. Entonces sufrió un espasmo y se retorció en el suelo. En el último momento levantó la cabeza y alargó la mano hacia mí. Me miró con expresión suplicante y pronunció unas palabras que no oí. Al final, pude comprender lo que me estaba diciendo:

—Bethany, perdóname.

La compasión me incitó a acercarme, empujada por el deseo de ofrecer todo el consuelo que fuera posible.

—¿Qué haces? —me preguntó Xavier, a mis espaldas.

Pero yo estaba demasiado absorta en el dolor que percibía en los ojos de Jake. Aunque me hubiera atormentado en el Hades, yo sabía que todo eso era consecuencia de su retorcido deseo de ganarse mi afecto. Quizás, en el fondo, Jake solamente quería ser amado. Por lo menos no tendría que morir solo. Una parte de mí deseaba tener la oportunidad de decirle adiós.

—¡Bethany, no!

Estaba a punto de darle la mano a Jake cuando, de repente, alguien tiró de mí hacia atrás. Caí al suelo y vi un par de alas luminosas sobre mi cabeza. Gabriel, que había comprendido lo que iba a hacer, había cruzado la caverna volando para impedírmelo.

—¡No te acerques! Si lo tocas, él te llevará consigo a la muerte.

Cerré las manos en un puño y me apreté el pecho con fuerza. Así que lo había juzgado mal otra vez. Parecía que Jake pensaba continuar fiel a sí mismo hasta la muerte.

Él continuaba mirándome. Por fin sufrió otra convulsión y se quedó quieto. Observamos cómo la luz se apagaba de sus ojos, vidriosos y clavados en el vacío.

—Todo ha terminado —susurré. Necesitaba decirlo en voz alta para poder creerlo. Gabriel e Ivy se acercaron y me abrazaron—. Gracias por haber venido a buscarme.

—Somos familia —contestó Gabriel, como si esa fuera la única explicación necesaria.

Tomé el rostro de Xavier entre las manos. Tenía los ojos llenos de lágrimas. Entonces me acarició las mejillas y me di cuenta de que yo también había llorado en silencio.

—Te amo —le dije simplemente, constatando un hecho indudable. Le hubiera podido decir muchas más cosas, pero en ese momento eso era lo único que necesitaba decirle. Eso era lo único que importaba.

—Yo también te amo, Beth —dijo Xavier—. Más de lo que puedas imaginar.

—Tenemos que irnos enseguida —interrumpió Gabriel, empujándonos hacia el Chevy—. El portal no permanecerá abierto mucho tiempo más.

—Espera —le dije, antes de subir al coche—. ¿Y Hanna y Tuck?

—¿Quién? —preguntó Ivy, perpleja.

—Mis amigos. Ellos me han cuidado mientras he estado aquí. No puedo abandonarlos.

—Lo siento, Bethany. —Los ojos de Bethany se llenaron de una tristeza profunda—. No podemos hacer nada por ellos.

—No es justo —grité—. Todo el mundo merece una segunda oportunidad.

—Los demonios ya están llegando. —Gabriel me cogió la mano—. Saben que estamos aquí y que el portal está empezando a cerrarse. Tenemos que irnos o nos quedaremos atrapados.

Asentí en silencio y los seguí, aunque unas hirvientes lágrimas se deslizaban por mis mejillas. Gabriel se puso al volante y yo me apoyé en Xavier, en el asiento trasero. Miré hacia atrás por última vez y vi el cuerpo de Jake flotando en el agua. Lo que él me había hecho me perseguiría durante el resto de mi vida, pero ahora ya no podía hacerme más daño. Quise sentir rabia, pero solo conseguía sentir pena por él. Había muerto igual que había vivido; solo y sin haber conocido el amor.

—Adiós, Jake —susurré, apartando la mirada y apoyando la mejilla en el pecho de Xavier.

Xavier me dio un beso en la frente y sus fuertes brazos me acogieron mientras el Chevy se ponía en marcha y avanzaba hacia el agujero de la cueva que ya empezaba a cerrarse. Mientras penetrábamos en la oscuridad, solo tuve un pensamiento en la cabeza: estaba regresando a mi vida de antes, a la vida que tanto había echado de menos y que tanto ansiaba volver a tener... pero allí mismo, entre los brazos de Xavier, yo ya estaba en casa.

Epílogo

*B*ajo el brillante sol de junio, por el pulcro césped de Bryce Hamilton, los mayores esperaban atavidados con los birretes y las togas de color azul y los rostros encendidos por la emoción. Ya no parecían adolescentes necesitados de directrices, sino jóvenes preparados para abrirse camino en la vida. Todavía faltaban unos cuantos meses para la universidad y todos esperaban ansiosos las vacaciones de verano. Xavier había recibido ofertas de varias universidades, en especial las que tenían importantes equipos de fútbol.

A pesar de que esa graduación no tenía la misma importancia para mí, no podía evitar sentirme parte de la excitación reinante. Estábamos esperando la señal que indicaba que debíamos iniciar la marcha. Fuera del auditorio vi a Gabriel y a sus coristas de la escuela, que estaban calentando para la actuación del acto de clausura en que iban a cantar *Amigos para siempre*, una canción tópica pero muy popular como canción de despedida.

El buen humor de los mayores era contagioso. Las chicas no paraban de ajustarse los birretes y de arreglarse el cabello las unas a las otras para que el peinado no se les deshiciera y les estropeara las fotografías. Los chicos no se preocupaban tanto por su aspecto, sino que estaban más concentrados en darse apretones de manos y empujones en la espalda. Todos llevábamos los anillos de la escuela que nos habían dado unos días antes. Todos ellos llevaban grabado el lema de la escuela: VIVIR, AMAR Y APRENDER.

La pompa y el fausto gustaban mucho en Bryce Hamilton. En el auditorio, los invitados y los padres ya estaban tomando asiento y se abanicaban con los programas de mano. Ivy se había sentado al lado de Dolly Henderson, nuestra vecina, y fingía sentir interés por los cotilleos del barrio. En uno de los laterales se encontraban el doctor Chester y los profesores, todos ataviados con los trajes de ceremonia que indicaban el grado de experiencia por el color de las capuchas. El director diría las palabras de inauguración y después, en su calidad de delegado, Xavier ofrecería el discurso de despedida. No había tenido mucho tiempo para prepararlo, pero tenía dotes naturales como orador y era capaz de hacer un interesante discurso a partir solamente de unas cuantas notas escritas a mano. Desde donde me encontraba también vi a Bernie entre el público, que intentaba evitar que los niños se amontonaran los unos encima de los otros y le decía a Nicola que dejara de jugar al Peggle en el iPhone.

Cuando la ceremonia terminara servirían el té en la cafetería, decorada con manteles y flores para la ocasión. Un fotógrafo profesional ya había empezado a tomar fotos. Vi a Abby y a las chicas, que no paraban de aplicarse brillo en los labios y de arreglarse los birretes. Yo tenía muchas ganas de que llegara el momento de lanzar los birretes al aire: había visto esa escena en muchas películas y quería tener esa experiencia personalmente. Ivy me había cosido el nombre dentro del mío para que pudiera identificarlo cuando todo hubiera terminado.

La escuela entera vibraba con una extraña energía. Pero bajo esa enorme excitación había un sentimiento oculto de nostalgia. Molly y sus amigas nunca más volverían a sentarse juntas en el claustro; esa posición la ocuparían el siguiente grupo de mayores y ya no sería lo mismo. Los días de saltarse clases, empollar para los exámenes y flirtear con los chicos ante las taquillas entre clase y clase ya habían terminado. La escuela nos había juntado, ahora se esperaba que continuáramos cada uno con nuestra vida y lo más seguro era que nunca nos volviéramos a encontrar en los mismos lugares.

Deseaba que la ceremonia comenzara y acabara cuanto antes. Me sentía tan emocionada por la excitación general que casi me olvidé de que yo era una simple testigo de todo ello. Me sentía humana por completo, como si también tuviera que preocuparme por mis solicitudes a universidades y mis proyectos profesionales de futuro. Tuve que recordarme a mí misma que no iba a tener esa vida. Lo único que podía hacer era compartir esa experiencia a través de Xavier y de mis amigas.

De repente, Molly apareció a mi lado y me abrazó.

—¡Dios, es tan triste! —gritó—. Me he pasado los últimos años quejándome de este lugar y ahora no me quiero marchar.

—Oh, Molly, todo te irá muy bien —le dije, colocándole un rizo rebelde tras la oreja—. Faltan siglos todavía para la universidad.

—Pero he pasado trece años de mi vida en esta escuela —dijo Molly—. Es raro pensar que nunca más voy a volver. Conozco a todo el mundo en esta ciudad, es mi casa.

—Y siempre lo será —contesté—. La universidad será una aventura apasionante, pero Venus Cove estará aquí cuando regreses.

—¡Pero estaré tan lejos! —se quejó.

—Molly —me reí mientras la abrazaba—, te vas a Alabama: ¡está a un estado de distancia!

Mi amiga soltó una risita y sorbió por la nariz.

—Supongo que sí. Gracias, Beth.

Entonces noté que alguien me ponía una mano en la cintura. Xavier se había acercado y me susurraba al oído:

—¿Puedo hablar contigo? —Me giré y lo miré. El color azul del uniforme de graduación enfatizaba el color de sus ojos; el birrete no le había despeinado ni un solo mechón de su cabello castaño.

—Claro. ¿Qué pasa? —pregunté—. ¿Estás nervioso?

—No —contestó.

—¿Ya tienes listo el discurso? ¡No lo he oído!

—No nos vamos a quedar.

Xavier me comunicó esa impresionante información con una ecuanimidad sorprendente.

—¿Cómo? —pregunté—. ¿Por qué no?

—Porque esto ya no significa nada para mí.

—No seas ridículo.

—Nunca he hablado tan en serio.

Yo seguía sin poder creerlo.

—¿No quieres graduarte?

—Me graduaré tanto si me quedo a la ceremonia como si no me quedo.

Entonces vi que los ojos le brillaban y su cara estaba radiante. Hablaba en serio.

—Pero darás el discurso de despedida.

—Ya me he ocupado de eso. Wes me va a sustituir. Aunque no ha sido fácil.

Me lo quedé mirando. ¿Cómo era capaz de gastarme una broma en una de las ocasiones más importantes de su vida? Todo el mundo esperaba que él dirigiera esa ceremonia. No sería lo mismo sin él.

—Tus padres nunca te lo perdonarán —le dije—. ¿Por qué no te quieres quedar? ¿No te encuentras bien?

—Estoy bien, Beth.

—Entonces, ¿por qué?

—Porque hay una cosa mucho más importante que quiero hacer.

—¿Qué puede ser más importante que la ceremonia de graduación?

—Ven conmigo y lo averiguarás.

—No, hasta que me digas adónde vamos.

—¿Es que no confías en mí?

—Por supuesto que sí —asentí con vehemencia—. Pero nunca has hecho algo así antes... ya sabes... algo tan atrevido.

—Es curioso, no me siento atrevido —dijo—. Nunca me he sentido tan sereno.

La banda de músicos de Bryce empezó a tocar y los estudiantes iniciaron la marcha hacia el auditorio para sentarse en las sillas de la tarima. Uno de los profesores los iba contando. Vi que Molly me buscaba con la mirada, pues habíamos dicho que nos sentaríamos juntas. Los capitanes de la escuela siempre iban los últimos porque sus asientos estaban en la primera fila. Miré a Gabriel, que en ese momento acompañaba al coro entre bastidores, pero debió de haber notado que pasaba algo porque enseguida respondió a mi mirada y me la devolvió con expresión de interrogación. Yo le sonreí y le hizo un gesto de despedida con la mano, esperando que comprendiera que todo iba bien. Xavier me miraba, ansioso.

—Ven a sentarte conmigo bajo el roble cinco minutos y te lo explicaré todo. Si no te gusta el plan, regresaremos y entraremos juntos. ¿De acuerdo?

—¿Cinco minutos? —insistí.

—Es lo único que te pido.

Cuando me encontré bajo la matizada luz que se filtraba por la copa del roble, en medio del camino circular de la escuela, supe que esa era la última vez que los dos estaríamos allí juntos. Sentí una oleada de nostalgia. Ese roble había sido un buen amigo nuestro durante la estancia en Bryce Hamilton; sus retorcidas ramas nos habían cobijado secretamente cada vez que nuestro deseo de encontrarnos resultaba más poderoso que nuestro sentido de la responsabilidad. Abracé el tronco y Xavier empezó a hablar. Por su tono, parecía que hubiera hecho el descubrimiento del siglo.

—Vale —dije—. Nuestro tiempo empieza justo ahora. ¿Cuál es la fantástica idea que justifica que nos escapemos de la graduación?

Xavier se quitó el birrete y la toga y lo lanzó todo al césped. Debajo llevaba una camisa blanca, corbata y unos pantalones de vestir. Notar su musculoso pecho bajo el tejido de la camiseta siempre me despertaba el mismo deseo profundo y visceral.

Xavier me miró con ojos soñadores. Bajó la cabeza y me besó la mano.

—He estado pensando en nosotros.

—¿Bien o mal? —pregunté de inmediato, atemorizada de repente.

—Bien, por supuesto.

Su respuesta me permitió volver a respirar con normalidad.

—Eso es fantástico —dije, animada—. ¿En qué has pensado?

Xavier se puso mortalmente serio y dijo:

—Quiero que nos aseguremos de que nada se interpone entre nosotros nunca más.

—Xavier, ¿de qué estás hablando? Tienes que relajarte. Ahora estamos juntos. He regresado. Jake no nos molestará en mucho tiempo.

—Si no es Jake, será otra cosa. No es forma de vivir, Beth. Siempre con desconfianza, preguntándonos cuánto tiempo nos queda.

—Bueno, pues no lo hagamos. Concentrémonos en lo que tenemos aquí y ahora.

—No puedo. Quiero que esto dure para siempre.

—No podemos esperar eso, ya lo sabes.

—Creo que sí.

Miré sus ojos brillantes e indescifrables y en ellos vi algo que no había visto nunca. No fui capaz de determinar qué era exactamente, pero supe que algo había cambiado.

De repente, Xavier me cogió ambas manos y apoyó una rodilla en el suelo. Las hojas que rodeaban el pie del árbol crujieron bajo su peso. Y el corazón se me aceleró con la fuerza de un tren descontrolado: empecé a debatirme interiormente entre la felicidad y la fatalidad al ver lo que Xavier iba a hacer.

—Beth —dijo sencillamente, mirándome con una gran emoción—, no tengo duda de que nos pertenecemos el uno al otro, pero pasar el resto de mi vida contigo sería un honor y un compromiso que me gustaría mantener. —Hizo una pausa. Sus ojos azules brillaban. Yo me había quedado sin respiración, pero Xavier se limitó a sonreír—. Beth, ¿quieres casarte conmigo?

Su rostro mostraba una felicidad absoluta.

Yo me quedé sin saber qué decir. Era cierto que conocía bien a Xavier y que era como un libro abierto para mí, pero no había previsto esto. Sin darme cuenta, levanté la cabeza hacia el cielo en busca de guía, pero no recibí ninguna: tendría que enfrentarme a esto yo sola. Me pasaron un montón de posibles respuestas por la cabeza, cada una todavía menos racional que la anterior.

«Xavier, ¿te has vuelto loco? ¿Has perdido la cabeza por completo? No tienes ni diecinueve años y no estás en posición de casarte. ¿No te parece que tenemos que pensarlo bien? No puedo permitir que renuncies a tus sueños, quizá podamos hablar de esto después de la universidad. Nosotros no tenemos autoridad para tomar esta decisión solos. Tus padres te van a desheredar. ¿Cómo se lo van a tomar Gabriel e Ivy?»

Pero solo fui capaz de pronunciar la respuesta menos racional de todas:

—Sí.

Nos alejamos rápidamente del viejo roble por miedo a que alguien viniera a buscarnos. En cuanto le hube dado la respuesta a Xavier, él me tomó en brazos y se dirigió corriendo hacia las puertas de la escuela. No se detuvo hasta que salimos a la calle y llegamos hasta el Chevy. Me depositó con cuidado en la acera y abrió la puerta del copiloto. Luego se puso al volante y arrancamos en dirección a la ciudad.

—¿Y ahora adónde vamos? —dije sin aliento, eufórica.

—Tenemos que ir a celebrarlo.

Al cabo de unos minutos, el Chevy se detuvo delante del Sweethearts, en la calle Mayor. El café estaba casi vacío; supuse que la mayoría de clientes se encontraban en la ceremonia de graduación de Bryce. Miré disimuladamente el reloj de pulsera aprovechando un momento en que Xavier no estaba atento. Ya hacía media hora que nos habíamos marchado y nuestra ausencia ya debía de ser conocida por todos. El director debía de estar a la mitad de su discurso de inauguración. Los profesores debían de estar murmurando y preguntando entre bambalinas. Seguramente alguien se habría ofrecido para buscarnos por los terrenos de alrededor. Ivy y Gabriel habrían visto nuestros asientos vacíos y sabrían que habíamos desaparecido, mientras que los padres de Xavier debían de sentirse atónitos por la desaparición de su hijo. Pensar en todo ello enfriaba la euforia que me inundaba. Tenía que asegurarme de que Xavier había tomado esa decisión de forma reflexiva.

—Xavier —dije, insegura.

—Vamos, Beth. No puedes haber cambiado de opinión tan pronto.

—No, claro que no. Pero tengo que decir una cosa.

—De acuerdo. Dispara.

—Tienes que pensar en tu futuro.

—Lo he hecho. Está sentado justo enfrente de mí.

—¿Y qué pensarán tus padres?

—Creí que solo querías decir una cosa.

—Por favor, Xavier, en serio.

353

—No sé qué pensaran. No pienso preguntárselo. Esto es lo correcto. Lo he pensado mucho tiempo y detenidamente. Es lo que quiero y sé que tú también. Si las circunstancias fueran normales, nos tomaríamos las cosas de otra manera, pero no podemos permitirnos ese lujo. Esta es la única manera de proteger lo que es nuestro.

—Pero ¿y si esto empeora las cosas?

—No importa, porque nos enfrentaremos a ello juntos.

—¿Has pensado en cómo lo haremos?

—Me he ocupado de todo. El padre Mel ha accedido a ayudarnos. De hecho, nos está esperando en la capilla.

—¿Ahora mismo? —Me quedé boquiabierta—. ¿No deberíamos decírselo a alguien primero?

—Lo único que conseguiríamos es que quisieran convencernos de que no lo hagamos. Se lo diremos a toda la ciudad después. Cuando nuestras familias superen la conmoción inicial, todos iremos a celebrarlo. Ya lo verás.

—Tal como lo dices, parece muy fácil.

—Porque lo es. El matrimonio es un sacramento sagrado. Incluso Dios tendrá que estar satisfecho.

—Lo decía por tu madre.

—¿De qué podría quejarse? ¡Por lo menos nos casamos por la Iglesia!

—Eso es verdad.

Xavier levantó el vaso de su batido para proponer un brindis.

—Por nosotros —dijo, y brindamos—. Que lo que Dios ha unido, no lo separe el hombre.

¿Qué otra cosa podía hacer sino devolverle una sonrisa de optimismo? No había nada que deseara más que ser suya para siempre. ¿Cómo podía decirle que no eran los impedimentos del hombre lo que me preocupaba?

Recordaba la angustia que Xavier había sufrido durante el tiempo que yo pasé en el Hades. Ahora que todo había terminado, el chico al que yo conocía había vuelto y estaba dispuesto a declarar nuestro compromiso al mundo, a arriesgarlo todo por la felicidad. El antiguo Xavier había regresado, y con más fuerza que nunca. No podía arriesgarme a perderlo de nuevo, ni siquiera aunque eso significara hacer que la ira del Cielo se desatara sobre mi cabeza.

Xavier debió de haber leído mis dudas en mi rostro.

—Puedes echarte atrás —dijo, en voz baja—. Lo comprenderé.

Dudé un instante: todas las posibles consecuencias de lo que estábamos a punto de hacer vinieron a mi mente. Pero cuando Xavier me tomó la mano, todo me pareció claro y supe exactamente lo que quería.

—No pienso hacerlo —contesté—. Estoy ansiosa por ser la señora de Xavier Woods.

Xavier dio una palmada sobre la mesa con un gesto de frustración, y yo me sobresalté.

—¿Qué he dicho?

—¡Maldita sea, me he olvidado el anillo!

—Ya nos ocuparemos de eso después —dije para tranquilizarlo.

—No, no hará falta —repuso, ahora con una sonrisa.

Metió una mano en uno de los bolsillos del pantalón y sacó algo con la mano cerrada y gesto pícaro. Abrió la mano y una antigua cajita apareció sobre su palma.

—Ábrela —me dijo.

Ahogué una exclamación mientras lo hacía. Dentro había un anillo con un diamante cortado en forma de rosa, tan perfecto que me quedé sin respiración. En cuanto lo vi, supe que ese era mi anillo y que nunca más me separaría de él. Jamás había sentido un vínculo tan fuerte con ningún objeto material, pero ese aro parecía hecho para mí. Ni siquiera pensé que quizá no fuera de mi medida, sabía que lo era. No resultaba en absoluto llamativo ni extravagante. Siempre que había ido con Molly y las chicas a ver los escaparates de la joyería de la ciudad había tenido que fingir cierto interés para ser amable con ellas, pero los diamantes modernos que tanto les gustaban me dejaban fría; me parecían sosos y bastos. En cambio, mi anillo era tan delicado como una flor. Tenía un diseño inmejorable: la piedra central estaba engarzada en un aro de platino y parecía una diminuta cúpula rodeada de pequeñísimos diamantes.

—Es perfecto para ti —comentó Xavier.

—Es muy elegante —dije admirada—. ¿De dónde ha salido? Nunca he visto nada parecido.

—Mi abuela me lo dejó en su testamento. Mis hermanas se enfadaron porque ella quiso que yo lo tuviera. Nunca había tenido oportunidad de utilizarlo.

Pero justo mientras Xavier hablaba, la tierra empezó a temblar a nuestros pies, como si el Cielo se rebelara. El anillo resbaló de la mesa y rebotó en el suelo.

Agradecimientos

Gracias, mamá: por todo. Ni siquiera sé por dónde empezar.

Gracias, Liz Kerins, por ser mi hermana mayor adoptiva y mi querida amiga. Nuestro viaje por Texas fue épico.

Gracias, Janna, Gail y las chicas de Memphis, por hacer que me enamorara del Sur.

Gracias, Christopher, por comprender que «creativo» es muy parecido a «loco».

Gracias a cada uno de mis fans. Sin vosotros, nada de esto hubiera sido posible. ¡Os quiero a todos!

Gracias a todo el mundo en Feiwel and Friends por su compromiso y su dedicación a estos libros.

Gracias a mis agentes, Jill y Matthew, por creer en mí.

Gracias a mi querida amiga Lisa Berryman: tu inteligencia, gentileza y perspicacia me han ayudado a formarme como persona, además de como escritora.

Finalmente, gracias a mis héroes de música country: Hank Williams, Johnny Cash, Willie Nelson, Kitty Wells y Alan Jackson, por ser mi constante inspiración.

Este libro utiliza el tipo Aldus, que toma su nombre
del vanguardista impresor del Renacimiento
italiano Aldus Manutius. Hermann Zapf
diseñó el tipo Aldus para la imprenta
Stempel en 1954, como una réplica
más ligera y elegante del
popular tipo
Palatino

* * *

* *

*

Hades se acabó de imprimir
en un día de verano de 2011,
en los talleres de Rodesa
Villatuerta
(Navarra)

* * *

* *

*